KB059017

Record of Erotic Warrior

3

Story by Masanan
Illustration by B-Ginga

미나

세리나

네네

이오네

맞아요. 저도 감정에 휩쓸려서
제대로 설명하지 못했어요.
죄송합니다.
루카가 머리를 숙였다.

엘리사

루카

면목이 없군……
여기사가 힘없이 고개를 돌렸다.
이미 그녀도 가짜 엘빈에 대해서 설명을 받은 모양이었다.

동정들에게 이 글을 바친다.

제6장 바람의 검은 고양이

제4화
3층에서

Now Loading······
3권 제6장 바람의 검은 고양이
제4화 3층에서

그랑소드 왕국의 중심부에 위치한 '돌아올 수 없는 미궁'.

이곳은 500년 동안 아무도 클리어하지 못한 악몽 같은 던전이다. 흉악한 마물과 함정에 의해 사망자가 속출하는 장소지만, 모험가들이 끊임없이 모여드는 보물고이기도 했다.

우리는 오늘도 이 던전에 도전한다. 누구에게도 위협받지 않는 최강의 용사가 되기 위해서.

나는 어제부로 28레벨이 되었다.

레벨이 올라간 건 기쁘지만 다음 레벨까지 필요한 경험치가 1만을 넘어버리고 말았다. 한동안은 레벨을 올리기 어려워 보였다. 이런 속도라면 레벨 30부터는 베테랑이라 해도 무방할 것이다.

내게는 레벨 외에도 스킬이라는 듬직한 아군이 있지만.

현재 나는 [스킬 카피]와 [스킬 리셋]을 병용해서 스킬 포인트를 무한하게 뽑아낼 수 있었다. 이런 짓이 가능한 사람은 나 말고본 적이 없다. 따라서 우리들 '바람의 검은 고양이'는 레벨 이상으로 강해지는 게 가능했다. [레어 아이템 확률 업]으로 보주를 잔뜩 얻을 수 있어서 자본도 넉넉했다.

"잠깐 기다려 봐, 알렉."

우리가 장비를 갖추고 '돌아올 수 없는 미궁'으로 출발하려던 그때, 쥬가 여관에서 나와 말을 걸었다.

쥬가는 가죽 갑옷을 착용한 상태였고, 목발은 온데간데없었다. 밝은 미소를 띤 갈색 머리의 청년은 예전처럼 희망으로 두 눈을 불태우고 있었다.

겉모습은 평범한 모험가 그 자체였다.

나는 감탄했다.

"헤에. 그 장인, 솜씨가 좋은걸. 의족을 벌써 만들어 주다니."

2층에서 좀비와 싸우다 부상을 당한 쥬가는 파상풍에 걸려 한쪽 다리를 절단하는 참사를 겪어야 했다.

"동감이야! 뭐, 아직 조정이 필요하다더라고. 그래서 전투로 상태를 점검해 보려고."

"흠……. 그러면 클라이드한테 부탁해서 파티에 넣어달라고 해. 1층에서 조정하면 되겠지."

"아니, 잠깐. 그런 미적지근한 파티에서는 제대로 검증하기 힘들어. 알렉의 파티에 넣어줘."

"좋아. 어디까지 할 수 있는지 내 눈으로 확인해 볼까."

"그렇게 나와야지! 금방 복귀해 주겠어!"

쥬가 엄지를 척 세우며 씨익 웃었다. 성미가 급한 녀석이다.

"잘됐네, 쥬가. 목발 없이도 걸을 수 있게 됐구나."

세리나가 사람 좋은 말투로 말했다. 붉은색의 긴 머리카락으로 화려한 리본으로 묶고, 순백의 망토까지 걸쳤지만 여고생 같은 분위기는 여전한 그녀였다.

"그래. 요령을 잡는 데 살짝 애먹었지만, 천재인 이 몸한테 불가능이란 없지. 아고고고."

"우와, 꼴사나워. 저쯤 되면 미니 알렉이네."

리리가 이상한 소리를 내뱉었다. 고급스러운 핑크색 머리를 지닌 리리는 원피스가 어울리는 작은 체구의 소녀다.

"억다. 젊은 시절의 나는 저런 성격이 아니었어."

"헤에, 그렇구나. 그래도 금방 우쭐하거나, 잘난 척하는 건 똑같은걸!"

"딱히 우쭐한 적은 없는데."

"했거든? 노예를 잔뜩 사들이기도 하고, 나한테만 포인트를 주지 않기도 하고……."

레티가 들릴락 말락한 목소리로 말했다. 뒤끝이 심한 녀석이군. 레티는 보라색 레오타드에 로브를 걸치고, 뾰족한 모자를 쓴 실력파 마법사다.

"그건 그냥 트집이잖아. 자, 출발하자."

""네.""

내가 출발을 선언하자 파티에 속한 여성들이 대답했다.

한 명은 상냥하게 미소 짓고 있는 금발의 여검사 이오네. 백은의 갑옷을 착용하고 있음에도 그녀의 가슴은 존재감을 잃지 않았다.

다른 한 명은 흰색의 쿠보(새)에 올라탄 견인족 마법사 네네. 어딘가 연약해 보이는 표정으로 나의 보호 욕구과 가학성을 동시에 자극하는 소녀다.

다른 한 명은 성직자 로브 차림의 피아나. 허리까지 내려오는 하늘색 머리를 지닌 그녀는 소꿉친구를 부활시키겠다는 절망적인 소망을 마음속에 품고 있었다. 다만, 이전만큼의 비장감은 느껴지지 않았다.

그리고 내 오른팔이라고 할 수 있는 충실한 견인족 소녀, 미나.

""알았어.""

"응!"

"좋아! 가자!"

세리나, 리리, 쥬가, 레티까지 도합 아홉 명. 이들이 '바람의 검은 고양이' 파티의 1군 멤버였다.

던전에서 방심은 금물이지만 들어가기 전부터 어깨에 힘을 줄 필요는 없을 것이다.

출발이다.

"여어, 알렉. 모험은 순조로워 보이는군."

던전 입구에서 경비를 서고 있던 병사가 우리를 보더니 말했다.

"글쎄."

"어제 4층에서 두 개나 되는 파티가 전멸했어. 이렇게 나와 얼굴을 맞대는 것만으로도 순조로운 거야."

"틀린 말은 아니네. 그래도 이제 막 던전에 들어가려는 사람한테 불길한 소리는 하지 말아줘."

"하하, 미안. 조심해라."

우리는 병사의 배웅을 받으며 미궁으로 이어지는 계단을 내려갔다. 성에서나 볼 수 있는 널찍한 돌계단이었다. 계단을 내려가자 세밀한 조각이 새겨진 회색의 석벽이 우리들을 맞이했다.

"파티가 전멸을 했다니. 원인이 뭐였을까요……."

신경이 쓰였는지 피아나가 물었다.

"글쎄. 나중에 병사한테 물어보던가. 이번에는 3층에서 캠핑을 할 예정이야. 쥬가, 넌 1층에서 상태를 점검해 보고, 안 되겠다 싶으면 바로 돌아가."

"나만 믿으라고, 알렉. 문제없다는 걸 똑똑히 확인시켜 주겠어."

이 녀석의 낙천적인 성격에는 나도 두 손 들었다. 그래도 의욕이 없는 것보다는 나았다.

"고블린 다섯 마리!"

모퉁이를 돌자 고블린이 모습을 드러냈다. 그리고 쥬가는 누구보다 먼저 달려가 대검을 힘차게 휘둘렀다.

고블린을 베어버린 직후에 살짝 비틀거리기는 했지만, 중요한 건 쥬가가 달렸다는 점이다.

"클리어!"

나머지 고블린들도 다른 동료들이 순식간에 처리했다. 쉬운 전투였다.

"어때?"

"아직이다. 다음은 좀비와 싸워보겠어."

"좋아, 얼마든지 덤비라 이거야!"

만약에 쥬가 좀비를 앞에 두고도 트라우마를 겪지 않는다면 어엿한 전사라고 봐야 했다. 뜻밖의 인재다. 노예상인 야나타가 이 사실을 알았다면 어떤 표정을 지었을까.

"정말로 괜찮은 건가요?"

피아나가 걱정스러운 얼굴로 쥬가에게 물었다.

"물론이지. 이게 굉장한 물건이더라고. 의족이라 했던가? 힘껏 밟으면 살짝 아프기는 하지만 이 정도는 아무것도 아니지."

"쥬가. 익숙해질 때까지 커스터마이징은 확실하게 해둬. 조정 비용은 내줄 테니까."

"고마워, 알렉. 뭐, 설 수만 있으면 나머지는 검 실력과 균형 감각이지. 어떻게 공격하고 반격하는지가 중요하니까. 의족은 다음 문제야."

쥬가는 본인 나름대로 과제를 인식하고 있는 모양이었다. 알아서 하도록 맡겨두기로 하자.

"그러면 최단 거리로 2층까지 내려가겠어."

""알았어요.""

""알았어.""

우리는 옆길로 새지 않고 곧장 다음 층으로 향했다.

계단에 도착하기 전, 거대한 전사상이 세워진 광장을 통과하던 나는 문득 뒤를 돌아보았다. 혹시나 활을 든 스켈레톤이 습격하지는 않을까 싶었던 것이다. 하지만 그날 이후로 언데드 용사는 나타나지 않았다.

"좋았어! 해치웠다, 좀비 녀석들!"

이번에도 쥬가는 가장 먼저 달려나가 좀비를 베어버렸다. 극복이 빠른 녀석이다. 부상이 트라우마가 되었을까 봐 걱정했지만 완전히 기우였던 모양이다.

"어때?"

"뭐, 배짱 하나는 인정해 주지. 하지만 그것만으로는 부족해. 파티 일원으로서 안전하게 싸우는 법을 연구하도록 해."

내가 문제점을 지적했다.

"연구라고? 적이 나타나면 최대한 빨리 쓰러트린다. 뭐가 더 필요힌데?"

"뭐가 더 필요하냐니…… 됐다."

최전선에 서는 전사와 사령탑인 리더는 사고방식이 다른 모양이다.

"미나. 이 녀석이 너무 깊숙이 들어가면 뒤를 지켜줘."

"네, 주인님."

"이러쿵저러쿵하면서도 잘 챙겨주네."

세리나가 어깨를 으쓱이며 말했다. 오해다.

"나는 파티의 안전을 우선시하고 있을 뿐이니까 괜한 착각 하지 마."

"아하……. 그렇구나. 알겠어."

"아무렴 어때. 서로 돕고 사는 거지. 얼른 다음으로 가자구."

이 정도라면 쥬가를 데려가도 괜찮아 보였다. 흠······.

"좋아. 3층으로 가자."

우리는 처음 예정대로 3층의 탐색을 진행했다.

"젠장. 또 실에 맞았어. 레티, 불태워 줘."

쥬가가 질색하며 말했다. 거미줄에 움직임을 방해받아서 그렇다기보다는 감촉 자체가 불쾌한 모양이었다.

"알았어, 알았어. 이얍."

"어라? 너는 주문을 외우지 않고도 불을 만들어낼 수 있는 거야?"

쥬가가 신기하다는 듯이 물었다. 레티는 좀 모자란 고위 마법사이기 때문에 무영창 시전이 가능했다. 평소에는 쓸데없이 기다란 주문을 외우고는 하지만.

"약한 마법이라면 영창 없이도 사용할 수 있어."

"그래? 나는 반드시 주문을 외워야 하는 줄 알았는데."

"보통은 그렇지. 하지만! 나는 천재 마법사거든!"

"오오! 나도 이해가 돼! 천재 검사니까!"

"우와, 재수 없어."

리리가 얼굴을 찌푸리며 말했다. 나도 같은 심정이다.

"레티, 쥬가. 너희는 잡담 금지야."

"어째서?"

"너무해! 횡포야."

"너희가 말하면 산만해지잖아. 가자."

나는 두 사람의 입을 다물게 만든 뒤 탐색을 재개했다.

그렇게 하루가 흐르고, 우리 파티는 우연히 발견한 작은 방에서 캠핑을 하기로 했다.

물론, 미궁 내부이기 때문에 텐트는 필요하지 않았다. [아이템 가방]에서 꺼낸 모포를 덮기만 하면 끝이었다.

"그건 그렇고, 설마 보물 상자에서 은화가 나올 줄이야. 오늘 수입은 짭짤했어."

쥬가 녀석, 보주가 얼마에 팔리고 있는지를 안다면 저렇게 기뻐하지는 못했겠지.

"불침번 순서는 매번 하던 대로야."

인원수가 많기에 2인 1조로 교대해 가며 밤을 새우기로 했다.

"잠깐 들어줘, 알렉."

모포를 덮고 누워있자니, 쥬가 내게 말을 걸어왔다.

"뭔데?"

"나 말야, 투기장에서 우승하면 비싼 반지를 사서 피아나한테 결혼 신청을 하려고 해."

아무래도 좋은 이야기로군. 피아나가 쥬가에게 친절한 건 사실이지만, 애초에 누구에게나 친절한 소녀이므로 특별한 감정이 있다고 보기는 힘들었다.

피아나는 딜 어쩌고 하는 모험가를 되살리겠답시고 노예가 되어 이 던전에 들어왔다. 딜 어쩌고는 예전에 피아나와 함께 파티를 맺었던 청년으로, 피아나의 말에 따르면 연애 감정은 없다고 한다. 하지만 과연 평범한 소꿉친구에게 이 정도까지 할까?

예전에 쥬가에게도 피아나의 사정을 설명해 주었다. 그래서 포기했을 것이라 생각했건만……. 이 녀석도 끈질긴 녀석이다.

"흐암……. 몰라, 마음대로 해라."

내가 하품을 참으며 말했다.

"저, 정말이지? 마음대로 한다?"

"관두는 게 좋아, 쥬가. 호시탐탐 피아나를 노리던 알렉이 원한을 품고 뒤에서 칼침을 놓을걸."

"맞아, 맞아."

"뭐라고?"

리리와 레티가 당연하다는 듯이 말했다. 너희들의 머릿속에 있는 내 이미지는 어떻게 되어먹은 거냐.

네네는 잠꼬대로 "축하해, 축하해"라는 말을 반복하고 있었는데, 꿈속에서 피아나의 웨딩드레스 차림이라도 보고 있는 모양이었다.

……이런 문제로 고민하는 게 바보 같다. 잠이나 자자.

"역시 돌바닥에서 자니 등이 배기네."

다음 날 아침. 던전에서 눈을 뜬 세리나가 가볍게 스트레칭을 하며 말했다.

이전에 쥬가가 말하길, 이 던전의 진정한 적은 돌이라고 했다. 아무래도 이 돌바닥을 두고 하는 말이었던 모양이다.

"다음에는 간이 침대라도 가지고 들어올까?"

내가 진지한 얼굴로 말했다.

"침대?"

"하하, 그거 괜찮은데. 언제든지 푹 잘 수 있겠어. 던전에서 말야."

쥬가는 농담이라고 생각했는지 웃으며 흘려넘겼지만, 나는 진심이었다. 수면은 중요한 문제다.

"부품으로 나눠서 조립하면 가능하지 않을까요. 다만……."

"뭔가 문제라도 있어? 피아나."

"아뇨, 던전에 침대를 들고 들어온다는 발상 자체가……."

"이것저것 시도해 봐야지. 위험 요소라고 해봤자 너무 편안해서 일어나기 싫다는 것 정도밖에 생각나지 않지만."

"침대 부품을 들고 다니는 사람은 싸우지 못하잖아?"

세리나가 지적했다. 일리가 있었다.

"전용 짐꾼을 고용하면 돼. 마침 우리한테 잔뜩 있잖아."

"흐음. 뭐, 그 사람들만 괜찮다면야."

"호위만 제대로 해주면 녀석들도 불만은 없을걸. 다른 녀석들한테 맡기기에는 불안하니 우리 파티가 호위해 주자고."

"그래, 알았어."

이번에는 하룻밤만 자고 귀환하지만, 다음부터는 며칠 단위로 던전에 머물 예정이었다. 여관과 던전을 왕복하면서 생기는 낭비를 줄이기 위함이었다.

그렇게 우리는 던전의 통로를 따라 나아갔다.

"오오, 알렉. 죽은 줄 알았다."

지상으로 나오자 병사가 걱정했다는 듯이 말했다.

"미안하게 됐어. 이번에는 안에서 하루 묵기로 했었거든."

"미리 말해주면 좋았을 텐데. 하루만 더 늦었으면 구조대를 파견했을 거야."

병사가 말했다. 이제야 그가 문지기로서 어떤 일을 하는지 이해가 되었다.

"다음부터는 사흘간 체류할 생각이니 구조대는 보내지 않아도 돼. 그리고 어차피 밑에서 전멸하면 다 소용없잖아."

내가 말했다. 이 던전은 1층조차도 길이가 10킬로미터에 달할 정도로 넓었다. 구조대를 보내봤자 제시간에 찾아내기란 무리였다.

"뭐, 대부분 그렇기는 하지."

이윽고 여관으로 돌아가서 잠을 청하려는데, 여주인 에이다가 씁쓸한 얼굴로 우리를 맞이했다.

"알렉, 문제가 생겼어."

"응? 무슨 일인데?"

에이다는 묵묵히 손가락으로 위를 가리켰다. 2층에서 화난 목소리가 들려왔다.

"내가 그래서 반대했던 거라고!"

"뭐?! 결국 마지막에는 찬성했잖아!"

누군가가 말다툼을 하고 있었다. 하지만 사내놈들이 싸우든 말든 나랑은 상관없는 일이다.

"방금 그거, 클라이드의 목소리 아니었어?"

세리나가 말했다.

"응?"

우리 군단 녀석이라면 무엇 때문에 다투고 있는지 고용주로서 신경이 쓰일 수밖에 없었다. 참고로 야나타에게서 사들인 남자 노예의 수는 총 32명이었다.

"어쩔 수 없지. 미나, 따라와."

"네, 주인님."

"나도 갈게."

"나도~."

세리나는 그렇다 쳐도, 리리는 와봤자 구경밖에 할 게 없을 텐데.

2층으로 올라가 남자들이 묵고 있는 다인실의 문을 열자, 이미 드잡이질이 시작된 상태였다.

결국 이렇게 됐군.

"둘 다 그만! 싸우는 이유를 설명해 봐, 클라이드."

"그게……."

말하기 거북한 듯 시선을 피하는 클라이드. 이 녀석은 성격이 어두워서 탈이다.

"마스가 죽었어."

그러자 반대쪽 녀석이 말했다.

"뭐?"

"죽었다니, 그게 무슨 소리야?"

세리나도 흘려들을 수 없다는 듯 되물었다.

그런데 마스가 도대체 누구야?

"미나, 내 방에서 명부를 갖다 줘."

"네, 주인님."

이윽고 미나가 명부를 가지고 왔다. 마스는 클라이드의 파티에 속해있던 멤버였다. 그런 녀석도 있었던가. 얼굴조차 생각나지 않지만 내 노예가 죽어 나가는 건 곤란했다.

클라이드와 다른 멤버들의 설명을 들어보니, 이들은 3층에 도전했다는 모양이다.

나도 같은 층에 있었지만 전혀 알아채지 못했다. 하긴, '돌아올 수 없는 미궁'의 넓이를 생각하면 도중에 마주치지 못해도 이상할 게 없었다.

아니, 오히려 마주치는 경우가 드물었다.

클라이드의 파티원 절반은 거미줄에 당해서 움직일 수 없었고, 간신히 쓰러트렸을 때는 이미 마스가 숨을 거둔 상태였다고 한다.

"클라이드, 나는 너희한테 3층으로 내려가도 된다고 허락한 적이 없을 텐데. 어떻게 된 거야?"

"잠깐만요, 알렉 씨. 아래층에서 벌어도 되는 거 아니었습니까?"

클라이드가 재차 확인해 왔다.

그러고 보니 리더 수당 2골드를 지불하기로 합의했을 때, 클라이드가 그런 이야기를 꺼냈었다. 그때였군.

나는 2층까지만 보낼 생각으로 허락한 것이지만, 이 녀석은 3층이든 4층이든 괜찮다고 여긴 모양이다.

실수했군…… . 좀 더 분명하게 지시를 내렸어야 했다.

설마 그 거미줄이 이 정도로 위협적일 줄은 미처 몰랐다.

하긴, 후위에 마법사가 없는 파티라면 위험도가 크게 올라갈 것이다.

"오해가 있었던 모양이군. 내가 허락한 건 2층까지다. 이 부분은 내게도 책임이 있으니 나무라지 않겠지만, 나머지 부분은 리더로서 판단이 허술했던 거 아닐까? 전투에 있어서도, 3층에 간다는 결정에 있어서도."

"예, 인정합니다……. 하지만 설마 횃불을 든 녀석까지 거미줄에 당해버릴 줄은……."

"그 부분이 허술하다는 거야. 횃불을 두 명한테 쥐여주든 해서 철저하게 대비를 했어야지. 도저히 방법이 없다면 아직 공략하기에는 이르다는 뜻이고."

"두 명한테 말이군요. 그런데 횃불을 마련하는 데도 비용이 들어서요."

"그건 필요 경비라고 봐야지. 뭣하면 내가 대신 내줄게. 앞으로는 두 개 이상 사용하도록 해."

목숨이 걸린 문제다. 횃불 두 개 값이면 싼 편이었다.

"알겠습니다."

"그리고 3개월간 네 리더 수당을 절반으로 감봉하겠어. 내 결정이 마음에 안 들면 다른 녀석하고 교대하도록 해."

"아뇨, 알렉 씨. 이번에는 실책을 범하고 말았지만, 앞으로도 계속 맡게 해주십시오. 다음부터는 잘 해내겠습니다."

클라이드가 진지한 얼굴로 나를 쳐다보며 말했다. 본인도 책임감을 느끼는 모양이다. 뭐, 파티 멤버를 죽게 만들고도 실실거리는 녀석이라면 내가 흠씬 두들겨 주었을 테지만.

"그래야지. 어쨌든 사망자는 내지 마, 알겠지? 너희들도 마찬가지야."

""알겠습니다.""

다른 멤버들도 진지한 얼굴로 고개를 끄덕였다. 일단은 나도 이 녀석들을 믿어보기로 했다.

제5화
여검사 루카

여전히 '돌아올 수 없는 미궁'을 공략하고 있는 우리들.

얼마 전에 군단 멤버의 사망이라는 트러블이 발생하기는 했지만, 그 이후로는 다들 신중하게 행동하기로 했는지 얌전히 2층에서 돈을 벌어주고 있었다.

한편, 내가 인솔하는 파티는 3층의 탐색을 계속하고 있었다.

마법사인 네네와 레티만 있으면 3층의 까다로운 몬스터인 빅 스파이더의 거미줄도 곧바로 태워버릴 수 있었다. 따라서 우리에게는 여유로운 상대였다.

보물 상자도 몇몇 발견했는데, 대부분은 은화가 나왔지만 스킬 포인트를 상승시켜 주는 알라딘풍의 램프도 한 개 튀어나왔다. 하지만 스킬 리셋으로 4만 포인트를 벌어들인 나에게 100 남짓한 스킬 포인트는 아쉬움이 남을 수밖에 없었다.

"지루하네. 어디 경험치와 스킬 포인트를 잔뜩 퍼주는 몬스터 없으려나."

"알렉, 그러면 아래층으로 가자, 아래층."

쥬가가 윙크를 섞어가며 태평하게 말했다. 이 녀석이 말하니 갑자기 긴장이 되는군.

"아니. 아직 일러. 정신 단단히 차리고 가자."

"지루하다며. 그러지 말고 가자!"

"시끄러워. 적들이 몰려오면 큰일이니 조용히 걸어."

"조용하고 자시고, 이 층에 몬스터라고는 거미랑 민달팽이밖에 없잖아. 소리로 적을 찾는 몬스터가 아니라고."

"그래도 방심은 금물이야."

"쳇, 고지식한 녀석이라니까."

"알렉이 고지식한 게 아니야, 쥬가. 던전에 항상 똑같은 몬스터만 출몰한다는 보장은 없어. 실제로 우리는 1층에서 처음 보는 적들과 싸우기도 했는걸. 명심해 두도록 해."

세리나가 말했다.

"아아. 스켈레톤과 싸웠다는 그 이야기구나. 확실히 나는 마주친 적이 없단 말이지."

쥬가에게 그 스켈레톤이 용사였다는 말은 하지 않았다.

이건 내 추측이지만, 용사와 용사는 서로를 끌어당긴다.

야나타가 데리고 다니던 호위, 미츠루기도 마찬가지다.

그 녀석을 감정했을 때, 기란 제국에서 소환되었다고 적혀있었다.

'돌아올 수 없는 미궁'은 다양한 국가의 모험가들이 모이는 유명한 던전이므로 어느 나라에서 찾아오든 딱히 이상할 건 없었다. 다만, 그 수많은 모험가 중에서 맞닥트린 게 하필이면 용사였다. 운명적인 무언가를 느낄 수밖에 없었다.

아니, 정정한다. 사내놈을 상대로 운명적인 만남을 논하고 싶지는 않았다.

이전에는 신 녀석과 PK를 벌인 적도 있었다. 그래서 용사와는, 특히 남자 용사와는 엮이고 싶지 않았다. 세리나 같은 실력자도 있으므로 여자 용사라고 괜찮은 것도 아니지만.

"주인님, 인간의 냄새가 나요."

미나가 작은 목소리로 보고를 올렸다. 나를 향한 충성심이 MAX를 찍은 미나는 매사에 내 의도와 기분을 파악하고 행동해 주었다. 귀여운 녀석이다.

가끔씩 그게 과해서 파티 멤버들로부터 싸늘한 시선을 받기도 하지만, 견인족인 만큼 색적에 있어서만큼은 신뢰할 수 있었다.

"좋아. PK로 오해받지 않도록 적당히 떠들도록 해. 쥬가, 레티."

"하지만 상대방이 PK를 노리는 거라면 소용없는 짓 아냐?"

"선수 필승. 서격."

쥬가는 그렇다 치더라도, 챙모자를 움켜쥐고 포즈를 잡는 레티의 발언은 정말 위험했다.

"쓸데없는 소리 마, 바보야. 그러다 정말로 오해받는다."

"으으. 저, 갑자기 무서워지기 시작했어요."

네네가 초조해하기 시작했다. 하긴, 이 녀석은 기본적으로 겁이 많은 성격이니까. [겁쟁이] 스킬을 삭제한다고 두려움 자체가 사라지는 건 아닌 모양이다.

"진정해."

"어쩐지 상대방한테서 살기가 느껴져. 우리 파티가 겉모습은 이상할지 몰라도 선량한 파티인데 말이지."

세리나가 말했다. 이렇게 미소녀가 많은 파티에서 겉모습을 운운한다는 건 나를 두고 하는 말인가?

참, 쥬가 있었지. 쥬의 인상이 험상궂지는 않지만 곱상하지도 않으니 오해할 만도 하다. 그러니 쥬가 탓이라고 생각하자.

"거기에 숨어계신 분, 그만 나오셔도 괜찮아요."

이오네가 부드럽게 말했다. 이 상황에 어울리는 말투는 아니었다.

"큭! 머릿수가…… 알았어. 나가면 되잖아."

살짝 허스키한 여성의 목소리가 모퉁이 너머에서 들려왔다.

"길을 열어줘."

나는 오해를 풀고자 파티원들을 뒤로 물렀다. 딱히 상대방을 에워싸서 금품을 갈취할 생각은 없으니까.

맞은편에서 검은색 손목 보호대에 붉은 비키니 아머를 입은 검사가 모습을 드러냈다. 호오, 노출도가 상당한걸. 심지어 미인이다.

나이는 20을 넘긴 듯 보였지만 이건 이것대로 좋았다. 슬림한 육체미가 남심을 자극했다.

와일드한 흑발에 갈색 피부. 정석적인 아마조네스 스타일이다.

여기에 정석이 존재하는지는 나도 모르겠지만.

눈동자 색이 녹색인 것으로 봐서 일본인은 아닌 듯했다. 살짝 어른의 분위기를 풍기는 여검사였다.

여검사는 검을 뽑아 든 채로 천천히 걸음을 옮겼다. 이쪽을 노려보는 그녀에게서는 방심하지 않겠다는 의지가 전해져 왔다. 팽팽한 긴장감이 피부로 느껴졌다.

"잠깐. 그렇게 경계하지 않아도 돼. 우리는 너를 습격할 생각이 없어."

세리나가 쓴웃음을 지으며 말했다.

"글쎄. 이곳은 벌레 한 마리 죽이지 못하게 생긴 성직자가 PK를 저지르는 던전이야. 네 말을 믿기는 어렵겠는걸."

아마조네스 여검사가 말했다.

"그럴 리가……."

성직자인 피아나가 충격을 받은 듯 중얼거렸다. 하지만 그런 녀석들이 있다고 해도 이상할 건 없었다.

충분히 여검사를 감상한 나는 적당히 주변을 둘러보며 그녀가 지나가기를 기다렸다. 필요 이상으로 경계 받고 싶지는 않았다.

여검사는 우리를 지나친 이후에도 등을 보이지 않고 뒷걸음질을 쳤다. 나도 경계심이 강한 편이지만 이 여자도 나한테 뒤지지 않았다.

"대체 왜 그래. 우리는 적이 아니래도."

쥬가도 반감을 느꼈는지 짜증을 냈다.

하지만 상대는 말이 없었다.

여검사가 우리를 지나친 뒤, 나는 한 가지 사실을 깨달았다.

"응? 그런데 너, 혼자냐?"

"……그게 뭐?"

"아니, 짐도 없이 어떻게 된 건가 싶어서."

여검사는 왼팔에 부상을 입은 상태였다. 제대로 치료도 하지 않은 듯 보였다.

"너랑 무슨 상관인데?"

"딱히 없지. 마음에 걸려서 물어봤을 뿐이야. 단, 이건 알아둬. 내가 질문한 건 수상해 보이는 네 행동거지 때문이야."

나는 내 의문이 정당한 것임을 못 박아 두었다.

"흥, 캐물어서 어디에 쓰게. 방금 전에도 말했잖아. PK를 저지르는 성직자가 있다고. 나는 재수 없게 그놈과 파티를 맺고 말았어. 이제 알겠지?"

"그렇게 된 거군."

PK를 당한 여검사는 자신의 짐까지 전부 내팽개치고 단신으로 도망친 모양이었다.

"와, 너무하네. 큰일을 겪었네요……."

세리나가 딱하다는 듯이 말했다.

"저, 괜찮으시다면 제가 회복 마법을 걸어드릴게요."

피아나의 제안이었다.

"거절할게. 그게 수면 마법이 아니라는 보장이 없잖아?"

"그건……."

피아나로서도 대답할 말이 없었다.

"그러면 약초라도 줄게. 가지고 가."

"함정일지도 모르니 고맙다는 말은 안 하겠어. 아, 그리고 너희가 먼저 출발해."

이 정도로 의심을 받으니 기분이 착잡했다. 그래도 PK를 당한 직후라니 이해가 되었다.

"알았어. 가자."

[감정]으로 여검사의 레벨을 확인해 보니 나와 동일했다. 위협이 아니라고 판단한 나는 등을 돌려 던전을 나아갔다.

"매복에 당한 것도 아니고, 파티원한테 PK를 당했다니. 절망할 만도 하겠어……."

"그러게. 뭐, 적어도 우리는 그럴 걱정 없지."

최근 활동을 시작한 노예 군단이라면 또 몰라도, 우리 파티원들은 오랫동안 함께 모험을 해온 사이다.

"헤에. 내가 PK를 할 거라고는 의심하지 않는구나."

세리나가 말했다.

"…………역시 넌 예외인 걸로."

"너, 너무해."

세리나가 애원하듯이 말했다.

기본적으로 이 녀석은 나와 행동 이념이 다르다. 어지간해선 배신하지 않겠지만, 용사인 이상 주의를 기울일 필요가 있었다.

제6화
여검사의 면접

이틀 뒤.

여관 '용의 안식처'의 식당에서 노예 군단과 함께 저녁을 먹었다. 그런데 클라이드가 속한 파티도 흑발의 여검사와 마주쳤다는 모양이다.

"들어보십쇼. 두목. 혼자 있길래 걱정이 돼서 말을 걸었더니, 말 걸지 마! 라면서 검을 휘두르는 거 아니겠습니까?"

옆 테이블에 앉아있던 클라이드 파티의 전사 A가 손을 휘휘 내저으며 이야기했다.

"두목이라고 부르지 말라니까. 앞으로는 다른 호칭으로 불러."

"형님이면 됩니까?"

"평범하게 알렉 님이라고 부르면 되잖아. 왜 자꾸 옆길로 새는 건데, 너희들은."

"악당처럼 생겨서 그런 거 아냐?"

리리가 툭 내뱉듯이 말했다. 나는 절대로 악당처럼 생기지 않았다.

"말이 심하잖니. 불쌍하잖아. 후후, 알렉이 못생기기는 했지만 나쁜 짓을 저지를 상은 아니야."

"세리나. 넌 오늘부로 파티에서 제명이다."

"어어?! 어째서!"

나를 디스했으니까.

"너희가 봤던 여검사는 루카라는 이름의 모험가다. 동료들한테 배신당해서 신경이 곤두선 상태야. 다음부터는 마주쳐도 말 걸지

마. 알았지?"

"''예!''"

"응? 그 여자가 자기 이름을 말했었나? 알렉하고 아는 사람이었어?"

쥬가가 물었다. [감정] 스킬에 대해서 설명하면 귀찮아지니 얼버무리기로 했다.

"쥬가, 고기를 주마. 오늘 열심히 한 보너스다."

"오오! 진짜냐! 맛있어, 고기. 완전 맛있어! 오늘부터 형님이라 불러줄게!"

그렇게 부르지 말라니까……. 이제 나도 모르겠다.

"루카라면 쌍검의 한나와 같이 다니던 모험가일걸. B랭크 파티였는데, 뭐랬더라……. 맞아. '백은의 전갈'이라는 파티였어."

요리를 들고 온 여주인이 접시를 내려놓으며 말했다.

B랭크라. 우리와 비슷한 레벨에 B랭크라면 우리도 B랭크까지는 어떻게든 올라갈 수 있겠군.

"하지만 동료한테 배신당했다고 들었어요."

"유명한 파티가 배신을 해봤자 얻는 게 있을까? 솔직히 납득이 잘 안 가는걸. 이곳에서 배신이나 싸움박질은 드문 일도 아니지만 말야."

역시 정식 멤버는 엄선해서 받아들여야 했다. 클라이드를 비롯한 노예들의 경우 우리와는 따로 활동하거니와, 노예의 문장으로 묶여있으니 걱정할 필요는 없겠지만…….

그래도 동료는 신뢰할 수 있는 인물이어야 했다.

"들었지, 레티. 너는 슬슬 우리 파티에서 졸업하는 게 어때."

내가 흘끔 옆자리를 쳐다보며 말했다. 밥 먹을 때도 챙모자를 쓰고 있는 녀석을.

"뭐?! 나는 선금을 받고 스승 노릇을 하고 있는 중인걸! 네네도 아직 마술사라고 하기에는 미숙하고! 마도사 자격을 가진 내가 지켜봐 줄 필요가 있어!"

참스승인 것처럼 말하고는 있지만, 이 녀석은 단지 공짜 밥을 얻어먹으려고 우리 파티에 눌러앉아 있을 뿐이다. 자기 집을 놔두고 이곳에서 생활하는 것부터가 수상했다.

"어휴, 알렉. 걱정이 지나쳐. 레티는 자기 역할을 제대로 해내고 있는걸. 게다가 돈줄이나 마찬가지인 우리를 공격할 리 없잖아."

세리나가 하는 말도 일리가 있었다.

"흠."

"돈줄…… 앗!"

지금, 레티가 나를 보면서 이상한 생각을 떠올린 모양이었다.

둘만 있을 때 등 뒤에서 [파이어 볼]이라도 날아오진 않을까 걱정이다.

다음 날.

오전 11시가 넘어서 잠에서 깬 나는 여관 주인에게 부탁해 식사를 마친 뒤, 느긋하게 모험 준비를 시작했다.

3층부터는 며칠 단위로 공략이 진행되기 때문에 굳이 이른 아침에 움직여야 할 이유가 없는 것이다. 이번에도 낮에 던전으로 들어가서 3일 뒤에 귀환할 예정이었다.

"알렉. 다들 준비가 끝났다네."

"알겠어. 그러면 슬슬 출발해 볼까."

"조심해서 다녀와."

여주인의 배웅을 받으며 야심 차게 여관을 나온 그때, 방해를 받고 말았다.

여자다.

"뭐 좀 물어도 될까? 여기에 알렉이라는 사람이 있다고 들었거든."

어제 보았던 갈색 피부의 아마조네스, 루카였다.

어째서 나를 찾는 거지?

눈앞에 내가 있음에도 루카는 본인인지 눈치채지 못하고 있었다. 아무래도 내 이름만 알고 얼굴은 모르는 모양이었다.

누군가한테 소개를 받고 찾아왔나 보군.

그렇다면…….

"알렉 님한테 무슨 용건이지?"

나는 일부러 다른 사람인 척하며 목적을 캐보기로 했다. 옆에서 세리나가 "뭐?"라고 하면서 눈섭을 찌푸렸지만 무시했다.

"그걸 너한테 말할 필요가 있을까?"

이전에 봤을 때도 느꼈지만 성격이 영 까칠하다. 얼굴하고 몸매는 좋은 편이다만…….

"있지. 알렉 님과 대화를 나누려면 내게 허락을 맡아야 하거든."

"정말로?"

수상하다는 듯이 나를 쳐다보고는 주변 사람들에게 눈으로 확인을 구하는 루카.

틀린 말은 아니므로 다들 고개를 끄덕였다.

"그러면 말할게. 슬슬 검하고 갑옷을 수리하고 싶은데, 그러려면 레어 아이템을 팔아야 하거든. 하지만 팔고 싶지는 않고. 이곳에 나를 도와줄 만한 사람이 있다고 들어서 왔어."

설명이 중구난방이다. 날라리 여고생도 아니고.

"음, 요약하자면 수중에 돈이 없으니 모험을 계속하기 위해 내 힘을 빌리고 싶다, 이건가. 내가 노예들을 돌봐주고 있다는 이야기를 듣고 이곳을 찾아온 건가?"

"잠깐. 이야기를 듣고 찾아온 건 맞지만, 딱히 네 힘을 빌릴 생각은 없는데."

"그럴 순 없지. 사실은 내가 알렉이거든."

"어어?"

"아니야. 이 사람은 존이라는 이름의…… 읍읍."

"괜히 복잡해지니까 그런 농담은 하지 마, 리리."

"이분은 알렉 씨가 맞으세요."

잘했다. 세리나, 이오네.

"뭐야, 그랬구나. 나, 레벨은 28이고 검 실력에는 자신이 있어."

"흐음……."

"괜찮지 않을까, 알렉. 우리와 레벨이 비슷하다면 도움이 될 거야."

나도 똑같은 생각을 했다. 그러니 잠자코 있어, 세리나.

내가 눈으로 신호를 보냈다.

"루카. 오해할까 봐 말해두는데, 나는 자선 사업가라서 저 녀석들을 먹여주고 재워주는 게 아니야. 이건 비즈니스야."

"응? 비즈니스?"

"그래, 비즈니스. 거래다. 내가 여관비와 장비 비용을 대신 내주는 대신, 저 녀석들은 던전에서 돈을 벌어 오고 있어. 기브 앤테이크지."

"그럼 간단하네. 나도 고용해 줘."

"무턱대고 받아줄 수는 없어. 지금은 나도 빚쟁이 신세거든. 도와주고 싶은 마음은 굴뚝같지만 상황이 상황이니만큼 네가 충분한 각오를 보여줄 필요가 있어. 여기까지는 이해했지?"

"뭐, 대충은……. 위험한 곳에서도 분발할게. 전위에 서도 좋아."

"훌륭한 마음가짐이다만, 우리한테는 전위가 남아돌거든. 안 그래?"

내가 뒤를 돌아보며 물었다.

"뭐, 많기는 하지."

"서른 명이 죄다 전위니까."

"마법사와 궁수도 한 명씩 있던데."

"조용해, 리리."

"맞아요, 주인님! 전위투성이예요! 활을 들었더라도 전위예요!"

"말 잘했어, 미나. 들은 대로다. 개중에는 나보다 레벨이 높은 녀석도 있어. 우리 파티의 문턱이 에베레스트급으로 높다는 뜻이야, 루카. 그러니 나한테 이득이 될만한 무언가를 추가로 제시할 필요가 있어."

"딱히 내세울 게……. 그런데 에베레스트가 뭐야?"

"신경 쓰지 마. 그보다, 너…… 몸매가 무척 훌륭한걸."

나는 루카의 몸을 위아래로 지그시 쳐다보았다.

"으……."

당황한 루카는 불쾌감을 드러내며 자신의 가슴을 가렸다. 보아하니 지식은 있지만 처녀인 게 분명하군.

"우와, 에로 아저씨. 저질."

"이봐, 알렉. 아무리 그래도 그건 너무 악질인데."

"아아, 신이시여……. 이 문란한 자에게 천벌을 내려주소서."

극히 일부의 멤버들이 불만을 제기해 왔다. 하지만 리더는 나다. 이것만큼은 양보할 생각이 없다.

"어휴. 그러면 내 돈으로 고용해 줄게. 알렉한테 의존할 필요 없어."

"앗. 세리나, 너……."

"고마워! 이 은혜는 꼭 갚을게."

돈으로 매수한 이상 나로서는 저지할 방법이 없었다. 하긴, 나도 그렇게까지 루카를 안고 싶은 것은 아니었다.

이후 세리나를 시켜서 루카의 장비를 싹 교체했다.

일단은 시험 삼아서 루카를 파티에 넣어보기로 했다.

다짜고짜 노예 군단과 함께 던전에 보냈다가 칼부림이라도 나면 큰일이니까.

제7화
낙오된 멤버

오늘 루카라고 하는 새로운 멤버가 들어왔지만 우리의 전법은 크게 바뀌지 않았다.

1층에서 고블린을 상대로 진형을 점검한 뒤, 문제가 없었기에 그대로 아래층으로 향했다.

루카는 우리와 레벨이 같으니 이 부분도 문제될 게 없었다.

"영 납득이 안 되는걸."

하지만 루카에게는 무언가 문제가 있는 모양이었다. 들어봐 주기로 할까. 전투 중에 불만을 늘어놓으면 곤란하니까.

"괜찮은 전투였다고 생각하는데…… 부족한 점이라도 있어?"

세리나가 조심스럽게 물었다. 세리나와 루카 모두 전위였기에 위치 선정이나 타이밍 등에서 자잘한 조정이 필요했다.

두 사람의 레벨도 비슷한 데다, 상대는 유명한 B랭크 모험가였다. 세리나가 어려워하는 것도 무리가 아니었다.

루카의 얼마나 노련한 전술을 제안할지 흥미가 갔다.

"그게 아니라, 저 녀석!"

루카가 뒤쪽에 있는 나를 손가락으로 가리켰다. 나?

"아아. 우리 파티의 리더는 알렉이고, 이건 후방의 기습에 대비한 진형이야. 평소에는 뒤쪽에서 지시만 내리지만 알렉도 딱히 놀고 있는 건 아니야."

세리나가 진지한 얼굴로 설명했다.

"그건 알아. 우리 파티도 비슷했으니까. 하지만 저 변태 아저씨가 제대로 된 지시를 내린다는 게 마음에 안 들어."

"시끄러워. 뭐, 불만이야? 내가 전투 중에 옷이라도 벗으라고 말하길 바라는 건가? 엉? 루카."

"알렉. 그렇게 화낼 필요 없잖아."

"딱히 화낸 적 없어."

"알렉은 본인의 생존에 있어서만큼은 엄청나게 진지한 사람이야. 전투 중에는 신뢰해도 괜찮아."

세리나가 말했다.

"하지만 본인만 해당하는 거잖아. 동료들의 목숨은 어떻게 되는 거야?"

"물론 잘 챙겨주고 있어. 네네가 처음 들어왔을 때는 1층에서 고블린만 잡으면서 13레벨까지 레벨링을 도와줬거든."

"뭐? 13? 고블린만 잡아서? 그건 거의 고문 레벨이잖아. 믿기지 않네."

"아하하. 확실히 쉽지는 않았지. 우리는 이곳에 들어온 지 2개월밖에 되지 않았지만, 아직 사망자는 발생하지 않았어."

"마스는 죽었는데."

"리리, 그 녀석은 다른 파티 소속이었잖아. 이후에 대응 방안도 논의했어. 뭐, 일단은 노예들까지 포함해서 죽지 않도록 최대한 주의를 기울이고 있다."

내가 진지하게 말했다.

죽으면 끝이다. 돌이킬 수 없는 것이다.

"알았어. 한나도 비슷한 녀석이었지. 아, 한나는 내가 이전에 속해있었던 파티의 리더였어. 배신한 녀석들과는 무관하지. 전전 파티였거든."

루카가 소속되어 있던 파티라.

"백은의 전갈이었나?"

"맞아. 헤에, 우리도 꽤 유명했구나."

"여관 주인한테 들은 게 전부지만. 그런데 그 파티에서는 왜 나온 거야?"

루카가 입을 열었지만 말하지 못하고 잠시 머뭇거렸다.

수차례 입술을 뻥긋거린 그녀는 눈을 감았다 뜨더니 마침내 이야기하기 시작했다.

"……내가 7층에서 실수를 저질렀거든. 한나와 어빈은 내가 회복할 시간을 벌기 위해서 드래곤을 막고 있었어……. 간신히 회복이 끝났는데, 갑자기 어디선가 화염을 두른 마물이 튀어나온 거야. 그래서 우리는 패닉을 일으키고 뿔뿔이 흩어져 버렸지. 로이드와 함께 집합 장소까지 도망쳤지만 한나는 돌아오지 않았어."

"그랬군."

"그, 그랬구나……. 응! 그 한나라는 사람도 무사할 거야."

"무책임한 위로는 관둬, 세리나. 죽었다고 생각하는 게 보통이겠지. 아니면 실수를 저지른 루카한테 정나미가 떨어져서 다른 파티와 모험을 하고 있을지도 모르고."

쓸데없는 위로는 오히려 괴로울 것이라는 생각에 쓴소리를 했다.

"그러면 차라리 다행일 텐데. 한나랑은 꽤 오랫동안 파티를 맺어 온 데다, 말없이 잠적할 녀석도 아니거든."

대화가 도중에 끊어지고 무거운 침묵이 이어졌다.

누구야, 이렇게 침울한 화제를 끄집어낸 게.

"아아! 관둬, 관둬! 미안하지만 나, 이런 분위기는 질색이거든. 한나라는 녀석한테도 무언가 사정이 있지 않았겠어? 단순히 바쁜 걸지도 모르는 거고. 안 그래?"

쥬가 침묵을 깨며 말했다. 그래도 오해를 살만한 내용인 만큼 여기서는 화제를 바꾸는 편이 나아 보였다.

"맞아."

하지만 루카도 어느 정도 마음의 정리가 끝난 상태였는지 의외로 순순히 동의했다.

"어쨌든, 루카. 장비를 갖춘 다음에는 어떻게 하려고?"

"당연히 모험을 계속해야지. 돈도 모으지 못했는데 은퇴라니, 말도 안 되지."

"알았다. 그러면 우리와 파티를 맺자. 뭐, 너한테 그럴 마음이 있다면 말이지만."

"알렉……. 루카의 몸매를 보고 결정한 거지?"

"아니야. 진지하게 말하는데 찬물 끼얹지 마, 리리."

"그럼 얼굴이네."

"뭐, 얼굴도 얼굴이지만, 루카를 파티에 받아들이기로 결정한 건 자신의 실수를 솔직하게 고백했기 때문이야. 실수한 적 없다고 잡아떼는 녀석들보다는 훨씬 신용할 수 있으니까."

진심으로 하는 말이었다.

"그렇구나. 응. 실력도 좋으니 나도 찬성."

세리나도 곧바로 찬성표를 던졌다. 동정표가 아니라 실력을 인정해서 하는 말이라면 딴지를 걸 부분은 없었다.

"앞으로 잘 부탁해! 알렉."

루카도 마음에 들었는지 미소를 지으며 다가와 악수를 건넸다. 갈색 아마조네스 & 비키니 아머 GET!

문득 옆을 쳐다보니 미나가 안절부절못하는 얼굴로 이쪽을 흘끔거리고 있었다.

"왜 그래, 미나. 루카가 들어와도 너를 버릴 생각은 없으니까 안심해."

"앗, 아뇨. 전방에서 사람이 다가오고 있어서요."

"뭐야. 그런 건 바로바로 말하면 되잖아."

"죄송해요. 훈훈한 분위기를 망치는 것 같아서."

"괜한 걱정이다. 그러면 적당히 대화를 나누면서 대기하자. 단, 바닥에 앉지는 마."

그리고 잠시 후, 전사 4명과 사제 1명으로 구성된 파티가 맞은편에서 모습을 드러냈다.

"여, 형씨. 벌이는 좀 어때."

"고만고만해."

무기를 거둔 나와 상대측 리더는 한 손을 들어 적의가 없음을 표현했다.

"크윽!"

그런데 루카가 갑자기 공격적인 자세를 취했고, 상대 파티도 당황하며 검을 뽑아 들었다.

"멈춰! 전부 움직이지 마! 리더 명령이다!"

내 일갈에 루카가 동작을 멈췄기에 망정이지, 간담이 서늘해지는 순간이었다.

"어떻게 된 거야, 루카."

"미안. 착각했어. 나를 배신한 녀석과 복장이 비슷했거든."

"후, 놀랐잖아."

"조심 좀 해줘."

"수명이 줄어든 기분이야."

"위험했어. 하마터면 PK인 줄 알고 공격할 뻔했다구."

"우발적인 사고란 건 이런 식으로 일어나는 건가 보네요."

"어휴, 깜짝 놀랐네!"

다행히 싸움으로 발전하진 않았지만 자칫하면 살육전을 치러야 했을지도 몰랐다.

이윽고 상대 파티가 떠나간 뒤, 나는 루카에게 물었다.

"저렇게 생긴 하얀 로브를 입고 있었나 보군? 그 배신자라는 녀석."

내 질문에 루카가 고개를 끄덕였다.

"맞아. 가슴 주변에 자수가 새겨져 있었어. 말투도 정중해서 전혀 악당으로 보이지 않았지. 그래서 뒤에서 습격당했을 때는 정말로 무서웠어."

"이름은?"

세리나가 물었다.

"엘빈."

"응?"

"에엑!"

……어디선가 들어본 이름이다.

반응을 보인 것은 나와 세리나뿐이었다.

"아는 사람이야?"

리리가 물었다. 루카도 그 모습을 보고 심각한 표정을 지었다.

"들어본 것 같기는 한데……."

누구였더라?

"무슨 잠꼬대 같은 소리야, 알렉. 버니어 왕국에서 우리랑 함께 소환된 용사 중 한 명이잖아."

"오오, 그 녀석인가."

금발의 마법사 녀석.

영국의 대학생이었던가? 얼굴 외에는 별로 생각나는 점이 없었다.

오히려 인상에 남았던 것은 기운이 넘치던 중학생 용사 케이지였다. 다짜고짜 모험가 길드에서 싸움을 벌이더니 호되게 당했기 때문이다.

엘빈은 케이지와 반대로 점잖은 분위기의 청년으로, 시원스러운 미소가 특징이었다. 다른 사람과 대립각을 세우지 않고 중립적인 태도를 취하는 녀석이었던 기억이 난다.

처음 왕성의 마법진에서 소환되었을 때는, 젠장, 세리나에게 스트레이트 펀치를 먹었었지. 기억나 버렸다.

"우리랑 함께? 너희 동료야?"

루카가 날카롭게 노려보며 물었다. 대답 여하에 따라서는 무기라도 휘두를 기세였다.

"난 아냐. 하지만 이 녀석은 파티를 맺었던 적이 있어."

내가 엄지로 세리나를 가리켰다.

"하지만 잠깐뿐이었는걸. 결국 엘빈이 마법학교에 입학한대서 해산하고 말았지."

"마법학교! 맞아, 그 녀석이야! 으, 어디였더라. 오스 어쩌고 하는 학교를 졸업했다고 말했어."

"혹시 오스틴 왕립 마법학교?"

레티가 물었다.

"아, 맞아. 오스틴. 틀림없어."

"잠깐. 방금 졸업했다고 했지?"

"응. 그런데?"

"그러면 다른 사람일 거다. 우리가 엘빈과 헤어진 건 겨우 2개월 전이거든."

얼마나 엄격한 학교인지는 모르겠지만 아무리 그래도 2개월 만에 졸업하지는 못했을 것이다.

"그건 그렇네……."

"뭐, 너희가 아는 엘빈이든 아니든 상관없어. 만약 그 녀석이 눈앞에 나타난다면 이 검으로 베겠어. 그뿐이야."

루카는 칼자루에 손을 얹으며 말했다. 나도 딱히 말릴 생각은 없었다.

루카가 거짓말을 하지는 않았을 것이다.

나한테 거짓말을 해봤자 얻을 게 없기 때문이다.

제8화
예상치 못한 보스

우리는 3층으로 내려왔다.

'돌아올 수 없는 미궁'은 한쪽 면의 길이만 10킬로미터에 달하는 드넓은 던전이다. 따라서 공략에도 시간이 걸렸다.

아래층까지 최단 루트로 이동해도 2시간은 필요했고, 제대로 공략하려면 던전 안에서 캠프를 치고 야영까지 해야 했다.

"침대라고? 핫, 나쁘지 않은 생각이네."

휴식 도중. 간이 침대를 들여오면 어떻겠냐는 이야기를 루카에게 건네자, 루카도 말로는 동의를 표했다.

"혹시 뭔가 문제라도 있어?"

바보 취급을 하는 듯한 말투 같아서 마음에 걸렸다.

"아니. 던전에 침대를 들여온다는 발상이 참신해서. 괜찮은 아이디어라고 봐."

어깨를 으쓱이는 루카. 비키니 아머 차림이라 그 동작에 맞춰 가슴골이 깊어졌다. 멋진 광경이다.

"그럼 다행이고. 사실은 벌써 도구점에 부품을 발주시켜 놨거든. 세리나, 돈은 다음에 갚을게."

"난 상관없어. 침대를 설치한 장소는 정했어?"

"아니. 3층 어딘가에 설치할 생각이기는 한데……."

"그런 거라면 내가 좋은 장소를 알아. 조그만 방인데, 문이 달린 안전지대야."

루카가 말했다.

"좋아. 그럼 거기로 안내해 줘."

"알겠어. 이쪽이야."

우리는 기다란 통로를 따라 걸어갔다. 적은 나오지 않았다.

하지만 그 점이 오히려 마음에 걸렸다.

"정말로 이쪽이야?"

앞장서서 걷고 있는 루카에게 확인차 물었다.

"맞는데, 왜?"

"뭐랄까, 느낌이……."

이것이 게임이라면 이 앞은 십중팔구 보스방이다. 게임을 질리도록 해본 나이기에 느낄 수 있는 감각이었다.

반대로 그렇기 때문에 설명하기가 쉽지 않았다.

이쪽 세계의 주민인 미나와 리리에게 컴퓨터 게임에 대해 설명해 봤자 이해하지 못할 것이다.

"어쩐지 보스가 있을 것 같네."

비슷한 느낌을 받는지 세리나가 말했다.

"에이, 없어. 예전 파티에서도 휴식을 취할 땐 항상 이곳을 사용했어. 몬스터가 없으니까."

루카는 지나친 걱정이라는 듯 웃으며 손사래를 쳤다.

"그래? 알겠다."

나는 미나를 쳐다보았다. 미나는 고개를 내저어 몬스터의 냄새가 나지 않는다는 신호를 주었다.

"여기야."

루카가 문을 열고 앞장서서 안으로 들어갔다.

"오, 아무것도 없네."

뒤이어 쥬가가, 그리고 미나가 따라 들어갔다. 그런데 그때 이변이 일어났다.

아무것도 없던 방의 중심부에서 연기가 회오리치듯 피어오른 것이다. 농구공 정도 크기의 회오리였다.

흡사 작은 은하를 연상시키는 광경이었다. 흰색이 아니라 보라색이었지만.

공중에 떠있는 회오리는 마치 살아있는 것처럼 움직이고 있었다.

"으악! 뭐야, 저게!"

"위, 위험해! 저건!"

루카는 저 보라색 회오리를 본 적이 있는지 당황하며 검을 뽑았다.

"전투태세! 다들 안으로 들어가!"

멤버들이 뿔뿔이 흩어지는 것만은 피하고 싶었다. 모든 인원을 방 안으로 들어오라 지시한 뒤, 나도 검을 뽑았다.

"킬러비! 심지어 붉은색이라니!"

루카가 경악한 목소리로 외쳤다. 이윽고 회오리치던 보라색의 연기가 걷히고, 안쪽에서 거대한 벌이 모습을 드러냈다.

1미터에 달하는 크기의 벌이 날갯짓을 하면서 꼬리처럼 기다란 침으로 이쪽을 위협해 왔다.

　붉은 벌이라. 저만한 침에 쏘이면 독이 없어도 위험하겠군.

　아마도 맹독까지 발라져 있을 게 분명했다.

　"다들 쏘이지 않도록 조심해."

　"알았어, 알렉 형님! 으랴앗! 제길, 엄청 빠르잖아!"

　쥬가가 나서서 대검을 휘둘렀지만 킬러비는 빠른 속도로 회피했다.

　킬러비의 날갯짓 소리는 대형 오토바이 엔진에 버금갈 정도로 시끄러웠다. 모골이 송연해지게 만드는 소리다.

　"비켜! 주종의 맹약 아래 고하노라. 분노의 마신 이프리트여, 날카로운 업화가 되어 적을 멸하라! 플레임 스피어!"

　이번에는 레티가 후방에서 화염의 창을 날렸다. 하지만 킬러비는 창과 창 사이를 오가며 모조리 피해버렸다.

　다수의 마법을, 심지어 상당한 속도에 유도 성능까지 있는 플레임 스피어를 전부 피하다니.

　"아앗! 말도 안 돼……."

　레티도 예상 밖이었는지 맥 빠진 소리를 냈다.

　"레티, 방벽 계열 마법을 사용해!"

　나는 주변의 상황을 살피며 지시를 내렸다.

　이 방은 그렇게 넓지 않다. 비행 능력이 뛰어난 킬러비지만, 화염의 벽을 세워두면 마음대로 도망 다니지 못할 것이다.

　"알았어!"

레티는 마음을 추스르고 곧바로 다른 주문을 외우기 시작했다.

"이오네, 그쪽을 부탁해."

"네, 맡겨주세요."

세리나는 킬러비를 공격해 이오네 쪽으로 몰아넣으려 했지만, 킬러비가 고도를 높이면서 허사로 돌아가고 말았다.

"으랴앗!"

뒤이어 쥬가가 높이 뛰어올라 천장 근처에 있던 킬러비를 공격했다. 하지만 쥬가의 대검은 킬러비의 움직임을 쫓기에는 너무 느리고 무거웠다.

설상가상 바닥에 착지하면서 쥬가의 자세가 무너지고 말았다.

"크윽!"

""쥬가!""

도망다니던 킬러비는 찬스를 포착하자마자 단숨에 속도를 올려 급강하했다.

"어딜! 서클 웨이브!"

멀리 떨어진 장소에 있던 루카가 스킬로 충격파를 날렸고, 가까스로 킬러비를 견제하는 데 성공했다. 제법인데.

이어서 레티의 주문이 완성되었다. 천장까지 치솟은 화염의 벽이 킬러비를 사이에 두고 서서히 좁혀져 갔다. 마법을 다루는 방법이 능숙한걸.

"좋았어! 이 자식, 더는 못 도망치겠지!"

전위 멤버들이 밑에서 검을 움켜쥐고 킬러비가 내려오기만을 기다렸다.

그런데 그때, 킬러비가 목표를 정한 듯 나를 향해서 일직선으로 돌진해 왔다.

"우왓! 젠장, 하필이면 나를!"

이왕이면 실력이 좋은 세리나나 이오네를 노려주길 원했건만.

하지만 이미 물은 엎질러졌다. 나 또한 검사 나부랭이. 나는 검을 움켜쥐고 타이밍을 노려 베어 들어갔다.

""앗! 피했어?!""

하지만 킬러비는 나보다 빨랐다. 킬러비의 벌침이 내 공격을 비스듬히 피해서 파고들었다.

피할 수 있을까?

나는 도망치기 위해 필사적으로 몸을 비틀었다.

"크윽!"

젠장, 실패다. 팔을 찔리고 말았다.

"주인님! 이게!"

미나가 뒤쪽에서 숏 소드를 내리쳐 킬러비를 바닥에 떨구었다. 그리고 이오네와 세리나가 검을 휘둘러 킬러비의 숨통을 끊었다.

"바로 응급 처치를 해야 해! 해독제를 꺼내 줘!"

루카가 허둥대며 말했다. 하지만 나는 차분한 태도로 손을 내저어 괜찮다는 몸짓을 했다.

"괜찮아. 피아나, 힐링만 부탁해."

"아, 네."

"하지만 저 파란색 액체는 어떻게 봐도 독인걸?"

"나한테 독은 안 통하니까 걱정하지 마."

스테이터스 창을 확인해 봤지만 이상은 없었다.

최대치까지 올린 독 내성 스킬이 여기서 도움이 된 것이다.

그렇잖아도 내성에 그 많은 포인트를 투자한 게 후회되기 시작하던 참이었는데.

이렇게 보니 차라리 내가 공격당한 게 다행이었다.

독 내성을 보유한 멤버들도 몇몇 있지만 최대치까지 올리지는 않았다.

아마도 이 몬스터의 가장 위협적인 무기는 맹독이었을 것이다. 이미 처치했으니 아무래도 좋지만.

드롭된 아이템은 20cm 정도의 벌침과 반지였다.

반지를 [감정]해 보려는데, 쥬가 화난 목소리로 외쳤다.

"어이, 루카! 적은 없다면서!"

"그, 그랬어야 하는데……."

"잠깐. 루카를 탓하진 말자고. 저번에 왔을 때는 없었던 거겠지."

"맞아. 없었어."

"우리 파티 앞에서만 보스가 나오는 걸지도 몰라. 어째서인지는 모르겠지만."

세리나가 말했다. 일리가 있다.

지금까지 만났던 고난도의 적들도 아마 보스였을 것이다. 1층의 스켈레톤 용사도, 2층의 포복 전진 좀비도.

"뭐야, 그게? 만약 그렇다면 완전 손해 아니야?"

쥬가 말했다. 하지만 드롭 아이템을 감안하면 무작정 손해라고 볼 수만도 없었다.

게다가.

"아, 보스! 그렇다면 독침은 레어 스킬일지도 모르겠군."

나는 가슴을 두근거리며 스킬 창을 확인했다. 하지만 아쉽게도 스킬 카피는 발동하지 않았다.

확률 문제일 수도 있지만, 사실은 보스 전용 유니크 스킬이었을 가능성이 더 컸다.

유니크 스킬은 [맹독침☆] 같이 ☆ 표시가 붙은 스킬들을 일컬었다.

나의 [스킬 카피]에는 일반 스킬밖에 카피하지 못한다는 제약이 있었다.

후, 아쉽지만 어쩔 수 없지.

"나 이외에는 쏘인 사람 없지?"

"없어."

"좋아. 그러면 휴식을 취하자."

"알렉, 방금 전에 얻은 독침 말인데. 갖고 싶어. 나한테 줘."

레티가 당연하다는 듯이 손을 내밀었다. 나는 그 손을 찰싹 때렸다.

"아얏!"

"이건 파티의 전리품이야. 심지어 내가 몸을 던져가면서 쓰러트린 몬스터라고."

"하지만 나도 파티의 일원이잖아. 정말로 갖고 싶단 말야."

"우선은 어디에 쓸지부터 말해."

"알렉을 뒤에서 푹 찌르려고."

레티의 등 뒤에 숨어있던 리리가 씨익 웃으며 말했다.

"아냐. 조합에 쓰려고 그래. 약 제조에 유용하게 쓰일 거야."

"레티 이외에 필요한 사람? 손들어봐."

"나!"

"나도."

"아, 저도요⋯⋯."

세 사람이 손을 들었다.

쥬가, 세리나, 네네였다.

"쥬가는 어디에 쓰려고?"

레티가 물었다.

"응? 팔면 돈이 될 테니까. 팔리지 않더라도, 그 뭐냐, 일종의 기념품이지! 3층의 보스잖아. 다른 녀석들한테 자랑할 수 있다구."

수학여행을 가면 쓸데없이 크고 화려한 기념품을 사서 선생님한테 혼나는 녀석이 있기 마련인데, 비슷한 케이스로군.

"아, 그러서. 세리나도?"

"나도 환금이 목적이야. 장비를 갖추고 싶거든."

"네네는?"

"저⋯⋯ 그게 없으면 왠지 엉덩이가 허전해서⋯⋯."

네네가 작은 몸을 꼼지락거리며 말했다.

"뭐?"

"그거잖아. 보스한테 공감한 거야."

내가 대충 눈치를 채고 일러주었다.

"아아, [공감력] 스킬 말이구나⋯⋯. 그래도 공감할 게 따로 있지! 엉덩이에 침이라도 꽂으려고?!"

레티가 추궁하자 네네도 난처한 웃음을 지었다.

"아뇨, 그게…… 아하하……."

"그러면 네네는 필요 없는 걸로. 너희 셋이서 가위바위보 해."

"뭐?! 그건 안 돼! 나, 이럴 때 가위바위보로 이겨 본 적이 없어."

레티가 손바닥을 휘저으며 말했다.

"나랑 상관없어."

"이렇게 부탁할게!"

어째서 우는 거냐.

"솔직히 말해서 레티. 그렇게까지 필요한 약은 아니잖아?"

애초에 레티의 직업은 치료사가 아니라 마법사다.

"필요해. 자줏빛 연금술사 레티의 피가 들끓는다고나 할까…….
제3의 눈이 이거다! 라고 외치고 있어. 이거다, 이거다. 들었지?"

"시끄러워. 알았다. 귀찮으니까 그냥 네가 가져라. 다른 두 사
람도 괜찮지?"

"뭐, 어쩔 수 없나. 알렉 형님이 결정한 거니까 따라야지!"

"나도 이번에는 레티한테 양보할게."

그리하여 이번 전리품 분배는 커다란 분쟁 없이 마무리되었다.

에필로그
레어 스킬의 효과

"주인님, 또 보주가 나왔어요!"

"좋아, 3개째인가!"

3층을 탐색하는 도중, 빅 스파이더가 연속으로 보주를 드롭해 주었다. 운이 좋군.

"이, 이게 뭐야⋯⋯."

루카가 몸을 부들거리며 중얼거렸다.

"응? 왜 그래, 루카. 화장실이 급해?"

"아니야! 모르겠어, 쥬가?! 이 녀석들 이상하다고!"

"이상하다고? 뭐가?"

"보주가 하루에 몇 개씩이나 드롭되다니⋯⋯. 이건 사기야!"

루카는 두 손으로 자신의 머리를 부여잡고 마구 흔들었다. 와일드한 흑발이 매섭게 흩날리는 모습은 사자의 갈기를 연상시켰다.

"진정해. 이건 파티 스킬인 [레어 아이템 확률 업 LV5] 덕분이다."

웬만하면 자신의 패를 밝히고 싶지는 않지만, 전투에 집중하지 못하는 것보다는 낫기에 친절하게 가르쳐 주었다.

"그, 그렇구나⋯⋯. 하지만 그런 비전투 스킬만 올려도 괜찮겠어? 아, 동료가 있으니까 상관없나."

루카는 그렇게 말하며 제멋대로 납득해 버렸다. 하지만 나는 전투 능력에도 상당한 투자를 했다. 평소에는 후위에 있어서 눈에 잘 띄지 않지만.

"그러면 이번에는 이 정도로 하고 귀환하자."

3층에서 킬러비와 마주친 건 예상 밖의 일이었지만, 그래도 어렵지 않게 모험을 마칠 수 있었다.

보스가 리젠되는 순간은 나도 이번에 처음 목격했다. 짐작이지만 킬러비 정도의 강함이라면 보스가 맞을 것이다. 루카도 예전에 한 번 본 적이 있다고 말했고.

　여관으로 돌아오니 클라이드가 테이블에서 카드 게임을 즐기고 있었다. 마침 오늘은 '바람의 검은 고양이'의 2군 멤버들이 휴식을 취하는 날이었다.

　"오, 두목. 무사해서 다행이네요."

　"너 해고."

　"갑자기?!"

　"두목이 아니라 알렉이라고 했잖아. 바보 녀석."

　"아앗! 죄송합니다, 알렉 님! 용서해 주세요! 저한테는, 저한테는 다섯 살 난 딸아이가!"

　"알았어. 알았으니까 그렇게 다가오지 마. 그리고 나를 부를 때는 알렉 씨라고 불러. 땀내 나는 사내놈들한테 님이라고 불리고 싶지 않으니까."

　"아, 네."

　"그나저나 클라이드. 사망자는 안 나왔겠지?"

　"안 나왔습니다. 다들 2층에서 견실하게 사냥하고 있습죠. 헤, 헤헤."

　클라이드가 특유의 음침한 얼굴로 애써 웃어 보였다. 큰 문제만 없으면 됐다.

　"그래. 그대로만 부탁해."

"네. 알겠습니다."

이후 방으로 돌아온 나는 장비를 벗은 뒤, 대야에 물을 담아 목욕을 했다.

던전의 긴장감에서 해방되어 한시름 내려놓을 수 있는 순간이었다. 그래도 이왕이면 목욕탕에 몸을 담그고 싶었다.

아쉽지만 이 여관에는 목욕탕이 없었다. 나중에 목욕탕이나 찾으러 가 볼까. 어쨌든 오늘은 대야에 담긴 물로 목욕을 마쳤다.

식사를 마치고 방에서 뒹굴거리고 있자, 미나와 네네가 안으로 들어왔다.

"주인님. 오늘은 저와 네네가 상대해 드릴게요."

"그래, 알겠어."

나는 매일 밤 돌아가면서 연인들과 관계를 가졌다. 하렘의 이상적인 형태다.

"옷은 내가 벗겨주지."

우선은 미나의 옷을 한 겹, 한 겹 정성스럽게 벗겨나갔다.

"아······."

미나는 부끄러워했다. 그렇게나 몸을 섞었으면서도 처녀나 다름없는 반응이었다.

흰 피부가 드러나도록 겉옷을 벗긴 뒤, 가슴의 형태를 확인하듯 속옷 너머로 미나의 가슴을 주물렀다.

"으응."

작은 소리로 신음하는 미나. 미나의 가슴이 부드럽게 형태를 바꾸고, 속옷 안쪽의 자그만 돌기가 남자를 유혹하듯 꼬물거렸다.

"하으으……."

옆에 서 있는 네네가 볼을 빨갛게 물들이며 그 모습을 지켜보았다.

침을 삼키는 꿀꺽 소리는 누구의 목에서 난 것일까. 나는 속옷 안으로 손가락을 집어넣어 가슴의 감촉을 실컷 만끽했다.

"응, 하앗, 으응! 아앙♥ 주인님, 거기는…… 아앗!"

미나의 민감한 부위는 이미 완벽하게 파악하고 있었다. 애무로 미나를 가버리게 만드는 데는 오랜 시간이 걸리지 않았다.

"흐앙, 주인니임♥ 아아아아앗!"

"자, 네네. 다음은 너다."

"아, 알겠습니다."

이번에는 네네를 침대에 네발로 엎드리게 만들고 옷을 벗기기 시작했다. 푹신푹신한 꼬리의 감촉을 충분히 만끽한 뒤, 귀여운 호박 팬티를 한쪽으로 젖히자 작은 엉덩이가 모습을 드러냈다.

나는 그 엉덩이를 감싸듯이 부드럽게 어루만져 주었다. 그러자 네네의 입에서 달콤한 목소리가 흘러나왔다.

"하으응……. 알렉 님, 기분 좋아요…… 흐아……."

아직 멀었어, 네네. 더욱더 기분 좋게 해주마.

나는 말 없이 네네의 항문에 검지를 푹 찔러 넣었다. 그러자 네네는 놀랐는지 작은 비명을 내질렀다.

"꺄악!"

당혹감에 몸이 굳어진 네네는 허둥지둥 두 손으로 엉덩이를 가리려 들었다. 흠. 네네한테 애널 섹스는 아직 이른가 보군.

마음을 바꾼 나는 네네를 침대에 드러눕혀 가슴을 주물러 주었다.

비록 미숙하지만 부드러운 가슴이었다. 나는 그 감촉을 만끽하면서 네네가 흥분하도록 가슴을 주물러 나갔다.

"흐응, 하윽, 아앗, *끄응*……."

달콤한 신음 소리를 내뱉는 네네. 지금까지의 경험들로 네네의 몸은 개발이 완전히 끝난 상태였다. 나는 네네의 도톰한 가랑이 사이로 손가락을 집어넣었다.

"으읏, 아아앙!"

느끼고 말았는지 네네가 한층 더 커다란 목소리로 신음했다. 가랑이 안에서 흘러넘친 과즙이 내 손가락을 적셔나갔다.

"하윽, 알렉 님, 네네는, 네네는 이제……!"

슬슬 때가 됐군.

나는 옷을 벗어 성스러운 힘이 깃든 하반신의 검을 해방했다.

그리고 삽입되기만을 애타게 기다리는 네네의 육체로 그 끝을 향했다.

"잠시만요, 주인님."

그런데 그때, 미나가 내게 말했다.

"왜 그래?"

"우선은 저와 네네가 봉사해 드릴게요."

"봉사라. 뭐, 한번 해 봐."

""네.""

내가 침대 위에 드러눕자, 미나는 내 성검을 움켜쥐고 위아래로 문지르기 시작했다. 핸드잡이군. 미나 녀석, 어느새 이런 기술을 익혔담. 하지만 아직 능숙하다고 하기에는 부족했다.

'더 강하게 문지르면 좋을 텐데.'

"알겠습니다."

호오. [공감력☆] 스킬로 내 생각을 읽은 건가. 미나는 네네가 읊조린 내 속마음을 토대로 성검을 더욱 강하게 움켜쥐었다. 그러자 더욱 강한 쾌락이 전해져 왔다.

'뿌리까지.'

"네."

미나의 부드러운 손가락이 한계를 시험하듯 내 성검을 문질러댔다. 덕분에 입에서 무심코 소리가 나오고 말았다.

"어후우."

'아주 좋아. 라스트 스퍼트를 시작해.'

"네, 주인님."

내 성감대를 완벽하게 숙지한 미나는 움직임에 속도를 붙이기 시작했다. 나는 끓어오르는 충동을 아슬아슬하게 견뎌내야 했다.

"크윽!"

그리고 마침내 성검에서 흰 빛줄기가 힘차게 뿜어져 나왔다.

"꺄악!"

"흐앗!"

새하얀 빛을 얼굴에 뒤집어쓴 미나와 네네의 모습은 요염하게 짝이 없었다.

"좋아. 두 사람 모두 한꺼번에 상대해 주지. 서로 끌어안은 자세로 누워봐."

""아, 알겠습니다.""

내가 무엇을 하려는지 알고 있는 두 사람은 얼굴을 마주한 채 성검이 오기만을 기다렸다.

"으응!"

"하으윽!"

미나와 네네가 동시에 교성을 내질렀다. 자매처럼 끌어안은 두 사람은 몸을 바들바들 떨면서 성검이 가져다주는 쾌락을 견디고 있었다.

"훌륭해."

나는 성검을 안쪽 깊숙이 박아 넣어가며 부드러운 두 개의 칼집을 몰아붙였다.

"주인님, 아앙, 더는 못 참겠어요! 어, 얼른!"

"하으, 저, 저도, 아아앙!"

"좋아. 알겠어. 동시에 가버리게 해 주마."

나는 허리의 움직임에 박차를 가해 소녀들의 민감한 부분을 집요하게, 격렬하게 문질러 나갔다. 그야말로 쾌락의 삼위일체였다.

""앗, 아아아아아앗!""

마침내 한계에 달한 두 자매의 등이 활처럼 젖혀졌다. 두 사람은 온몸을 경련하며 사이좋게 낙원으로 승천해 버렸다.

"후우."

욕망을 전부 분출한 나 또한 최고의 기분이었다.

"저기, 주인님. 한 번만 더 부탁드려도 될까요…….."

"저, 저도 하고 싶어요……."

미나와 네네가 부끄러워하면서도 칼집의 입구를 슬쩍 벌리며 어필해 왔다.

"좋아. 2라운드를 시작하자."

나의 성검이 벌떡 일어서 임전 태세에 돌입했다.

오늘밤의 성전은 힘들고 긴 싸움이 될 듯하다.

제7장 용사 엘빈

프롤로그

보주

다음 날 아침. 나는 상인 길드로 향했다.

"앗, 알렉 님. 상인 길드에 어서 오십쇼."

단출한 옷차림으로 왔지만 문지기는 내 얼굴만 보고 들여보내 주었다.

접수원도 웃음을 지으며 내게 달려왔다.

"오늘은 무슨 용건으로 찾아오셨나요?"

"평소대로 부탁해. 펠 뭐시기로."

나는 익숙한 태도로 접수원에게 말했다.

그러자 근처에 있던 남자 한 명이 화들짝 놀라며 꿀꺽 침을 삼켰다. 누가 보면 접수원한테 야한 짓이라도 시키는 줄 알겠네. 나는 사람 이름을 말하려던 거라고.

"페로스 말씀이시군요. 죄송하지만 페로스 씨는 지금 행상을 나가 계셔서요. 대신에 저 '유미'가 상사인 페로스에게서 인계를 받아 담당하게 되었습니다."

"응? 올 때마다 담당이 바뀌면 곤란한데."

나는 미간을 찌푸리며 말했다.

버니어 왕국에서는 메를로라는 상인이 내 거래를 전담해 주었고, 덕분에 나도 상인 길드를 신뢰할 수 있었다.

매번 담당자가 바뀌면 일일이 설명을 하는 것만으로도 귀찮았다.

고가의 물건인 보주를 주기적으로 들고 오는 모험가라면 상인 길드에서도 우대해 줄 거라고 생각했는데……. 이곳은 그렇지도 않은 모양이었다.

"아뇨, 안심해 주세요. 앞으로는 제가 쭉 알렉 님의 담당을 맡을 예정이거든요. 페로스도 인수인계를 하면서 인사를 드리려고 했는데, 급한 용건이 생기고 말았네요. 정말 죄송합니다."

"뭐, 모험가들은 시도 때도 없이 찾아오기 일쑤니까. 이해해. 일단 확인하겠는데, 옥션 거래로 실적을 남긴 적은 있어?"

유미는 상당히 젊은 편이었다. 대충 열여덟 정도일까. 상인 길드의 말단처럼 보였기에 걱정이 되었다. 터번도 두르지 않았고.

"예, 물론이죠. 알렉 님께서 해오신 거래에 대해서도 숙지하고 있답니다."

남들 앞에서 거래 내용을 함부로 발설하지 않는 점은 마음에 들었다.

"알겠어. 그러면 맡겨 볼까."

"예. 저쪽 자리로 가시죠."

안으로 이동한 나는 수수료 확인을 마치고 보주를 전부 넘겼다. 네 개였다.

"네 개군요. 확실히 받았습니다. 그런데 저, 불손한 질문일 수도 있습니다만, 이 보주는 어디에서……."

거래 상대에게 입수처를 묻는 것은 나를 신용하지 않는다는 증거다. 영 내키지 않았지만, 뒤집어 말하면 내가 보주를 가져오는 빈도가 그만큼 이상하다는 뜻이었다.

"정직하게 몬스터를 잡아서 얻었어. 나한테는 [레어 아이템 확률 업 LV5] 스킬이 있거든. 도난품이 아니니까 안심해. 뭣하면 용병을 고용해서 나랑 같이 던전에 들어가 보던가."

"아뇨, 도난품이라뇨. 훌륭한 모험가인 알렉 님께서 그런 짓을 저지를 리가 없죠. 최근에는 B랭크 파티의 모험가도 동료료 삼으셨다고 들었어요."

루카를 두고 하는 말이군. 조사를 철저히 한 모양이었다. 유미는 계속해서 말했다.

"단지, 이만한 양의 보주를 보유한 사람이 좀처럼 없어서요. 수집이 취미인 귀족이 아니면 말이죠."

하긴 그렇겠지.

"스킬에 대한 건 비밀로 해줘."

"네, 물론이죠. 여기 보관증입니다."

유미는 순식간에 보관증을 작성해 내게 건넸다. 일찌감치 개수를 제외한 사항들을 기입해 놓았던 것이리라. 유능한 인물 같아서 다행이었다.

"이외에도 필요한 것이 있으시다면 뭐든 말씀해 주세요."

"아니. 오늘은 이게 전부야."

"그러시군요. 다음에도 방문해 주시길 기다리고 있겠습니다."

아무런 용건이 없음에도 유미는 만족스럽게 웃으며 고개를 끄덕였다. 고객에게 안도감을 주는 미소였다.

"그래. 난 이만……."

여관으로 돌아가면 오늘은 누구를 침대로 끌어들여 볼까?

"저, 알렉 님."

"응? 뭐지?"

"혹시 괜찮으시다면 저와 점심 식사라도 하지 않으실래요?"

유미가 물었다.

"흐음."

나는 그녀를 새삼스럽게 바라보았다.

다소 작은 체구의 미소녀다. 붉은색의 단발에 뚜렷한 이목구비는 묘한 색기를 머금고 있었다. 그렇다면 대답은 정해져 있었다.

"좋아."

"그러면 레이디 타바사라는 가게에 예약을 넣어둘게요. 달리 원하는 가게가 있으시면 말씀해 주세요."

"예약?"

나는 미간을 찌푸렸다. 상인 길드에는 던전에서 귀환하는 시간은 물론이고 날짜조차 알려준 적이 없었다.

어떻게 유미가 내 스케줄을 알고 있는 거지?

"예……. 실은 용의 안식처의 숙박객 중에 친구가 있어서요. 우연히 알게 되었습니다."

그 친구라는 사람이 내가 귀환하는 시간을 지켜본 건가. 정말로 우연히 알게 된 걸지도 모르지만, 길드의 직원에게 일부러 숙박을 시켰을 가능성도 충분히 있었다.

하지만 보통 그렇게까지 하나?

"이상한 짓은 하지 말고."

"알겠습니다."

"뭐, 모처럼 한턱낸다는데 포기하긴 아깝지. 이번에는 함께할게."

"네. 고맙습니다."

이곳은 쥬가를 버렸던 노예상 야나타가 간부로 있는 상인 길드다. 그래서 유미도 나를 경계하는 걸지도 몰랐다. 뭐, 그렇다고 다짜고짜 음식에 독을 타지는 않을 것이다. 내가 죽으면 신전의 사제들에게 의심을 살 테니까. 야나타로서는 얻을 게 없었다.

만일 신전에서 노예의 치료비를 인상하기라도 하면 야나타에게는 적잖은 손해였다.

"아, 참고로 저와 페로스는 '화이트 도그' 클랜에는 소속되어 있지 않습니다. 그러니 걱정하지 마시길."

"알았어."

야나타와 나의 관계에 대해서 캐물을 줄 알았건만, 유미는 잡다한 말 외에는 꺼내지 않았다.

"괜찮은 가게인걸."

자리에 앉은 나는 가게를 둘러보며 말했다. 은은한 빛을 발하는 유리 세공품들과, 벽에 조각된 다양한 동물의 모습이 손님들의 눈을 즐겁게 했다.

아무래도 귀족들 전용 고급 음식점인 듯했다. 그래도 룸 레스토랑이라서 다른 손님들과 얼굴을 맞대지 않아도 된다는 점이 좋았다.

밀담을 나누기에 더할 나위 없는 가게였다. 나도 언젠가 용건이 생기면 이곳을 이용해 볼까.

"마음에 드신 것 같아서 다행이에요. 고심해서 고른 보람이 있네요."

유미가 내 감상을 듣더니 만족스럽게 미소 지었다. 그리고 내게 질문해 왔다.

"접대부를 부를 수도 있습니다만, 어떻게 할까요?"

"흐음? 딱히 여자를 살 생각은 없는데. 그런데 처녀도 살 수 있어?"

"네. 값은 더 나가지만 가능합니다. 연령대도 어린 소녀부터 숙녀까지 다양하죠. 이 가게의 종업원은 전부 미녀랍니다."

호오. 소녀까지 가능하다니, 멋진 세계로군.

"흐음……."

나는 눈앞에 있는 유미의 값어치를 짐작해 보았다. 가슴은 큰 편이고, 젊은 데다가 똑똑하기까지 하다. 이런 미소녀도 살 수 있을까.

"……혹시 저를 원하시는 건가요?"

"응? 아니야. 그런데 가격은 보통 얼마쯤 하지?"

"처녀의 경우에는 은화 한 닢이라고 들었어요. 참고로 저를 원하시면 공짜로 가능하세요."

"네가 처녀라고? 내 앞에서 거짓말은 소용없어. 그러니 솔직하게 말하는 게 좋아."

내게는 [감정 LV5] 스킬이 존재하기 때문이다.

유미는 사교적이고 노련한 여성이라는 인상을 주었다. 처음 만나는 고객 앞에서도 전혀 주눅 들지 않으니 처녀라고 보기는 힘들었다.

살짝 감정을 해볼까.

〈이름〉 유미 〈연령〉 18
〈레벨〉 8   〈클래스〉 상인
〈종족〉 인간 〈성별〉 여자
〈HP〉 73/73 〈상태〉 건강
[해설]
그랑소드의 상인.
상인 길드 소속.
야심가. 상당히 활동적임.
처녀.

"윽, 정말로 처녀였구나."

"감정 스킬을 사용하신 건가요? 좋은 스킬을 가지고 계시네요."

유미가 빙긋 웃었다. 나를 이용하려는 꿍꿍이가 보였지만 그래도 젊고 아리따운 처녀다.

그렇다면 응할 수밖에.

"좋아. 공짜라고 하니 접대를 받아 보실까."

"네, 휴게실로 가시죠."

나는 유미와 휴게실로 향했다.

제1화
상인 유미

나의 환심을 사려는 상인 길드의 소녀, 유미.

감정 스킬에 따르면 상당한 야심가인 모양이지만, 어쨌든 얼굴과 성격이 마음에 들었기에 상호 동의하에 맛이나 보기로 했다.

"알렉 님, 뭐라도 마실까요? 앗!"

나는 쓸데없는 소리를 하는 유미를 침대에 밀어 넘어트렸다.

"필요 없어. 휴게실에 왔으니 할 일은 하나뿐이야. 얼른 시작하자."

"아, 알겠습니다."

그래도 처녀는 처녀인지 유미의 몸에 긴장감이 서렸다.

"응? 뭐야. 생각보다 작네……."

제법 커다란 가슴이라 생각했건만. 막상 만져보니 두꺼운 천이 둘둘 말려 있었다.

"죄송합니다……."

"뭐, 됐어. 나는 작은 게 취향이거든. 잘 기억해 둬."

"네. 으응, 앗!"

유미를 뒤에서 끌어안은 나는 형태와 탄력을 음미하듯 자그만 젖꼭지를 만지작거렸다.

유미의 몸이 움찔움찔 떨렸지만 이마저도 연기일지 몰랐다. 하긴, 아무래도 상관없지만.

목덜미를 핥으면서 키스로 이어나가려 하자 유미가 얼굴을 반대쪽으로 돌려버렸다.

그래서 나도 얼굴을 반대쪽으로 옮겼지만 유미는 이번에도 고개를 홱 돌렸다.

키스 정도는 충분히 예상하고 있을 줄 알았는데.

"혹시 상인 길드에서 억지로 시킨 거야? 따로 사귀는 사람이 있다던가."

내가 물었다.

그렇다면 도중에 멈춰야 하니 마음이 착잡했다.

"아니요. 제 의지예요. 페로스가 알렉 님의 마음을 사로잡아야 한다고 당부하긴 했지만 방법은 제 재량에 맡기겠다고 했거든요."

유미가 대답했다.

"그러면 어째서 키스를 피하는 거야?"

"그건…… 창부가 아니라 상인으로서 돈을 벌겠다는 제 신념 때문이에요."

"신념이 있는 건 훌륭하지만 본인이 선택해 놓고 키스 정도로 망설이는 것도 좀. 뭐, 나와 함께한다면 돈벌이는 아쉽지 않을 거야."

"알겠습니다. 윽!"

이번에도 유미는 고개를 돌렸다.

"알겠다면서 고개는 왜 돌리는 거야?"

"죄, 죄송해요. 생리적으로 저항감이."

상당히 열 받는 이유로군.

"싫으면 싫다고 처음부터 거절을 하던가, 바보야. 거짓말한 벌로 딥 키스를 해주마."

"으읍!"

나는 억지로 유미의 입술을 빼앗아 혀를 비집어 넣었다.

정말로 싫었다면 나를 밀쳐냈을 테지만, 유미는 몸을 움츠리고 꾹 참았다.

나는 그런 유미의 혀를 충분히 핥아준 다음 가슴으로 혀를 가져갔다.

"응으읏!"

"이것도 싫어?"

"시, 싫기는 하지만 가슴이라면 어떻게든……."

어떻게든 참을 수는 있다는 뜻인가.

본인의 야심을 위해서라도 분발하길 바란다.

"응, 아앙, 아앗, 끄윽……."

나도 이참에 마음껏 즐기기로 했다.

"그러면 넣는다."

"아, 알겠습니다."

"키스는 싫다면서 넣는 건 괜찮은 거야? 이해하기 힘든 녀석일세."

"그건……."

본인도 이유를 설명하기 힘든 모양이었다.

"넣은 다음에 취소해 달라고 말해도 소용없어. 나도 돌이킬 생각은 없으니 그렇게 알고."

"네, 각오는 되어있어요. 대신에 앞으로 잘 부탁드립니다."

"알았다. 오래오래 친하게 지내보자고. 후후후."

자신이 한 말이지만 참 악역답다고 생각하면서, 나는 벨트를 풀고 유미의 몸속에 물건을 삽입했다.

"으응!"

"몸에서 힘을 빼. 좋아, 잘했어."

"흐앙, 앗! 아앙!"

"괜찮아?"

"괘, 괜찮아요."

견딜만한 모양이었다. 게다가 유미가 보조를 맞추려고 노력해서 움직이기도 쉬웠다. 문제없겠다고 여긴 나는 서서히 페이스를 끌어올렸다.

"으응, 흐아앙! 아앗! 끄윽! 앗, 앗, 앗, 앗!"

유미의 표정이 점차 당혹감으로 물들기 시작했다. 유미는 몸을 비틀어 내게서 도망치려 했지만 내가 그녀의 몸을 단단히 억누르고 있어 불가능했다. 이제 와서 처녀를 바치기 싫어진 건 아닐 테지만, 그래도 나는 유미의 마음이 변하기 전에 라스트 스퍼트로 돌입했다. 허리를 깊이 박아 넣자 유미의 교성이 공명하듯 한층 커다래졌다.

"응으읏! 아, 안 돼요, 알렉 님! 그렇게, 그렇게 거칠게 움직이면, 아앗! 제 몸이, 끄윽, 버티질 못해요!"

"안심해. 몸이란 건 이 정도로 망가지지 않아."

"그, 그래도, 하윽!"

"그러면 여기서 관둘까?"

나는 잠시 물건을 뽑아낸 뒤 움직임을 멈추었다. 물론 여기까지 와서 그만둘 생각은 추호도 없었다. 이건 일종의 도박이다. 아니나 다를까, 두 허벅지를 맞댄 채로 꼼지락거리던 유미는 얼굴을 새빨갛게 물들이며 애원해 왔다.

"아, 아뇨, 계속해 주세요……. 부탁드립니다."

"좋아."

나는 유미를 만족시켜 주기 위해서 격렬하게 허리를 움직였다.

"응, 앗, 아앗, 끄읏, 흐앙, 아아아아아앗!"

결국 쾌락에 저항하지 못한 유미는 몸을 활처럼 젖히며 절정을 맞이했다.

이 세계에도 뛰어난 피임약이 있으므로 나는 그대로 유미의 뱃속에 욕망을 분출했다.

후우.

정사를 마친 나는 몸을 닦고 옷을 입었다.

"알렉 님, 저는 옷을 갈아입는 데 시간이 걸릴 것 같으니 먼저 돌아가 보세요."

아직 침대에 드러누워 있던 유미가 말했다. 절정의 여운으로 움직이지 못하는 모양이었다.

"알겠어. 그러도록 하지."

연인 관계인 것도 아니므로 괜한 배려는 오히려 유미를 불쾌하게 만들 수 있었다.

"식비는 보주의 판매 대금으로 지불해 줘."

"아뇨. 이번에는 제가 한턱 내는 거라고 생각해 주세요."

일종의 VIP 접대인가. 본인이 저렇게 말하니 감사히 받도록 하자.

나는 휴게실의 문을 열고 밖으로 나왔다.

객실이 배치된 복도를 걸어가고 있는데, 맞은편에서 3명의 여자를 거느린 남자가 다가왔다. 나는 옆으로 길을 비켜주었다.

"어이쿠, 실례. 비켜줘서 고마워."

남자가 씨익 웃으며 말했다. 그는 여자들의 부축을 받으면서 휴게실로 향하고 있었는데, 비틀거리는 것이 상당히 취한 듯 보였다.

과연 저 상태로 3명이나 상대할 수 있을까. 나랑은 상관없는 일이지만.

다만, 남자의 옷차림이 조금 마음에 걸렸다. 새하얀 사제복을 입고 있었던 것이다. 나는 자리에 멈춰 서서 멀어지는 남자를 잠시 지켜보았다.

"엘빈 님, 이쪽이에요."

"오오, 그렇습니까. 이것도 신의 뜻이니 마음껏 즐기도록 합시다. 평등하고 사이좋게 말이죠, 딸꾹!"

저 녀석이 엘빈이라고?

아니다.

동명이인일 것이다. 눈앞에 있는 남자의 얼굴은 내가 알고 있는 용사 엘빈과는 전혀 달랐다. 금발이라는 점은 동일했지만.

일단은 [감정]해 보자.

〈이름〉 안드레 〈연령〉 23
〈레벨〉 24   〈클래스〉 사제
〈종족〉 인간   〈성별〉 남자
〈HP〉 173/173 〈상태〉 만취
[해설]
오스틴 출신의 사제.
대담한 성격으로, 비교적 활동적.
결혼 사기로 지명 수배 중.

이번에도 가명을 쓰는 녀석이었군.
하지만 어째서 엘빈이라는 이름을 사용하는 걸까?
결혼 사기로 도망 중에 선택한 이름이 우연히 엘빈이었던 걸까?
뭐, 어찌 됐든 나쁜놈인 건 확실하다.
정중한 말투도 그렇고 루카를 함정에 빠트린 녀석과 특징이 일치했다. 나중에 가르쳐 주기로 하자.

여관에 돌아온 나는 곧바로 루카를 불렀다.
"뭔데, 알렉. 급한 용건이라니."
루카는 갑옷을 벗고 평상복으로 갈아입은 상태였다. 그래도 검사답게 허리에는 검을 차고 있었다.
"레이디 타바사라는 가게에 엘빈이라고 불리는 남자가 있었어.

금발의 사제야."

"큭! 그 PK 자식!"

루카는 험악한 표정을 지으며 당장이라도 여관을 뛰쳐나가려 했다. 나는 그런 루카를 불러 세웠다.

"기다려, 루카! 녀석은 한창 즐기는 중이니 한동안은 가게에 있을 거야. 힘을 빌려주지. 뒷문으로 달아나기라도 하면 말짱 꽝이잖아. 작전과 동료가 필요할 거다."

내가 말했다.

하지만 또 다른 이유도 존재했다. 그 가게에서 소동이 벌어지면 유미에게 민폐를 끼칠 우려가 있었다. 루카가 내 일행이라는 건 알만한 사람은 다 아는 사실이었다. 하물며 루카는 B랭크 파티 소속이었던 유명인이다.

물론 엘빈을 붙잡는 데는 협력할 생각이지만 가급적이면 가게를 나온 이후에 제압하고 싶었다.

"알았어. 빚은 꼭 갚을게."

"그래. 이오네와 세리나를 불러와 줘. 미나도."

안드레는 레벨 24의 사제에 불과했고, 용사조차 아니었다. 이 멤버라면 어렵잖게 붙잡을 수 있을 것이다. 게다가 안드레는 만취한 상태다. 여럿이면 모를까 한 명을 상대로 고전할 가능성은 적었다.

나는 자리에 모인 멤버들에게 간략히 상황을 설명했다.

곧바로 작전을 세운 우리는 장비를 갖춰 입고 방을 나섰다.

"오, 뭐야? 다 함께 소풍이라도 가? 나도 데려가 줘, 알렉 형님!"

쥬가의 실력은 쓸만하지만 시끄러운 성격 때문에 이 작전에는 맞지 않았다.

"놀러 가는 게 아냐. 해결해야 할 일이 있거든. 너는 만약을 대비해 여기서 대기하고 있어. 이것도 중요한 역할이야."

"오오? 그래, 알았어! 나한테 맡겨."

"그리고 피아나를 보거든 레이디 타바사라는 가게로 오라고 전해줘."

"오케이! 레이디 타바사 말이지?"

나와 미나, 세리나, 이오네, 그리고 루카까지 다섯 일행은 문제의 가게로 향했다.

"알렉. 도와준 건 고마운데, 엘빈을 발견하면 내가 끝장을 내도 괜찮겠지?"

루카가 확인하듯 물었다. 배신에 PK까지 당할 뻔했으니 무리도 아니었다.

"물론이야. 공적을 가로채거나 방해할 생각은 없으니 안심해. 단, 가게에서는 소란을 일으키지 마. 밖으로 나올 때를 노리자고."

"번거롭네. 도망치기 전에 해치우면 될 텐데."

"너무 불평하지 마. 이곳은 귀족들을 대상으로 하는 가게야. 귀족이나 놈들의 호위가 끼어들면 너나 나나 귀찮아질 뿐이야."

"……그렇네. 알겠어."

이윽고 우리는 대로 한복판에 위치한 레스토랑, 레이디 타바사에 도착했다.

"어떻게 할까?"

세리나가 가게를 엿보며 물었다.

"작전대로 가자. 우선은 내가 가게로 들어가서 녀석이 아직 있는지 확인하겠어. 세리나와 루카는 뒷문으로 돌아가서 감시하고 있어. 미나와 이오네 두 사람은 정문에서 대기하고."

""알았어.""

"네, 주인님."

"그럴게요."

가게의 입구로 다가가자 풀 플레이트 아머를 입은 문지기들이 나를 경계했다. 나 역시 갑옷 차림이었기 때문이다.

나는 한쪽 손을 들어 문지기들의 경계심을 풀어주었다.

"깜빡한 물건을 찾으러 왔어. 내 얼굴은 기억하고 있지?"

"예. 들어가시죠."

방금 전까지 이 가게의 손님이었던 나는 어렵지 않게 잠입에 성공했다. 검과 갑옷도 여전히 장비한 상태였다.

사실 이곳의 경비 수준을 감안하면 단골이 아닌 이상 쉽게 통과되진 못했을 것이다. 하지만 나는 상인 길드 소속의 유미가 데려온 손님이었다.

가게로 들어온 나는 안쪽에 위치한 휴게실로 향했다.

마침 객실에서 나온 유미가 나를 보고 의아한 표정을 지었다.

"알렉 님? 어째서 무장을 하고 계신가요?"

제2화
엘빈 습격 작전

하얀 로브를 입은 사제. 루카를 속여 PK를 벌이려 했던 남자를 이 가게에서 목격했다.

상인인 유미와는 전혀 관계없는 일이니 얼버무려도 괜찮을 것이다.

그래도 뭐, 설명해 주기로 할까. 떳떳하지 못한 짓을 하는 것도 아니니까.

"지인을 함정에 빠트린 녀석을 이곳에서 발견했거든."

실제 범인과 다른 인물일 가능성도 약간은 존재했다. 이름과 복장이 우연히 일치했을 경우다. 하지만 루카가 직접 본다면 금세 판명될 것이다.

그러니 문제 될 건 없다.

"네? 잠시만요. 이곳에서 소란을 벌이면 큰일로 번질 거예요."

"알고 있어. 방에 있는지 확인하러 왔을 뿐이니까 걱정하지 마. 나머진 밖에서 해결할 거야."

"그런데 그분의 성함이? 귀족인가요?"

"아니. 가명을 사용하고 있는 사제다. 높으신 분은 아냐."

신분제가 엄격한 이 세계에서 귀족 여부의 판단은 목숨과 직결된 일이다.

"그렇군요. 후우. 그렇다면 저도 협력하게 해주세요."

"아니. 네 힘을 빌릴 만큼 어려운 일은 아니야, 유미. 먼저 돌아가도록 해."

딱히 유미를 의심할 생각은 없었다. 단지, 유미에게 도움을 받으면 나중에 커다란 빚으로 되돌아올 것 같았다.

처녀를 바치게 해놓고 할 말은 아니지만, 그건 다른 문제다.

"알겠습니다. 그러면 저는 이만 실례할게요. ……아하, 물건을 두고 오셨다고요?"

마침 음료를 든 웨이터가 우리를 지나쳤고, 유미는 간단한 연기로 의심을 막아주었다.

"맞아. 내가 알아서 할 테니까 먼저 돌아가."

"네. 그럼 이만."

웨이터가 지나가기를 기다린 뒤, 나는 가짜 엘빈과 마주쳤던 복도로 향했다.

자, 이 복도에는 4개의 객실이 존재한다.

객실의 문은 전부 북쪽 방향으로 나 있었다. 문과 문 사이의 간격도 전부 동일했다.

세 번째 문 앞에는 풀 플레이트 아머 차림의 기사가 선 채로 대기하고 있었다. 호위일 것이다.

저만한 장비라면 객실 안에 있는 인물은 아마도 귀족일 것이다. 한창 즐기는 중이겠지.

나머지 3개의 문 중에서 어느 것이 정답일까. 흐음, 고민되는군.

"으응! 아아앙 ♪ 아앗!"

맨 앞의 방에서 여자의 교성이 들려왔다. 하지만 안드레의 목소리는 들리지 않았다.

교성을 지르는 여자도 한 명뿐이니 일단 이곳은 보류하기로 했다. 가짜 엘빈은 세 명의 여자를 대동하고 있었다.

두 번째 문으로 향하자 호위인 기사가 검에 손을 얹으며 노골적으로 경계해 왔다.

나는 양손을 들어 적의가 없음을 표현했다.

"경계할 거 없어. 난 평범한 손님이야."

"그렇다면 어째서 무장을 하고 있지?"

"모험가니까. 용의 안식처에 거점을 두고 있는 알렉이라고 해."

"들어본 적 있다. 야나타와 다투고는 노예를 잔뜩 사들인 루키던가."

"맞아. 하지만 딱히 다툰 건 아니었어. 신사적으로 거래를 했을 뿐이야."

"흥. 아무래도 좋아. 어쨌든 다가올 생각은 마라, 모험가 자식."

내 실수다. 섣불리 움직이면 이 의욕적인 호위까지 상대해야 할 판이다.

그렇게 되면 이 녀석을 쓰러트린다 한들 가게가 시끄러워질 것이다.

그래서 나는 잠자코 호위의 말을 듣기로 했다.

"이봐, 혹시 흰색의 옷을 입은 사제가 이쪽으로 오지는 않았어?"

"그건 왜 묻지? 그보다 너, 여자는 어쩌고 혼자인 거냐."

"여기서 기다리는 중이야. 피차 한가한데 잡담 정도는 나눌 수 있잖아."

"…………."

틀렸다. 오히려 경계심을 사고 말았다.

아예 입을 다물어 버리다니. 쓸모없는 녀석이다. 일단 검에서 손부터 뗐으면 좋겠는데.

"잠깐 확인하고 올게."

나는 그렇게 말하며 발걸음을 돌리려 했다.

"기다리게 해서 죄송합니다, 알렉 님."

그런데 그때 유미가 다가와 말을 걸었다. 내가 무슨 짓을 할지 걱정돼서 주변에서 상황을 살피고 있었던 모양이다.

"아아, 왔네. 이쪽이 내 일행이야."

"흥."

호위 기사는 그제야 검에서 손을 떼어냈다.

"두 번째, 아니면 네 번째야."

나는 작은 목소리로 유미에게 말했다.

"알겠습니다. 그러면 제가 실수를 가장해서 문을 열게요."

상황을 설명한 뒤, 유미로 하여금 두 번째 문을 열게 했다.

"아앙, 제논 님. 굉장해요~!"

꽝이다.

"유미, 그 방이 아니잖아."

"죄송합니다."

"제일 안쪽이야. 가서 보고 와."

"네."

"계집. 이 문에는 접근하지 마라."

호위 기사는 이번에도 검에 손을 얹으며 경계했다. 아무런 관련도 없는 인간이 자꾸만 귀찮게 구는군.

어쨌든 세 번째 방에는 없을 것이다.

"네, 알고 있습니다. 건너편 문으로 갈 생각이에요."

방금 전의 나처럼 두 손을 펼쳐 보인 유미는, 호위로부터 거리를 벌린 채로 벽을 따라 복도 안쪽으로 이동했다.

문을 열고 방 안을 확인하는 유미. 그리고 유미는 내게로 돌아와 말했다.

"여기도 아닌 것 같아요."

"그러면 맞은편 복도인가 보군. 호위하는 데 방해해서 미안했다."

"흥! 처음부터 점원한테 확인시키면 될 것을!"

호위는 불쾌한 듯 콧방귀를 뀌었고, 우리는 아무것도 모르는 표정으로 자리를 떴다.

"확인했어, 유미?"

"네. 가장 안쪽 방에 하얀 로브가 개어져 있었어요. 남자는 알몸으로 자는 중이었고, 세 명의 여자가 있었어요."

"확실해졌군. 이제 충분해. 가게에서 나가자."

정문을 통해 밖으로 나간 나는 대기 중인 미나와 이오네에게 계속해서 감시하라고 지시를 내렸다.

이후에는 뒷문으로 이동해 세리나와 루카에게 가짜 엘빈이 잠들어 있다는 사실을 전달했다.

"감질나네. 정문은 미나가 지키고 있지?"

루카가 확인해 왔다.

"그래. 제대로 확인했으니까 걱정하지 마. 이 가게의 출입구는 정문과 뒷문밖에 없어."

"맞아. 나도 방금 전에 가게 주위를 돌아봤는데, 틀림없어."

세리나가 말을 보탰다.

"일단은 기다려 보자고. 유미, 너는 이만 돌아가라."

나는 여전히 내 옆에 달라붙어 있는 유미를 귀가시켰다.

"알겠습니다."

"저 붉은 머리의 여자애는 누구야?"

세리나가 유미에 대해서 물어 왔다.

"이번에 우연히 식사를 함께하게 됐어. 보주의 거래를 담당하고 있는 상인이야."

"우연히라."

세리나가 의심스럽다는 듯이 말했지만 지금은 그런 걸 신경 쓸 때가 아니었다.

"그나저나 엘빈이 아직도 이 마을에 있을 줄이야."

루카가 말했다. 그 말대로 얼빠진 녀석이다. PK를 실패했다면 곧바로 잠적했어야 했다. 루카가 복수를 하리라는 것쯤은 쉽게 예상할 수 있었을 텐데.

"그것도 그렇네…… . 앗, 이오네의 신호야!"

휘파람 소리가 울려 퍼졌다. 가짜 엘빈이 정문에 모습을 드러낸 모양이다.

루카가 달려갔고, 우리도 그 뒤를 쫓았다.

"엘빈!"

정문 앞 대로에 도착하기가 무섭게 루카가 외쳤다.

난감한 상황이다. 아직 엘빈을 덮치기에는 거리가 멀었다. 장소가 가게 앞이라는 점도 마음에 걸렸다. 그래도 어쨌든 이곳은 건물 밖이었고, 유미도 근처에 없었다.

이름을 불린 엘빈, 아니, 안드레는 흠칫한 얼굴로 이쪽을 쳐다보았다.

"루, 루카! 살아있었군요."

"멋대로 죽이지 마. 모험가한테도 규율이란 게 있어. 네가 저지른 짓을 저세상에서 후회하게 해주지! 비켜!"

"우왓!"

"꺄악!"

루카가 바스타드 소드를 치켜들고 달려들자 통행자들이 당황하며 길을 터주었다.

주변을 소란스럽게 만든 점은 아쉽지만, 다행히 가짜 엘빈은 안색을 창백하게 물들일 뿐 도망치지 않고 있었다.

이대로라면 금방 결판이 나겠군.

나는 그렇게 생각했다.

세리나와 이오네도 같은 의견이었는지 달려가는 것을 멈추고 루카를 지켜보았다.

미나는 내 앞으로 이동해 자리를 지켰다. 나를 호위하기 위해서였다.

"오해입니다!"

가짜 엘빈이 두 손을 들고 외쳤다.

"뭐? 이제 와서 무슨 소리야! 네가 네 입으로 PK라고 지껄였잖아, 실실거리면서!"

"무, 무슨 말씀이신지. 여러분! 당장 병사를 불러주세요!"

이러면 곤란한데.

"루카, 어서 결판을 내."

"그렇잖아도 그럴 생각이야. 앗!"

루카가 검을 내리친 순간, 옆에서 누군가의 검이 불쑥 튀어나와 루카의 공격을 막아냈다.

"방해하지 마!"

"잠깐! 일단 진정해라. 사정은 잘 모르겠지만, 검을 뽑지도 않은 상대를 해치는 건 잘못된 일이다."

끼어든 것은 하얀 갑옷의 여기사였다. 실력도 제법 출중해 보였다. 귀찮은 일이 되고 말았군.

인파가 많은 대로에서 일을 벌인 게 실수였다. 원래 내 계획은 엘빈을 미행해 덮치는 것이었다. 루카에게 그 부분을 확실하게 일러두지 못한 내 잘못이다.

뚜껑이 열린 루카가 장소를 가리지 않고 달려들 것은 오히려 당연한 결과였다.

"맞습니다! 저는 오스틴 왕립 마법 학교를 수석으로 졸업한 용사 엘빈이라고 합니다. 사실 저한테 걸리면 이런 무법자쯤은 한 주먹 거리거든요. 하지만 이렇게 사람이 많으면 만에 하나라도 희생자가 발생할지 모르니 참아야겠죠."

"뚫린 입이라고 잘도! 무법자는 너겠지! 죽어!"

루카는 개의치 않고 공격을 감행했다. 흠, 아무래도 하얀 갑옷의 여기사는 우리를 악당이라고 판단한 모양이었다. 가짜 엘빈을 등 뒤로 숨겨주며 루카를 가로막은 것이다.

"사제님, 병사가 도착할 때까지 제가 지켜드리겠습니다. 이봐, 상황 설명 정도는 해줄 수 있잖아."

"필요 없어!"

"잠깐만 기다려, 루카. 설명해 주는 게 좋겠다. 이 녀석은 저기에 있는 자칭 엘빈한테 속아서 돌아올 수 없는 미궁에서 PK를 당했어."

루카를 대신해서 내가 사정을 설명했다.

"흐음? 그렇다고 하는데, 사실인가?"

여기사가 안드레를 쳐다보며 물었다.

"말도 안 되는 소리! 오히려 저 녀석들이 저를 PK하려 들었어요!"

이, 이보셔.

"이런. 상황이 더 복잡해졌군……. 어쨌든, 루카라고 했나. 일단 진정해라."

"어떻게 진정하라는 거야! 저 거짓말쟁이 자식!"

루카가 검을 휘둘렀지만 여기사는 침착한 동작으로 루카의 공격을 막아냈다. 실력은 저 여기사 쪽이 위로군. 장비도 압도적으로 뛰어났다.

다만, 여기사도 루카를 공격할 생각은 없는 모양이었다. 안심하고 지켜봐도 괜찮을 듯하다.

"병사가 오기를 기다리는 게 좋겠어."

"그러게."

루카는 여전히 공격을 시도하고 있었지만, 세리나와 나는 검을 집어넣고 병사를 기다리기로 했다.

병사가 도착해 사정 청취를 시작하면 안드레의 거짓말은 전부 들통날 것이기 때문이다.

지극히 당연한 결과다.

제3화
그랑소드 국왕

난감하군……. 이건 미처 예상하지 못했던 전개다.

눈앞에는 쇠창살.

우리는 감옥에 들어와 있었다.

"뭐야 이게? 어째서 이렇게 된 거야?"

나는 황당한 나머지 중얼거렸다.

"미안……."

루카가 면목 없다는 듯이 말했다. 사과보다는 좀 더 일찍 정신을 차리길 바랐다.

루카의 뒤통수를 쳤던 사기꾼 엘빈은 생각보다 달변가였다.

설상가상 이성을 잃은 루카가 병사까지 공격하려 드는 바람에 우리까지 감옥 신세를 지고 말았다.

"그래도 사정을 제대로 설명하면 이해해 줄 거야."

세리나가 말했다.

"설명해 줬잖아. 설마 아무 이야기도 안 한 거야?"

"아니, 전부 솔직하게 털어놓긴 했는데……."

"저도 알고 있는 건 전부 이야기했어요. 다만…… 루카 씨가 습격당하는 장면을 제가 직접 목격한 게 아니라서……."

이오네가 단어를 선택해 가며 말했다. 물론 이오네가 루카를 의심하고 있지는 않겠지만, 이오네의 말도 사실이었다.

"나는!"

"진정해, 루카. 아무도 너를 의심하지 않아. 저 안드레가 망할 거짓말쟁이였을 뿐이지. 어떻게든 놈이 거짓말을 하고 있다는 증거를 밝혀내고 싶어."

생각하자.

안드레는 결혼 사기로 지명 수배 중인 녀석이다. 본명이 안드레라는 사실만 입증하면 나머지는 일사천리로 해결될 것이다.

누군가가 [감정] 스킬로 확인만 해 준다면…….

그거다. 왕성에는 감정 스킬을 보유한 사람이 한두 명쯤은 존재할 것이다.

"간수! [감정]으로 엘빈의 본명을 확인해 보라고 전해줘. 세리나. 금화 좀 꺼내 봐, 금화."

간수한테는 백날 부탁해 봤자 소용없는 짓이다. 매수해야 했다.

"알았어."

"잠깐. 뇌물을 받을 생각은 없다."

쇠창살 너머에 서 있는 갑옷 차림의 간수가 말했다.

"금화가 열 개인데도?"

"뭣이?!"

간수가 화들짝 놀라 외쳤다. 하긴, 10만 골드면 간수의 1년 수입을 가볍게 넘어갈 것이다.

"좋아. 마음이 흔들리고 있어. 세리나. 조금만 더 비싸게 불러봐."

"알렉이 내던가. 내가 가진 돈은 그게 전부야."

"아, 저도 5만 골드 정도는 지불 가능해요."

"주인님. 저는 2만 골드 있어요."

이오네와 미나도 금화를 꺼내 들었다.

당장은 내 수중에 돈이 많지 않았다. 파티원들의 몫을 나눠준 직후였기 때문이다.

"좋아. 지금은 없지만 나중에 5만 골드를 더 얹어주지."

"에에잇, 그만둬! 눈앞에서 금화를 흔들어대지 마!"

"자자, 사양 말고."

"어서 받으세요."

"난 아무것도 못 봤다! 폐하를 배신할 수는 없어!"

고지식한 간수는 우리에게서 등을 돌렸다.

"그러면 소리로 꼬셔야지."

나는 금화에 동화를 몇 개 더 섞어서 짤랑짤랑 소리를 냈다.

"이봐, 형씨. 그렇게 돈이 많으면 우리한테도 좀 나눠줘."

옆 감방에 갇혀있던 죄수들이 구걸을 하기 시작했다. 너라면 주겠냐.

"거기까지다."

"폐, 폐하!"

폐하라고?

간수가 등을 꼿꼿하게 펴고 외쳤다. 하지만 상대는 주점에 가면 만날 수 있는 중년남의 모습을 하고 있었다.

화려한 옷은커녕 평범한 서민의 옷. 다만 근육은 전사라고 해도 손색이 없을 정도로 상당한 편이었다.

그런데 이 녀석, 어디서 만난 듯한 기분이 드는걸. 저 자신감 넘치는 웃음을 어디선가……

"아, 신전에서 봤던가."

기억났다.

이전에 야나타와 노예 거래를 할 당시, "내가 이 거래의 증인이 되지!"라고 말했던 남자다.

"뭐?"

세리나가 어리둥절한 얼굴로 나를 바라보았다.

"하하. 신전에 있던 건 나하고 닮은 녀석이었던 걸로 해두자고."

전사풍의 왕족이 씨익 웃으며 말했다.

그러면 증인이 안 되잖아.

"그런 표정 짓지 말게, 알렉. 필요하다면 내 신분을 밝혀서라도 증언해 줄 테니까. 다만, 이번 건은 별개다."

"이곳에서 내보내 줄 수 없다는 뜻인가?"

"어이, 말투에 주의해라. 이분은 그랑소드의 국왕이시다."

간수가 타이르자 국왕은 황급히 손사래를 치며 쓴웃음을 지었다.

"관둬, 관둬. 딱딱한 이야기는 나중에 하지. 알렉, 현재 버니어 왕국에서 너희들의 신원을 조회 중이다. 전령이 돌아올 때까지…… 어디 보자. 1주일 정도는 기다려야 할 거다."

처형당하지 않는 것만으로도 다행으로 생각해라 이건가. 하지만 1주일이나 이곳에 갇혀있어야 한다니 벌써부터 신물이 났다.

"저기, 국왕님. 저는 그래도 싸지만 이 사람들은 무관해요. 내보내 줄 수 없을까요."

루카가 부탁했다.

"무관하진 않을 텐데? '백은의 전갈' 소속이던 루카가 '바람의 검은 고양이'에 가입했다는 보고를 들었거든."

"그건 맞지만……."

"뭐, 됐어. 간수. 내보내 줘라."

"괜찮으시겠습니까?"

"괜찮아. 보아하니 레벨은 30 초반인가. 마을에서 날뛴다면 내가 직접 나서서 제압하마. 무기도 돌려주도록."

"그건 그것대로 문제인데 말이죠. 알겠습니다. 폐하께서 그렇게 명하신다면."

간수가 열쇠를 꺼내어 철창을 열어주었다.

"후우, 다행이다. 고맙습니다, 국왕 폐하."

세리나가 웃으며 머리를 숙였다.

"고맙습니다."

나도 영 내키지는 않았지만 예의는 차리기로 했다. 이 세계에서 용사의 지위는 상당히 낮았다. 양산형 용사였다.

게다가 상대는 나를 이 세계로 불러낸 장본인도 아니었다. 용사를 소환한 건 타국의 왕이었다.

"보는 눈도 없으니 예의는 차리지 않아도 돼. 올라가서 이야기하지."

이 국왕은 대화가 잘 통하는 타입인 듯하다.

호화로운 방에서 이야기를 나눌 줄 알았건만, 우리는 병사들이나 지낼 법한 살풍경한 방으로 안내받았다.

방 밖에는 두 명의 병사가 대기 중이었다. 국왕을 혼자 놔둬도 괜찮은 건가? 뭐, 딱히 습격할 생각은 없지만.

"원래 용사에게는 그에 걸맞은 대우를 해야 하지만 너무 나쁘게 생각하지는 말아주게. 형식상 자네들은 용의자고, 신원도 확정되지 않은 상태거든."

"아뇨. 괜찮습니다."

세리나가 대답했다. 지금은 이 녀석한테 맡겨두기로 할까. 사교성이 좋은 편이니 심기를 건드려서 처형당하는 일은 없을 것이다.

"루카. 너는 입을 다물고 있어."

나는 제일 위험해 보이는 녀석에게 입단속을 시켰다.

루카도 알았다는 듯이 고개를 끄덕였다.

"그러면 곤란하지. 상황 설명을 듣기 위해서 자네들을 이곳에 부른 거니까. 그래도 뭐, 자네들의 태도를 보니 대충 상상은 가는군. 자칭 엘빈이라고 했던가. 그 사내한테는 신원 확인을 위해서 오스틴에 전령을 보냈다고 언질을 주었지. 그랬더니 신의 계시니, 사명이니, 급한 용무가 생겼다는 둥 호들갑을 떨더군. 후후."

"아하…… 자업자득이네요."

세리나도 질렸다는 듯이 어깨를 으쓱였다.

"그러게 말이야. 십중팔구 엘빈이라는 용사의 소문을 듣고 동경심에 그 남자를 사칭하고 다녔던 거겠지. 오스틴 마법 학교를 졸업해 놓고서 신의 사도를 자칭하는 것도 이상하고 말이야."

국왕이 팔짱을 끼고 말했다. 이 세계에서 마법 학교와 신전은 별개의 조직이었다. 그러니 루카도 일찌감치 이상함을 느꼈어야 했다.

"맞아요."

"루카. 오스틴에서 전령이 돌아오면 가짜 엘빈의 처우는 자네에게 맡기겠네. 국왕의 권한으로 허락할 테니 굽든지 삶든지 마음대로 하게."

"고맙습니다!"

루카가 감격한 목소리로 대답했다. 국왕의 허락이 떨어졌으니 복수는 이미 성공한 것이나 다름없었다.

"하지만 조건이 있다네."

정정. 대화는 잘 통하지만 껄끄러운 타입의 국왕이었다.

"어떤 조건이죠……?"

"그렇게 경계할 필요 없어. B랭크 파티에 소속된 자네라면 간단히 해결할 수 있는 문제야. 한 명의 모험가로서 내 의뢰를 받아주기만 하면 돼."

국왕이 별거 아니라는 투로 말했다.

이대로라면 루카가 넙죽 수락할 게 뻔하기에 내가 옆에서 끼어들었다.

"폐하, 먼저 그 의뢰의 내용을 가르쳐 주실 수 있을까요. 모험가에게는 모험가의 룰이 있으니 말이죠."

"알았네. 딱히 숨길 생각은 없었어. '돌아올 수 없는 미궁'에서 어느 파티를 호위하는 의뢰다. 아니, 감시라고 해야 할지도 모르겠군."

"호위? 어째서 병사를 부리지 않는 건가요?"

세리나가 지극히 당연한 질문을 건넸다.

"그러지 못할 이유가 있어. 호위 대상이 우파 성법국의 템플 나이트인 엘리사 미셸이거든. 가급적이면 그녀의 파티 전원을 지켜 줬으면 하지만, 최우선 호위 대상은 엘리사다."

"우파 성법국…… . 서쪽 지방의 멀리 떨어진 나라라고 들었어요. 맞나요?"

세리나가 되물었다.

나는 처음 듣는 나라였지만 세리나는 우파 성법국이라는 이름을 들어본 모양이었다.

"그래. 이곳에서 편도로만 한 달이 걸리는 나라지. 하지만 성법국은 대국인 데다 폴티아나 왕국에도 커다란 영향력을 행사하고 있다."

폴티아나 왕국은 나도 들어서 알고 있다. 그랑소드 왕국의 남쪽에 위치한 이웃 나라였다. 마부인 닉이 설명해 준 바에 따르면 그랑소드와는 사이가 나쁘다는 듯하다.

"성법국의 템플 나이트 정도면, 어디 보자, 작은 나라의 왕녀쯤 되는 지위라고 생각해 주게."

"네? 왕녀씩이나 되시는 분이 던전에 들어가는 건가요?"

"동감이다. 하지만 실제로 그런 인물이다."

국왕이 짜증을 드러내며 말했다. 본인이 생각하기에도 달갑잖은 모양이었다. 하긴, 타국의 VIP가 국내에서 사망이라도 하면 그건 중대사다.

"던전에 들어가지 말라고 하면 안 되나요?"

"안 돼. 던전의 위험성은 거듭 강조했고, 설득도 했다. 하지만 우리는 각국과 협정을 맺었어. 아무리 그래도 군대를 던전에 들일 수는 없지만, 소수로 구성된 조사대는 '받아들일 의무'가 있다. 이 협정은 대대로 이어져 내려온 것이기 때문에 나도 어쩌지 못해."

"그건…… 큰일이네요."

"맞는 말이다. 사이좋은 나라라면 실력이 뛰어난 병사를 동행시켰겠지만, 이번에는 상황이 달라."

들으면 들을수록 수락하기 싫은 의뢰였다. 게다가 이외에도 복잡한 사정이 존재하는 듯했다.

제4화
국왕의 의뢰

우파 성법국의 템플 나이트, 엘리사 미셸.

그녀의 지위는 작은 나라의 왕녀에 필적한다고 한다.

그녀가 소속된 VIP 파티가 '돌아올 수 없는' 미궁으로 들어갈 예정이니 호위를 부탁한다는 국왕의 부탁.

감옥에 들어간 우리를 석방해 준 대가인 셈이었다. 사실상 거부권은 없었다.

하지만 이 의뢰, 엄청나게 위험한 예감이 들었다.

"병사를 동행시키지 못하는 이유를 알 수 있을까요……?"

세리나도 신중하게 질문을 건넸다. 상대는 그랑소드의 국왕이다. 예의를 차리지 말라고는 했지만…… 처음 만나는 인물이니 조심스러울 수밖에 없었다.

"성법국 내부에 권력 다툼이 있거든."

국왕이 이유를 설명했다.

"으엑."

"으아……."

나와 세리나의 입에서 신음 소리가 흘러나왔다.

이유는 대강 짐작이 갔다.

"법왕파와 추기경파가 다투고 있어서 우리가 어느 한쪽의 손을 들어줄 수 없는 상황이다. 적어도 표면상으로는 말이지."

즉, 우리더러 저 까다로운 국가의 복잡한 권력 다툼에 끼어들라는 뜻인가? 심지어 함부로 공표할 수도 없는 사안이다.

어떻게든 머리를 굴려서 거절하지 않으면 목숨이 위험할지도 모른다.

여기서는 [화술 LV5]를 활용할 필요가 있겠군. 익혀둬서 정말 다행이다.

"폐하, 상황은 충분히 이해했습니다. 하지만 그만큼 중요하고 복잡한 사안은 신뢰할 만한 모험가에게 맡기는 게 낫지 않을까 싶군요."

내가 진지한 얼굴로 말했다.

이건 무조건 먹혔다. 완벽한 이유다.

"그럴 수도 없어. A랭크 파티를 움직이면 내가 사주했다는 것을 들키고 말 테지. 그랑소드의 국왕은 어디까지나 중립을 지켜야 해. 물론, 암살 시도도 막아야 하고."

"암살?!"

이번에는 근처에 있던 모두가 큰 소리로 외쳤다.

"그래. 출처를 밝힐 수는 없지만 이건 확실한 정보다. 심지어 암살자를 보낸 것도 성법국이지."

큰일이군.

귀찮은 일이 또 늘어났다. 우리에게 이런 의뢰를 들고 오는 국왕도 국왕이지만, 성법국 녀석들도 대단한 녀석들이다.

타국에서 암살이라니. 현장를 들키면 관계가 악화되거나 신용이 추락할 게 분명했다.

'돌아올 수 없는 미궁'에 들어갔을 때가 절호의 기회! 라면서 이번 암살을 계획한 민폐덩어리 책사가 성법국에 있을 것이다.

아니면 애초부터 그랑소드와의 관계가 악화되는 걸 노렸을지도 몰랐다.

"암살 실행일은 언제인가요?"

세리나가 물었다.

"조만간 실행될 거다. 미셸 경은 4층의 공략을 진행 중인 상태라 들었다. 던전 안에서는 암살자가 언제 행동을 개시해도 이상하지 않아."

주어진 시간은 얼마 없는 듯하다. 어쩌면 이미 죽었을지도 모르겠군. 퀘스트 자체가 없어진 셈이니 우리한테는 오히려 희소식일 테지만.

호위 대상이 4층의 공략 중이라는 것 또한 난감한 사실이었다.

"폐하. 죄송하지만, 저희는 아직 3층 공략에도 애를 먹고 있어서요."

"호오? 문지기의 보고에 따르면 느리지만 착실하게 공략해 나가는 중이라던데. 슬슬 4층에 도전해도 괜찮을 것 같다고 말이야."

국왕이 히죽거리며 말했다. 젠장. 그 문지기 녀석들에게 구구절절 이야기하지 말 걸 그랬다.

"암살자의 레벨은 얼마나 되나요?"

세리나가 중요한 점을 물었다.

"안심해라. 상당히 구체적인 정보를 입수해 두었으니까. 암살자의 이름은 사샤와 미샤. 쌍둥이 무희다. 레벨은 양쪽 모두 23이라더군."

레벨은 생각보다 낮았다.

하지만 호위를 한다는 것은 일반적인 전투보다 훨씬 난이도가 높은 임무였다.

마차를 지키면서 싸워본 적은 있지만, 그때는 마부도 검을 들고 함께 싸웠었다. 따라서 호위 대상의 레벨도 중요했다.

레벨이 1인 공주님을 지키는 임무라면 난이도가 단숨에 널뛰기를 할 것이다.

"미셸 경의 레벨은 어떻게 되죠?"

"32다."

"아, 그럼 여유롭겠네."

"이 멍청이."

내가 세리나를 노려보며 쏘아붙였다. 쓸데없는 소리를 하다니. 세리나도 자신의 실언에 상당히 동요했는지 얼어붙고 말았다.

"호오. 여유라. 믿음직한데 그래. 임무를 꼭 맡아줬으면 좋겠군."

"폐하. 세리나의 발언은 미셸 경의 실력에 대한 평가일 뿐이지, 이번 작전의 성공 여부를 말한 게 아닙니다."

"암살을 자력으로 저지하더라도 임무는 어쨌든 성공이다. 그렇다면 맡아줘도 괜찮지 않겠나."

생각하자. 이 임무에 수상한 점은 없나? 함정에라도 빠지면 큰 낭패다.

"물론 공짜로 맡아달라고 할 생각은 없어. 충분한 보수를 약속하네. 즉시 석방에, 가짜 엘빈의 신병, 그리고 보수까지. 어때? 나쁘지 않은 조건이지?"

"글쎄요……. 보수의 지불을 앞두고 마음이 바뀐다면요? 어차피 공표할 수도 없는 임무잖습니까."

"자네, 나를 너무 깔보는 거 아닌가?"

국왕의 눈빛이 날카롭게 변했다. 그러고는 순식간에 검을 뽑아 내 목에 들이댔다.

모, 못 움직이겠어.

베이지는 않았지만 목에서 느껴지는 차가운 금속의 감촉에 살아도 산 기분이 아니었다.

"국왕이 약속도 못 지키면 위신이 땅에 떨어질 거다. 내 성격에도 안 맞고."

국왕은 그렇게만 말하고 검을 거두었다.

맥이 탁 풀렸다. 괜한 소리를 하고 말았군.

"후우우……. 죄송합니다."

"아니, 나야말로 미안하다. 방금 말에 신경이 날카로워진 것도 사실이지만, 솔직히 말하면 네 실력을 조금 시험해 봤다. 검술은 아직 멀었지만 인망은 상당하더군. 모험가로서의 실력은 충분하다고 본다."

"과대평가입니다. 저희 파티는 공식적으로 F랭크에 불과하니까요."

"아니. 몰랐나? 3층에 도달한 시점에서 공식적으로 E랭크다."

"그런가요?"

"그리고 정확히는 기억나지 않지만 던전에서 획득한 금액이 5만 골드를 넘으면 D랭크도 클리어다."

자세히 아는걸, 이 국왕. 검 실력도 그렇고 던전을 공략해 본 적이 있는 모양이다.

"폐하의 말씀대로라면 그럴지도 모르겠군요. 다음에 확인해 보겠습니다."

"그래, 꼭 확인해 보게. 퀘스트든 동료든 랭크가 갖춰져야 모이는 법이니까. 미셸 경에게도 B랭크 파티 정도가 적당할지 모르겠군. 어떤가? 랭크를 올리고 싶으면 내가 길드에 이야기해 줄 수도 있는데. 아무리 내 명령이라도 A랭크는 무리겠지만."

"아뇨. 임시로 주어지는 랭크라면 상관없지만, 가능하면 정공법으로 올리고 싶어서요."

"호오. 음, 마음에 들었다! 최근 썩어빠진 모험가가 늘어났거든. 다른 사람을 버림 패로 삼아서 편하게 놀고먹으려는 방식이 유행하고 있어. 자네들처럼 정직한 모험가가 많아지면 좋으련만."

"네. 모험에 있어서만큼은 노력할 생각입니다."

"하핫! 사생활은 또 별개라는 뜻인가? 뭐, 이건 어디까지나 내 바람일 뿐이다. 신경 쓰지 마라."

호쾌하게 웃은 국왕은 품속에서 주머니를 꺼내 내게 건넸다. 주머니 안에는 금화가 들어있었다. 그것도 상당히 많은 양의 금화였다.

"선금과 착수금으로 25만 골드를 내지. 성공 보수로도 25만을 지급하겠네. 추가로 무기, 여자, 각종 통행증도 제공하지. 어떤가?"

레벨 23의 암살자 두 명을 상대하는 데 25만 골드는 파격적인 보수였다.

레벨이 40을 넘어가는 미츠루기도 현상금이 10만골드에 불과했다.

"폐하, 실례지만 액수가 지나치게 많습니다. 합계 10만 골드면 맡아볼까 합니다만."

내가 조건을 붙이며 말했다. 의뢰의 보수는 너무 많아도, 너무 적어도 좋지 않다. 적당한 보수는 대등한 관계를 상징하기 때문이다.

"자네 정도의 장비라면 10만 골드로는 부족하겠지. 그 검도 상당한 물건으로 보이는데."

"이건 스승님께 졸업 선물로 받은 검입니다. 제 돈으로 구입한 게 아니죠."

웰버드에게서 받은 검이었다. 너무 길지도 않고 짧지도 않아서 전투에 적합했다.

"그렇군. 하지만 지금 그 검은 자네의 소유물이지. 모험가의 역량이란 재력으로 정해지는 게 아니야. 실제로 손에 넣었는가로 정해지는 거다. 게다가 나로서도 의뢰를 강제로 떠맡기는 입장이잖나. 자네의 원망을 사고 싶지는 않거든."

"마음이 아프시다면 다른 사람을 찾아보시는 게 어떨지."

"아쉽지만 그럴 시간도 사람도 없어. 곤란하던 차에 마침 자네들이 이곳에 잡혀 왔지. 맡아주지 않겠나."

"알렉. 내키지 않으면 나 혼자서 받아도 좋아."

루카가 작은 목소리로 말했다.

어차피 루카는 가짜 엘빈의 신병을 건네받기 위해서라도 수락할 것이다.

"좋습니다. 20만에 수락하도록 하죠."

"안 돼. 합계 50만이다. 나한테 흥정으로 이길 생각은 버리는 게 좋아. 레어 스킬도 가지고 있거든."

"알겠습니다. 합계 50만 골드에 무기, 여자, 통행증을 제공받는 조건으로 수락하겠습니다."

"좋아. 그러면 미안하지만 곧바로 착수해 주게. 물론, 내가 의뢰했다는 사실은 비밀로 부탁하고. 기간은 1주일. 그 이후에는 다른 모험가를 고용할 테니 걱정하지 않아도 돼."

"저, 저기, 폐하. 미셸 경이 어디에 계신지는 가르쳐 주시는 거죠?"

세리나가 허둥대며 물었다. 하지만 이 국왕이 그런 중요한 부분을 빠트릴 리 없었다.

얼굴도 모르는 사람을 저 넓은 던전에서 찾아낸다는 건 불가능에 가까웠다.

"실례야, 세리나."

"그러게 말이야. 내가 그렇게 못된 인간으로 보였나?"

"죄, 죄송합니다……. 그럴 리가 없죠, 아하하……."

"그래. 아름다운 기사님께서 아래층에서 기다리고 계신다네. 일단 가서 만나보게."

"아래층?"

방관자로 남고 싶어 하는 그랑소드의 국왕이 미셸 경을 성까지 불러들일 것이라고는 생각하기 힘들었다.

국왕을 쳐다보니 수상한 미소를 짓고 있었다. 아직 무언가를 숨기고 있는 모양이다.

제발 좀 봐줘.

제5화

신전기사 엘리사 미셸

우리는 병사의 안내를 받아 아래층으로 향했다. 그러자……

"오오, 자네들. 무사해서 다행이다."

하얀 갑옷의 기사가 의자에서 일어나 우리에게 다가왔다.

가게 앞에서 "먼저 상황을 설명해라"라고 말하며 루카를 막아섰던 그 여기사였다.

그랬군. 이 여자가 우파 성법국의 기사님인가.

국왕이 수상한 미소를 지을 만도 했다.

아름다운 금발에 곱상한 생김새, 투명한 파란색 눈동자. 나이는 아직 젊었다. 20대 초반 정도일까.

"용케 무사하셨네요. 다행이에요."

세리나의 솔직한 한마디에 여기사는 난감한 표정을 지었다.

"혹시 비꼬는 건가? 나도 악의가 있어서 자네들을 막았던 건 아니다. 그때는 저항하지 않는 사제를 해치려는 것으로밖에 안 보였으니까. 그래도 사정을 몰랐던 내 탓이지. 용서해라."

"아아. 사과하실 거 없어요. 그렇지? 루카."

"맞아요. 저도 감정에 휩쓸려서 제대로 설명하지 못했어요. 죄송합니다."

루카가 머리를 숙였다.

"면목이 없군……"

여기사가 힘없이 고개를 돌렸다. 이미 그녀도 가짜 엘빈에 대해서 설명을 받은 모양이었다. 우리가 무죄 방면을 받은 시점에서 가짜 엘빈이 나쁜놈이라는 사실을 확신했을 것이다.

"이 녀석은 비꼬려던 게 아닙니다. 윗사람을 대하는 말투가 익숙하지 않을 뿐이죠."

내가 오해를 풀어두었다.

"그렇다면 편하게 말해도 좋다. 나도 지금은 기사가 됐지만 출생은 평민이거든. 신분을 가지고 까다롭게 굴 생각은 없다."

"평민이었던 것치고는 말투가 딱딱하네……."

방금 전 국왕과의 대화로 경계심이 생겼는지 세리나가 우리에게 작은 목소리로 말했다.

"듣기로 이건 성법국 특유의 말투라더군. ……나도 마음만 먹으면 평범하게 말할 수 있어. 그러니 너무 경계하지 마. ……그보다 저 아이, 몸 상태가 나쁜 건가? 감옥에 있었다고 들었다만……."

엘리사가 신경이 쓰이는 듯 말했다. 고개를 돌려 그쪽을 바라보니 미나가 기운 없는 표정으로 머리를 숙이고 있었다.

스테이터스 창을 확인해 봤지만 HP는 줄어들지 않았다. 다만, 상태가 의기소침으로 변해있었다.

"왜 그래, 미나."

"조금 전에는 주인님을 지켜드리지 못했어요……."

"응? 아아, 내 목에 검이 닿았을 때를 말하는 건가."

내가 "지불을 앞두고 마음이 바뀐다면요~?"라고 비꼬아서 국왕의 심기를 건든 대목이었다.

뭐, 어쩔 수 없는 일이었다. 워낙 갑작스럽기도 했고, 무엇보다 국왕은 차원이 다른 실력의 소유자였다.

오히려 노예인 미나가 저항했다면 모처럼 조성된 대화의 자리가 파투났을지도 모른다.

"뭐라고! 으으……!"

그런데 엘리사는 미나의 말을 듣고 양심의 가책을 느낀 모양이었다.

여기서는 [화술 LV5]를 동원해야겠군. 임무 수행을 위해서 엘리사의 약점을 찾아보기로 하자. 히히히.

"후우. 뭐, 여기서는 차마 말하기 힘든 고문을 받았거든."

"뭣이!"

"아, 하긴. 그것도 일종의 고문이지. 나도 정신적으로 많이 지쳤어."

세리나도 쓴웃음을 지으며 편승했다.

"미, 미안했다! PK를 당한 것으로도 모자라 누명을 쓰고 감옥까지 들어가다니. 전부 내 책임이다. 혹시 필요한 게 있다면 말해라. 뭐든지 하겠다."

뭐든지라.

"그러면 섹…… 크억!"

가벼운 농담을 던지려던 그때, 복부에 세리나의 주먹이 꽂혔다. 갑옷으로 명치를 보호하고 있었는데. 도대체 왜 아픈 거지?

"이런 상황에서 무슨 소리를 하는 거야! 정말이지!"

화가 난 세리나가 쏘아붙였다.

"알았어, 알았어. 진지하게 하면 되잖아. 나는 이 파티의 리더인 모험가 알렉이다. 당신은?"

그러고 보니 서로 자기소개도 하지 않았다. 다만, 우리는 상대방의 이름을 이미 알고 있기 때문에 서둘러 해치우기로 했다.

이 여자는 두뇌 회전이 빠른 듯하니 자칫하면 모든 게 들통날 우려가 있었다.

"그래. 나는 성법국의 템플 나이트. 엘리사 미셸이다."

"흐음. 그 대단한 기사님께서 이 나라에는 왜 온 거야?"

"비꼬는 건 이제 그만해 줘. 나는 대단한 사람이 못 되니까. 본국에서 임무를 받아 '돌아올 수 없는 미궁'을 조사하기 위해 왔다."

"헤에. 그런데 그 조사는 템플 나이트가 나서는 게 일반적인 거야?"

"과거에는 전례가 있다고 하지만 최근에는 없었던 일이라더군. 뭐, 명예로운 임무다."

긍정적인 자세는 높게 쳐주고 싶다만, 이건 십중팔구 좌천이나 정치적인 견제였다.

나와 세리나는 어깨를 으쓱여 보였다.

"잘됐네. 우리도 미궁을 공략 중이던 참이거든. 1주일 정도 우리의 던전 공략을 도와주는 건 어때?"

"흐음. 몇 층을 공략 중이지?"

"3층."

"이런. 3층의 공략은 이미 끝마친 상태다. 4층이라면 괜찮을 것 같다만."

"알겠어. 4층이라도 상관없어."

"미안하다. 그러면…… 오늘은 이만 쉬고 내일부터 공략에 나서기로 할까? 나는 '하얀 물새'라는 여관에 머물고 있다."

"오늘 외출할 계획이라도 있어?"

"아니, 딱히 없다만……. 그건 왜 묻지?"

의아한 표정을 짓는 엘리사. 경계심을 품게 만들고 말았다.

"일정이 있는지 궁금했을 뿐이야. 그러면 공략은 내일부터 하기로 하자고."

엘리사가 여관에 머물고 있는 사이에 암살자가 기습할 우려가 있었다. 그래도 엘리사는 고급 여관에 묵고 있을 것이다. 그곳의 경비는 믿어볼 만했다.

하루 종일 엘리사에게 붙어있어 봤자 의심만 살 뿐이다. 여관까지 따라가는 것만큼은 포기하기로 했다.

어차피 적들도 던전 안에서 암살을 감행할 것이다. 사고사로 가장하기 위해서.

"그래, 알았다."

"아, 이것도 일종의 인연인데 식사라도 같이 하는 게 어때?"

세리나가 제안했다.

"좋고말고. 그 정도는 어려운 일도 아니지. 식비는 내가 대겠다."

"미안하지만 나는 배가 안 고파서. 너희들끼리 다녀와, 세리나."

"알겠어."

세리나와 이오네, 미나, 루카라면 암살자가 오더라도 대응할 수 있을 것이다.

"다른 멤버들한테는 내가 설명해 놓을게."

"응."

'용의 안식처'로 돌아간 나는 엘리사와 그녀의 파티원들이 잠시 합류하기로 했다는 사실을 다른 동료들에게 알렸다.

쥬가처럼 거짓말이 서툰 녀석들 때문에 동료가 늘어난다는 정보만 전달해 두기로 했다.

"그리고 최근에 PK가 유행하고 있다는 모양이다. 엘리사는 신원이 확실해서 걱정할 필요 없지만, 주변의 다른 모험가들은 주의하도록 해."

"알았어, 알렉 형님!"

자. 그럼……. 나도 겸사겸사 준비를 시작해 볼까.

나는 도구점으로 가서 포션을 충당한 다음, 술집으로 향했다.

아직 날이 저물지 않아서 손님이 적었지만 그래도 상관없었다.

나는 카운터에 앉아 에일과 빵을 주문했다.

"오, 노예 사령관 알렉이잖아. 요즘은 좀 어때."

옆에 있던 남자가 말을 걸어왔다.

나는 주점을 자주 방문하는 편이 아니었다. 하지만 던전을 오가면서 낯이 익었는지 다른 모험가들도 이제는 우리를 바보 취급하지 않았다.

이제 우리는 '돌아올 수 없는 미궁' 3층을 공략하는 모험가 파티였고, 이는 충분히 존중받을 만한 업적인 모양이었다.

"순조로워. 그쪽은?"

"안 좋아. 4층에서 전위 한 명이 크게 다쳤거든. 그래서 오늘은 쉬기로 했어."

"그거 안됐군. 어쩌다 다쳤는데? 나도 내일부터 4층을 공략할 예정이거든. 참고삼아 듣고 싶은데."

"얼마든지. 흔들다리를 건너다가 강풍을 만나서 밑으로 추락했어."

"뭐?"

"후후. 그런 표정을 지을 줄 알았다. 뭐, 4층에 가보면 알 거야. 혼이 쏙 빠져나갈걸."

남자가 씨익 웃으며 말했다. 좀 앞서갔다고 잘난 척하기는.

"알렉. 4층에 가려면 반드시 망토를 챙겨 가. 거기는 한겨울이거든. 한겨울."

"장갑도 필수야."

"오, 장갑 필수지. 나도 처음 도전했을 때는 방패에 손이 달라붙어서 생고생을 했다니까."

다른 모험가들이 4층에 대해서 떠들어대기 시작했다. 이쯤 되면 나를 골탕 먹이려고 농담을 하는 것 같지는 않았다.

아무래도 준비를 철저히 해 가는 게 좋겠는걸.

"최근 주목받는 루키는 없어?"

4층에 관한 화제가 일단락되었을 즈음, 나는 암살자에 대해서 캐보기로 했다.

"딱히. 폴티아나에서 도착한 귀족 일행이 하루 만에 전멸하기는 했는데, 흔히 있는 일이지."

"외지에서 온 귀족들은 금방 죽더라."

"그래. 녀석들은 모르는 거지. 그 던전을 여자로 비유하면 희대의 악녀다."

비유 자체는 공감이 되었다. 하지만 '돌아올 수 없는 미궁'을 아무리 순조롭게 답파하더라도 하루면 3층이나 4층까지가 한계다.

귀족 파티가 고작 거미한테 죽음을 맞았을까? 그들도 마법사 정도는 데리고 왔을 것이다.

"맞는 말이야. 어중간하게 강한 녀석들일수록 빨리 죽더군. 특히 4층에서."

"그러게. 거기는 죽음의 층이야."

"알렉. 그냥 얌전히 3층에서 사냥이나 하는 편이 나을지도 몰라. 너를 무시해서 하는 소리가 아니야. 실제로 그런 녀석들이 많이 있거든."

"쓸데없는 참견이야. 나는 밑으로 갈 거다."

"쳇, 폼 잡기는. 바보 녀석."

이 이상 암살자에 관한 정보는 얻기 힘들어 보였다. 하긴, 암살자가 눈에 띈다면 그게 오히려 이상했다.

"주인장. 술값은 여기에 두고 갈게."

"그래라."

나는 카운터에 동화를 내려놓고 주점을 나왔다.

제6화
엘리사의 파티원

다음 날. 나는 동료들을 데리고 '하얀 물새' 여관으로 가서 엘리사 파티와 합류했다.

"그러면 우리부터 소개를 시작하지. 이 사내는 아벨."

엘리사가 오른쪽에 있는 청년을 가리키며 말했다.

"⋯⋯잘 부탁드립니다."

그가 등을 꼿꼿이 펴고 인사해 왔다. 표정도 웃음기는 찾아볼 수 없었다. 성실해 보이는 청년이다. 장비는 강철 갑옷과 롱 소드. 전위 담당이군.

"그 옆에 있는 게 하웰. 우리 파티에서 힐러를 담당하는 신관이다. 하지만 화염 마법도 사용 가능하지."

"뭐, 공격 마법 쪽은 기대하지 말아주세요."

쓴웃음을 짓는 로브 차림의 남성. 30대로 보이는 수수한 인물이다. 방금 발언을 뒤집으면 회복 마법은 기대해도 된다는 뜻이니 실컷 부려먹어 주자.

"이 아이는 마린. 회복 마법도 사용이 가능하지만 기본적으로는 전위다."

"네, 잘 부탁드립니다!"

작은 체구를 가진 하늘색 단발 머리의 소녀였다. 파티의 주력은 아닌 듯하지만 의욕은 충만해 보였다. 레이피어를 장비하고 있다.

"그리고 뒤쪽에 있는 사내가⋯⋯ 어이, 에드거. 그건 술인가?"

"에이, 술이라뇨. 그냥 물입니다, 대장."

뭐지, 이 녀석은.

"그렇다면 내놔 봐!"

엘리사는 술병을 빼앗아 냄새를 맡더니 얼굴을 찌푸렸다.

"술이잖나."

"아하. 주님의 축복을 받아서 술로 변해버렸나 봅니다."

"웃기지도 않는 소리. 이건 몰수하지."

엘리사의 손에서 술병이 휙 모습을 감췄다. [아이템 가방]에 집
어넣은 모양이었다.

"……어흠. 실례했다. 이 남자의 이름은 에드거. 전위다."

얼굴에 수염이 난 중년남 에드거는 뒤쪽에서 또 몰래 병을 꺼
내 들었다. 알콜 중독자인가?

"엘리사. 저건 좀 문제 같은데. 오늘은 놔두고 가자."

다른 파티의 편성에 대고 왈가왈부하는 건 무례한 짓이지만 차
마 한마디 하지 않을 수가 없었다.

"으음. 미안하지만 그럴 수도 없는 상황이라. 에드거, 그것도
내놔라."

"이거 원. 오늘은 주님의 기분이 영 언짢으신가 보네."

"불경한 소리를. 방금 건 듣지 못한 걸로 하겠다, 에드거. 부
탁이니까 타국 사람들 앞에서 성법 기사단의 평판을 떨어트리지
마라."

"예, 그러죠."

앞날이 험하군.

이후 우리 쪽의 멤버들까지 소개를 마친 뒤, 두 파티가 함께 행
동하기로 방침을 정했다.

참고로 우리 파티원은 나, 세리나, 미나, 리리, 이오네, 네네, 쥬가, 피아나, 레티, 루카까지 다소 많다 싶을 정도다.

인원수가 더 늘어난다면 파티를 둘로 나눠야 할지도 모른다.

뭐, 그건 나중의 이야기다. 지금은 이대로 공략을 진행하기로 하자.

"그러면 4층까지 최단 루트로 가겠다. 괜찮겠지?"

엘리사의 말에 우리도 고개를 끄덕였다. 3층의 매핑 작업이 조금 남았지만 다음으로 미루기로 했다. 엘리사가 아래층으로 이어지는 계단의 위치를 알고 있으니 문제될 건 없었다.

"출발!"

우선은 엘리사의 파티를 앞장세워 상황을 지켜보기로 했다.

"뭐야, 알렉. 성법국 녀석들과 함께 들어가는 거야?"

던전 입구의 문지기가 작은 목소리로 내게 물었다. 보아하니 국왕에게 아무것도 듣지 못한 모양이었다. 하긴, 차라리 모르는 편이 나았다.

"어쩌다 보니 그렇게 됐어. 잠깐 동안이지만."

"흐음. 뭐, 일주일 만에 4층까지 공략해서 무사히 복귀한 녀석들이니까. 실력은 확실하겠지."

"그래 보이더군."

그보다 병사에게 쌍둥이 무희가 나타나면 체포하라고 말하고 싶었다. 하지만 그랑소드의 국왕은 어디까지나 방관자를 자처하는 입장이고, 따라서 암살자도 그대로 통과시켜야 할 것이다. 그래서 나는 아무 말 없이 던전으로 걸어갔다.

우리의 임무는 여기서부터 시작이다.

"전방 2미터 앞에 고블린! 네 마리!"

고블린과 2미터 떨어져 있다는 사실은 누구라도 한눈에 알 수 있지만, 작은 체구의 기사 마린은 성실하게 보고를 올렸다.

나쁘지 않은 파티군.

파티원이 방심하고 있을 때 이런 보고조차 없다면 전투 참여가 늦어지거나, 진형이 흩어질 수도 있다.

"우리가 정리하지. 알렉, 너희 파티는 잠시 쉬도록 해."

그렇게 말한 엘리사는 앞장서서 고블린들을 베어버렸고, 결국 혼자서 전부 해치워 버리다시피 했다.

"우와, 굉장하다. 실력자일 줄은 알았지만 검을 휘두르는 속도가 장난이 아냐."

감탄한 세리나가 말했다.

"이 기회에 간격이나 공격 타이밍 같은 것들을 잘 관찰해 둬."

"응? 어째서?"

"글쎄. 강해지기 위해서?"

나는 적당히 얼버무렸다. 누가 언제 적으로 돌아설지 모르니 강한 상대일수록 경계해 두고 싶었다. 하지만 세리나에게 이러한 생각을 밝혀봤자 쓸데없는 말다툼만 일어날 뿐이다.

"맞는 말이네. 알았어."

이후 던전 2층을 가로지를 무렵, 엘리사가 신성 마법을 구사해 보였다.

"성스러운 징벌의 빛으로 어둠을 처단하라! 디바인 퍼니시먼트!"

엘리사의 왼손에서 뿜어져 나온 새하얀 빛이 좀비의 몸뚱이에 작렬했다. 좀비는 잠깐 경련하는가 싶더니 순식간에 소멸해 버렸다.

"머…… 멋있다! 저 기술, 나도 배울 수 있을까?"

세리나는 자리에 멈춰 서서 스킬 리스트를 확인하기 시작했다.

저 녀석, 우리가 무슨 임무를 수행 중인지 잊어먹은 걸까? 전투가 끝났다고 다가 아니건만.

"캠프 요청! 주위 경계!"

내가 큰소리로 외쳤다.

"알겠다! 주위 경계!"

"아, 미안해. 나 때문에."

"됐어. 그래서? 주문은 찾았어?"

"아니, 없었어. 엘리사 씨, 템플 나이트로 클래스 체인지를 하려면 어떻게 해야……."

"엘리사라고 불러도 된다. 템플 나이트가 되려면 성법국 대사제의 축복을 받아야 하지."

"축복……."

"일종의 기도라고 생각하시면 돼요."

마린이 덧붙였다.

"그렇구나. 아쉽다. 당장은 배우기 어렵겠네."

"세리나 양의 소질이라면 충분할 테지. 생각이 있다면 성법국으로 오도록. 내가 대사제님께 말씀드려 볼 테니."

"와! 고맙습니다!"

"하지만 그 말은 성법국의 기사단에 가입해야 된다는 뜻이지?"

내가 확인차 물었다.

"뭐…… 그렇지."

"에고고."

기사단에 들어가면 자유롭게 행동하기 힘들어진다.

"뭘. 축복을 받은 다음에 도망가 버리면 되잖아. 칭호는 박탈당할지 몰라도 기술은 그대로 남아있을 테니까."

내 뒤쪽에 있던 에드거가 말했다.

"네?"

"에드거. 이상한 바람 불어넣지 마. 모처럼 소개한 내 체면이 뭐가 되나."

"맞아요! 이래서 추밀원 소속 분들은!"

마린이 불쾌하다는 듯이 팔짱을 꼈다. 그렇다면 에드거는 추밀원파, 마린은 법왕파라는 뜻인가?

"관둬. 마린."

"엘리사 님. 그래도……."

에드거는 그 모습을 보고 사과했다.

"아니, 내가 괜한 소리를 했다. 나쁜 의도는 없었어. 잊어 줘. 저 아가씨는 기술만을 원할 거라고 생각했거든."

"모험가라면 그럴지도 모르겠네요. 자, 다들 충분히 쉬셨으니 슬슬 움직여 볼까요."

로브 차림의 하웰이 분위기를 환기하듯 말했다.

"그게 좋겠군. 알렉?"

"그래. 출발하자."

엘리사의 파티가 워낙 강한 덕택에 별다른 어려움 없이 3층에 도착할 수 있었다. 생각보다 훨씬 빨랐다.

"편해서 좋긴 한데 너무 심심하네. 형님, 우리가 앞에서 가면 안 될까?"

쥬가가 지루하다는 듯이 내게 물었다. 하긴, 이대로 도움만 받으면 긴장감을 잃을 수도 있겠다.

"그럴까. 엘리사, 우리와 교대해 줘."

"알겠다."

"흐음. 남한테 빌붙어 사는 파티인 줄 알았는데 의욕이 없지는 않은가 보네요."

청년 기사가 비꼬듯이 말했다. 교체하길 잘했군. 호위 대상에게 미움을 사면 보호하기 어려워진다.

"아벨, 말이 지나쳐. 이번 건은 사죄의 의미도 겸하고 있다. 일주일 동안 협력해 주는 대가로 내 잘못을 눈감아 주는 것이니 오히려 감사히 여겨야지. 불만스럽겠지만 힘을 빌려주길 바란다."

"무, 물론이죠. 엘리사 님께 불만이 있을 리가요."

"뭐, 함께 모험하면 장점도 있습니다. 이렇게 우리도 휴식을 취할 수 있으니까요."

신관 하웰이 협조적이라 큰 도움이 되었다. 어른이구나.

"그럼 가볼까. 너희들, 주변 경계를 게을리하지 마. 몬스터뿐만 아니라 지나가는 모험가도 발견하는 대로 곧바로 보고해."

내가 파티에 지시를 내렸다.

아직 암살자는 나타나지 않았고, 당장은 미행도 없었다.

"이 길을 따라서 똑바로 나아가면 4층이다."

엘리사가 그렇게 말한 직후, 통로 맞은편에서 음산한 포효가 울려 퍼졌다.

제7화
4층

계단을 내려간 우리가 마주한 것은 한겨울의 풍경이었다.

"헉?!"

"에엑?"

"흐아아."

방한용 장비를 구입하라고 당부했던 나도 눈앞의 광경에 말문이 막히고 말았다.

상당히 넓은 범위에 걸쳐서 새하얀 눈밭이 펼쳐져 있었다.

그리고 기분 탓인지 천장 부근이 하늘처럼 보였다.

방금 전에 통로에서 들려왔던 음산한 포효는 바람 소리였던 모양이다.

"……우리들, 지금 지하에 있는 거지?"

"그래야 하는데……."

"아무래도 좋잖아. 놀라는 것도 이해는 하지만, 딸꾹, 적들은 인정사정 봐주지 않는다고?"

내 뒤쪽에 있던 에드거가 말했다. 맞는 말이다. 그리고 술 좀 그만 마셔라.

"미나, 이오네, 주변을 경계해! 다른 멤버들은 장갑을 착용하고."

신속하게 지시를 내린 뒤, 나도 [아이템 가방]에서 미리 구입해 둔 양털 장갑을 꺼내 착용했다. 양털 100%라는 말이 듣기에는 좋을지 몰라도 젖기 시작하면 최악이므로 폴리에스테르제 장갑이 차라리 나았다.

"우리도 장갑을 착용하도록. 먼저 내가 경계하고 있겠다."

"아뇨, 엘리사 님. 제가 망을 볼 테니 먼저 착용하세요."

"알겠다, 아벨. 네 말대로 하지."

"얇은 장갑이네. 그래서 버티겠어?"

복슬복슬한 장갑을 낀 에드거가 우리를 보며 말했다.

"문제없어. 대책은 세워뒀다."

장갑이 젖으면 예비용 장갑을 꺼낼 예정이었다. 장갑이 두꺼우면 검을 제대로 움켜쥘 수 없었다.

"그거 훌륭하군."

"이제 출발하지. 알렉, 진로는 네게 맡기겠다. 우리도 4층은 거의 공략하지 않았거든."

"알겠어. 우선 앞에 있는 흔들다리를 건너자."

벽을 따라서 이동해도 괜찮겠지만 현재로서는 해당 방향에 아무것도 없어 보였다.

우리는 바닥에 쌓인 눈을 밟으며 앞으로 나아갔다.

"우와, 전투가 벌어지면 움직이기 어렵겠는걸."

쥬가가 말했다. 완전 동감이다. 신발이 푹푹 박혀서 걷기 힘들었다.

"다들 이동에 도움이 될만한 스킬이 있으면 배우도록 해."

나는 그렇게 말한 뒤 126포인트를 지불해 [설피 LV5]와 [냉기 내성 LV5]를 배웠다.

"배우고 싶어도 포인트가 없어서 못 배워."

"어쩔 수 없군. 이걸 써라."

아직 1만 포인트 정도가 남아있었던 나는 선심을 쓰듯 쥬가에게 포인트를 나눠주었다. 100포인트에 불과했지만.

"쓰라니 뭘…… 오오?! 포인트가 늘어났어! 보고도 안 믿기네!"

"주, 주인님~ 저한테도, 저한테도 조금만 나눠주세요."

"레티, 너는 노예도 아니면서 왜 주인님이라고 부르는 거야."

"오늘부터 노예가 될게요. 훌쩍. 귀가 얼겠어…… 추워……."

챙모자는 방한용으로 적합하지 않은 모양이었다.

문득 사심이 생긴 나는 피아나를 쳐다보았다. 하지만 피아나는 니트모에 머플러, 마스크, 귀마개까지 완벽한 방한 대책을 세워 왔다. 쳇.

"그러면 왼손을 내밀어 봐."

"앗! 설마 포인트를?"

네가 달라며.

"잠깐만! 스킬 포인트를 얻자고 노예가 되라니. 너무하잖아, 알렉. 조금 나눠주면 될 걸 가지고."

"귀중한 스킬 포인트를 공짜로 뿌리라는 거냐, 세리나. 뻔뻔하긴."

"윽. 대신에 내가 뭐든지 하나 원하는 걸 들어줄게."

흐음. 자유 명령권이라. 건방진 여고생 용사에게 어떤 굴욕을 안겨주는 게 좋을까. 나중에 천천히 생각해 보기로 하자. 제법 기대가 되는걸.

"좋아. 건네줬어, 레티. 세리나한테 감사해."

"고, 고맙습니다, 세리나 주인님."

이제 자존심은 흔적도 찾아볼 수 없군. 천재 마법사는 어디로 갔는지, 원.

"알렉, 그대는 노예상인가?"

엘리사가 경멸과 혐오가 담긴 눈빛으로 내게 물었다.

"아니. 관련 스킬을 익히고 있을 뿐이야. 타인을 억지로 노예로 만들거나, 당사자가 원하지 않는 곳에 팔아치우거나 하지는 않아."

"그런가. 으음⋯⋯."

"엘리사 님, 역시 이런 자들과 어울리는 건 문제가 있다고 봅니다."

성실한 성격의 아벨이 말했다.

"나쁠 거 없잖아. 노예상도 아니고, 노예를 함부로 대하지도 않는다 그러고. 폴티아나도 수인을 노예로 부리는 나라다. 그런 나라와 친하게 지내는 우리가 지적할 부분은 아니지."

"에드거 님, 엘리사 님은 수인이 아니잖습니까!"

아벨이 반론했다. 반론을 한다는 게 그거냐?

"아벨. 어쨌든 약속은 약속이다. 이건 내 사죄이기도 하다. 마음에 들지 않더라도 참아줬으면 좋겠군."

"아뇨. 엘리사 님께서 그러길 원하신다면 불만은 없습니다."

엘리사에 대한 이 녀석의 태도는 맹목적일 정도다. 뭐, 자기 인생이니 알아서 하겠지.

"몬스터예요!"

기사인 마린이 보고했다. 나는 후각이 좋은 미나보다 일찍 알아챈 것은 어째서일까 생각하며 적을 쳐다보았다. 그렇군, 유령인가.

유령이라면 냄새가 날 리 없지.

두둥실 떠있는 반투명한 유령들이 우리에게 접근해 왔다. 하나같이 지팡이와 로브를 착용하고 있었는데, 마법사 계열의 몬스터인 듯했다.

"스펙터인가! 전원 산개!"

엘리사가 검을 뽑으며 지시를 내렸다.

"우리도 산개해!"

어째서 엘리사가 파티원을 산개시켰는지는 나도 정확히 모르지만, 엘리사의 판단을 따르는 편이 좋아 보였다.

"%■λ●☆∧□◆◇……!"

스펙터가 빠르게 주문을 읊었다. 그러자 파이어 볼이 총알과도 같은 속도로 발사되었다.

"큭! 마법을 쓰네, 이 녀석들!"

세리나는 화염구를 피하려 했지만 결국 명중당하고 말았다. 아무래도 피하기는 어려워 보였다.

나도 한 발을 맞았다. 대미지는 20포인트 전후. 이 정도면 다섯 발 정도는 연속으로 맞아도 멀쩡하겠군.

다만, 우리가 싸우는 지형은 다리가 푹푹 박히는 설원이다. 반면에 상대는 부유하며 원거리 공격을 날리고 있다. 상당히 성가신 상황이다.

"으억?! 사라졌어! 뭐지?!"

쥬가의 검이 있는 힘껏 허공을 갈랐고, 사라진 스펙터는 쥬가의 등 뒤에 나타나 있었다.

"뒤다! 쥬가!"

"에엑?!"

"조심해! 짧은 거리긴 하지만 스펙터는 순간이동을 할 수 있어!"

"처음 들었다고! 이야압!"

"아, 이런. 미안하다. 말하는 게 늦었다."

"응? 딱히 기사님을 탓한 건 아니었어. 그냥 이놈들한테 불만을 토했을 뿐이야."

"미안. 나도 알고 있었는데 말하는 걸 깜빡했어."

루카도 사과를 건넸다. 이 정도는 싸워보면 금방 알 수 있는 사실이다.

"성스러운 징벌의 빛으로 어둠을 처단하라! 디바인 퍼니시먼트!"

다행히 상대는 언데드 계열의 몬스터였고, 성속성 공격이 장기인 엘리사 파티는 상성 상 유리했다.

덕분에 눈 깜짝할 사이에 적들을 해치울 수 있었다.

"클리어!"

"이쪽도 전부 해치웠어요."

"좋아. 그러면 이틈에 흔들다리를 건너자. 바람도 멎은 것 같으니."

"오늘은 눈보라가 치지 않았으면 좋겠네요……."

마린이 말했다. 눈보라까지 칠 정도면 완전히 야외나 마찬가지군.

흔들다리에서 밑을 쳐다보니 싶은 어둠이 아가리를 벌리고 있었다. 깜깜해서 아무것도 보이지 않았다.

어우, 무서워.

"레티. 저 아래가 어떻게 되어있는지 알아?"

"응. 부유 마법으로 밑까지 내려가서 확인해 봤는데, 눈이 쌓이지 않은 검은 돌바닥이었어. 높이가 상당해서 대책 없이 떨어지면 즉사할걸."

이곳은 엄연히 미궁 내부라는 뜻인가.

"얼른 건너죠. 이곳에서 전투를 하고 싶지는 않으니까요."

하웰이 말했다. 맞는 소리다.

"아으으. 떠, 떨어질 것 같아요."

네네가 로프에 바짝 달라붙어 좀처럼 나아가질 않았기에 나는 네네를 번쩍 안아 들었다.

물론 [고지 내성 LV5] 스킬을 습득했기에 가능한 일이었다.

"자, 가자."

"아, 고맙습니다……."

"주, 주인님. 저도 안아주세요."

챙모자 2호가 로프에 바짝 달라붙어서 말했다.

"너는 부유 마법을 사용하면 되잖아, 레티."

"아, 그랬지."

곧바로 마법을 영창해 반대편으로 날아간 레티는 유치한 승리의 포즈를 지어 보였다. 괜히 열 받는군.

"가자."

모두가 무사히 다리를 건넌 것을 확인한 뒤, 우리는 다시 앞으로 나아갔다.

그리고 얼마나 지났을까. 맞은편에 오두막이 보였다.

"저건 뭐야?"

내가 엘리사 일행에게 물었다.

"일종의 휴게소예요. 난로도 마련되어 있어요."

하웰이 대답했다. 참 해괴한 던전이군.

"누군가가 만든 건가?"

"글쎄요……? 그럴지도 모르겠네요."

"아니. 장작이 무한히 보충되는 걸 보면 사람이 만들진 않았을 거야."

레티가 말했다. 뭐, 아무래도 상관없기는 하다.

"들어가서 써먹을 만한 곳인지 확인해 보자."

"알았어."

하지만 15명이나 되는 인원이 오두막으로 들어가니 앉는 게 고작이었다. 눕거나 하기에는 아무래도 좁았다.

난로에는 들어오기 전부터 불이 붙어있었다. 충분히 따뜻하지는 않지만, 그래도 한숨 돌릴 수 있었다.

"이 안은 안전지대다. 문을 닫으면 스펙터도 들어오지 못해."

엘리사가 말했다. 듣던 중 반가운 소리군.

"좋아. 그러면 이곳에서 휴식을 취하기로 하자."

"그러지."

어느 정도 피로가 풀렸을 즈음, 누군가의 배에서 꼬르륵 소리가 났다.

"아아, 배고파! 형님, 슬슬 저녁 먹을 시간이야."

"흐음. 그러면 식사를 해볼까. 미나."

"네! 그거 말씀이시죠? 저한테 맡겨주세요, 주인님!"

미나가 기합이 들어간 목소리로 말했다. 오늘은 추운 환경에 딱 맞는 저녁 식사를 만끽할 작정이다.

제8화
전골

우리는 4층 오두막에서 저녁을 만들어 먹기로 했다.

네네와 리리도 아이템 가방에서 도기 냄비과 재료들을 꺼내 들었다.

육수는 다시마, 가츠오부시를 대신한 말린 생선, 말린 표고버섯으로 우려낼 예정이다.

여기에 레티에게 준비시킨 닭 뼈 수프와 두부를 넣고, 채소도 듬뿍 집어넣었다. 추가로 돼지고기, 대구, 굴, 꽃게까지 총동원한 호화판 전골이었다.

"오오, 전골인가. 나도 좀 주라."

"에드거!"

엘리사가 언성을 높여 질책했다.

"됐어. 처음부터 같이 먹을 생각으로 넉넉하게 챙겨왔으니 엘리사네도 같이 들자고."

"면목이 없군."

[아이템 가방]이 존재하는 세계이기에 식재료의 휴대는 어렵지 않지만, 그렇다고 가방의 공간이 무한대인 것은 아니었다.

게다가 던전의 식사는 전투에 대비해 간단하게 해결하는 게 보통이다. 따라서 이 전골은 상당히 사치스러운 메뉴라고 할 수 있었다.

'헤헤, 고기는 전부 내가 먹어야지.'

"네네. 조용해. 쥬가도 혼자서 독점할 생각은 하지 마."

네네가 [공감력] 스킬로 쥬가의 속마음을 읽고 미리 경고한 모양이다.

"잠깐, 나는 고기가 맛있어 보인다고는 생각했지만 전부 먹으려고는 안 했어."

"그럼 누구지?"

모두의 시선이 자연스럽게 에드거에게로 쏠렸다.

"나도 아니야. 내 나이쯤 되면 위가 작아져서 고기보다는 생선이거든."

다음으로 아벨을 쳐다보았지만 말도 안 된다는 듯이 고개를 가로저었다.

그러면 레티인가?

"여기서 한두 명 숙식하면 내 몫이 늘어날 거라고 생각했으니까 난 아냐."

이건 이것대로 문제 같은데. 어쨌든 아니가.

"……아, 그게, 미안하군……. 그렇게 생각한 건 나다."

엘리사가 얼굴을 붉히며 조심스럽게 손을 들었다.

"엘리사 님!"

""에엑?!""

"뭐, 원한다면 많이 나눠줄게."

"아니! 다른 사람들과 똑같이 부탁한다! 마음속으로 아주 조금, 아주 조금 생각했을 뿐이다!"

"엘리사 님……. 제 몫을 양보해 드릴게요."

"제 것도요."

"으윽, 필요 없다고 했잖나. 그보다 네네 공은 타인의 마음을 읽을 수 있는 건가?"

"아니. [공감력] 스킬이라서 생각을 곧이곧대로 읽는 건 아니야."

"네. 가끔씩 다른 사람의 기분을 느끼는 것뿐이에요."

"그런가……. 무서운 스킬이로군."

"혹시 본인이 원하는 대상의 마음을 읽을 수 있는 건가?"

에드거도 신경이 쓰이는 모양이었다.

"아뇨. 그건 힘들어요."

"그런가. 그렇다면 안심이군. 여러 가지로 말야."

에드거가 씨익 웃으며 말했다.

일리가 있군. 원하는 대상의 마음을 읽을 수 있다면 유용할지는 몰라도 온갖 문제가 발생할 것이다.

"네네, 공감력 스킬은 레벨을 올리지 마."

내가 네네에게 당부해 두었다.

"네. 어차피 포인트도 비싸고, 도움이 된다는 보장도 없어서 올리지 않고 있었어요."

"여기 받으세요, 주인님."

"오, 그래."

미나에게서 그릇을 건네받은 나는 젓가락을 집어 들었다. 먼저 두부다. 후후 불어서 충분히 식힌 다음 입으로 가져가자 육수가 듬뿍 배어든 두부가 입 안에서 부드럽게 녹아내렸다.

다음으로 국물을 살짝 음미한 뒤, 젓가락으로 굴을 집었다.

"알렉. 먹으면서 이것도 같이 곁들여 봐."

그렇게 말한 에드거는 히죽 웃더니 수상하게 생긴 병을 내게 건넸다. 마시라는 것 같은데……. 뭐, 주정뱅이여도 엘리사의 부하다. 독을 타지는 않았을 것이다. 게다가 나한테는 [독 내성] 스킬도 있다.

"주인님, 제게 먼저 맛을 볼까요?"

"괜찮아, 미나. 전골도 다 끓었으니 너도 슬슬 먹도록 해."

"네."

나는 우선 굴을 입으로 가져갔다. 그러자 농후한 바다향과 다시마, 꽃게의 풍미가 입 안에 퍼져 나갔다. 씹을 때 느껴지는 쫄깃한 식감이 일품이다. 뒤이어 에드거가 건넨 술병을 따 한 모금

들이켜 보았다. ……오오. 일본주로군. 이왕이면 뜨겁게 데운 술이 나았겠지만 굴에는 차가운 술도 어울렸다.

"괜찮은 술인걸."

내가 말했다. 걱정스러운 얼굴로 이쪽을 쳐다보고 있는 미나를 안심시키기 위해서였다.

"그렇지? 전골을 먹을 때는 술이 있어야지."

"하지만 이곳은 던전이다. 두 사람 모두 적당히 마시도록."

엘리사가 말했다. 똑 부러지는군.

"고기! 맛있어!"

"후욱, 후욱, 꽃게도!"

쥬가와 리리도 전골을 먹느라 정신이 없었다.

"너희들, 채소도 챙겨 먹어."

세리나가 말했다. 하긴, 전골의 주역은 채소다. 나는 잘 익은 채소를 젓가락으로 건져 입으로 가져갔다. 살짝 뜨겁기는 하지만 국물과 특유의 식감이 어우러져 무척 맛있었다.

"후우. 잘 먹었습니다."

"잘 먹었습니다."

"맛있었어!"

"잘 드셨다니 다행이에요."

우리는 만족스러운 식사를 마치고 젓가락을 내려놓았다.

미나와 이오네에게 뒷정리를 맡긴 뒤, 나는 먼저 밖으로 나가 주변을 둘러보았다. 행여나 암살자가 있을지도 모르니 확인하기 위해서였다.

오두막 밖은 고요했다. 주변에 새하얀 눈밭이 펼쳐져 있을 뿐 그 외에는 아무것도 없었다. 괜찮아 보이는군.

그때, 안에서 엘리사의 부하인 마린이 밖으로 걸어 나왔다.

"저, 알렉 씨."

"뭐지?"

"앞으로 에드거 씨가 건네주는 건 먹지 마세요."

"응? 핫, 지나친 간섭이야. 잘 들어, 마린. 나는 너희들의 신을 믿지도 않고 그럴 의무도 없어. 그러니 언제 어디서 술을 먹든 그건 내 자유야."

"아뇨. 그런 뜻이 아니라…… 앗."

"후우. 잘 먹었다."

에드거가 배를 문지르며 밖으로 나왔다. 마린은 그를 보고 입을 다물었다.

"알렉. 던전에서 전골이라니, 멋진 아이디어인걸."

"별거 아냐. 추위를 이겨내는 데 도움이 되겠다 싶었을 뿐이야. 그래도 이왕이면 맛있는 게 낫지."

"동감이다. 한 번뿐인 인생인데 즐기지 않으면 손해지."

에드거는 그렇게 말하며 태연하게 노상 방뇨를 시작했다.

"꺄악! 무슨 짓이에요, 갑자기!"

마린은 작게 비명을 지르고는 허둥지둥 뒤로 돌아섰다.

에드거도 성법 기사단의 일원이지만 마린이나 아벨보다는 훨씬 자유분방해 보였다. 어쨌든 전투에서는 자기 역할을 해내고 있으니 문제시할 정도는 아니었다.

이후 한동안 4층의 탐색을 진행한 우리는 적당한 때를 봐서 지상으로 돌아가기로 했다.

"좋아. 슬슬 날이 저물 시간이야. 일단 돌아가자."

""네!""

""알겠어!""

그리하여 이날은 암살자와 마주치지 않고 무사히 엘리사를 숙소까지 돌려보낼 수 있었다. 처음에는 국왕에게 귀찮은 의뢰를 떠맡았다고 생각했지만, 미행만 주의하면 의외로 간단하게 완수할 수 있을지도 몰랐다.

에필로그
예정 변경

4층 공략 이틀째. '바람의 검은 고양이' 1군 멤버인 우리는 국왕이 비밀리에 의뢰한 임무를 수행하기 위해 엘리사 일행이 묵고 있는 '하얀 물새' 여관으로 향했다.

원래 엘리사는 우리가 마중을 나오길 거부했었다. 하지만 그래서는 국왕의 임무를 수행할 수 없기 때문에 레이디 퍼스트라는 둥 이런저런 이유를 대서 억지로 납득시켰다.

"아, 좋은 아침이에요, 여러분."

여관 근처로 다가가자 마린이 건물 안에서 걸어 나왔다. 망을 보고 있었던 모양이다.

웃으며 인사하는 걸 보니 어젯밤에는 아무 일도 없었겠군.

호위 대상인 엘리사 본인의 레벨이 높은 편이고, 그녀의 파티에는 회복 마법이 가능한 신관까지 포함되어 있었다. 이쯤 되면 우리의 호위가 필요한지도 의문스러울 지경이다.

"기다리게 해드려 죄송합니다! 아, 뭐야. 당신들이었군요……."

황급히 뛰어나온 청년 기사 아벨이 나를 보자마자 대놓고 실망감을 드러냈다. 약속까지 잡고 온 사람한테 저 태도는 뭐람. 기분 나쁜 녀석이다.

"좋은 아침, 알렉."

이윽고 엘리사도 밖으로 나왔다. 이쪽은 사람 좋은 미소를 띠고 있었다.

"그래. 좋은 아침."

"실은 오늘 아침에 왕성에서 병사가 찾아왔거든. 오늘부터 3일간 성법국에서 찾아온 귀족을 접대할 예정이니 동참해 달라더군."

"우리는 처음 듣는 이야긴데……."

세리나를 바라봤지만 세리나도 금시초문이라는 듯이 고개를 가로저었다.

"당연하죠. 당신들과는 관계 없는 일입니다. 친한 척도 유분수지."

"아벨, 실례잖나. 미안하게 됐다. 우리도 준비로 경황이 없어서 알려주는 걸 깜빡했다. 아, 벌써 마차가 마중을 나왔나 보군."

어느새 두 대의 마차가 우리 쪽으로 다가왔다. 귀족 전용 마차인지 광이 번쩍번쩍 났고, 장식도 화려했다. 그뿐만 아니라 경비도 상당히 엄중했다. 말에는 기사가 타고 있었으며 병사들이 마차 주위를 에워싸고 있었다. 이쯤 되면 마차를 보낸 인물이 암살자의 뒷배가 아니라 왕성 관계자라고 봐도 무방해 보였다.

혹시 몰라서 기사 중 한 명을 [감정]해 보았다. 아니나 다를까 그랑소드 왕국의 기사였다.

"으음. 환영이 지나친걸……. 왕족도 아닌데 이런 대우를 받다니. 나는 일개 기사에 불과하건만……."

엘리사가 난감하다는 듯이 말했다. 하지만 뒤쪽에 서 있는 마린과 아벨은 그 말을 부정하듯 절레절레 고개를 내저었다. 이전에 국왕도 템플 나이트는 작은 나라의 왕녀에 버금가는 지위라고 언급했었다.

"싫으면 솔직하게 말하고 거절하면 되잖습니까. 흐아암……."

그때 에드거가 하품을 하면서 여관에서 걸어 나왔다.

"안 될 소리. 그랑소드 국왕이 직접 부탁한 일이다. 그것도 본국에서 행차한 귀족을 접대하러 가는 거다. 거절이라니 당치도 않아. 크흠. 수락한 이상에는 제대로 해야지. 알겠나, 에드거."

"예예. 알겠습니다."

"정말이지……. 얼굴 정도는 씻고 와라. 아니, 됐다. 그냥 아무것도 하지 마."

"그러죠."

"에드거 씨. 상대는 이 나라의 국왕 폐하예요. 타국의 왕이라 해도 예의를 갖춰야죠."

신관인 하웰이 여관에서 나오며 에드거를 타일렀다. 이번에는 하웰도 정장 차림을 입고 있었다.

"알고 있어. 국왕님 앞에서는 예의 바르게 굴 테니까 안심들 해."

"모시러 왔습니다. 템플 나이트님."

그랑소드의 기사가 엘리사에게 인사를 건넨 뒤, 나에게로 다가왔다.

"당신이 '바람의 검은 고양이'의 알렉인가?"

"그렇긴 한데……."

"잘됐군. 란돌이라는 모험가의 전언이다. '사흘 동안은 우리가 맡을 테니, 그때까지 편하게 쉬고 있어'라더군. 분명히 전달했다."

"그래, 알았어."

란돌이라는 이름은 처음 듣지만, 기사를 전령으로 부릴 만한 사람은 국왕밖에 없었다. 암행할 때 사용하는 가명일 테지. 그나저나 사흘간 휴가라. 가능하다면 이대로 의뢰에서 하차하고 싶군. 아마도 이번 성법국의 방문은 국왕으로서도 예상외였을 것이다. 알고 있었다면 일찌감치 우리에게 설명을 해줬을 테니까. 예고도 없는 방문이라니. 어딘가 묘했다.

호위 임무에 있어서 이번과 같이 갑작스러운 예정 변경은 삼가는 편이 좋았다. 하지만 의뢰주이자 국왕이기까지 한 인물이 쉬라고 말하니 순순히 따르는 수밖에.

"엘리사, 사정은 대충 이해했어. 우리는 나흘 뒤 아침에 마중을 나오지. 그때가 되면 다시 잘 부탁해."

"알겠다. 우리 사정에 말려들게 해서 미안하다, 알렉."

"아니. 신경 쓰지 마."

"맞습니다. 일개 모험가한테 미안할 게 뭐가 있다고."

"아벨, 상대가 모험가라는 건 중요치 않아. 이건 내 신의가 걸린 문제다."

"아, 죄송합니다. ……후우."

지위에 연연하는 아벨에게 엘리사의 고결함이나 의리를 중시하는 태도는 이해하기 힘들지도 모르겠군. 그래도 엘리사에 대한 충성심만큼은 남들보다 훨씬 강한 듯했다.

"아벨. 엘리사를 확실하게 지켜 줘."

나는 아벨에게 당부해 두었다. 왕성에 다른 암살자가 숨어들 것이라고 장담하기는 힘들지만, 이번에 방문한 귀족이 가짜일 가능성도 배제할 수 없었다. 방심은 금물이다.

"물론이지! 네가 부탁하지 않아도 그럴 생각이다! 템플 나이트를 지키는 것이 성법 기사단의 의무다!"

버럭 소리치는 아벨. 철이 없다고 해야 할지, 혈기왕성하다고 해야 할지.

"아벨. 알렉 공은 기사의 의무를 다하라고 격려해 줬을 뿐이잖나. 어째서 그렇게 화를 내는 거지."

"그건…… 아뇨, 아무것도 아닙니다. 실례했습니다."

불만스러운 표정으로 엘리사에게 고개 숙여 사과하는 아벨. 뭐, 굳이 아벨이 아니더라도 웃으면서 우리에게 손을 흔드는 마린, 에드거, 하웰이 있다. 이 정도면 호위는 충분했다.

막간 온천 나들이

프롤로그
온천 마을

"온천을 가는 게 어떨까?"

세리나가 나에게 제안해 왔다.

엘리사 호위 의뢰가 중단되면서 우리는 다시 여관으로 귀환했다. 언젠가는 4층의 공략도 진행할 예정이지만, 엘리사 일행이 돌아온 뒤에 시작해도 무방할 것이다.

"나쁘지 않군. 이참에 좀 쉬도록 할까."

"응. 대야에 담긴 물로 씻어봤자 묵은 피로까지 풀리진 않으니까."

이번에는 나도 세리나의 의견에 순순히 동의했다. 뜨거운 물에 몸을 푹 담그고서 *끄허어* 하고 신음하는 기분을 오랜만에 만끽하고 싶어졌다.

"좋아. 세리나, 말을 꺼낸 걸 보니 근처에 온천이 있는 모양이지?"

"물론이야. 왕도 북쪽에 노스베프라는 온천 마을이 있대. 마차로 반나절 거리라니까 지금 출발하면 오늘 오후쯤에는 도착할 거야."

"호오."

"온천 말인가요. 피부가 고와진다는 이야기를 들은 적은 있어요."

이오네가 평소보다 들뜬 목소리로 말했다.

"맞아, 맞아."

"기대되네요."

미나도 가고 싶은지 기운차게 고개를 끄덕였다.

"난 맥반석 달걀을 먹어보고 싶어!"

리리도 흥미를 드러냈다.

"달걀도 좋지만 차갑게 식은 '마술사 킬러'를 한잔하는 것도 나쁘지 않아!"

레티가 술을 마시는 시늉을 하면서 말했다. 맛있는 술과 요리도 온천 여행의 묘미였다.

"네에에?! 레티 스승님, 그건 마셔도 괜찮은 술인가요?"

"괜찮고말고. 뭐, 다음 날싸시는 숙취와 두통으로 마법을 못 쓰게 되지만."

"히익……. 어째서 마법사가 그런 술을……."

"이것도 수행이야, 수행."

"흐음. 온천이라. 나도 한 번 가본 적이 있어. 상처 회복에 도움이 된다고 들었거든. 정말로 도움이 됐는지는 잘 모르겠지만."

어깨를 으쓱이는 루카. 탕치를 말하는 건가 보군.

"아버지도 심각한 부상을 입으셨을 때는 탕치를 가시곤 하셨어요."

이오네가 덧붙이자 피아나도 고개를 끄덕였다.

"탕치라고 하니 생각났는데, 신전의 노사제님이 '노스베프는 좋은 곳이야'라고 곧잘 말씀하셨어요. 저도 한번 가보고 싶네요."

다른 여성진들도 흥미진진한 모양이었다.

"역시 가보는 게 좋겠네. 맥반석 계란 말고도 맛있는 요리가 많은가 봐."

세리나가 빙그레 웃으며 말했다.

"맥반석 달걀은 한번 먹어보고 싶지만, 어디서 먹든 다 똑같은 음식 아냐?"

"에엑? 아무것도 모르는구나, 쥬가는."

세리나가 한심하다는 얼굴로 말했다. 하긴, 관광지에서 먹는 음식들이 각별한 건 사실이다.

"응? 무슨 뜻이람. 뭐, 좋아. 형님이 간다면 나도 함께 가겠어!"

남자들과 온천에 가는 취미는 없지만 쥬가 한 명 정도라면 괜찮을 것이다.

"정해졌군. 그러면 바로 출발하자고."

"그래."

그렇게 나는 1군 멤버들을 데리고 노스베프 마을로 향했다. 마차는 두 대를 준비해 나눠서 탑승했다. 중간에 조무래기 몬스터 몇 마리와 마주쳤지만 여유롭게 쓰러트렸다.

"도착했어. 여기가 온천 마을 노스베프야."

세리나의 말을 듣고 마차 밖을 바라보니 전리품을 파는 노점상이 주욱 늘어서 있었다. 그리고 그 맞은편에는 온천 여관으로 보이는 건물들이 산길을 따라 드문드문 자리를 잡고 있었다. 마을

이라고 하기는 규모가 작았지만…… 관광지니 시시콜콜 따지지 않기로 했다.

"그렇게 인상적인 마을은 아니네."

레티가 미묘한 얼굴로 말했다.

"그렇지 않아. 봐, 관광객들로 북적이잖아. 온천에 들어가려고 왔으니 온천만 좋으면 됐지."

"후훗, 맞아요. 그런데 세리나 씨, 여관은 어디로 잡을까요? 꽤 많이 보이는데……."

미나가 묻자 세리나는 기다렸다는 듯이 당당하게 대답했다.

"물론 최상급 여관으로 골랐어. 모처럼 하는 온천욕인데 호화로운 편이 좋잖아. 그렇지?"

"오호라."

돈이라면 충분히 있었다. 평소에 근검절약을 외치던 세리나가 하는 말이니만큼 이번에는 아무도 반대하지 않았다.

세리나가 수소문해서 발견한 이 여관은 귀족과 왕족들도 이용하는 '절경'이라는 이름의 여관이었다. 산의 정상 부근에 위치한 여관으로, 검게 옻칠된 일본풍의 건물이었다.

안으로 들어가자 등신대 크기의 너구리 조각상이 문 옆에 세워져 있었다. 배와 하반신 일부가 불룩하게 강조된 장식물이다. 큼지막한 금구슬을 가지고 있군.

"세리나, 저거 봐. 저거."

나는 히죽거리며 너구리 조각상을 가리켰다.

"큭, 저런 더러운 조각상은 왜 만드는 걸까."

질색한 표정으로 화를 내는 JK용사.

"네? 저게 왜 더러운가요?"

네네는 이해가 안 간다는 눈치였다. 세리나가 그만큼 음란하다는 뜻이다.

"어서 오세요."

연갈색 기모노를 입은 여주인이 안쪽에서 걸어 나왔다.

"안녕하세요. 열 명인데 괜찮을까요?"

예약 없이 방문했기 때문에 세리나가 양해를 구했다. 하긴, 어쩔 수 없었다. 이 세계에 휴대전화나 인터넷이 있는 것도 아니고, 편지를 쓰더라도 며칠은 걸릴 것이다.

"네, 괜찮습니다. 그러면 방으로 안내해 드릴게요."

여주인은 친절한 미소를 지어 보이고는 발걸음을 돌려 복도로 향했다. 꽤 괜찮은 엉덩이군. 아까운걸.

"알렉. 미인이라고 손대면 안 된다."

세리나가 작은 목소리로 내게 당부했다.

"네가 결정할 일은 아니지만, 안심해. 나는 풋풋한 여자가 아니면 관심 없거든."

"그건 그것대로 문제 같은데."

시끄러운 녀석이다. 남의 취향에 딴지를 걸다니.

이윽고 4인용 방 두 개, 그리고 나와 쥬가가 쓸 개인실을 배정받았다. 방을 확인한 우리는 여주인이 마련해 준 유카타로 갈아입었다.

"형님, 밑에서 전리품을 팔던데 구경하러 가자. 먹을 것도 있더라."

쥬가가 내 방으로 찾아와 말했다.

"식사라면 방에서도 가능해."

"지금 바로 먹고 싶어서 그래. 맛있어 보이는 걸 발견했거든."

"가고 싶으면 마음대로 해, 쥬가. 나는 갈 생각 없어. 과식은 하지 말고."

"그럼 그렇게. 좋았어, 한바탕 먹어보실까!"

젊구만. 역시 온천을 즐기려면 어느 정도 나이가 되어야 하는가 보군. 뭐, 다음에 쥬가한테 가보고 싶은 곳이 있는지 물어보기로 할까.

"그러면 우선 몸부터 담가볼까."

"저도 함께할게요, 주인님."

방에서 나오자 미나가 나를 따라왔다.

"함께라. 뭐, 알겠어. 입구까지만이라도 같이 가자고."

"네."

그렇게 우리는 나무 판자가 깔린 복도를 따라 걸어갔다. 단지 그뿐이건만, 둘 다 유카타 차림이라서 그런지 정취가 살아났다.

"앗, 알렉. 벌써 온천에 들어가려고?"

온천으로 향하는 도중에 세리나와 마주쳤다. 이 녀석도 몸부터 담그려는 모양이다.

"맞아."

"그렇구나. 방금 전에 주인 아주머니한테 들었는데, 지금 이 여관에는 손님이 우리밖에 없다나 봐."

"그래? 고급 여관이니 가격의 문제겠지."

생각보다 손님이 적어서 의아하긴 했지만 인테리어도 깔끔하고, 서비스도 아직까지 큰 문제는 없었다. 그렇다면 차라리 아무도 없는 편이 나았다.

"하긴 그렇네. 산기슭에도 여관들이 잔뜩 있었으니까. 다들 그것으로 간 걸지도. 그러면 일단 여기서 이별이네. 자, 미나는 이쪽으로 와."

"아, 네."

세리나는 미나의 손을 잡아끌고 여탕이라는 팻말이 걸린 입구로 들어갔다. 미나는 내키지 않는 눈치였지만 여관의 규칙은 준수하는 편이 좋았다. 미나와 즐기는 건 방으로 돌아가서 해도 늦지 않다.

어른의 여유였다.

제1화
혼욕

천연 온천에 돌바닥을 깔아 완성된 노천탕은 훌륭하다는 한마디로 표현이 가능했다.

주위는 커다란 바위로 둘러싸여 있었고, 뒤쪽에 자라난 대나무와 붉은 단풍들은 아름다운 경치에 색감을 더했다. 수면에서 올라오는 유백색의 수증기는 신비한 분위기를 조성하여 마치 비경에 들어와 있는 듯한 착각을 선사했다.

"자, 우선은……."

나는 온천의 가장자리에 설치된 받침대에 걸터앉았다. 그런 다음 바가지를 집어 들고 온천물을 끼얹기 시작했다.

다짜고짜 탕에 들어가는 건 온천의 매너를 모르는 녀석들이나 하는 짓이다.

마침 고급스러운 비누까지 마련되어 있었기에 수건으로 거품을 내서 몸을 씻어 나갔다.

"얏호! 온천이다!"

"앗, 리리! 그럼 못써!"

여탕 쪽은 상당히 떠들썩한 모양이었다. 뭐, 우리 말고는 손님도 없으니 괜찮을 것이다. 마음껏 즐겨라.

"응?"

준비를 마치고 슬슬 몸을 담그려는데, 문득 탕 앞에 세워져 있는 나무판이 눈에 띄었다.

'안쪽의 온천에는 특별한 효능이 있으니 주의 사항을 숙지하고 들어가 주세요.'

라고 적혀 있었다.

사실 온천의 효능이라고 해봤자 거기서 거기다. 요통 치료나 뭉친 어깨 해소, 미백 효과 등등. 그것을 일부러 위험하다는 듯이 써놓은 것은 효능에 관심을 가지게 하려는 연출이 분명했다. 그 온천에 갔더니 엄청난 효능을 가진 온천이 있었어! 라는 입소문이 퍼지길 바라는 것이다.

그러니 굳이 신경 쓸 필요는 없었다. 나는 수건을 쥐어짜서 머리에 얹은 다음, 수증기가 올라오는 온천에 발을 담갔다.

온천물의 온도는 제법 뜨거운 편이었지만 들어가지 못할 정도는 아니었다. 커다란 바위까지 걸어가 등을 기댄 나는 어깨까지 잠기도록 몸을 푹 담갔다.

"흐어어……."

좋구나.

전신을 따뜻하게 감싸는 온천수. 중력에서 해방되어 부유하는 듯한 감각. 눈을 감으면 그대로 잠들어 버릴 것만 같았다.

오랜만에 갖는 편안한 시간이다.

던전의 살풍경한 분위기와 한순간도 방심할 수 없는 마물들과의 전투, PK를 노리는 모험가의 존재 등등 이 세계에 온 뒤로는 긴장할 일이 많았다.

자고로 인간은 긴장한 채로 살아갈 수 없는 법이다. 아니, 긴장 속에서 살았기에 이토록 멋진 휴식을 맞이할 수 있는 것이리라.

달콤한 안도감이 나를 평온한 천국으로 인도했다. 체온이 조금씩 데워지고, 온몸의 나쁜 기운들이 조금씩 바깥으로 빠져나가는 느낌이 들었다.

온천수가 졸졸졸 흘러들어오는 소리, 때때로 울려 퍼지는 나무통의 덜그럭 소리.

그렇게 얼마나 오랜 시간이 지났을까.

문득 눈을 떠보니 새하얀 수증기 너머로 몇몇의 사람 그림자가 보였다.

"헉!"

나는 흠칫 놀라 숨을 집어삼켰다.

세리나는 이곳에 다른 손님이 없다고 말했다.

그렇다면 저들은 대체 누구지?

세리나 다른 일행이 아닌 건 분명했다. 그랬다면 곧바로 말을 걸었을 테니까.

나는 곧바로 [아이템 가방]에 수납되어 있던 검을 꺼내 들었다. 하지만 상대는 여전히 움직이지 않았다.

"도대체 속셈이 뭐지……?"

적어도 나를 노리러 온 암살자는 아닌 모양이었다. 생각해 보면 애초에 노려질 이유도 없었다. 우리가 템플 나이트의 호위라는 사실을 아는 것도 국왕을 포함한 극히 일부의 사람뿐이다.

내가 상대방의 행동을 예의주시하고 있던 그때, 바람이 불어와 온천의 수증기를 걷어냈다.

"뭐야, 원숭이구나."

일본인인 나는 온천에 동물이 난입했다고 놀라거나 하지는 않았다. 이 대자연을 살아가는 것은 인간뿐만이 아닌 것이다.

다만, 그렇다고 해도 원숭이와 같은 탕에 들어가고 싶지는 않았다.

이곳은 제법 넓은 온천이기에 나는 다른 탕을 찾아보기로 했다.

안쪽으로 조금 더 걸어가자 바위로 둘러싸인 새로운 온천탕이 나타났다. 방금 전에 들어갔던 곳과는 달리 전반적으로 노란색을 띠고 있었으며, 은은한 레몬향이 감돌았다. 예전에 동물들은 귤 냄새를 싫어한다는 이야기를 들은 적이 있다. 이곳이라면 원숭이도 난입하지 않을 것이다.

그렇게 생각하며 온천에 접근하는데, 안쪽에서 무언가가 첨벙첨벙 소리와 함께 이쪽으로 다가왔다. 나는 이번에도 검을 움켜쥐었으나, 상대방은 낯익은 얼굴을 하고 있었다.

그 핑크색 머리의 소녀는 나를 보더니 멈춰 서서 말했다.

"어라. 변태 아저씨다."

"알렉이야. 그보다, 리리. 도대체 남탕에는 어디를 통해서 들어온 거야?"

"어디라니? 여긴 여탕인데?"

"뭐라고?"

그렇다면 실수로 여탕에 들어와 버렸다는 뜻인가? 여탕이라고 적힌 표지판은 본 적 없는데. 어쨌든 이 상황은 위험했다. 왜냐하면 이곳에는 '스타라이트 어택'을 사용하는 그 녀석도 있을 것이기 때문이다.

"알렉……. 실망했어. 요즘 세상에는 중학생도 하지 않을 짓을 하다니."

아니나 다를까, 이미 세리나는 검을 움켜쥐고 휘두를 준비를 마친 상태였다.

"오해야. 원숭이가 난입해서 다른 온천탕을 찾으려고 했을 뿐이다. 훔쳐볼 생각은 전혀 없었어."

"잠시만요, 손님."

이런, 기모노 차림의 여주인까지 와버렸군. 자칫하면 출입 금지를 당할지도 모르겠다.

"앗, 죄송합니다. 일행이 민폐를 끼쳤네요. 저희가 단단히 교육을 시킬게요."

세리나도 큰일이라 생각했는지 여주인에게 사죄했다.

"아니요. 말씀드리는 게 늦었습니다만, 이 온천은 혼욕입니다."

"에엑?!"

"호오."

혼욕이라. 멋진 단어로군.

여성진들 중 몇몇이 놀란 반응을 보였다. 하지만 혼욕 문화는 일본에만 있는 것이 아니었다. 내가 살던 세계에서도 혼욕이 있었다. 그렇다면 그랑소드 왕국에 혼욕 문화가 존재하더라도 이상할 게 없었다.

"아하, 그래서 안쪽에는 특별한 효능이 있다고…… 어? 아닌가? 이곳의 온천탕은 전부 혼욕인 건가요?"

"말씀하신 대로 저희 온천은 전부 혼욕입니다."

"들었지, 세리나. 알았으면 고집부리지 마. 로마에 가면 로마법을 따라야지."

"으윽. 분하고 납득도 안 되지만, 반론할 수가 없어……."

"그래도 사이가 좋으신 것 같아서 다행이네요. 한잔하시겠어요?"

"부탁해."

술병을 지참한 여주인의 물음에 내가 대답했다.

그러자 여주인은 온천에 쟁반을 띄우고 술잔에 술을 따랐다. 나는 그 잔을 받아 들고 한입에 들이켰다.

차가운 술이 들어가자 이완되었던 몸이 꽉 조이는 기분이 들었다. 괜찮은 술이다. 술이 받는다는 게 이런 뜻이구나.

"세리나, 맛있어. 너도 한잔해 봐."

"난 물이면 돼."

"저는 받을게요."

이오네가 수건으로도 채 다 가려지지 않는 가슴을 출렁이면서 내 옆으로 다가왔다.

"자, 따라줄게."

"고맙습니다."

미소 지으며 양손으로 술잔을 받아 드는 이오네. 술을 마시는 모습에서조차도 기품이 묻어났다.

"그러면 느긋하게 즐기시길."

여주인이 물러간 뒤, 나는 씨익 웃으며 이오네의 가슴을 덮고 있던 수건을 걷어냈다.

"앗!"

"알렉!"

"소리가 커, 세리나. 너희가 온천의 규칙을 모르는 것 같으니 가르쳐 주지. 수건을 온천에 담그지 말 것. 그게 기본 매너다."

"남탕에서나 그렇겠지."

"남탕이든 여탕이든 마찬가지야."

나는 그렇게 말하며 온천에 반쯤 떠 있는 이오네의 가슴을 주물렀다.

"아앙!"

"알렉, 세상에 그런 매너가 어딨어!"

"어차피 우리밖에 없으니 너무 까다롭게 굴지 마. 사내가 돼서 미인한테 손을 대지 않는 건 매너 위반이잖아."

"어휴. 말은 번지르르하게 잘해요."

"아뇨, 세리나 씨. 여자도 마찬가지라고 생각해요. 좋아하는 사람이 관심을 가져주는 것만큼 행복한 건 없어요."

이오네가 마음에 쏙 드는 말을 했다.

"그건……. 그래도 안 돼. 여기는 온천인걸."

"안 되기는. 가벼운 스킨십일 뿐이다."

"아잉! 후후, 맞는 말이네요."

"어……?"

"저, 저는 저쪽 탕에 들어가 있을게요."

"나, 나도."

피아나와 루카를 비롯한 여성진이 어색한 표정을 지으며 자리를 옮겼다. 뭐, 하든 말든 그건 본인의 자유다. 단, 우리가 그렇고 그런 관계라는 사실은 세리나에게 들어서 모두들 알고 있을 것이다. 그런데도 온천까지 동행했다는 건 나와의 관계 진전에 동의한 것이나 마찬가지다. 언젠가 맛있게 음미해 주지.

이오네의 몸을 더듬고, 풍만한 가슴을 주무르고, 딥 키스를 해주니 어느샌가 요염한 신음 소리가 흘러나오기 시작했다.

"……앗, 흐응, 아앙, 으읏!"

"저, 저기, 알렉. 나도……."

이쪽을 빤히 바라보던 세리나가 달콤한 목소리로 졸라대기 시작했다.

"참을성이 없는 녀석이군. 뭐, 좋아. 너도 이리로 와."

"응. 미안해, 이오네."

"아뇨. 괜찮아요, 후후."

세리나의 탄력적인 가슴을 강하게 주물러 주자 세리나는 금세 헐떡이기 시작했다.

"아아앗, 끄윽, 이거, 너무 좋아!"

정말이지 음탕한 녀석이다.

"이번에는 다시 이오네 차례다."

"네. 응, 아앗, 끅, 흐윽, 아앙, 하아앙!"

이오네의 풍성한 두 열매는 손가락이 파묻힐 정도로 부드러웠다. 훌륭한 감촉이다.

"알렉 씨, 애무를 받기만 하면 죄송하니 저도 봉사해 드릴게요."

이오네는 허리를 숙이더니 내 물건을 본인의 가슴으로 에워쌌다.

"아, 그럼 나도."

그리고 이번에는 세리나가 반대쪽에서 가슴을 들이댔다. 흐음, 이건 소위 말하는 더블 파이즈리인가. 남자의 로망이기는 하지만 막상 받으려니 난이도가 상당히 높아 보였다.

두 미녀가 나를 위해서 부드러운 가슴을 위아래로 문질러대기 시작했다. 동시에 이오네는 입술을 요염하게 벌려 혓바닥으로 물건의 끝부분을 핥기 시작했다.

"오오."

워낙 기분이 좋은 나머지 나도 모르게 소리가 흘러나왔다.

"나도."

경쟁심을 자극당했는지 세리나도 반대쪽에서 혀를 놀리기 시작했다.

가슴과 혀를 이용한 두 사람의 공세. 결국 나는 견디지 못하고 백탁액을 흩뿌렸다.

"앗."

"꺅!"

끈적한 액체가 묻은 두 사람의 얼굴은 더더욱 요염해 보였다.

"알렉 씨. 저, 더 이상은……."

얼굴을 붉게 물들인 이오네가 간절한 눈으로 나를 올려다보며 말했다.

"좋아, 이오네. 저 바위에 손을 대고 이쪽으로 엉덩이를 내밀어 봐."

이미 양측 모두 알몸이었기에 자세를 잡는 것만으로도 손쉽게 삽입이 완료되었다.

"응으읏! 아앗!"

나는 이오네의 등을 끌어안고 거칠게 허리를 움직였다. 내가 허리를 놀릴 때마다 온천의 수면이 첨벙첨벙 요동쳤다. 서로의 쾌락을 갈구하는 온천탕 속의 춤사위는 그렇게 점차 격렬해져 갔다.

"끄흑, 아아아아아앗!"

수면의 파도가 최고조에 달한 그 순간, 이오네는 쥐어짜는 듯한 교성과 함께 절정에 달했다.

"아……."

다음은 세리나 차례다. 나는 불안해하는 세리나를 바위에 드러 눕힌 다음, 곧바로 안에다 삽입했다.

"앗, 하윽! 온천에서 하는 거 너무 좋아!"

큰소리로 외치는 세리나.

"얼씨구. 너 말야. 방금 전에는 온천에서 하면 안 된다며."

그래놓고 주변의 시선보다 본인의 쾌락을 우선시하고 있었다. 장소를 가리지 않고 헐떡이다니. 찾아보기 힘든 변태 여고생이다.

"그렇지만, 하윽, 기분이 좋은걸! 아앙!"

"이 정도면 혼욕을 하다가 모르는 아저씨한테 덮쳐져도 똑같은 말을 하겠는데?"

"그, 그렇지 않아! 이건 어디까지나 너라서, 끄윽!"

나는 특별하다는 뜻인가.

뭐, 나쁠 건 없지. 나는 세리나를 더욱 헐떡이게 만들고자 일부러 느릿하게 허리를 움직이기 시작했다. 그렇게 안쪽 깊숙한 곳의 부드럽고 민감한 부분을 자극해 나갔다.

"으응, 아앙! 거기, 거기가 좋아!"

약점을 찔린 세리나는 참지 못하겠다는 듯이 머리카락을 좌우로 흔들었다.

하지만 나는 더욱더 거칠게 공세를 가했고, 때때로 엇박자를 노리거나, 애먼 부위를 찌르는 등 세리나를 애타게 만들었다.

"끄흑, 앙, 심술 부리지 말고! 어, 얼른 찔러 줘. 더 깊숙한 곳까지!"

세리나가 숨을 헐떡이며 애원해 왔다. 슬슬 한계가 가까워진 모양이다.

"좋아. 원하는 대로 해주마."

나는 세리나의 허리를 양손으로 덥석 붙잡고 허리를 깊숙히 박아 넣었다.

"응아아아앗♥"

천박하기 짝이 없는 표정으로 기쁨의 환성을 내지르는 세리나. 이제는 남자 없이 살지 못하는 몸이 되어버린 듯했다. 아니, 얘는 원래부터 이랬던가.

온천에 세찬 파도를 일으켜 가며 세리나의 몸 안을 들쑤셔 주었다. 그러자 세리나는 이쪽으로 돌아서더니 두 팔을 벌려 나를 끌어안았다. 좋아, 이 자세라면 물건이 빠질 일도 없겠군. 나는 더욱더 격렬하게 허리를 들이받았다.

"아윽, 이거, 굉장해! 너무 굉장해♥ 더 찔러줘!"

세리나가 눈을 질끈 감고 외쳐댔다. 이제 이 녀석도 한계인가.

"하앙, 알렉, 좋아해, 좋아, 정말효 됴아아아아아!"

혓바닥이 꼬여버릴 정도로 절정한 세리나는 나를 끌어안은 채로 하복부를 경련시켰다. 그러자 세리나의 구멍이 내 물건을 엄청난 힘으로 옥죄어 왔다.

"오옷."

나 또한 그 강렬한 쾌락에 놀라면서 세리나의 몸 속에 나의 애정을 분출해 주었다.

"후우."

"주인님, 씻고 다시 들어가시는 게 어떨까요."

미나가 말했다. 맞는 말이다. 온천은 깔끔하게 사용해야 하니 다시 한번 씻기로 할까. 나는 잠시 탕에서 나와 작은 판자에 걸터앉았다.

"그러면 등을 닦을게요."

미나는 그렇게 말하며 부드러운 두 개의 덩어리를 내 등에 들이댔다. 호오, 거품을 낼 생각인가.

"으응, 하앗."

미나는 작은 소리로 헐떡이면서 정성스레 내 등을 닦아주었다. 거품으로 미끄러워진 두 개의 가슴이 기분 좋은 감촉을 선사했다.

"알렉 님, 저도 도와드릴게요."

네네까지 합류해 내 허벅지에 가슴을 들이댔다. 작은 가슴이지만 귀여운 몸으로 열심히 문지르는 그 모습은 남자를 흥분케 하는 무언가가 있었다.

"으응, 하앙, 흐윽……."

"응, 웃, 으응……."

두 명의 소녀가 내 몸에 밀착해 미끌미끌한 거품을 만들어나갔다. 미나의 새하얀 피부와 네네의 싱싱한 연분홍색 피부. 헐떡이면서도 나를 씻겨주는 두 사람의 모습에 피가 밑으로 쏠리며 아랫도리가 부풀어 올랐다.

"좋아, 이번에는 내가 너희를 씻겨주마."

""아, 알겠습니다.""

우선은 네네의 자그만 엉덩이로 손을 뻗었다.

"꺄악!"

훌륭한 반응이다. 내 손가락은 그대로 네네의 안쪽 허벅지를 파고들어 미성숙한 둔덕을 문지르기 시작했다.

"흐앗, 하앙."

기분 좋다는 듯이 헐떡이는 네네.

손가락을 안으로 집어넣자 네네가 자그만 비명을 질렀다.

"아흑, 끄윽."

"아파?"

"아, 아뇨. 괜찮아요."

네네가 파르르 떨면서 말했다. 거짓말은 아닐 것이다. 다만, 비좁은 구멍에 손가락을 넣었다 뺐길 반복하자 네네는 견디기 힘든지 몸을 비틀었다.

"하윽, 아앙!"

"네네, 똑바로 서야지. 주인님이 애무해 주고 계시잖아."

미나가 뒤쪽에서 네네의 몸을 지탱했다.

"아, 알겠습니다. 하지만, 너무 민감한, 곳이라서!"

움찔 경련한 네네는 참지 못하고 허리를 뒤로 당겼다. 결국 손가락이 빠지고 말았다.

"그렇다면 이건 어떨까."

나는 네네를 번쩍 들어 올려 손가락보다 굵은 물건을 넣어주었다.

"하윽!"

네네가 가녀린 어깨를 움츠렸다. 하지만 네네의 표정에는 희미한 기대감이 묻어나 있었다.

"움직일게, 네네."

"주, 준비됐어요."

나는 네네의 몸을 위아래로 움직였다. 네네의 몸무게가 가벼운 편이라 어렵지 않았다.

"꺅, 으응! 흐윽, 앙, 아앗, 알렉 님, 하으윽!"

얼굴을 새빨갛게 물들인 네네는 달콤한 신음 소리를 연발했다. 하지만 쾌락의 공세를 견디기도 잠시. 결국 무너져 버린 네네는 절정의 격류에 휩쓸려 비명을 내질렀다.

"히으으으으윽!"

나의 두 팔 안에서 움찔움찔 수차례 경련한 네네는 황홀한 표정으로 의식을 잃었다. 나는 기절한 네네를 그 자리에 눕혀준 뒤, 미나를 불렀다.

"좋아. 기다리게 했군, 미나."

"아니에요."

미나는 부끄러워하면서도 기쁘다는 듯이 하얀 꼬리를 흔들었다. 그러고는 내 품속으로 뛰어들어 가벼운 키스를 건넸다. 이렇게 전희를 마친 뒤, 나는 미나를 자리에 눕히고 몸을 포갰다.

"응, 아앗, 주인니임♥"

미나가 줄곧 기다렸다는 듯 기쁨의 환성을 내질렀다. 나는 허리를 거칠게 흔들었지만 일찌감치 준비를 마친 미나의 허리는 나의 충동을 유연하게 받아내 주었다.

"훌륭해, 미나."

"네. 으응, 흑, 아앗!"

서로의 점막이 절묘한 타이밍에 움직이고, 찌르고, 옥죄였다. 나와 미나는 이미 수없이 많은 관계를 가졌다. 상대의 취향을 완벽히 파악하고 있기에 가능한 일이었다. 우리는 그곳에서 한층 더 나아간 미지의 쾌락과 애정을 추구하며 행위를 계속해 나갔다.

"주인님, 주인님!"

미나의 목소리가 격앙되기 시작했다. 슬슬 때가 된 모양이다.

"좋아. 간다, 미나."

"네, 언제든 괜찮아요. 응, 응, 흐앙, 끄흑, 아앙, 아앗♥ 아아 아아아앗!"

나는 큰 소리로 교성을 내지르는 미나를 끌어안으며 그녀의 배 속에 차고 넘치도록 애정을 쏟아부어 주었다.

후우.

에필로그
무시무시한 효능

한차례 여자들을 만족시켜 준 나는, 잠시 휴식을 취하기 위해 혼자서 온천의 안쪽으로 향했다.

"응? 저건……."

아름다운 비취색을 띤 온천탕이 눈에 들어왔다. 폭이 3미터 정도 되는 작은 탕이었다. 근처에 목찰이 세워져 있길래 한번 읽어 보았다.

〈아가모(毛)신의 온천〉

[효능]

순식간에 털이 자라난다.

단, 탕에 닿은 모든 부위에 털이 자라나니 얼굴에 묻지 않도록 주의해 주십시오. 바가지로 퍼낸 다음 수건에 묻혀 사용하면 좋습니다. 또한 이용자에 따라서는 발기부전이 되거나, 호흡곤란이 나타날 수 있습니다.

"으음. 이건 함정 같군."

털이 자라난다는 점은 매력적이다. 하지만 온천에 닿는 모든 부위에서 털이 자라난다니. 자칫하면 고릴라 같은 몰골이 되어버릴 수 있다는 뜻이잖아. 심지어 발기부전에 걸리기라도 하면 큰일이다. 만지는 모든 것들이 황금으로 변해버린다는 미더스 왕의 전설이 생각났다.

그래도 정말로 대단한 효과가 있는지 시험해 보고 싶기는 했다. 이곳은 마법과 몬스터가 당연하다는 듯이 존재하는 세계니까. 아쉽지만 포기하도록 하자.

돌바닥을 따라서 조금 더 걸어가자 이번에는 분홍색 온천이 보였다.

다짜고짜 들어가면 큰일 날 수 있으므로 우선은 나무판을 확인했다.

〈처녀 온천〉

[효능]

○○가 젊은 처녀처럼 매끈해집니다.

주름과 기미도 깨끗하게 사라집니다.

한 번 들어가면 효과는 영구적으로 지속됩니다.

부작용은 없습니다.

각오가 없는 ○○는 들어가지 말아 주세요.

흐음……. 흔히 있는 피부 미백 온천인 걸까. 일부 글자가 흐릿해서 읽을 수가 없었다. 어쨌든 신의 이름에서 온천명을 따오지는 않은 걸로 봐서 효능은 고만고만한 듯했다.

다만, 마지막 문장이 문제였다. 아예 금지한다면 또 몰라도, 들어가지 말라는 표현은 굉장히 마음에 걸렸다. 도대체 무슨 각오를 하라는 뜻일까.

……들어가는 건 관두자.

입가의 주름이 신경 쓰이기는 하지만, 안경 여신에게 받은 스킬 덕분에 현재의 나는 인기남이었다. 그렇다면 굳이 위험한 다리를 건널 필요는 없었다.

"알렉. 안 들어갈 거야?"

뒤쪽에서 리리의 목소리가 들려와 고개를 돌렸다. 하지만 리리를 본 나는 흠칫하고 말았다. 눈앞에 핑크색의 털복숭이 인간이 서 있었던 것이다. 살아 움직이는 인형탈이 따로 없었다.

"이 멍청이! 설마 털이 자라나는 온천에 들어간 거야?"

"응! 봐봐, 굉장하지? 헤헤."

바보 녀석. 지금이야 재밌겠지만 평생 그렇게 살아야 한다면 그때도 웃을 수 있을까.

"리리, 거기 서!"

미나가 리리를 붙잡기 위해 달려오는 것이 보였다. 하지만 미나도 리리가 뿌린 온천물을 뒤집어썼는지 머리 스타일이 롱헤어로 변해있었다. 뒤집어썼다 해도 고작 몇 분에 불과했을 텐데, 효능이 너무 강력했다. 이쯤 되면 무서울 정도다.

"싫은데! 아하하!"

후다닥 도망친 리리는 내 뒤로 숨는가 싶더니 근처에 있던 온천으로 텀벙 뛰어들었다. 나는 사방으로 튄 온천수를 황급히 피하려 했지만 팔에 조금 묻어버리고 말았다. 젠장.

하지만 별다른 변화는 나타나지 않았다. 팔의 피부가 살짝 매끈해진 정도였다. 생각만큼 무서운 온천은 아닌 모양이다.

"앗, 또! 그러다 몸에 문제라도 생기면 어쩌려고 그래! 죄송합니다, 주인님."

미나가 리리를 뒤쫓아 내가 있는 곳까지 다가왔다.

"사과하지 않아도 돼. 이 온천은 안전한 거 같거든. 리리, 상태는 좀 어때?"

"딱히 아무렇지도 않아. 어라?"

리리의 핑크색 털들이 전부 빠지며 원래의 모습으로 되돌아갔다.

"아앗! 이게 뭐야, 재미없게. 괜히 들어왔어!"

그렇군. 털이 많은 사람에게 효과가 있는 탓인가 보다.

"미나, 너도 들어가 볼래? 피부 미백 효과가 있다고 하더라."

"아, 그런가요? 그럼 저도……."

핑크색 온천에 몸을 담근 미나는 흘러들어오는 물에 얼굴을 씻었다.

"어떤가요, 주인님."

"흠. 큰 변화는 아니지만 얼굴의 피부가 매끄러워진 것 같은데."

"후후, 다행이다. 나중에 다른 분들께도 가르쳐 드려야겠네요."

문득 미나의 꼬리가 걱정되었지만 다행히 꼬리의 털이 빠지거나 하지는 않았다.

"그러도록 해. 나도 한번 들어가 볼까."

"얼마든지요. 리리, 넌 거기서 잠깐 기다리고 있어."

"으으. 다른 탕에도 들어가 보고 싶은데."

"효능을 확인하는 게 먼저야."

핑크색 온천으로 들어간 나는 정수리까지 푹 잠기도록 몸을 담갔다.

털이 무조건 빠지는 게 아니라 젊었을 무렵으로 돌아가는 탕이라면 오히려 빠졌던 머리털들이 돌아올 것이다. 역시 난 천재야.

"푸핫! 후우. 어때, 미나?"

"앗, 그, 글쎄요. 굉장히, 뭐랄까…… 수려해지셨네요."

미나가 두 손으로 입가를 가리며 얼굴을 붉혔다. 흠. 성공한 모양이다. 나는 드디어 젊음을 되찾고 미소년으로 재탄생한 것이다.

"어라. 알렉의 머리가 길어졌어."

"오히려 지금까지가 짧았던 거야. 머리숱이 부족해서…… 응?"

목소리의 톤이 묘하게 높았다. 나는 고개를 내려 자신의 몸을 확인해 보았다. 가슴은 방금 전보다 커져 있었고, 배는 쏙 들어갔으며, 근육의 부피도 상당히 줄어들었다.

"……이, 이건…… 제기랄, 설마……."

사타구니를 손으로 더듬어 보니 맨들맨들했다. 있어야 할 것이 없었다.

……이제서야 나무판의 지워진 단어가 짐작이 갔다. '사타구니가 젊은 처녀처럼 매끈해집니다' '각오가 없는 남성은 들어가지 말아 주세요'라고 써있었던 모양이다. 완전히 당했군.

"미나, 리리는…… 아, 붙잡았구나. 이상한 탕에 함부로 들어가면 못써, 리리. ……어라? 저분은 누구야?"

어느샌가 다가온 세리나가 이쪽을 바라보며 물었다. 내가 누구인지 알아보지도 못할 정도라니. 완전히 여자로 변해버린 모양이다.

"미나. 가서 원래대로 돌아가는 온천을 찾아봐 줘."

"알겠습니다. 그런데 이대로도 괜찮지 않을까 싶은데……."

"안 돼. 거시기도 없어졌거든."

"네?! 아, 알겠습니다. 바로 찾아올게요."

"앗. 누구인지는 말해주고 가야지, 미나."

"이히히. 이 사람은 말이지…… 알리나라고 해!"

리리가 재밌어하며 나를 다른 사람으로 소개했다.

"그렇구나. 처음 뵙겠습니다. 손님은 저희뿐이라고 들었는데…… 앗, 그보다 알리나 씨. 이곳에서 검은 머리의 변태 아저씨를 발견하면 바로 도망치세요. 엄청나게 위험한 놈이거든요."

사람을 범죄자처럼 묘사하다니.

"후후, 그렇군요. 걱정해 주셔서 고맙습니다. 저는 방금 막 체크인을 한 참이라서요."

"아하. 그래서 못 봤구나."

"세리나 씨도 여기로 들어오시지 않을래요? 피부가 고와지는 탕이라네요."

"헤에, 피부 미백이라. 그럴게요."

세리나는 초면인 상대임에도 불구하고 스스럼없이 옆에 다가와 앉았다. 나는 세리나가 얼굴을 씻는 타이밍을 기다렸다가 어깨를 주물러 주었다.

"딱히 뭉치진 않았는데…… 그보다 알리나 씨, 제 피부 어때요?"

"네. 엄청 매끈해졌어요."

"와, 잘됐다!"

"그러면 더욱 예뻐지도록 제가 마사지를 해드릴게요."

"네? 꺅! 자, 잠깐만요, 어디를!"

"자자, 저한테 맡겨두세요."

등 뒤로 돌아가 가슴을 주무르자 세리나는 금세 느껴서 헤롱헤롱해졌다.

"앗, 아앙, 잠깐, 거기는, 안 되는데…… 흑, 하앙."

"호오. 당신, 여자를 상대로도 느끼는군요."

"그, 그건, 알리나 씨가 만지니까…… 아아앙!"

이곳에 오기 전의 성행위로 민감해진 탓이겠지만 세리나는 부끄러운지 그 사실을 언급하지 않았다.

"자, 여자끼리 하는 건 어떤 기분이려나."

나는 세리나의 앞쪽으로 돌아가 서로의 민감한 부분을 문지르기 시작했다.

"으응, 아앙!"

"오옷, 윽, 이건 이것대로 괜찮은걸."

꽤 기분이 좋았다. 이윽고 세리나도 스스로 허리를 움직여 합을 맞추기 시작했다. 음탕한 녀석 같으니.

"응, 아앙! 안 돼, 나, 더는, 가버려!"

"크윽!"

허리와 등, 젖꼭지에 전류가 흐르는 감각. 뱃속이 꾹꾹 옥죄여 왔다. 그렇구나. 이것이 여자의 쾌락인가. 나쁘지는 않지만, 역시 나는 남자의 쾌락 쪽이 더 좋다.

"주인님, 발견했어요."

"잘했어."

"여, 역시 알렉이었구나……. 어휴, 도대체 무슨 생각으로 여자가 된 거야."

"원해서 된 게 아니야. 불가항력이었어. 그보다 어떻게 나인 줄 알았는데?"

"하는 짓이 워낙 야하기도 했고, 애무하는 방식도 익숙했거든."

"하긴. 그러면 미나, 원래대로 돌아가는 온천으로 안내해 줘."

"네."

미나가 발견한 온천은 두 가지였다. '육체를 하루 전으로 되돌리는 온천'과 '몸과 마음이 젊은 미소년으로 변화하는 온천'이었다.

잠시 고민한 나는 '육체를 하루 전으로 되돌리는 온천'을 선택했다.

아무래도 내 연인들은 지금의 내 모습이 취향인 듯했다. 그렇다면 지금 이대로도 충분했다.

제8장 흑과 백

프롤로그

술의 효능

　우리는 그랑소드 왕국으로 귀환해 하루 동안 여로를 달렸다. 그리고 다음 날, 다시금 엘리사의 호위 임무를 맡기 위해 '하얀 물새' 여관으로 향했다.

　"여어, 인기남. 딸꾹."

　밤새 술을 퍼마신 걸까. 이쪽 파티의 중년남 에드거가 붉어진 얼굴로 여관에서 걸어 나왔다.

　"몸 상태가 나빠 보이는걸. 너는 오늘 쉬어도 좋아, 에드거."

　도움이 안 되는 호위는 차라리 없는 편이 나았다.

　"오오, 그거 고맙군. 아무래도 내 나이쯤 되면 철야는 힘들지. 그러면 잘 부탁해."

　한 손을 들어 보이고는 여관으로 돌아가는 에드거. 속 편한 녀석이다. 임무가 아니라 관광객으로 이곳에 왔다고 생각하는 걸까?

　자기네 대장은 지금 암살자에게 목숨의 위협을 받고 있건만.

　차라리 엘리사에게 정보를 흘려서 경계심을 자극해 볼까도 생각했지만, 국왕은 이 임무를 비밀리에 수행하길 원했다. 게다가 암살 정보를 어디에서 얻었는지 물어보면 대답하기도 곤란했다. 따라서 별로 좋은 생각은 아니었다.

　"알렉. 여관을 감시하는 남자가 한 명 있어."

"뭐라고? 어딘데."

"저기."

세리나가 가리킨 장소에는 로브를 두른 남자가 있었다. 마찬가지로 우리를 눈치챈 그는 종종걸음으로 이쪽을 향해 다가왔다. 우리는 일제히 검을 뽑아 들었지만, 남자는 손을 들어 무기가 없음을 알리고는 자신의 얼굴을 드러냈다.

"잠깐. 넌 '바람의 검은 고양이'의 리더 알렉인가?"

"맞아. 그러는 넌 누구지?"

"나는 란돌에게 고용된 자다. 그의 전언이다. '작은 나라의 공주님은 오늘부터 네게 맡긴다. 단, 누구도 신용하지 마라'라고 하더군."

"흥. 알았다."

병사에게 시켜서 전달하면 그만인 것을. 그 국왕 녀석, 모험가 행세를 즐기는 게 분명했다.

"분명히 전했다. 난 이만."

"그래."

"어휴. 폐하도 사람 피곤하게 만드는 재주가 있으시네."

세리나도 긴장했었는지 안도한 얼굴로 검을 거두었다.

"폐하? 응? 무슨 이야기야?"

쥬가가 물었다. 그러고 보니 쥬가에게는 암살자에 대해서 이야기하지 않았었군. 알고 있는 것은 나와 미나, 세리나, 이오네, 루카까지 다섯 명뿐이다.

"아무것도 아냐, 쥬가. 신경 쓰지 마."

"그래? 뭐, 복잡한 이야기는 형님한테 맡길게. 오늘은 그 템플 나이트 일행하고 4층으로 가면 되는 거지?"

"맞아."

"좋아! 오늘은 그 두둥실 떠다니는 몬스터한테 한 방 먹여주고 말겠어!"

쥬가가 기합을 넣으며 외쳤다. 그래. 복잡하게 생각할 것 없다. 모험을 계속하면서 기한을 맞이하기만 해도 의뢰는 완수된다. 암살자를 굳이 찾아 나설 필요는 없었다.

"앗, 오래 기다리셨죠!"

작은 체구의 소녀가 모습을 드러냈다. 기사 마린이다. 엘리사의 측근 중 하나로, 우리에게는 호의적인 편이지만 동료 기사인 에드거는 싫어하는 눈치였다. 하긴, 임무는 나 몰라라 하고 술이나 퍼마시는 중년 아저씨가 파티에 있으면 불만스러울 수밖에 없지.

"아니. 우리도 이제 막 도착했어."

"지금 바로 엘리사 님을 모셔 올게요."

"그래. 서두를 필요는 없어."

"네."

"후우. 반갑습니다. 지각은 아닌가 보군요."

여관에서 나온 청년 기사 아벨이 한숨을 내쉬며 인사를 건넸다. 나도 딱히 오고 싶어서 온 건 아니거든.

"응. 반가워. 오늘은 모험하기에 딱 좋은 날씨네."

세리나도 웃으며 인사를 건넸다.

"어차피 4층으로 내려가면 눈보라가 치겠지만 말이죠."

하지만 아벨은 얄미운 대답을 돌려줄 뿐이었다.

"하긴, 그렇지."

"우와. 알렉, 나 저렇게 속 좁은 녀석은 질색인데."

레티가 얼굴을 찌푸리며 속삭였다.

"신경 쓰지 마, 레티. 어차피 3일만 같이 지내면 되니까."

처음 약속한 기간은 일주일이지만 왕성에서 귀족을 접대하느라 3일이 지났다. 슬슬 국왕도 급하게 구한 우리들 대신 제대로 된 호위를 알아보고 있을 것이다. 오늘까지 포함해서 앞으로 3일. 이후로는 호위를 맡지 않을 생각이다.

"3일이면 그래도 많이 남았네."

"안녕하세요, 여러분. 대장님께서는 지금 옷을 갈아입고 계시니 잠시만 기다려 주세요."

로브를 입은 신관 하웰이 미소를 지으며 걸어 나왔다.

"네. 안녕하세요, 하웰 씨. 그쪽 용무는 잘 해결하셨나요? 본국에서 귀족이 왔다고 들었는데."

엘리사를 기다리는 동안에 세리나가 물었다.

"그게, 상당히 까다로운 분이라서요. 접대하느라 고생을 좀 했습니다. 대장도 검술 실력은 뛰어나지만 귀족 접대가 익숙한 편은 아니거든요."

하웰이 쓴웃음을 지으며 말했다. 하긴, 엘리사는 고지식한 성격의 대표 격인 인물이다. 비위를 맞추기가 쉽지는 않았을 것이다.

"그 인간…… 엘리사 님더러 옷을 벗고 춤을 추라고 하더군요. 템플 나이트에게 무례를 저지르는 것도 한두 번이지. 차라리 베어버릴 걸 그랬습니다."

아벨이 움켜쥔 주먹을 부들거리며 말했다.

"그러면 안 돼요, 아벨. 화나는 건 이해하지만 대장님께도 입장이란 게 있습니다. 타국과 외교를 진행하는 자리에서 그런 짓을 저지르면 오히려 대장님이 곤란해져요. 당신은 대장님을 심문석에 앉히고 싶으신가요?"

"아, 아뇨. 당치도 않습니다. 죄송해요, 제 생각이 짧았습니다."

아벨이 반성하며 사과하자 하웰은 빙그레 웃으며 고개를 끄덕였다. 하웰은 사람을 다루는 법을 아는군. 얼굴이 통통한 편이라 정확한 연령대는 불명이었지만, 세상 물정을 알 만큼은 나이를 먹은 모양이었다.

"기다리게 해서 미안하다."

이윽고 대장인 엘리사가 모습을 드러냈다. 하지만 안색이 썩 좋지 못했다.

"괜찮아. 그런데 무슨 일이라도 있었어? 엘리사."

나는 걱정이 돼서 물었다. '하얀 물새'는 최고급 여관이라서 안전하다고 판단했는데, 암살자가 음식에 독이라도 탔다면 웃지 못할 일이다.

"아아. 실은 어젯밤에 잠을 좀 설쳤거든. 이번에 접대를 한답시고 백작을 화나게 만든 모양이라……."

"지나간 일이야. 어차피 상대도 다음에 만나면 다 잊어버릴걸."

과거의 일로 집중력이 흐려져 던전에서 죽기라도 하면 '바람의 검은 고양이' 얼굴에 먹칠을 하는 셈이다. 그래서 나는 [화술

LV5]로 적당히 위로해 두었다.

"그럴까?"

"물론이죠."

"맞아요."

자리에 있던 다른 사람들도 고개를 끄덕였다.

"알았다. 언제까지고 후회하고만 있을 수는 없지. 나중에 다시 만나면 사과해야겠군. 그러면 출발…… 응? 에드거는 어디로 갔지?"

"제가 불러오겠습니다. 보나 마나 취해서 곯아떨어져 있겠죠. 정말이지 성법 기사단의 수치입니다. 그런 인간이 간부 후보라니."

"잠깐. 그 녀석은 오늘 몸 상태가 안 좋아 보였어. 쉬게 해주는 게 어때."

에드거를 부르러 가려는 아벨에게 내가 제안했다.

"아뇨. 게으름을 피우고 있는 것뿐입니다."

"음! 아벨, 두드려 패서라도 깨워 와라! 에드거가 피를 토해도 상관없다. 반드시 데려오도록!"

"알겠습니다, 엘리사 님! 질질 끌고서라도 데려다 바치겠습니다!"

나 원. 갑옷만 하얗게 입고 있을 뿐이지 블랙 기업이 따로 없군. 절대로 입사하고 싶지 않다.

"알렉, 이야기가 다르잖아."

결국 끌려온 에드거가 원망스럽다는 듯이 나를 쳐다보았다.

"불평은 너희 대장님한테 해. 나는 쉬게 해달라고 말했어."

"아픈 사람을 부려먹다니. 대장님도 사람이 참 나쁘십니다."

"웃기는 소리. 컨디션 관리도 기사의 의무다. 에드거. 반성하고 순순히 따라오도록. 그리고 술은 몰수다. 아이템 박스에 들어있는 것까지 전부 내놔라."

"에휴. 저는 아이템 박스같이 편리한 스킬은 익히지 않았어요. 배우고 있었으면 이런 조그만 술병이 아니라 술통째로 들고 다녔겠죠."

"구구절절 시끄럽다. 됐으니까 숨기고 있는 병을 내놔."

"예예, 알겠습니다. 오늘은 운이 없구만. 저기 저 중년남이 불행의 근원일 거야, 분명."

"알렉 공을 걸고넘어지지 마라. 너의 그 약한 마음이 불행을 부르는 거다. 우선은 생활 태도부터 개선하도록 해."

"술은 부정한 것을 씻어준다잖습니까."

"아무리 부정한 것을 씻어준다고 해도 얼굴이 빨개질 때까지 마시면 도로아미타불이다. 얼른 내놔!"

앞날이 험난하구나.

제1화
수상한 인물에 대한 소문

"스펙터! 세 마리!"

"이쪽의 두 마리는 우리가 맡을게!"

"그러면 우리는 북쪽의 한 놈을 맡겠어."

4층에 도착한 우리는 설원을 가로지르며 던전 공략을 진행했다. 하지만 인원수가 많다 보니 전투가 짧아지고 노는 인원이 생겼다. 에드거 같은 경우에는 어디서 구해 왔는지 전투 중에 병나발을 불고 있는 판국이었다.

""클리어!""

"엘리사 님, 잠깐 괜찮을까요?"

"뭐지, 아벨."

"알렉 씨 일행은 이곳에서의 전투도 잘 소화하고 계십니다. 저희가 군이 동행해서 도와드릴 필요가 있을까요?"

"음……."

아벨이 하는 말은 정론이었다. 하지만 이대로 각자 행동하면 암살자로부터 호위할 수가 없게 된다.

"나쁠 거 없잖아. 적이 반으로 줄어들면 그만큼 편하게 싸울 수 있고."

"맞아요. 알렉 씨와 대장님께서 나눈 약속이잖습니까. 저희는 3일 동안 부하로서 보좌해 드리면 되는 겁니다. 저 위대한 영웅 네코스키도 '평소에 타인을 돕지 않으면 곤경에 처했을 때 누구도 너에게 도움의 손길을 내밀지 않을 것이다'라고 말씀하셨죠."

에드거와 하웰이 완곡한 말투로 아벨의 생각에 반대를 표했다.

"맞아, 아벨. 너는 알렉 씨 일행이 마음에 안 드는 눈치지만."

마린도 놀리듯이 말했다.

"딱히 그런 이유로 드린 말씀은 아닙니다. 다만, 저희는 어디까지나 성법국의 조사 임무를 수행하기 위해 이곳에 왔습니다. 그 사실을 잊어서는 안 됩니다. 저희는 기사죠. 저들과는 목적도 사명도 다릅니다. 사리사욕으로 움직이는 모험가를 돕겠답시고 본래의 임무를 등한시하게 될까 봐 걱정입니다."

"흐음. 아벨이 무엇을 걱정하는지 알겠다."

"오오, 엘리사 님. 이해해 주시는 겁니까!"

"그래. 하지만 우리는 이제 막 4층의 조사를 시작한 참이다. 3층까지는 지도를 구입해서 간단히 공략할 수 있었지만, 이곳은 지하인데도 눈보라가 불어올 정도로 불가사의한 장소다. 알렉 공도 4층은 처음이었지?"

"맞아."

나는 고개를 크게 끄덕였다.

"그렇다면 우리의 이해관계는 일치한 셈이지. 아닌가? 아벨."

"글쎄요……. 어떤 이해관계를 말씀하시는 건지……."

"당연히 이곳의 조사다. 하지만 만약 성법국의 가르침에 위배되는 일이 일어난다면 나는 약속을 어겨서라도 템플 나이트의 의무를 우선시하겠다. 이 정도면 납득이 되겠나?"

엘리사가 나와 아벨을 쳐다보며 물었다.

"충분해."

"알겠습니다."

'휴, 다행이다. 여기서 헤어졌으면 임무에 지장이 생겼을 거야.'

네네가 미소를 지으며 말했다. 아무래도 우리 멤버 중 누군가의 생각을 읽은 모양이었다. 뭐, 국왕이나 암살에 대한 부분만 발설하지 않는다면 큰 문제는 없었다. 이야기도 원만히 진행되었고.

엘리사 일행이 네네를 찝찝한 눈으로 바라보았다. 하긴, 누구든 주변에 타인의 마음을 읽는 사람이 있으면 심란할 수밖에 없을 것이다.

"좋아, 슬슬 날이 저물 시간이야. 일단 지상으로 돌아가자."

""알겠어.""

""알겠습니다.""

그렇게 오늘도 아무 일 없이 임무가 종료되었다.

이제 이틀만 지나면 된다.

"그럼 내일 만나지."

"그래."

엘리사가 여관으로 들어가는 것을 확인한 우리는 안도의 한숨을 내쉬곤 발걸음을 돌렸다.

"저, 잠시만요."

대로에 들어선 그때, 기사 마린이 우리를 뒤쫓아 왔다.

"무슨 일이야?"

"드리고 싶은 말씀이 있어서요. 저 찻집에서 이야기하실까요?"

"흠, 좋아. 쥬가, 리리, 너희는 먼저 돌아가도 돼."

"알겠어, 형님!"

"응!"

"아, 가능하다면 알렉 씨와 둘이서 대화를 나누고 싶은데······."

"잠깐만. 마린, 설마 이 변태 아저씨한테 고백을 하려는 건 아니겠지?"

세리나가 변태 아저씨 운운하며 마린을 말렸다. 그러는 자기야

말로 나한테 홀딱 빠진 주제에.

"네? 푸흡. 에이, 설마요. 저희 아버지보다 나이가 많아 보이는 걸요."

마린은 말도 안 된다는 듯이 손을 내저었다. 나는 언제든 환영인데. 뭐, 넘어가자.

"그게, 솔직히 말씀드리면 네네 양이 속마음을 읽는다는 사실이 부담스러워서요⋯⋯."

"아아, 그런 건가."

"하으으. 죄송합니다."

"알겠어. 네네, 너도 먼저 돌아가도록 해. 죄송해할 거 없어."

"네. 출발하자, 마츠카제."

"꾸엑."

네네는 마츠카제를 타고 여관으로 돌아갔다.

"그래서? 하고 싶은 말이 뭔데?"

찻집에 들어온 나는 의자에 앉아 마린의 이야기를 들었다.

"실은 이곳에 오고 나서 줄곧 감시당하는 기분이 들어서요⋯⋯. 아벨과도 대화를 나눠봤는데, 아벨도 로브 차림의 수상한 남자를 목격했다고 해요."

"아아, 그 이야기인가."

"네? 뭔가 알고 계신가요?"

마린이 말하는 남자는 나와 대화를 나눴던 국왕의 전령일 것이다. 뭐라고 설명하면 좋을까.

세리나는 말하지 말라는 듯 고개를 내저었다. 하지만 마린에게 의심을 사면 곤란했다. 여기서는 적당히 둘러대는 편이 좋겠군.

"왕성에 불려가기 전의 신분 조사 같은 거야. 3일 전쯤에 국왕을 알현했지?"

내가 말했다.

"네, 맞아요. 그렇구나. 그랑소드 왕국의 관계자군요."

"왕성에 초대할 사람을 조사하는 건 병사로서 당연한 일일 테니까. 그러니 걱정할 거 없어."

"고맙습니다. 후후, 아벨이 하도 걱정해서 저도 덩달아 조바심이 났나 봐요. 나중에 놀려줘야겠어요."

마린은 안심했는지 주문한 경단을 깔끔하게 먹어치우고는 손을 흔들며 되돌아갔다.

"알렉. 나, 암살자에 대해서 조사해 보려고."

세리나가 말했다.

"조사라. 쌍둥이 무희랬던가. 이만한 정보가 있으면 무언가 알아낼 수 있을지도 모르겠군."

"응. 그리고 마린하고 나눴던 대화 말인데, 정말로 그랑소드 왕국의 관계자가 감시했다면 들키거나 하지는 않았을 거야. 여관 주인에게 협력을 구해도 되고."

"흠. 일리가 있는걸."

생각해 보면 전령은 온천 마을에 가있던 내가 돌아오기를 기다렸을 뿐이다. 굳이 엘리사 일행을 감시할 이유가 없었다. 게다가 만약 국왕이 엘리사를 감시했다면 들키지 않도록 하얀 물새 여관의 주인장에게 협력을 구했을 것이다.

"하지만 그러면 엘리사가 습격당했을 때 곧바로 대처하기 어려워질 텐데?"

"아, 그것도 그렇네……."

"암살자가 정말로 존재하기는 하는 걸까요?"

미나가 의문을 제기했지만, 그래도 설마 국왕씩이나 되는 인물이 나를 속이려고 들었을 것 같지는 않았다. 약속을 어기면 국왕의 위신이 땅에 떨어진다고 말했던 남자다. 모험가의 퀘스트도 일종의 계약이었다. 거짓말을 하지는 않았을 것이다.

"있다고 가정하고 움직이겠어. 방심은 금물이야."

""네!""

""알았어!""

제2화
암살자와 풋풋한 사랑

다음 날. 밤 늦게까지 수소문을 했는지 세리나가 하품을 했다.

"꽝이야. 비합법적인 의뢰를 받은 조직이 있다는 것까진 알아냈는데, 어새신 길드가 있는 장소를 찾아내질 못했어. 하암."

하긴, 비합법적인 조직의 은거지를 그렇게 쉽게 알아낼 수 있으면 일찌감치 왕성의 병사들이 쳐들어갔을 것이다.

"나도 비합법적인 노예를 취급하는 곳이 있다고 상인한테 듣기는 했어. 어쨌든 쌍둥이…… 아니, 쌍둥이뿐만 아니라 낯선 인간이 엘리사한테 접근하면 저지하도록 해."

"알았어. 내 [에너미 카운터]가 도움이 될 거야. 사용했을 때밖에 효과가 없지만."

"그래. 가끔씩 수상한 녀석이 보이면 사용해 봐."

"그럴게."

"그보다 세리나. 잠이 부족해 보이는데 모험에 나갈 수 있겠어?"

"헤에, 나를 걱정해 주는 거야?"

"착각하지 마. 파티원이 골골대면 나와 동료들의 목숨이 위험해지니까 물어봤을 뿐이야."

"으. 뭐야, 그게. 난 동료가 아니라는 뜻이야?"

"후후. 그렇지 않아요. 당연히 세리나 씨를 포함한 모두가 걱정된다는 뜻이죠."

이오네가 상냥하게 말했다.

"절대로 그런 뉘앙스가 아니었는데."

세리나는 불만이라는 듯이 고개를 휙 돌렸다. 뭐, 저렇게 삐질 기력이 있다면 데려가도 괜찮을 것이다.

"오늘도 잘 부탁하지."

엘리사가 평소처럼 당당하게 악수를 건네 왔다. 생각보다 귀엽고 부드러운 손이다. 이 손으로 핸드잡을 해 준다면 얼마나 좋을까.

"엘리사 님, 처음 만나는 것도 아니잖습니까. 자, 어서 가시죠."

아벨이 나와 엘리사를 떼어내듯 가운데 끼어들었다. 방해꾼 녀석.

"알렉 공에게 실례잖나, 아벨. 뭐, 좋아. 출발하지."

""네!""

"갑시다."

"가시죠."

그렇게 두 파티가 나란히 '돌아올 수 없는 미궁'의 입구로 향했다.

"오, 알렉. 오늘도 같이 들어가는 건가."

이제는 얼굴을 완전히 외워버린 병사가 이쪽을 쳐다보며 말했다.

"맞아. 특이한 신출내기 모험가는 없었어?"

나는 암살자가 출입하지 않았는지 넌지시 확인해 보았다.

"그래. 한 명 있었지."

"뭐라고? 자세히 설명해 봐."

"후후. 던전에 들어갈 때마다 여자가 늘어나는 흑발의 중년 모험가인데, 이름이 알렉이라고 했던가."

"시시한 농담은 관둬."

"하하, 그렇게 진지할 거 없잖아. 그나저나 지금까지 신입들한테는 관심도 없었던 주제에, 이제 와서 무슨 바람이 분 거야? 돈도 많은 녀석이."

쳇. 쓸데없는 질문을 하기는.

"딱히. 가끔은 팔팔한 여자애들도 괜찮지 않을까 싶어서."

"윽, 이 자식. 돈이 그렇게나 잘 모이면 나도 모험가나 해볼까."

"관둬. 너는 금방 죽을걸. 지상에서 벌어먹는 게 훨씬 편해."

병사들이 장난스레 티격태격하기 시작했다. 이 정도면 엘리사도 의심하지 않을 것이다.

우리는 계단을 따라 내려갔다.

"주인님, 왼쪽에 모험가가 있어요. 모르는 냄새예요."

미나가 보고했다.

"그래. 조금 멀리 돌아가게 되겠지만 오늘은 오른쪽 통로로 이동하자. 괜찮겠지, 엘리사."

"알겠다. 우리도 그쪽이 편하거든."

엘리사도 바로 동의해 주었다. 문제없겠군.

"알렉. 너, 주변 모험가를 상당히 경계하는 것 같은데. 뭔가 이유라도 있어?"

에드거가 내게 물었다.

"당연해. 우리는 이곳에 오기 전에 모험가한테 PK를 당할 뻔했거든. 게다가 얼마 전에도 루카가 동료라고 생각했던 녀석한테 습격을 받았지. 방심은 금물이야."

"아이고. 하긴, 모험가의 목적은 돈이니까. 서로 믿지 못하는 게 당연할지도."

에드거가 본인과는 무관한 이야기라는 듯이 어깨를 으쓱였다.

"엘리사 님. 역시 이 녀석들은 위험하지 않을까요?"

"아벨, 오늘까지 함께했으면서 아직도 이자들을 의심하는 건가? 게다가 방금 전에 병사들도 말했을 텐데. 돈도 많은 파티가 뭐가 아쉬워서 같은 모험가를 습격하겠나."

"그 돈을 어디에서 얻었는지 따져봐야 하지 않을까요."

"모험이다. 몬스터를 잡고 보물을 팔아서 번 돈이야."

아벨의 오해가 커지는 것을 막기 위해서 내가 말했다.

"그렇다면 다행이지만요."

"주인님, 전방에 고블린 무리가 있어요."

"알았어. 쓸데없는 잡담은 여기까지다."

이후로도 수차례의 전투를 거친 끝에 우리는 던전 4층에 발을 들였다.

"아벨, 이야기가 다르잖아."

계속해서 앞으로 걸어가던 도중, 마린이 작은 목소리로 아벨을 나무랐다.

"내 탓이 아니야. 저 녀석들이 나쁜 거지."

그렇게 말한 아벨은 의미심장하게 나를 노려보았다.

"어휴. 어린애도 아니고. 임무를 잊지 마."

"당연한 소리를. 한 번도 잊은 적 없어. 응? 에드거는 어디로 갔지?"

아벨의 지적대로 에드거가 자리에 없었다.

"어, 정말이네. 또 사라져 버렸어. 엘리사 님."

"알겠다. 나 원……. 에드거! 얼른 나와라! 농땡이를 피우면 너한테만 추가로 임무를 부여하겠다!"

"너무하시네. 농땡이라뇨. 주변을 정찰하고 왔을 뿐입니다."

사라졌던 에드거가 달려와 일행에 합류했다. 정말로 집단 행동에 안 맞는 녀석이군. 변명도 능숙해서 다루기 귀찮은 녀석이다.

"정찰을 하려거든 한마디 말이라도 남기고 가라."

"알겠습니다. 다음부터는 꼭 그러죠, 대장."

"흥, 추밀원의 기사는 규율이 안 잡혀 있는 모양이네요. 엘리사님, 다음부터는 법왕파인 저희들로만 멤버를 구성하는 게 어떨까요. 그러는 편이 효율적이겠어요."

"너무 그러지 마라, 아벨. 애초에 템플 나이트와 동행할 멤버를 정하는 건 내 권한밖의 일이다. 게다가 파벌 싸움까지 얽힌 귀찮은 문제지."

"아아…… 그랬죠. 괜한 말을 해서 죄송합니다."

그 이후로 얼마나 걸었을까. 어느새 눈발 섞인 강풍이 불어오기 시작했다. 시야가 단숨에 좁아졌다.

"눈보라가 치기 시작했네요."

"그렇군. 전원, 경계를 늦추지 마라!"

"'예!'"

우리 멤버들도 마찬가지였다. 우리는 다가오는 모험가가 없는지 눈에 불을 켜고 주변을 주시했다.

"스펙터야! 숫자가 꽤 많아!"

레티가 보고했다. 평소에는 4, 5마리씩 마주치는 스펙터가 이번에는 10마리나 출몰해 주위를 포위하고 있었다. 이래서 눈보라가 무서운 것이다. 적의 특성상 미나의 후각도 소용이 없었다.

"쳇, 최대한 빨리 해치우자. 레티! 지금은 마나를 아끼지 마!"

나는 전투를 오래 끌면 불리해지겠다는 판단하에 지시를 내렸다.

"알겠어! 주종의 맹약 아래 고하노라. 분노의 마신 이프리트여, 날카로운 업화가 되어 적을 멸하라! 플레임 스피어!"

레티가 본인의 장기인 화염 마법을 외웠다. 그러자 레티의 지팡이 끝에서 화염의 창이 발사되어 공중에 떠 있는 스펙터들을 차례차례 꿰뚫었다. 하지만 레티의 마법으로도 적들을 전멸시키에는 역부족이었다. 스펙터의 수가 워낙 많았다.

"%■λ●☆∧□◆◇……!"

스펙터들은 알아들을 수 없는 주문을 영창해 화염구를 날려 댔다.

"아뜨뜨! 젠장, 검을 휘두르면 휘두르는 족족 사라지네! 얌전히 좀 있어!"

"어이, 쥬가. 너무 깊이 들어가지 마. 다른 녀석한테 맡겨라."

내가 쥬가에게 말했다. 하지만 몬스터가 순간이동을 하다 보니 난전으로 치닫는 건 어쩔 수가 없었다.

"알렉이 하는 말이 맞아, 쥬가. 무턱대고 공격하면 동료가 다칠 수도 있어. 주변을 잘 파악해!"

루카도 주의를 주었다.

"걱정도 팔자셔. 이까짓 몬스터, 단숨에 해치워 버리면 그만이지!"

"안 됩니다, 에드거!"

에드거가 하웰의 제지를 무시하고 달려가 검을 휘둘렀다. 하지만 스펙터는 에드거의 검이 닿기 전에 순간이동으로 사라져 버렸다.

"윽!"

그리고 그 앞에는 등을 보인 엘리사가 있었다.

""위험해요, 엘리사 님!""

간담이 서늘해지기는 나 역시 마찬가지였다. 하지만 다행히도 엘리사는 본인의 검으로 에드거의 공격을 막아내는 데 성공했다. 빠르고 능숙한 동작이었다.

"어이쿠. 죄송합니다, 대장."

"아니, 괜찮다. 그렇지만 앞으로는 조심해라."

""이게 무슨 짓인가요, 에드거!""

마린과 아벨이 버럭 화를 냈다. 확실히 에드거의 실력을 감안하면 이해하기 힘든 실수였다. 주정뱅이라도 검술 실력은 준수한 편이라고 생각했는데.

"그렇게 화내지 마. 고의가 아니었어."

"당연하죠!"

"클리어!"

"너희들, 다친 곳은 없지?"

엘리사 일행이 에드거에게 정신이 팔린 사이, 나는 파티 멤버들의 상태를 확인했다.

"멀쩡해."

"문제없어."

"괜찮아요, 주인님."

"다행이군."

""이런, 빈틈이 없는 여자구나'…… 하으으."

네네가 누군가의 마음을 읽은 모양이었다. 빈틈이 없다는 게 무슨 뜻이지?

다른 멤버들도 나와 비슷한 생각을 한 것이리라. 우리는 미묘한 분위기 속에서 서로의 얼굴을 바라보았다.

"하하. 아벨, 이 녀석."

그때 에드거가 웃으면서 아벨의 머리를 마구 헝클어트렸다.

"뭐 하는 겁니까. 윽, 그만두세요, 에드거."

"에드거. 왜 그러지?"

"별거 아닙니다. 맺어지지 못할 상대를 마음속에 품고 살아가는 젊은이에게 위로를 해주고 싶어서 말이죠."

"무, 무슨……! 당치도 않은 소리 마십쇼!"

얼굴을 빨갛게 물들이며 허둥대는 아벨. 뭐야, 엘리사를 좋아했던 건가. 어쩐지 계속 나한테 트집을 잡더라니.

"아벨…… 영웅처럼 멋진 모습을 보여주고 싶은 마음은 알겠지만, 네 실력으로 엘리사 님을 위기에서 구해내기는 좀 힘들 거야. 후후."

"아, 아니라고 했잖아, 마린! 방금 그건 내 생각이 아냐!"

""그래. 그래.""

우리는 쓴웃음을 지으며 검을 집어넣었다.

"……뭐가 어떻게 돌아가는 건지 모르겠군. 아벨이 뭔가 잘못했나?"

유일하게 상황을 이해하지 못한 엘리사가 고개를 갸웃거렸다.

제3화
쌍둥이 무희와의 조우

"오늘로 의뢰 마지막 날이네."

다음 날. 장비를 갖춰 입은 세리나가 웃으며 말했다. 하긴, 이런저런 일을 겪기는 했어도 암살자는 모습조차 드러내지 않았고 위험한 국면도 없었다. 국왕에게 호위 임무를 떠맡았을 때에는 걱정이 태산이었지만 막상 해보니 할만했다.

"그래. 의뢰 연장을 요구해도 단칼에 거절할 생각이다. 상대가 국왕이라도 말이지."

"알았어. 뭐, 괜찮지 않을까. 암살자가 나올 기미도 없고."

"아뇨. 어새신 길드는 집념이 강하다고 들었어요. 마지막까지 방심하지 않는 게 좋아요."

이오네가 보기 드물게 진지한 얼굴로 말했다.

"맞는 말이야. 물론 긴장을 늦출 생각은 없어."

"나도."

"그리고……."

"그리고?"

"아뇨, 아무것도 아니에요. 국왕 폐하가 했던 말씀이 조금 마음에 걸려서요."

"아아, 암살자가 쌍둥이 무희라는 정보를 줬었지. 파벌 싸움 때문에 자기네 나라의 기사를 암살하다니, 정말 지독한 인간들이야."

세리나가 허리에 손을 짚으며 말했다. 나도 동감이다.

"아뇨, 그게 아니라…… '누구도 신용하지 마라'라는 말씀 쪽이에요. 암살자는 변장에도 능하다고 들었어요. 그러니 이미 저희들 근처에 잠입해 있을지도 몰라요."

"뭐? 에이, 설마."

세리나는 웃으며 손사래를 쳤다. 하지만 이오네의 말대로 변장도 경계할 필요가 있어 보였다.

"세리나."

나는 세리나의 가슴 끝부분을 손가락으로 꾹 눌렀다.

"응? 아앙♪"

세리나가 눈을 감으며 야릇한 목소리를 냈다.

"음. 진짜군."

"알렉……! 그게 무슨 뜻이야!"

"아무것도 아냐."

이 녀석은 남들보다 감도가 훨씬 높은 편이었다.

"저, 저기, 주인님. 저도 진짜인지 아닌지 확인해 주세요……."

미나가 몸을 배배 꼬며 부탁해 왔다.

"얼마든지."

"얼마든지는 무슨 얼마든지야, 이 변태! 얼른 가기나 해!"

버럭버럭 화를 내면서 앞장서는 세리나. 우리는 그런 세리나를 따라 엘리사가 기다리는 하얀 물새 여관으로 향했다.

드디어 오늘로 마지막이다.

"드릴 말씀이 있습니다, 알렉 씨."

여관 앞에 도착하자 우리를 기다리고 있던 아벨이 밖으로 나와 말했다.

"나는 할 얘기 없는데."

"아뇨, 진지한 이야기입니다. 당신에게 불평하려는 게 아니에요. 에드거에 관한 겁니다."

"응? 그 주정뱅이가 왜? 녀석의 주벽에는 나도 두 손 들었어."

"다른 이야기입니다. 어째서 저런 인간이 기사단에 들어왔는지 신기하긴 하지만요. 어쨌든, 어제 에드거 씨가 엘리사 님을 벨 뻔했던 것 기억하시죠. 저는 그게 고의였다고 보고 있습니다."

"난 또 뭐라고. 이봐, 아벨. 지나간 일은 자연스럽게 잊혀지는 법이야. 억지로 들춰내서 변명해 봤자 주변 사람들의 확신만 강해질걸."

"그, 그러니까 오해라고요! 네네 씨가 읽은 건 제 속마음이 아니에요! 네, 인정합니다. 저는 엘리사 님께 반했어요. 하지만 저는 그런 생각을 한 적이 없습니다."

"흠, 잠깐…… . 설마?"

만약 그때 네네가 [공감력☆]으로 읽은 것이 아벨의 속마음이 아니었다면…… . '빈틈이 없는 여자구나'라는 표현의 의미는 180도 바뀌게 된다.

"아벨. 그 이야기, 자세히 들려줘."

"예. ……앗."

"왔구나, 너희들. 하지만 별일인걸. 두 사람이 화기애애하게 이야기를 나누다니."

"에드거…… ."

"그렇게 싫어하는 표정 짓지 말래도. 내가 마음에 들지 않는 건

이해하지만 이것도 일이잖아, 아벨. 같은 기사끼리 사이좋게 지
내자고. 알겠지?"

"……흥."

"에휴. 이럴 때는 거짓말이라도 알겠다고 말하는 거야. 그러니
까 풋내기 취급을 당하지."

"뭐라고!"

"그만해라, 두 사람 모두. 어제 내가 말했을 텐데. 남들 앞에서
기사단의 위신이 실추될 행동은 하지 말라고."

"죄, 죄송합니다. 엘리사 님."

"마침 잘 오셨습니다, 대장. 전부 모인 것 같은데 얼른 가시죠.
시간이 남아도니까 싸움이 나는 겁니다."

"네가 할 말은 아닌 것 같군, 에드거. 출발하지."

아벨의 이야기를 듣지 못한 것이 조금 마음에 걸렸다. 휴식 시
간에 다시 듣기로 하자.

4층에 도착한 우리는 몬스터를 쓰러트리며 새로운 장소를 향
해 나아갔다.

"후우, 슬슬 휴식을 취하기로 할까."

엘리사가 살짝 지친 목소리로 말했다.

"그게 좋겠군. 다들 저 오두막에서 한숨 돌리자. 식사도 하고."

"앗싸!"

""알았어.""

""알겠어요.""

4층에는 몬스터가 출입하지 않는 안전 지대가 몇 군데 존재했다. 눈보라도 피할 수 있기 때문에 우리는 이 오두막 안에서 휴식을 취하기로 했다. 오두막에는 아무도 없었지만 어째서인지 불이 붙은 난로가 놓여있어 제법 따뜻했다.

"아벨."

내가 아벨의 옆자리에 앉으려 하자, 세리나가 내 손을 붙잡았다.

"알렉, 넌 엘리사 씨한테 다가가지 마."

"뭐? 됐으니까 이거 놔. 엘리사가 아니라 아벨한테 용건이 있는 거다."

"또 아벨하고 다퉜어? 내버려 두라니까, 저런 녀석은."

이번에도 이상한 착각을 하고 있는 모양이다. 뭐라고 설명하면 좋을까 생각하던 그때, 네네가 큰소리로 외쳤다.

"앗!"

"왜 그래? 네네."

"바깥에 '살려줘~ 얼어죽겠어~'라고 생각하는 사람이 있는 것 같아요."

"아아, 지나가는 모험가인가."

스펙터는 추위를 타는 것 같지도 않으니 상대는 인간일 것이다.

"뭣이! 잠깐 보고 오겠다."

"엘리사 님, 그러면 저도 같이 가겠습니다."

"저도 갈게요."

아벨과 마린이 몸을 일으켰다.

"관둬. 이곳에 처음 오는 녀석이라면 대부분 저렇게 생각할걸.

죽겠다, 죽겠다 소리가 나온다는 건 아직 팔팔하다는 뜻이야. 아아…… 나 정말로 죽는구나, 싶을 때가 정말로 위험한 거야."

에드거가 말렸지만 엘리사 일행은 결국 밖으로 나가버렸다.

"나도 상황을 보고 올게."

"그래. 부탁한다, 세리나."

미나가 끓여 준 전골의 냄새가 매혹적이기도 했고, 한 번 따뜻한 장소에 들어오니 밖으로 나가기가 부담스러웠기에 호위 임무는 세리나에게 맡겨두기로 했다. 뭐, 저 멤버라면 죽지는 않을 것이다.

"자, 여기라면 괜찮을 거다."

이윽고 엘리사가 돌아와 말했다.

"정말호 고맙흡미다, 훌쩍!"

"주, 죽는 줄 알았어, 훌쩍!"

뒤이어 죽지 않는 게 이상하다 싶은 차림새의 2인조가 오두막 안으로 들어왔다.

두 사람은 콧물을 질질 흘리면서 온몸을 바들바들 떨고 있었다. 설마 배꼽이 드러난 옷차림으로 4층에 도전할 줄이야.

추우면 곧장 3층으로 돌아가면 될 것을. 바보 콤비로군.

응? 배꼽이 드러난 옷차림?

나는 눈앞의 두 사람을 지그시 관찰했다.

양쪽 모두 체구가 작은 소녀였다. 은발에 포니테일이라는 점도 동일했다.

눈동자는 비취색.

얼굴은 둘 다 똑같이 생겼지만 피부색은 갈색과 흰색으로 각각 달랐다.

그래도 이 정도면 쌍둥이라 봐도 무방할 것이다.

'암살자의 이름은 사샤와 미샤. 쌍둥이 무희다. 레벨은 양쪽 모두 23이라더군.'

그랑소드 국왕이 가르쳐 준 암살자의 특징과도 일치했다.

일단은 [감정] 스킬을 사용해 봐야겠군.

"윽?"

〈레어 스킬에 의해 열람을 방해받았습니다〉

라는 메시지가 들려왔다.

레벨은 그렇다 쳐도 이름조차 안 나오다니. 상당한 수준의 방해 스킬이다.

이름을 알아내려면 어떻게 하는 게 좋을까……. 암살자라면 물어본들 본명을 말해줄 리 없었다.

차라리 될 대로 되라는 심정으로 확 해치워 버릴까?

아니지. 굳이 죽일 필요는 없다. 포박해서 무력화하면 되니까.

"알렉, 이 둘에게도 음식을 내주지 않겠나. 몸을 데우는 데는 따뜻한 요리가 최고지."

아무것도 모르는 엘리사가 속 편한 제안을 해 왔다.

"뭐, 좋아. 여기로 와서 앉아."

내가 바로 앞쪽의 빈 공간을 가리키며 말했다. 엘리사를 기준으로 하면 난로 반대편에 해당하는 자리였다.

"우와, 임신시킬 생각인가 봐."

리리가 시답잖은 농담을 했다.

"리리, 이상한 소리 하면 못써."

"맞아요."

일찌감치 상황을 파악한 세리나와 이오네는 농담에 편승하지 않고 리리를 타일렀다.

"어어?"

의아해하는 리리를 내버려 둔 채, 나는 쌍둥이의 무장을 확인했다.

무기는 허리에 찬 나이프 한 자루가 전부. 이 녀석들, 이런 장비로 용케 여기까지 도달했구나.

정보대로라면 레벨은 23 전후일 것이다.

어쨌든 체구는 작은 편이니 나이프만 빼앗으면 어렵잖게 제압할 수 있을 것이다.

미나와 나는 눈빛을 교환하며 쌍둥이의 등 뒤로 접근했다.

"맛있는 냄새!"

"응. 전골이네."

좋아. 눈치채지 못했다. 별거 아니군.

하지만 그렇게 생각한 순간이었다.

"거기까지다. 두 사람 모두 움직이지 마라."

엘리사가 검을 뽑아 들더니 내 목에 들이댔다.

검을 겨눌 상대는 내가 아니라고. 젠장.

어떻게 하지?

이 녀석들의 정체를 폭로할까?

아니, 그건 안 된다.

우리가 어떻게 그 사실을 알았는지를 엘리사에게 밝혀야 하기 때문이다.

게다가 이 쌍둥이는 아니라고 잡아뗄 게 분명했다. 그렇게 되면 상황은 '루카 VS 가짜 엘빈' 때처럼 흘러갈 것이다.

어쩔 수 없지. 계획 취소다.

"이게 무슨 짓이야? 엘리사."

나는 아무것도 모른다는 얼굴로 시치미를 뗐다.

이오네와 세리나, 엘리사의 동료들까지 검을 뽑아 든 일촉즉발의 긴박한 상황.

"알렉, 너는 노예 관련 스킬을 보유하고 있다고 들었다. 내 눈앞에서는, 아니, 내 눈이 닿지 않는 곳에서도 이상한 짓은 하지 말았으면 좋겠군. 기사로서 간과할 수 없다."

엘리사가 심각한 목소리로 말했다. 눈빛이 가라앉아 있다.

"착각하지 마. 이 녀석들을 특등석에 앉혀주려고 했을 뿐이야."

"………."

의심하고 있군. 하긴, 그럴 수밖에.

제4화
쌍둥이 암살자

우리는 던전 4층의 오두막에서 쌍둥이 암살자와 조우했다.

국왕에게 받은 정보대로였다.

다만, 엘리사에게는 이 정보를 밝힐 수 없었다. 복잡한 사정이
있기 때문이다.

어찌 됐든 암살만 저지하면 임무 완료였다.

"일단 식사부터 하자고. 전골이 다 익었을 거야. 이야기는 나중
이다."

내가 말했다. 이 쌍둥이에게는 지금 상황에서 암살을 성공시킬
역량이 없다고 판단한 것이다.

"그러지. 자, 너희도 먹도록 해라."

엘리사가 검을 집어넣으며 말했다.

"''잘 먹겠습니다!''"

정작 쌍둥이는 엄청난 실력자인 건지, 아니면 생각이 없는 건
지 암살은 제쳐놓고 전골을 먹어치우기 시작했다.

"미나, 다른 사람들한테도 나눠줘."

"네."

"후욱, 후욱! 맛있다!"

"응, 맛있어!"

쌍둥이가 환하게 웃으며 말했다. 아무래도 연기가 아니라 진심
인 듯했다. 좋아서 몸부림까지 치고 있었다.

"왜 그러지, 알렉. 먹지 않는 건가?"

젓가락이 멈춘 나를 보고 엘리사가 물었다.

"아니, 먹을 거야. 뜨거운 음식을 못 먹는 편이라서."

"그렇군."

쌍둥이는 식사에 몰두하고 있을 뿐, 이상한 움직임은 보이지

않았다.

이대로라면 당장 무슨 짓을 저지를 것 같지는 않았다. 상대가 잠들어 있거나, 춤을 춰서 방심시키는 등 기회를 노려 암살을 수행하는 타입일 것이다.

전골에 독을 타지 못하도록 음식 배분은 미나가 도맡게 했다.

앉아있는 위치를 정리하자면 냄비를 가운데 두고 나와 미나가 함께 있었다. 쌍둥이는 내 뒤에 있었다. 전골 맞은편에는 에드거가 앉아있었고, 엘리사는 에드거 뒤쪽에 있어 비교적 안전했다.

너무 걱정할 필요는 없어 보였다.

그러면 나도 이제 식사에 집중해 볼까.

"역시 겨울에는 전골이지."

"응. 이 전골, 국물이 잘 우러났어."

조금 누그러진 분위기 속에서 다 함께 전골을 먹기 시작했다.

상당한 양을 준비했건만 인원수가 늘어난 탓인지 순식간에 거 덜 나고 말았다.

"아아, 맛있었다. 여기에 코타츠만 있으면 최고일 텐데."

"내 말이!"

쌍둥이가 말했다.

"응? 너희들, 코타츠가 뭔지 알고 있어?"

"헉! 그을쎄요? 무슨 말인지 하나도 모르겠어요."

"코코넛이라고 했는데 잘못 들은 거 아닐까?"

갑자기 교과서 읽기 수준의 변명을 하는 두 사람. 겉모습은 다르지만 내용물은 일본인인 모양이었다.

혹시 용사인가?

이세계 용사라면 강력한 스킬을 보유하고 있을 가능성이 존재했다.

국왕한테는 미안하지만, 찬밥 더운밥 가릴 때가 아닌 것 같군.

"전원, 전투태세! 잘 들어, 엘리사! 이 녀석들은 암살자다!"

"뭐라고?!"

"'뭐?!'"

"암살자라니 그게 무슨 뜻이지!"

"설명할 시간이 없어. 레벨은 23이지만 방심하지 마. 강력한 스킬을 보유하고 있을 가능성이 있다. 우선은 포박하겠어."

"으음…… 포박만 하겠다는 건가? 나중에 꼭 자세한 사정을 듣도록 하겠다."

엘리사는 반신반의하면서도 동의해 주었다. 이제 됐다.

"큭, 아무것도 안 했는데 어째서 들킨 거지!"

"나도 몰라!"

쌍둥이가 태도를 바꿔 적대해 왔다. 계속 시치미를 뗐다면 어떻게 됐을지 모르는데. 참 쉬운 녀석들이군.

나는 쌍둥이 중 하얀 쪽에게 선제공격을 감행했다. 허리에 차고 있는 검을 칼집째로 차서 떨어트린 것이다.

"앗! 이렇게 되면 어쩔 수 없지! 사샤!"

"알았어, 미샤! 동정 킬러인 우리들의 실력을 보여주자. 우선은 뒤쪽에 있는 만년 동정 아저씨부터!"

누가 만년 동정이라는 거야, 누가.

쌍둥이는 뒤쪽에 있는 나를 향해 돌아섰다.

무슨 짓을 하려는 모양이다. 스킬인가?!

저 둘이 수작을 부리기 전에 베어버리고 싶었지만, 포박하겠다고 선언한 이상 이들을 죽이면 엘리사가 폭주할 우려가 있었다.

나는 배를 걷어차는 게 낫겠다고 생각하며 앞으로 파고들었다. 하지만 그때 쌍둥이가 행동을 개시했다.

"필살! 트윈 미라클 도어!"

……헤에.

나는 무심코 감탄하고 말았다.

쌍둥이가 미니 스커트를 밑으로 내리더니 양손으로 본인들의 중요한 부위를 활짝 벌려 보인 것이다.

그것도 둘이 동시에.

작달막한 체형과 맞물려 실로 미라클한 광경이었다.

동정이었을 무렵의 나라면 확실히 위험했을 것이다.

하지만 지금은 달랐다.

리리와 네네를 통해서 단련했기 때문이다.

이 정도로 나를 매료할 수 있을 것이라 생각했다면 큰 오산이다.

그래도 제법 훌륭한 기술이었다.

분홍색의 속살은 진심으로 아름다웠다.

좋은 구경을 했다.

그렇다면 나도 보여주는 수밖에. 이세계 용사의 실력을!

이렇게 된 이상 그 기술밖에 없었다.

지금 이 상황에 딱 맞는 기술이었다.

"귀갑 묶기!"

나는 레벨 MAX의 에로 스킬을 발동시켰다.

초보적인 매듭법도 익히지 못한 나지만 순식간에 쌍둥이를 구속하는 데 성공했다. 평범하게 묶었다면 상당한 시간이 걸렸을 것이다.

"어어? 이게 뭐야?!"

"모, 못 움직이겠어!"

결국 두 쌍둥이는 양손을 뒤로 묶인 채 굴비처럼 천장에 매달리고 말았다.

부드러운 살결을 가차 없이 파고든 로프는 쌍둥이의 중요한 부위를 빈틈없이 메워버렸다.

알몸일 때보다 오히려 야했다.

"트윈 미라클 도어…… 격파 완료!"

나는 폼을 잡으며 말했다.

미션 컴플리트!

심지어 너무나도 예술적인 이 광경. 웰컴 투 더 언더그라운드.

"이……."

응?

"이 천하의 몹쓸 녀석이!"

"윽?! 그, 그만둬, 엘리사! 무, 무슨 짓이야!"

내가 당황하며 외쳤다. 엘리사가 느닷없이 검을 휘두른 것이다.

엘리사는 우리의 호위 대상이지 적이 아니었다.

뭐, 엘리사가 격분하는 이유도 어느 정도 짐작은 갔다.

노예를 사고파는 인간이 쌍둥이 소녀를 로프로 동여매 버린 것이다.

　심지어 저렇게 파렴치한 모습으로.

　엘리사의 눈에 내가 천하의 몹쓸 인간으로 비치는 건 당연했다.

　"마린! 쌍둥이를 내려줘라."

　"네, 엘리사 님!"

　"아벨과 에드거는 쌍둥이 앞에 서서 호위해라! 절대로 뒤를 쳐다보지 마!"

　"네!"

　"알겠수다."

　"하웰은 눈을 감고 지원 마법!"

　"그거 난이도가 너무 높은 것 같은데요. 알겠습니다. 저한테도 비슷한 나이의 딸이 있거든요."

　"나머지는 내가 처리하지! 하아아앗!"

　엘리사가 검을 치켜들고 베어 들어왔다.

　레벨도, 기량도 나보다 뛰어난 상대가 진심으로 나를 적대하고 있다.

　나도 진심으로 대응할 수밖에 없었다.

　격렬하게 맞부딪치는 검.

　내가 밀리고 있었다.

　"주인님! 저도 도울게요!"

　미나가 중간에 끼어들었다. 하지만 미나의 검은 다른 누군가에게 가로막히고 말았다.

"어이쿠. 끼어들면 곤란하지, 아가씨."

에드거였다.

"큭, 방해하지 마세요!"

"죄송하지만 그건 안 되겠네요. 저도 여성을 베고 싶지는 않지만, 저 남자의 만행에 가담하겠다면 달리 방법이 없군요. 각오하시길!"

아벨도 합세해 미나를 공격하기 시작했다. 위험한걸.

"에휴. 어쩌다 이렇게 된 거람……. 이쪽은 내가 맡을게. 이오네는 알렉을 지원해 줘."

"네, 알겠습니다."

세리나는 아벨을 막아섰고, 이오네는 나를 엄호했다.

"어쩔 수 없네. 뒤쪽의 마법사는 내가 견제할게."

루카는 적진의 후방으로 뛰어들었다.

"어, 어이! 다들 그만둬! 뭐가 어떻게 된 거야!"

"진정하세요, 여러분!"

"하으아."

"해치워도 돼?! 해치워도 돼?! 허락만 하면 불태워 버릴게!"

구체적인 정황을 모르는 다른 멤버들은 우왕좌왕하고 있었다. 뭐, 어쩔 수 없지.

"'됐어! 드디어 풀렸다!'"

어느새 구속에서 풀려난 쌍둥이 암살자, 사샤와 미샤가 행동에 나섰다.

"받아랏!"

"에잇!"

머리에 꽂아두었던 비녀를 '나한테' 던진 것이다.

만약 암살 대상인 엘리사를 공격했다면 엘리사도 누가 적인지 알아챘을 텐데. 젠장!

"크윽!"

간신히 피하긴 했지만 엘리사의 공격까지 날아들었기에 감당이 힘들었다.

"아직 많이 있어!"

"이번에는 차크람이야!"

쌍둥이는 허리에 차고 있던 원형의 장신구를 반으로 쪼개서 투척했다. 저게 무기였나.

쳇, 성가시군.

차라리 이 녀석들부터 해치워 버릴까.

"그렇게는 안 되지!"

내가 사샤와 미샤를 공격하려 하자 엘리사가 앞을 가로막았다.

오두막이 좁아서 우회도 불가능했다. 이런 상황에서는 검술 실력이 전부였다.

"젠장. 어쩔 수 없지. 일시 후퇴다!"

열세라고 판단한 나는 후퇴하기로 결단을 내렸다. 엘리사를 쓰러트릴 수도 없고, 다른 방법도 없었다.

""알겠어!""

""알겠어요!""

"놓칠 성싶으냐! 아벨, 출입구를 사수해!"

"예!"

엘리사는 후퇴조차 허락할 생각이 없는 모양이었다.

이걸 어쩐담.

제5화
배신

어쩌다 보니 호위 대상인 엘리사와 전투를 치르게 된 우리들.

최악의 사태다.

······.

귀갑 묶기.

그 당시에는 딱 맞는 스킬이라고 생각했건만. 완전히 역효과였다.

"진정해, 엘리사. 저 쌍둥이는 암살자야."

나는 엘리사에게 사정을 설명하며 다시 한번 설득을 시도했다.

"어째서 그렇게 생각하지? 저 소녀들에게 무슨 짓이라도 당한 건가?"

검을 움켜쥐고 대치 중이던 엘리사가 되물었다.

"아니. 하지만 신뢰할 만한 사람한테서 얻은 정보다."

"그 정보가 잘못됐을 가능성은? 두 사람 모두 순진한 소녀다."

"그렇지만 용사지."

""무슨 말인지 하나도 모르겠어요. 기사님, 빨리 해치워 버리세요.""

시치미를 떼기는.

"맞습니다, 엘리사 님. 노예상이 하는 말에 흔들리시면 안 됩니다!"

아벨, 이 자식이.

그나저나 곤란하게 됐군. 국왕의 의뢰라는 것을 솔직하게 털어놓더라도 내 말을 믿어주지 않으면 아무런 소용이 없었다.

아, 귀찮아. 이제 될 대로 되라지.

"의뢰는 파기다! 맞서 싸워서라도 살아남겠어!"

""알았어!""

""알겠어요!""

방침이 정해졌으니 우선은 가장 약해 보이는 마린부터 노리기로 했다. 마침 이오네와 대치 중이라 빈틈투성이었다.

"미나, 시간을 벌어."

"네, 주인님!"

나는 미나에게 엘리사를 맡긴 뒤, 마린의 등 뒤로 접근했다.

"귀갑 묶기!"

"꺄악!"

하나는 정리됐고.

"마린! 이 자식!"

아쉽지만 마린 이외의 멤버들은 실력자라 포박하기 어려워 보였다.

그래도 한 명을 전투불능으로 만들었으니 전황이 조금은 유리하게 변했을 것이다.

……그렇게 생각한 순간, 엘리사의 스킬이 작렬했다.

"홀리 데스트로이!"

"으윽!"

""미나?!""

"죄, 죄송합니다. 주인님…… 커흑!"

위험해. 빈사 상태다.

"제길! 항복이다. 피아나, 하웰, 치료를 부탁해."

나는 검을 버리고 투항 의사를 내비쳤다. 엘리사의 성격상 목숨까지 빼앗지는 않을 것이다.

"좋아. 항복을 받아들이지. 치료해 줘라."

"참 나, 노예 한 명이 당한 정도로 항복하다니. 포기가 너무 이르잖아. 엘리사도 그렇게 쉽게 항복을 받아들이면 쓰나. 우리가 곤란하다고."

"뭐? 에드거, 지금 무슨 소리를…… 큭!"

에드거가 엘리사의 등 뒤에서 검을 휘둘렀다. 하지만 엘리사는 민첩하게 반응하여 에드거의 검을 되받아쳤다.

"역시 대단한 실력이야. 빈틈이 없다니까. 관둬, 하웰. 우리도 항복이다."

"그렇군요."

하웰이 아벨에게 들이대고 있던 지팡이를 내렸다. 이 녀석도 추밀원파였던 건가. 위험했군.

미나는 피아나에게 치료를 받았고, 마린의 구속도 풀어주었다.

그제서야 우리는 한숨을 돌릴 수 있었다.

"설명해 봐라. 도대체 뭐가 어떻게 돌아가는 거지?"

""엘리사 님…….""

마린과 아벨도 난처한 표정을 지었다. 이 두 사람은 법왕파였다.

"정리하자면 간단해. 나와 하웰은 추밀원파의 상사인 베르존 백작으로부터 너를 실각시키라는 밀명을 받은 몸이다. 경우에 따라서는 암살도 불사하라더군. 하지만 추밀원의 짓이라는 게 들키면 입장이 난처해질 수 있으니 종자라는 신분을 이용했다."

항복한 에드거가 내막을 술술 털어놓았다.

"뭐, 뭐라고……."

"하지만 베르존 백작은 일처리가 워낙 서툴러서 말이야. 암살도 저 녀석들로는 어림도 없지. 어이, 너희들. 이 상황에서 도망칠 수 있을 거라고 생각하냐? 얼굴도 이름도 전부 알려졌잖아."

불만을 토로하던 에드거가 뒤쪽을 날카롭게 노려보았다.

"맞아요. 도망치면 곤란하죠, 우후후."

""히익! 아으아으…….""

발소리를 죽인 채 오두막을 몰래 빠져나가려던 쌍둥이를 이오네가 막아섰다.

"으, 이 쌍둥이가 암살자라는 것도 사실이었나……."

엘리사도 마침내 납득한 모양이었다. 에휴.

"어쨌든, 에드거. 당신도 법왕파로 돌아선 거라고 보면 되겠지?"

내가 확인했다.

"그래. 뭐, 법왕파가 나를 순순히 받아들여 준다면 좋겠지만,

아마도 어렵겠지. 우리 집안은 추밀원파의 중추 가문이거든. 그러니까 나는 여기서 죽은 셈 치고 모험가나 하려고."

"에드거 씨한테는 죄송하지만, 저는 집안 문제에서 자유로운 편이라 법왕파로 전향할 생각입니다. 앞으로 잘 부탁드릴게요, 엘리사 님."

하웰이 싱글벙글 웃으며 말했다.

"그래. 하지만 구체적으로 뭘 해야……."

"간단합니다. 상황을 설명한 편지 한 통을 당신의 상사인 카브라 대사제님께 보내기만 하시면 됩니다. 그렇잖아도 대사제님으로부터 전향 제의를 받고 있었거든요."

"알겠다. 그렇다면 두 사람 모두 앞으로 이상한 짓은 관두겠다고 맹세해 주겠나."

"물론입니다."

하웰이 고개를 끄덕였다.

"뭐, 맹세하라면 못 할 건 없지. 저 암살자들과 함께 목이 날아가더라도 불만을 제기할 입장은 아니니까."

에드거가 쌍둥이를 스윽 바라보며 말했다.

"'힉! 살려주세요! 저희는 돈을 받고 고용됐을 뿐이에요.'"

"신께 참회하고 새로운 삶을 살겠다면 생각해 보겠다."

"'네! 팔바스교의 경건한 신도가 되겠습니다.'"

"그러면 남은 건……."

엘리사가 우리를 바라보았다.

여기서는 강하게 나가야겠군.

[화술 LV5]로 철저하게 몰아붙여 주지.

"어흠, 에헴, 크흠! 카악, 퉤! 엘리사, 넌 암살자의 마수로부터 자신을 지켜주려는 버니어 왕국의 구국 영웅을 근거도 없이 습격한 것으로도 모자라, 거듭된 설명에도 귀를 기울이지 않았으며, 천하의 몹쓸 인간이라 비방하였고, 심지어는 내가 가장 소중히 여기는 연인을 다치게 만드는 폭거를 저질렀다. 여기까지는 전부 인정하겠지?"

"미안하다. 내가 오해했다. 한 번도 아니고 두 번씩이나……."

"미안해서 잘못이 사라지면 이단 심문과 감옥은 존재하지도 않았겠지. 무고죄로 감옥에 들어간 우리의 심정을 네가 알아?"

"으윽."

"알렉, 너무 그렇게 몰아세우지 마. 엘리사도 정황상 오해할 수밖에 없잖. 지나간 일까지 들출 건 없다고 봐."

세리나가 엘리사를 옹호하기 시작했다. 하지만 아직은 때가 아니었다.

"저번에 뭐든 들어주겠고 약속했지, 세리나. 여기서 그 권리를 사용하겠어. 전력으로 나를 옹호해라. 이건 명령이야."

"뭐?! 윽, 뭐지. 이 혐오감은. 악마에게 영혼을 팔아넘기는 기분……. 미안, 그것만큼은 못 하겠어."

"쳇. 그러면 미나, 네가 해라."

"네, 주인님. 주인님은 나쁘지 않아요. 이건 부당한 처사예요."

역시 미나다. 너는 평생 소중히 아껴주마. 부상도 다 나아서 다행이다.

"……저, 여러분의 사정은 안타깝지만, 엘리사 님도 나쁜 의도로 그러신 건…….."

"마린. 물론 한 번이라면 웃으며 흘려넘겼을 거야. 하지만 너라면 두 번이나 엘리사 님을 무고죄로 투옥시키고, 심지어 중상까지 입힌 녀석을 무죄 방면시켜 줄 수 있겠어? 네가 그렇다고 말하면 나도 엘리사에게 죄를 묻지 않겠어."

"네?! 그, 그건……."

"기다려 주세요. 벌은 제가 받겠습니다. 여러분을 의심하고 노예상이라고 바보 취급한 사람은 저입니다. 엘리사 님이 아니에요."

"기특한걸, 아벨. 그렇다면 너한테 벌을 주지. 지금부터 입 다물고 있어. 너는 그걸로 봐주마."

"아니, 그건……."

""저 아저씨, 완전 재수 없다.""

쌍둥이가 입을 모아 말했다.

"너희들. 엘리사는 용서했을지 몰라도 나는 아직 아니야. 왕성과 길드에 암살 미수로 고발해 줄까? 뭣하면 내가 직접 너희들 목에 현상금을 걸어줄 수도 있어."

""윽, 죄송합니다! 그것만큼은 봐주세요!""

"이제야 말이 통하는군. 뭐, 나도 악마는 아니야. 엄청난 손해를 본 데다 신변의 위협까지 느꼈지만, 하해와 같은 마음으로 아량을 베풀 생각이다."

나는 그렇게 말하며 엘리사를 바라보았다.

"엘리사. 내가 용사라는 사실을 비밀에 부칠 것. 일주일간 협력해 주기로 했던 이전의 약속을 끝까지 수행할 것. 이것만 지켜주면 나머지는 전부 없었던 일로 하겠어."

"오오. 고맙다, 알렉 공."

""에엑?""

내 동료들이 뒤통수를 얻어맞은 표정을 지었다. 누구를 바보로 아나. 엘리사한테 처녀를 달라고 말해봤자 아벨과 마린이 필사적으로 저항할 게 뻔했다.

"단, 이 쌍둥이 암살자는 갱생을 위해서 내가 데리고 가겠어. 나는 PK를 저지르는 녀석을 절대로 용서하지 않거든……. 나와 친했던 한 모험가도 PK로 목숨을 잃고 말았다. 좋은 녀석이었는데."

나는 고개를 절레절레 내저으며 쓸쓸한 분위기를 연출했다.

"어? 누구?"

"그런 사람이 있었나?"

세리나와 리리가 고개를 갸웃했다. 디르 어쩌고 하는 녀석을 두고 하는 말이었다. 후후, 피아나가 화들짝 놀라서 생각에 잠기는군. 이번 일로 나에 대한 호감도가 올라갔을 게 분명했다.

"그런가…… 알겠다. 그 모험가의 명복을 빌지."

이것으로 국왕의 퀘스트는 거의 완료된 셈이었다.

에드거에게 마저 확인을 해봐야겠지만, 앞장서서 추밀원파를 배신했을 정도면 다른 암살자는 존재하지 않을 가능성이 높았다.

에필로그
루카를 매수하다

일주일 뒤, 우리는 엘리사 일행과 악수를 나누며 원만하게 헤어졌다.

엘리사는 끝까지 나에게 미안한 기색을 내비쳤다. 잘하면 넘어올 수 있을지도 몰랐다.

국왕은 약속대로 보수를 제공했다. 보수는 50만 골드와 미스릴 숏 소드, 플래티넘 통행증, 그리고 '사키'라는 이름의 여자 노예였다.

다시 일주일 뒤. 왕성에서 호출이 왔다.

루카와 함께 성으로 향한 나는 이전처럼 살풍경한 응접실에서 국왕과 면회했다.

가짜 엘빈인 안드레의 신분 확인이 끝난 모양이었다.

"흐음, 루카여. 안드레의 신병은 이제 필요 없다는 건가?"

국왕이 묻자 루카가 고개를 끄덕였다.

"네. 다른 나라에서 지명 수배 중이라고 들었어요. 저 말고도 원한을 가진 사람이 많을 테니 수배 중인 나라에 넘겨주세요. 저는 녀석을 감옥에 집어넣은 걸로 충분해요."

안드레의 죄가 확실해진 덕분에 루카의 기분도 풀린 모양이었다. 루카만 괜찮다면 나도 상관없었다. 놈에게 무슨 짓을 당한 것도 아니고.

"그런가. 뭐, PK를 저지른 녀석이다. 우리 쪽의 죄가 더 무거우니 다른 나라에 넘겨줄 생각은 없어. 패거리와 함께 사형이 선

고되겠지."

국왕이 사람 좋게 웃으며 말했다. 하지만 말하는 내용은 꽤나 무시무시했다.

"그렇군요. 그거면 충분해요."

루카도 순순히 납득했다. 신분 사칭에, 위증죄까지 있으니 중형은 예정된 수순이었다. 이것도 자업자득이다.

PK를 저지르고 다니면 결국 언젠가는 붙잡히는 법이다.

"정해졌군. 알렉, 사키는 어땠나?"

사키는 국왕에게 보수로 받은 여자 노예의 이름이었다. 이름을 들었을 때에도 혹시나 했지만, 아니나 다를까 사키는 이세계에서 온 여자 고등학생이었다.

"네, 만난 지 일주일밖에 안 됐지만 잘 지내고 있습니다."

"다행이군. 흑발에 성격도 명랑해서 마음이 맞을 거라고 생각했거든. 녀석을 고르길 잘한 모양이야."

"그렇네요."

"자, 이걸로 용건은 끝났군. 더 할 말 있나?"

"아뇨, 딱히."

"없습니다."

"그러면 지금부터 같이 주점이나 가세. 내가 한턱낼 테니."

국왕이 주점에서 식사를 대접해 준다니, 뭔가 아쉬운걸. 이왕이면 왕궁 요리가 먹고 싶은데.

"안 됩니다, 폐하. 지금부터 귀족들과 오찬이 있습니다."

고지식해 보이는 백발의 대신이 말했다.

"제논, 오찬을 연기하거나 취소할 수는 없겠나."

"어렵습니다. 이것도 엄연한 국왕의 업무입니다."

"어쩔 수 없지. 들은 대로다. 자네들은 이만 물러나도 좋아. 밥은 다음에 먹도록 하지. 수고들 했다."

"예."

왕성을 나서기 위해 성문으로 향하자, 검은색 단발머리의 소녀가 달려와 나를 끌어안았다.

사키다.

체구는 작은 편이지만 명랑하다 못해 기운이 남아도는 전직 여고생이었다.

사키는 1년 전 이 세계에 용사로 소환되었다. 하지만 내기에 져서 노예가 되고 말았다는 모양이다.

"달링! 만나고 싶었어!"

"헤어진 지 얼마나 됐다고 그래."

"그래두."

사키는 만났을 때부터 나에 대한 호감도가 최대치를 찍은 상태였다. 이유는 불명이다.

"폐하는? 같이 안 왔어?"

"안 왔어. 귀족들과 식사를 한다더라."

"이런, 아쉽네! 공짜 밥 좀 얻어먹을까 했는데. 보나 마나 제논 그 늙은이가 방해했을 테지? 그 늙은이, 고지식한 것처럼 보여도 상당한 변태라니까. 나를 보자마자 내뱉은 첫마디가 '핥아라'였다구."

"그건……. 네가 노예라서 그랬겠지."

"뭐, 틀린 말은 아니지만. 그래도 이름부터 물어보는 게 보통 아냐?"

"하긴."

"루카도 그렇게 생각하지?"

"어? ……그, 글쎄."

사키가 묻자 루카는 얼굴을 붉히며 시선을 피했다.

"엥. 내가 이상한 거야? 뭐, 됐어. 그러면 여관에서 점심이나 먹자. 난 돈까스 덮밥이 먹고 싶네."

이 세계에는 지구에서 불려온 사람이 많기 때문에 일본 음식도 어렵잖게 찾아볼 수 있었다.

"흠. 그럼 그럴까."

"응! 식사가 끝나면 러브러브 섹스하자!"

"목소리가 커. 그리고 파티 멤버 앞에서 섹스라는 말은 삼가라고 했잖아."

윙크를 하는 사키에게 내가 말했다.

"참, 그랬지. 미안, 미안. 하지만 루카는 용병일 뿐이잖아? 혹시 알렉을 노리고 있어?"

"아, 아니. 딱히 그런 건…… 먼저 갈게!"

루카는 후다닥 달려가 버렸다. 나는 사키에게 주의를 주기로 했다.

"사키, 방금 건 실례였어. 저 녀석이 용병이기는 해도 검은 고양이 군단보다는 높은 대접을 받고 있어. 사실상 정규 멤버나 마찬가지야."

"응. 알고 있어. 그래서 일부러 부추긴 거야. 알렉한테 마음이 있어 보이던걸? 함락시키려면 지금이야."

"어? 사이가 나쁜 편은 아니지만……."

나한테 마음이 있었나?

"지금은 강하게 밀어붙일 때야. 루카도 그래주길 바라고 있어. 알렉이 먼저 말을 걸어주지 않으면 자신감을 잃고 남성 혐오에 빠지게 될걸?"

"그건 곤란하지. 나중에 가볍게 말을 걸어볼게."

"응."

이후 돈가스 덮밥을 먹고, 사키와 러브러브 섹스를 마친 뒤, 미나를 시켜서 루카를 방으로 불러들였다.

"알렉, 무슨 용건이야? 윽!"

내 알몸을 보고 얼어붙는 루카.

"아, 왔군. 이런 모습을 보여서 미안하다, 루카."

"따, 딱히 상관없어."

루카가 뒤로 돌아섰다.

정말로 넘어올까. 잘 모르겠다.

"루카, 한가하면 나랑 즐겨보지 않겠어? 부담 갖지 말고 대답해 줘."

"즈, 즐기자니…… 뭘 하려고?"

"남자와 여자가 침대 위에서 하는 놀이라면 하나밖에 없지. 섹스다."

"어? 나하고?"

"그래. 억지로 하라는 건 아냐. 거절하더라도 평소처럼 파티에 넣어줄 거다. 모험에 지장이 갈 정도로 들이댈 생각도 없으니 안심하고."

"윽……."

거절하지 않는다는 말인즉 섹스에 흥미가 있다는 뜻이리라. 조금만 더 밀어붙이면 되겠군.

나는 스킬 리스트에서 쓸만해 보이는 헌팅용 스킬을 찾아보았다.

"응?"

[매수 LV5] New!

오늘 아침에 봤을 때는 없었던 스킬이 추가되어 있었다.

그랑소드 국왕에게서 [카리스마 LV5]를 카피했으니, 이 스킬은 제논 대신에게서 카피한 걸지도 모르겠다.

사키의 말에 다르면 상당히 음흉한 인물이라는 모양이었다.

어떤 스킬인지 한번 사용해 보도록 할까.

"하긴, 공짜로 해달라고 하면 불만스러울지도 모르겠군. 너는 멋진 여자니까. 100골드에 어때?"

"으, 돈을 내는 건가……. 아, 알았어. 나는 용병이니까. 돈도 벌어야 하고, 비싼 장비도 갖고 싶고. 딱히 네가 좋아서 안기는 건 아니야."

"알았어, 알았어. 그러면 오늘은 100골드로 합의한 거지?"

다음에는 골드를 줄여볼까. 10골드를 제시해도 수락하는지 시험해 봐야겠다.

"그래."

"좋아. 그럼 이쪽으로 와."

"으…… . 저, 있잖아. 솔직히 말하면 남자하고 해본 적이 없어서…… ."

육감적인 몸매를 가진 주제에 부끄러움을 타는 루카. 훌륭한 반응이다.

"걱정하지 마. 리드해 줄 테니까 나한테 맡겨. 남자를 잊지 못하는 몸으로 만들어 주지."

"그렇게까지 할 필요는 없어. 평범하게 해줘."

"알겠어."

나는 옆으로 다가온 루카를 끌어안았다. 우선 키스부터 해주기로 할까.

한 마리의 사자를 연상시키는 이 녀석이 눈을 감고 바들바들 떠는 모습을 보고 있으려니 웃음이 나올 것만 같았다. 하지만 십중팔구 첫 키스도 아직일 것이다. 진지하게 임하기로 하자.

"하읍…… ."

"하다가 불편한 부분이 있으면 바꿔줄 테니까 곧바로 말해."

"괘, 괜찮아."

"좋아. 그럼 시작한다."

나는 딥키스로 루카의 입을 비집고 들어가 혀를 애무했다. 처음에는 받기만 하던 루카도 조금씩 적극적으로 키스에 응하기 시작했다.

이번에는 출렁거리는 유방을 주물러 주었다.

"힉!"

"아팠어?"

"아, 아니. 살짝 놀랐을 뿐이야."

"그러면 더 주물러 줄게."

"어? 그, 그러지 않아도, 앗! 으응!"

"애무를 안 하면 다음으로 넘어갈 수 없어. 가슴이 싫으면 엉덩이도 괜찮고."

처음 만났을 때부터 루카의 의상은 노출도가 높은 편이었다. 하지만 이제 보니 남자를 유혹하기 위해서가 아닌 모양이었다. 오히려 아무것도 몰랐기에 가능한 의상이었다.

이번에는 땀으로 축축해진 루카의 건강한 배를 어루만져 주었다. 그러자 근육이 움찔움찔 경련을 일으키고, 입에서는 귀여운 목소리가 흘러나왔다.

"생각보다 내 취향인걸, 루카. 상당히 에로해."

나는 그렇게 말하며 루카의 옷을 벗겼다.

"뭐?! 이, 이상한 소리 마, 흐앙! 그, 그렇게 간지럽히면, 아아앙!"

"도망치지 말고. 다리를 벌려."

"잠깐, 히익! 어디를 핥는, 앗, 아앗!"

도망치려는 루카를 붙잡아 혓바닥으로 애무해 주었다.

"크윽! 뭐, 뭐야 이건? 엄청나! 알렉, 아앗! 아아아앗!"

낯선 쾌락에 당황하던 루카가 큰소리로 외쳤다. 가볍게 가버린

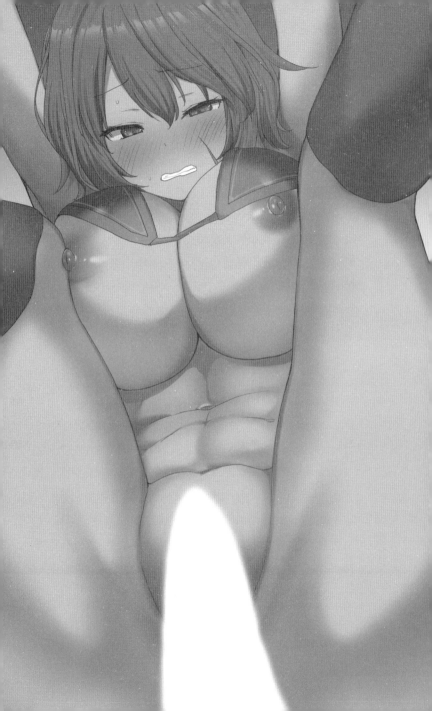

모양이다.

이 틈에 넣어버리자.

처녀인 주제에 침을 질질 흘리고 있던 루카의 아랫입은 내 물건을 순조롭게 집어삼켰다.

나는 허리를 움직였다.

"하읏?! 앗, 아앗, 아앙, 그, 그만해."

"많이 아파?"

"아프진 않지만, 이상한 기분이, 응, 아앙!"

"이제 곧 끝나니까 나한테 맡겨. 더 느끼게 해줄게."

"아, 안 돼! 이 이상 느껴버리면, 나, 나는, 아아아아앗!"

음. 아주 감미로운 목소리다. 이걸로 루카도 남자를 잊지 못하는 몸이 되었겠지.

잘된 일이다.

일주일 뒤. 세리나가 무시무시한 얼굴로 내 방에 찾아왔다.

"알렉! 루카한테 10골드로 매춘을 시켰다면서? 그게 사실이야?"

"표현만 그렇지 루카를 돈으로 사는 건 나뿐이야."

"그걸 지적하는 게 아니잖아. 10골드라는 게 문제라고!"

"그렇게 따지면 너는 공짜잖아."

"어? 뭐, 굳이 말하자면 그렇지만……."

"모험에 나설 때마다 천 골드씩 버는 녀석이 푼돈 좀 벌자고 매춘을 하겠냐? 섹스가 하고 싶으니까 구실이 필요했을 뿐이야."

"으음. 그것도 그렇네."

세리나는 납득한 모양이었다. 화내기 전에 생각부터 하라고.

"저기, 알렉. 나도 10골드에 사주지 않을래? 지금."

"글쎄. 1골드라면 생각해 볼게."

"큭. 어째서 루카보다 싼 건데."

"딱히 이유는 없어. 자, 어떻게 할래?"

"으으. 그러면 오늘만 서비스해 줄게."

세리나는 옷을 벗어 본인의 훌륭한 가슴을 노출했다.

제8장 (숨겨진 루트) 지하 수로

프롤로그
보아선 안 되는 것

검은 머리의 소녀가 내 앞에서 자랑스럽게 이야기를 늘어놓고 있었다. 소녀는 가슴이 대담하게 벌어진 도적 스타일의 경장비를 착용하고 있었다. 소녀가 팔을 움직일 때마다 부드러운 가슴골이 부산스럽게 흔들렸다.

"……그래서 더 괜찮은 장사가 있다고 그랑소드 국왕님한테 말했거든. 그랬더니 금화 백 닢을 떡하니 내주면서 '재밌군. 한번 해 봐라, 사키'라고 하더라니까."

"그, 그래서 돈은 어떻게 됐나요?"

금화 백 닢이라는 말에 긴장한 미나가 조심스럽게 물었다.

"당연히 전부 해수욕장에 투자했지! 대신이 반대하기는 했지만 말이야. 하지만 결과는 대박! 지금은 투자금도 전부 회수한 상태야."

"다행이네요. 앗, 주인님. 따라드릴게요."

"그래."

미나가 술병을 기울여 나무 잔에 와인을 따라주었다.

"잠깐만, 미나. 달링은 오늘 너무 마셨어. 방금 전부터 눈빛이 풀려있잖아. 이야기도 제대로 안 듣고 있고."

"아니. 하나도 안 취해써."

발음이 살짝 꼬였을 뿐이다. 그리고 기분이 약간 좋아졌을 뿐.

"맞아, 맞아! 남자라면 그런 쬐그만 잔이 아니라 술통째로 벌컥벌컥 마셔야지. 얼굴이 파랗게 질릴 때까지 말이야!"

"그렇고말고! 정신이 멀쩡히 남아있는 동안에는 취한 축에도 못 끼지! 주인장, 레몬주 한 잔 더! 부동액과 방부제도 잔뜩 넣어줘!"

얼굴이 빨갛게 달아오른 옆 테이블의 드워프들이 술통을 휘두르며 외쳤다. 나도 주문하려 했지만, 사키가 내 손을 내리며 제지했다.

"안 돼. 주정뱅이들이 하는 소리는 늘 똑같다니까. 날도 저물었으니 오늘은 여기까지만 하자."

"그게 좋겠어요. 자, 주인님."

"안 취했다니까아. 나를 주정뱅이 취급하지 마."

나는 미나의 손을 뿌리치려 했지만 미나가 팔짱을 끼는 바람에 실패했다.

"주인아저씨, 돈은 여기다 놔두고 갈게."

"그래라."

그렇게 나는 두 사람에게 이끌려 술집을 나왔다. 서늘한 밤바람이 뜨거워진 뺨을 기분 좋게 식혀주었다.

"사키 씨는 대단하세요. 장사도 잘하시고."

"에이, 칭찬해 봤자 아무것도 안 나와. 나도 많이 실패했어. 노예가 된 것도 그게 원인인걸."

"그랬군요……."

"당시에는 나도 참 순진했지. 응? 저 녀석들, 저기서 뭘 하는 거지?"

사키가 가리킨 방향을 바라보니, 갈색의 로브를 입은 몇몇 사람들이 수로를 둘러싸고 무언가를 하고 있었다.

이들은 전부 후드로 얼굴을 가리고 있었다. 그리고 두 명이 낑낑대며 커다란 자루를 옮기고 있었는데, 자루 안에서 무언가가 몸부림치고 있었다. 사람이라도 들어있나 싶어 흠칫했지만 안에서 나온 것은 1미터 크기의 물고기였다.

물고기는 첨벙! 소리를 내며 수로로 들어갔다. 물고기는 곧 자취를 감추었고, 힘겹게 물고기를 방류한 사람들도 그제야 한숨을 내쉬었다.

"무사히 끝났습니다, 스칼렛 님."

"비 콰이어트! 함부로 제 이름을 발설하지 말아 주세요. 누가 들기라도 하면 어쩌려고 그래요."

한 여성이 거만한 말투로 남자를 질책했다. 목소리로 봐서는 미인일 것 같지만 아쉽게도 멀리 떨어져 있어 얼굴을 확인할 수 없었다.

"죄, 죄송합니다. 그러면 바로 돌아가시죠. 이곳에 오래 남아있으면 좋지 않습니다."

"그래요. 댓츠 라이트. 이만 가볼까요. 이제 길드장도 저희를 A 랭크로 승격시켜 줄 수밖에 없을 테죠. 레전드한 로드맵의 시작이에요. 후후후."

이윽고 로브 차림의 사람들은 어두운 골목길 속으로 자취를 감추었다.

"방금 대화, 상당히 신경 쓰이는걸."

"맞아요. 위험한 장면이라도 목격한 기분이에요."

"위험한 장면이라. 하지만 물고기를 수로에 풀어주었을 뿐이잖아. 누군가가 기르던 애완 동물을 방류한 걸지도 모르지. 비싼 관상어라던가."

"관상어 말인가요. 특이한 취미를 가진 귀족분들이 물고기를 기른다는 이야기는 들어봤지만……."

"하긴, 이쪽 세계에서 열대어를 기르는 경우는 잘 없지."

"네. 물고기는 대부분 식용이거든요."

"맞아. 물고기를 찾는 귀족이 수색 퀘스트라도 내주면 좋으련만."

"그러게요."

사키의 말대로 물고기를 도난당한 귀족이 나타나면 대가를 받고 정보 제공를 제공해 줄 수 있을 것이다. 스칼렛이라는 이름도 똑똑히 들었으니. 일행을 질책하는 것으로 봐서 그녀가 리더일 가능성이 높았다.

뭐, 어떻게든 되겠지.

"끄아암…… 후우."

"후후. 달링이 하품을 하기 시작했네. 얼른 돌아가자."

"네, 어서 가요."

이때까지만 해도 우리는 알지 못했다. 왕도에 무슨 일이 일어나고 있는지.

제1화

습격당한 아이

아침은 지옥이다.

비명을 지르는 온몸의 근육과 관절들. 그리고 타는 듯한 목의 갈증. 당뇨병이 의심되기도 했지만 이세계로 소환되기 전에 받았던 건강 검진에서는 아무 이상도 없었다. 예전부터 겪어왔던 일이므로 내 체질일 것이다.

"으으……."

게다가 숙취로 인한 나른함까지. 저번 주에도 주점에서 진탕 퍼마셔서 고생했건만. 막상 술자리에 앉으면 숙취에 대한 건 까맣게 잊어버린다. 다음에는 조심하도록 하자.

"안녕히 주무셨어요, 주인님. 여기 물이에요."

미나가 찬물이 담긴 도자기 컵을 내게 내밀었다. 일단은 몸에 수분부터 공급하기로 했다. 차가운 물을 꿀꺽 들이켜자 전신의 세포가 일제히 되살아나는 듯한 기분이 들었다.

"후우……. 미나, 이 컵은 새로 산 거야?"

"네. 시장에서 쓸만해 보이는 걸 팔고 있길래 구입했어요."

"그래. 비싸진 않았고?"

"아뇨. 그 정도는 아니에요."

"그럼 됐고."

이곳은 중세풍 세계였다. 하지만 기술 수준이 어느 정도인지 나도 정확하게 파악하지 못했기 때문에 물건의 값을 매기기가 어려웠다. 알뜰한 미나가 비싸지 않다고 말했으니 돈 낭비는 아닐 것이다.

게다가 최근에는 국왕에게 막대한 보수까지 받았다. 조금은 무리를 해도 괜찮았다.

미나의 도움을 받아 옷을 갈아입은 나는 기분 좋게 계단을 내려갔다.

'용의 안식처' 식당에는 현재 아무도 없었다. 의자에 멍하니 앉아 기다리자 미나가 수프가 담긴 그릇을 가져와 주었다.

"드세요, 주인님."

"그래."

우리는 조용히 수프를 떠먹기 시작했다.

식사 도중 우연히 나와 눈을 마주친 미나가 쑥스럽게 웃어 보였다.

어젯밤에는 미나와 침대 위에서 격렬하게 관계를 나누었다. 그때 미나가 보여주었던 다채로운 표정들을 떠올리자 내 입가에도 자연스럽게 미소가 걸렸다.

창가에서 스며드는 상쾌한 아침 햇살이 나와 미나를 비추고 있었다. 마치 우리를 축복해 주는 듯했다.

나는 그릇 위에 숟가락을 내려놓고 미나의 부드러운 입술로 손을 뻗었다.

"여, 알렉. 마침 잘됐다. 일어났으면 카드 게임이나 하자고."

하지만 그때, 한 남자가 분위기 파악도 못 하고 말을 걸었다.

"머피. 눈치라는 게 뭔지부터 배우지 그래. 지금 둘만의 오붓한 분위기를 못 느꼈어?"

나는 불만을 적나라하게 드러내며 갑옷을 입은 전사를 째려보았다.

"헹. 느꼈으니까 말을 거는 거다. 꽁냥대려면 방에 들어가서 해. 이 바보 커플 같으니."

"딱히 눈꼴사나운 짓을 하지는 않았어. 일일이 삐지지 마."

"흥."

"바, 바보 커플이라니……."

미나가 붉어진 뺨을 매만지며 수줍은 미소를 지었다. 바보 커플이라는 말이 싫지는 않은 모양이었다.

"저, 그런데 머피 씨. 오늘 아침에는 모험을 나가지 않는 건가요?"

"아, 실은 길드 게시판에 긴급 미션이 올라 왔거든."

"네? 긴급 미션이라니……."

"자세히 설명해 봐."

"어이쿠, 듣고 싶으면 동화 한 닢을 지불해 주실까. 알렉."

"동료 모험가한테 돈을 받을 생각이냐? 쪼잔한 녀석."

"마음대로 지껄이셔. 나는 행복한 리얼충 녀석들이 세상에서 제일 싫거든. 행복이 균등하게 분배되어야 세상의 평화가 유지되는 거야. 알겠어?"

"말은 잘해요. 그런데 네 행복은 대동화 한 닢으로 균등해질 만큼 값싼 거였냐?"

"아니. 적어도 네가 동화 한 닢을 아낄 때마다 불행해진다는 건 확실하지. 헤헤헷."

참 얄미운 녀석이다.

"어쩔 수 없네요. 그럼 제가 낼게요."

미나가 정말로 동화를 지불하려 하자 내가 말렸다.

"바보야. 저런 녀석한테 돈을 지불할 필요 없어."

"맞아. 미나가 대신 내주면 알렉이 정말로 불행해지잖아."

그 말을 한 것은 어느새 여관으로 돌아온 사키였다. 사키는 검은색의 단발머리가 특징인 소녀로, 도적 스타일의 경장비를 착용한 채로 득의양양한 미소를 짓고 있었다.

"사키인가. 마침 잘됐어. 모험가 길드에서 긴급 미션을 내건 모양이다. 정보는 얻었어?"

"물론이지! 일찍 일어난 새가 벌레를 잡는다는 말도 있잖아."

"역시 사키다."

"젠장!"

믿음직한 녀석이다. 처음에는 국왕에게 보수로 받은 노예에 불과했지만, 생각보다 능력이 있는 인재였다.

"그러면 자세히 들어볼까."

나는 수프를 먹으며 느긋하게 이야기를 경청했다.

"의뢰가 공표된 건 오늘 아침. 의뢰주는 국왕이야. 이번에는 비공식이 아니라 왕성에서 내건 정식 의뢰야."

나는 사키의 말에 의문을 느꼈다.

"기사단이나 병사가 아니라 모험가에게 맡기는 건가?"

"모험가가 안성맞춤인 사안들이 있기는 하지만 이번에는 급하다는 게 이유인가 봐. 실제로 긴급 미션이기도 하고. 보수는 1만 골드. 왕성에서 내건 의뢰치고는 보수가 짠 편이지만 조사 의뢰라서 드래곤을 쓰러트리는 것보다는 훨씬 쉬울 거야."

"조사라…… 몇 층인데?"

이때까지만 해도 나는 '돌아올 수 없는 미궁'을 조사하라는 뜻으로 받아들였다.

"던전이 아니라 마을의 지하 수로야."

"뭐야, 하수도 조사인가."

그렇다면 왕국이 기사단이나 병사에게 맡기지 않는 것도 이해가 되었다. 누구든 냄새 나는 일은 싫어하는 법이니까.

"아니, 하수도가 아니야. 지하 수로는 생활 배수용 시설이야. 그랑소드는 상하수도가 제대로 정비되어 있거든. 거리를 보면 제법 깨끗하잖아?"

"흐음."

그러고 보니 이 여관만 해도 푸세식이 아니라 수세식 화장실을 사용하고 있었다.

실제 중세 유럽에서는 집 앞 길바닥에 배설물이 돌아다닌다는 이야기를 들은 적이 있었다. 반대로 용사가 소환되어 오는 이 세계에는 위생 관념이 제대로 잡혀있는 모양이었다. 그랑소드보다 비위생적인 편인 버니어 왕국에서도 배설물이 굴러다니는 장면은 목격할 수 없었다.

"그게 말이지, 한 꼬맹이가 수로에서 튀어나온 물고기한테 크게 다쳤다나 봐."

줄곧 다물고 있던 머피가 참지 못하고 의뢰의 내용을 늘어놓았다.

"마을에 몬스터가 출몰했다는 뜻이야?"

이 세계의 마을들은 사방에 견고한 장벽을 설치해 몬스터의 침입을 막고 있었다. 성직자인 피아나의 말에 따르면 주기적으로 기도를 해서 마물 퇴치 효과까지 부여한다고 한다.

이렇게까지 해야만 하는 세계다. 마물들이 어슬렁거리면 밤잠도 이룰 수 없을 테니까.

내가 재차 확인하자 머피는 나를 바보 취급하듯이 웃었다.

"핫, 알렉. 애들이 하는 말을 고스란히 믿는 건 아니겠지. 마을 밖으로 이어지는 수로에는 철책이 세워져 있어서 몬스터의 출입을 막고 있어. 헛소문이거나 누군가의 장난일 거야."

"으."

"맞아. 왕성의 병사도 철책의 상태를 확인하러 갔었는데, 훼손된 곳은 없다고 해."

"하지만 꼬맹이가 다친 건 사실이지?"

"응. 신전에서 치료 중이래."

꼬맹이가 제풀에 다쳤거나, 인간의 소행일 가능성도 있는 건가…… 정말로 몬스터의 습격인지 제대로 조사해 볼 필요가 있겠다. 일주일 전에 보았던 수상한 녀석들도 마음에 걸렸다. 설마 마을 안에 몬스터를 들여놓는 바보들은 아닐 거라고 생각하지만……

"좋아. 사키, 멤버들을 소집해 줘. 지금부터 조사에 나서겠어."

식사를 마친 나는 자리에서 몸을 일으켰다.

"알겠어."

조사를 하면 전부 밝혀질 것이다.

제2화
선더로드 클랜

나는 한자리에 모인 파티원들을 데리고 모험가 길드로 향했다. 의뢰에 새로운 조건이 추가되었을지도 모르고, 최악의 경우 누군가가 이미 의뢰를 해결해 버렸을 가능성도 존재하기 때문이다. 긴급한 상황일수록 정보의 확인과 갱신이 중요했다. 무턱대고 달려든다고 능사가 아닌 것이다.

하지만 모험가 길드에 들어선 나는 욕지거리를 내뱉었다.

"젠장. 벌써 우르르 몰려들기 시작했군."

"우와, 사람이 엄청 많아!"

"아으아."

리리와 네네가 놀라서 외쳤다. 모험가가 걸어 다닐 틈도 없이 빽빽하게 들어차 있었다. 만원 전철 수준은 아니라지만, 이래서야 카운터까지 갈 의욕이 나지 않았다.

"어떻게 한담. 나나 사키가 가서 확인을……."

"세리나가 카운터로 가고, 내가 게시판으로 갈까?"

"그래. 그게 좋겠어."

세리나와 사키가 역할 분담을 마치고 각자의 위치로 이동했다.

"그러면 우리는 밖에서 기다리자."

"네, 주인님."

나머지 멤버들을 데리고 밖으로 나가려던 그때, 건물 안쪽에서 커다란 소리가 들려왔다.

"자, 다들 돌아가! 긴급 미션은 종료다!"

"긴급 미션은 종료되었어요. 선더로드 클랜이 전속 의뢰를 맡기로 했습니다! 돌아들 가세요!"

전속 의뢰란 게시판에 붙은 의뢰서를 떼서 해당 모험가가 독점하는 행위다. 이렇게 하면 경쟁 상대가 사라져 조금 더 느긋하게 조사에 임할 수 있었다. 대신에 실패했을 때 위약금을 지불해야 하는 등 패널티도 큰 행위지만.

"웃기지 마! 긴급 미션에 전속 의뢰가 어딨어!"

"맞아, 맞아!"

다른 모험가들이 항의하며 다투기 시작했다. 긴급 미션은 전속 의뢰가 불가능한 건가. 나도 이번에 처음 알았다.

이건 찬스다.

"다들 이곳으로 모여. 이오네, 세리나와 사키를 불러 줘."

"알겠습니다. 후후, 우리는 길드의 안내를 듣지 못한 거군요."

"정답이다."

이오네는 내 생각을 읽었는지 웃으며 두 사람을 부르러 갔다.

"뭐어? 정말 그래도 돼? 비겁하잖아."

리리가 의문을 표했다. 하지만 정작 본인도 히죽히죽 웃는 걸 봐서 속으로는 찬성하는 게 분명했다.

"괜찮아. 길드의 결정을 수긍하는 사람들도 있었으니까. 우리한테는 사실을 확인할 방법이 없었다. 안 그래?"

어느 쪽이 사실인지 불분명할 때 아무것도 하지 않는 건 현명한 판단이 아니다. 일단은 움직여야 했다.

"그런가?"

"역시 형님이야. 이렇게 말하면 저렇게 빠져나가고, 저렇게 말하면 이렇게 빠져나가고. 궤변의 달인이라니까."

쥬가는 순수하게 감탄한 모양이었다. 저게 칭찬인지는 잘 모르겠지만. 뭐, 나도 지킬 건 지키는 사람이다. 이번처럼 사람을 속이는 일에 [화술] 스킬까지 동원할 생각은 없었다. 물론 미소녀가 관련되면 예외지만.

"오오! 헤이, 너희들. 꽤나 멋들어진 파티인걸."

남아있는 파티원들을 데리고 모험가 길드 밖으로 나오자 경박한 차림의 모험가가 말을 걸어 왔다. 이렇게 다짜고짜 칭찬부터 하고 보는 녀석들은 경계가 필요했다.

"응? 뭐야, 넌."

쥬가가 어리둥절한 표정으로 되물었다. 이런 부류의 녀석들은 무시하는 게 제일이건만.

"나 말야? 마당발이라고 해야 하나, 친구가 많다고 해야 하나. 장기를 살려서 의뢰를 알선하고 있는 녀석이야. 모험가 길드와 하는 일이 비슷하다고 보면 돼."

"뭐? 길드 직원이야?"

"아니. 그런 건 아니고. 헤헤헤."

본인이 누구인지를 분명히 하지 않는 점도 이런 부류의 특징이다. 원래 세계로 치자면 들어본 적도 없는 협회나 자선 단체에서 나왔다고 말하는 사기꾼 놈들이다.

"우리는 당신한테 일 없어. 얼른 비켜."

루카가 칼자루에 손을 얹으며 위협했다. 이런 성격 덕분에 지금까지 이상한 놈들이 다가오지 않았던 거겠지. 잘된 일이다.

"잠깐 기다려. 모험가는 전부 가족 같은 관계잖아. 서로 도우면서 윈윈하자고. 길드 앞에서 기다리는 걸 보니 의뢰가 목적인 거지? 어때, 간단한 아르바이트로 은화 한 닢을 벌 수 있는데. 맡아보겠어?"

"은화 한 닢?! 할래!"

"이 바보야."

은화에 낚인 레티가 수락하겠다는 말을 내뱉어 버렸다.

"오, 화끈한데. 그렇게 나와야지."

"안 돼. 허락하지 않겠어. 리더 권한이다."

"어이쿠야."

"뭐? 그러면 나 혼자라도 받을게."

"레티 씨. 멋대로 행동하면 안 돼요. 우리는 파티잖아요."

미나가 레티를 나무랐다. 하지만 굳이 따지자면 레티는 네네의 스승 자격으로 계약했을 뿐, 정식 파티원인 건 아니었다.

"어라? 그랬던가? 어쨌든 이야기 정도는 들어볼 수 있잖아. 저쪽에서 이야기하자."

"잠깐. 이야기는 여기서 해. 위험한 의뢰가 아니라면 여기서도 설명할 수 있겠지."

내가 남자를 견제하며 말했다.

"헤헤. 우리 리더 형씨가 엄하시구만. 그럼 이야기할게. 간단해. 지하 수로를 돌아다니면서 무너진 곳이 없는지 조사하기만 하면 끝! 어때? 엄청 쉽지?"

""뭐?""

모두들 남자의 설명을 듣고 황당해했다. 긴급 미션과 동일한 내용이었기 때문이다.

게다가 1만 골드짜리 의뢰를 은화 한 닢으로 퉁치려 하고 있었다. 남은 돈을 꿀꺽하려는 심산이다.

"뭐야. 그런 의뢰는 관심 없어. 안 할래."

어쨌든 레티도 바보는 아니기 때문에 수락하지 않았다.

"쳇, 알았어. 오오, 거기 당신! 짭짤한 이야기가 있거든. 한번 들어봐."

퉁명스럽게 대꾸하며 멀어진 남자는 곧바로 다른 모험가에게 말을 걸기 시작했다. 다른 모험가를 감시하기보다는 인재를 영입하는 스카우터 역할에 치중하는 듯 보였다.

"오래 기다렸지, 알렉. 방금 그건 누구야?"

"신경 쓰지 마, 세리나. 모르는 사람이다."

"들어줘, 세리나. 저 녀석이 은화 한 닢에 긴급 미션을 맡기려고 했다니까!"

레티가 억울하다는 듯이 말했다.

"무슨 소리래. 흠, 어쩌면 선더로드 녀석들일지도 모르겠네. 다른 모험가들에게 전속 의뢰를 위탁하는 클랜이 있다고 들었어."

"맞을 거야. 너희도 조심하는 편이 좋아. 전속 의뢰에 실패하면 위약금을 물어줘야 하거든. 무엇보다 아무것도 하지 않는 녀석한테 돈을 가져다 바치기는 싫잖아?"

"완전 싫어!"

"당연하지! 바칠까 보냐!"

"네. 신께서 용서하시지 않을 거예요."

다들 입을 모아서 반발심을 드러냈다. 당연했다.

"좋아. 그러면 지하 수로로 출발해 볼까."

""알았어!""

""알았어요!""

지저분한 방식을 쓰는 '선더로드' 녀석들한테는 지고 싶지 않았다. 갑자기 의욕이 생기기 시작했다.

우리는 앞다퉈 지하 수로로 향했다.

제3화
왕도 스파니아의 지하 수로

골목길의 끝자락. 눈에 띄지 않는 장소에 수로의 입구가 있었다.

"여기가 지하 수로의 입구야."

안내해 준 사키가 말했다.

만약을 위해서 냄새를 맡아봤지만 악취는 나지 않았다.

견인족 콤비인 미나와 네네도 [악취 내성]을 배웠으니 문제 될 건 없었다.

"좋아. 안으로 들어가자."

"맡겨주세요, 주인님."

미나가 앞장서서 선두를 맡았다. 이번에는 조사가 메인이니 던전을 공략할 때처럼 경계할 필요는 없을 것이다. 이곳은 마을 안이기도 하고, 몬스터가 범람했다면 애초부터 토벌 퀘스트로 분류되었을 것이다.

미나에게 선두를 맡기고, 전위조인 세리나, 이오네, 쥬가, 루카가 그 뒤를 따랐다. 중열에는 불빛 담당인 리리, 성직자 피아나, 마법사 콤비인 레티와 네네가 자리를 잡았다. 그리고 최후미는 나와 사키가 맡았다.

"우홋, 달링♪"

사키가 내게 팔짱을 끼고 엉겨 붙었다.

"그만둬, 사키."

아무리 위험하지 않은 장소라지만 지금은 파티 임무 중이다. 여기서는 확실하게 선을 그어둬야 했다. 침대 위에서는 얼마든지 환영이지만.

"사키 씨! 지금은 그럴 때가 아니잖아요!"

미나가 뒤를 돌아보며 엄하게 소리쳤다.

"에구, 무서워라. 알았어. 진지하게 조사에 임해볼까."

그래도 신입이라는 자각은 있는 것일까. 순순히 꼬리를 내린 사키는 팔짱을 풀고 성실하게 조사를 진행하기 시작했다.

"딱히 이상한 점은 안 보이네."

지하 수로는 높이 2미터, 폭 3미터 규모의 터널로 이루어져 있었다. 수로 양측으로는 폭 1미터 정도의 통로가 나 있었고, 우리는 그 위를 걸어가는 중이었다. 처음부터 사람이 지나다닐 수 있도록 설계된 모양이었다. 덕분에 바지가 젖을 걱정은 없어 보였다.

한동안 걸어가자 반대편에서 횃불을 든 자들이 다가오는 것이 보였다.

"주인님, 인간들로 구성된 파티예요."

"그래. 적당히 떠들면서 지나가자."

PK로 의심받지 않기 위한 지혜였다.

"배고프다."

"아, 리리. 내가 사탕을 가져왔어."

"오오. 고마워, 사키!"

"나한테도 주라."

"자, 받아. 쥬가 외에도 사탕 먹고 싶은 사람이 있으면 손 들어."

"저요!"

"꾸엑!"

"그러면 네네랑 마츠카제한테도 하나씩."

"앗, 저는 마츠카제의 생각을 읽은 것뿐이라."

"괜찮으니까 받아."

"맛있다~."

한가로운 파티로군.

"반가워, 동업자 형씨. 그쪽 파티는 인원이 꽤나 많은걸."

"뭐, 그렇지."

"너희도 긴급 의뢰가 목적인 건가?"

"맞아."

"그렇다면 알려주지. 이 앞에는 별다른 이상 없었어. 마을 밖으로 연결된 철책도 멀쩡했고."

"그래? 그래도 우리 눈으로 직접 확인하고 돌아갈 생각이다. 고맙다는 말은 해두지."

"핫, 신중한 형씨인걸. 그럼 이만."

4인조로 구성된 전사 파티는 "방금 금발 여자, 상당히 섹시하던걸."이라고 말하며 떠나갔다.

그러자 이번에는 지팡이를 든 마법사 파티가 옆을 지나갔다. 지팡이는 횃불처럼 환한 불빛을 발하고 있었다.

"지나가겠습니다."

"그래."

"아무래도 이곳에 들어온 모험가가 한둘이 아닌가 보네."

마법사 파티가 멀어지자 사키가 말했다.

"뭐, 길드에도 잔뜩 있었으니까."

세리나도 사키의 말에 동의를 표했다. 이대로면 우리가 먼저 임무를 완수하기는 어렵겠군. 하지만 모처럼 시작한 의뢰다. 수로를 돌아다니면서 [오토 매핑]으로 지도를 채우다 보면 무언가 수확이 있을지도 몰랐다.

우리는 마법 랜턴으로 주변을 밝히며 어두컴컴한 통로를 걸어갔다.

"윽."

불현듯 미나가 아무것도 없는 장소에서 멈춰 섰다. 우리는 전원 경계 태세에 돌입했다.

"무슨 일이야, 미나."

"아뇨, 괜찮아요. 향수 냄새가 진하게 나서요. 인간들로 구성된 파티예요. 여성이네요."

"알렉. 이상한 짓은 하지 마."

"너는 나를 뭐라고 생각하는 거야, 세리나."

사람을 야만인 보듯이 하다니.

"밝히는 아저씨?"

"변태 아저씨지 뭐."

파티원들이 막말을 하기 시작했다.

"아니에요. 주인님은 훌륭한 변태 신사세요!"

미나가 진지한 얼굴로 외쳤다. 제 딴에는 나를 옹호할 생각이었겠지만 다른 사람들은 죄다 폭소를 터트렸다.

"쓸데없는 소리 하지 마."

"죄송합니다."

"어머나, 떠들썩한 분들이군요."

미나의 말대로 인간들로 구성된 파티와 마주치게 되었다. 이쪽도 10명이 넘는 대규모 파티였다. 통로가 둘로 나누어져 있어서 부딪칠 염려는 없었지만, 선두에 선 남자는 그렇게 생각하지 않는 모양이었다. 우리를 경계하는지 검까지 뽑아 들고 신중하게 움직였다.

"우리는 PK를 할 생각 없어."

"글쎄다."

세리나가 불평했지만 상대는 경계심을 풀지 않았다.

"노 프라블럼. 검을 거두고 킵 스테이 하세요."

"예. 하지만, 스칼렛 님……."

"어이, 스칼렛 님께서 검을 거두라시잖아. 어서 집어넣어."

"아, 알겠습니다."

중앙에서 걷고 있는 붉은 로브의 여마법사가 리더인 모양이었다. 보석과 장신구를 주렁주렁 걸치고 있는 것으로 봐서 귀족일 가능성이 높았다.

하지만 이름이 마음에 걸렸다. 지난주에 물고기를 방류했던 녀석의 이름도 스칼렛이었지. 특이한 말투까지 감안하면 동일 인물이 분명했다.

생긴 건 꽤나 미인이었다. 나이는 스물 정도일까. 은발에 하늘색 눈동자를 지녔으며, 기품과 자신감 넘치는 미소가 인상적이었다. 그리고 로브 너머로도 뚜렷하게 드러나는 글래머한 체형이 남심을 자극했다.

호위 기사들이 안광을 번뜩이며 이쪽을 경계하는 가운데, 우리는 평범하게 그들을 지나쳐 걸어갔다.

"아, 그렇지."

문득 생각났다는 듯이 스칼렛이 걸음을 멈추고 말했다.

"여러분은 모르시는 것 같으니 제가 아나운스해 드릴게요. 왕성에서 내걸었던 긴급 미션은 이미 디 엔드. 종료된 상태랍니다."

"세리나."

내가 섣불리 대답하면 귀족의 반발을 살 것 같았기에 세리나에게 맡기기로 했다.

"아, 네. 알려주셔서 고맙습니다."

"그래요. 비 케어풀, 조심하시길. 굿바이."

묵묵히 걸어가는 나와 멤버들. 잠시 후 리리가 입을 열었다.

"있잖아. 방금 걔네들 선더로드 아니야?"

"맞을걸. 선더로드의 리더는 오스틴 마법 학교를 수석으로 졸업한 천재 마법사라고 들었어."

세리나가 말했다. 헤에, 수석이라.

"후후. 그렇지 않아."

"응? 그게 무슨 뜻이야, 레티?"

"스승님?"

"저 정도로 수석을 자칭하다니, 웃음도 안 나오네. 저 여자가 사용하는 라이트 마법 봤어? 방금 지나갔던 마법사 파티보다 불빛이 작았잖아."

"글쎄. 하지만 그것만 가지고는 수석이었는지 아닌지 판단할 수 없잖아."

"알 수 있어. 오스틴 마법 학교는 일류 학교거든. 입학만 해도 엄청나게 어려운 시험을 통과해야 하고, 졸업도 간단하지 않아. 악마 같은 마법사들의 괴롭힘을 견뎌낸 천재들만이 졸업할 수 있는 마법의 총본산이야. 그런 곳을 저딴 풋내기 마법사가? 하! 심지어 수석이라니, 웃기는 소리지."

"그래도 레티의 근거는 불빛이 약했다는 것뿐이지?"

세리나가 확인했다.

"이유는 그 외에도 더 있어. 저 스칼렛이라는 여자는, 다들 귓구멍을 파고 잘 들어. 저! 선더로드의! 스칼렛이라는 여자는! 손가락에!"

"어이, 레티. 목소리가 너무 커."

내가 주의를 주었다. 지하 수로 안에서는 목소리가 사방으로 울려 퍼진다. 상대방은 귀족이었다. 자칫 들기라도 하면 문제가 될 수 있었다.

"자, 레티. 거기까지. 사탕 줄게."

사키가 그렇게 말하며 레티의 입에 사탕을 집어넣었다. 나이스.

"우물, 읍, 꿀꺽! 으악! 무슨 짓이야, 사키! 실수로 삼켜버렸잖아!"

"괜찮아. 배 속에 들어가면 다 섞이니까. 자, 하나 더 줄게."

"뭐, 맛있었으니까 봐줄게. 고마워."

입막음에 성공한 사키가 내게 윙크를 했다.

"좋아. 일단 신전으로 가자. 습격당했다는 꼬맹이의 증언을 듣고 싶어."

"그러게. 나도 신경이 쓰였거든."

세리나가 고개를 끄덕였다. 그렇게 우리는 일단 지하 수로를 나오기로 했다.

제4화
증언

우리는 마을에서 몬스터의 습격을 받았다는 꼬맹이를 만나기 위해 신전을 방문했다.

"실례합니다. 저희는 모험가인데요, 몬스터에게 습격을 당한 아이가 있다고 들어서 찾아왔어요."

세리나가 신전에 있는 사제에게 물었다.

"아아, 모험가 분이시군요. 알겠습니다. 이쪽으로 오시죠."

내가 살던 세계의 병원이라면 환자의 프라이버시를 운운하며 면회를 거절했을 테지만, 이곳의 사제는 흔쾌히 안내해 주었다.

"저 아이입니다."

침대에는 초등학생 정도로 보이는 작은 체구의 소년이 누워있었다. 왼팔과 오른쪽 다리에 붕대를 감고 있었는데, 상당히 심각한 부상을 입은 모양이었다.

"아아, 끔찍해라. 제가 힐을 걸어드릴게요. 여신 에일이시여, 제 기도를 들어주소서. 힐!"

피아나가 마법을 외우자 소년의 몸이 부드러운 빛에 휩싸였다.

"고맙습니다, 사제님."

"아니에요. 상처는 어떠신가요?"

"이곳의 사제님이 치료 마법을 외워주시기는 했는데, 낫는 데 일주일은 걸릴 거래요."

"그렇군요. 잠시 상처를 봐도 될까요?"

"네."

피아나가 붕대를 풀자, 안쪽의 살점이 뜯겨 나간 것이 보였다.

"우와, 이거 심한걸. 용케 참았구나."

쥬가가 얼굴을 찌푸리며 말했다. 확실히 심한 상처였다.

"진통제를 받았거든. 형들은 모험가지? 어서 그 몬스터를 퇴치해 줘. 그런 몬스터가 마을 안을 돌아다니면 다들 나처럼 다칠 거야. 나보다 작은 애들은 잡아먹혀 버릴지도 몰라."

"좋아, 우리한테 맡겨! 그렇지, 형님?"

"그래. 걱정하지 마. 우리가 반드시 퇴치해 주마."

나는 평소와 달리 진지한 얼굴로 소년에게 약속했다. 이 녀석보다 어린 소녀가 죽기라도 한다면 국가적인 손실이다.

"고마워!"

"그런데 그 몬스터는 어떻게 생겼어?"

"꽤 컸어. 거의 이만했을걸. 세탁용 물을 뜨러 갔는데 갑자기 물속에서 튀어나왔어. 물고기처럼 생겼던 것 같아."

소년이 두 팔을 벌리며 설명했다. 1미터 정도는 되어 보였다. 일주일 전 스칼렛이 방류했던 물고기의 크기와 일치했다.

"잘 알았다. 이 정도면 충분히 들었어. 가자."

우리는 신전을 나왔다.

"알렉, 몬스터에 대해서 자세히 물어보지 않은 건 뭔가 짚이는 부분이 있어서지?"

세리나가 물었다.

"그래. 스칼렛과 부하들이 수로에 물고기를 방류하는 장면을 목격했거든. 저번주에 있었던 일이야."

"뭐?! 설마 마을에 몬스터를 들여놓은 인간이 있다는 뜻이야?"

"우와, 진짜냐."

"듣고도 안 믿겨지네."

"아으아."

모두들 놀란 눈치였다. 무리도 아니었다. 몬스터의 위험성을 아는 사람이라면 떠올리기도 어려운 짓이다. 게다가 아무리 약한 몬스터라도 마을에 반입하는 것은 법률로 금지되어 있을 터. 그렇기에 스칼렛과 그녀의 부하들은 갈색 로브로 변장까지 하고 심야에 방류를 진행한 것이다.

"하지만 달링. 상대는 귀족이야. 평민인 우리의 증언만으로는 체포하기 힘들걸. 길드에 신고해도 별 소용이 없을 거야."

사키가 말했다. 그 말대로 신고해 봤자 도리어 우리가 범죄자가 될 가능성이 높았다.

하지만.

"도움이 될만한 사람이 한 명 알거든. 따라와."

나는 씨익 웃으며 그 녀석이 있는 장소로 향했다.

왕도 중심부에 세워진 성. 그곳의 정문에 도착한 우리들.

문지기는 내가 플래티넘 통행증을 제시하며 용건을 전달하자 곧바로 통과시켜 주었다.

"이쪽이다, 알렉."

안내를 맡은 기사가 우리를 이전에 왔던 살풍경한 방으로 들여보냈다.

안에서 기다리고 있던 국왕이 팔짱을 낀 채로 우리를 돌아보았다. 오늘은 허름한 모험가 행색이 아니라 왕답게 차려입고 있었다. 왕관도 쓰고 있었다.

"나한테 직접 할 이야기가 있다고 들었다. 알렉."

"네."

"안될 거 없지. 나도 얼마 전에 무리한 부탁을 한 참이니까."

국왕이 씨익 웃으며 말했다. 이전에 엘리사의 호위를 맡아줬으니 이 정도 부탁은 가능할 것이다.

"구, 국왕 폐하시잖아?! 어떻게 된 거야, 형님!"

쥬가가 화들짝 놀라서 외쳤다. 그리고 보니 이 녀석에게는 엘리사의 호위가 국왕의 의뢰였다는 사실을 알려주지 않았었군.

"별로 대단한 건 아냐."

"에엑?"

"후후. 나와 알렉은 모험을 함께한 동료다."

그렇게 말하며 친근한 척 내 어깨를 두드리는 국왕. 함께 모험한 적은 한 번도 없는데. 뭐, 좋을 대로 말하게 놔두자.

"정말로?! 끝내준다!"

"우와아."

"폐하. 이번 긴급 미션에 관한 겁니다만, 철책이나 지하 수로의 붕괴 때문이 아닙니다."

나는 결론만 짧게 전달했다.

"뭐라고? 다른 원인이 있다는 건가?"

"네. 어느 모험가가 수로에 몬스터를 방류한 게 원인입니다."

"제길! 하마터면 어린애가 죽을 뻔했단 말이다! 무엇을 위해서 그런 짓을!"

국왕이 분노를 드러냈다. 나도 거기까지는 파악하지 못했기에 어깨를 으쓱일 수밖에 없었다.

"이유까지는 모르겠군요. 어쨌든, 우연이긴 하지만 수로에 물고기형 몬스터를 방류하는 모습을 목격했습니다. 이름과 목소리도 들었죠."

"말해라."

"상대는 귀족입니다만."

"윽. 상관없다. 너희들의 안전은 내가 보장하지."

"알겠습니다. 선더로드 클랜의 스칼렛이라는 여자였습니다."

"호오."

국왕이 턱에 손을 대고 생각에 잠겼다. 크게 놀라지는 않은 모양이었다.

"알렉, 그 목격 정보는 틀림없는 거겠지? 선더로드는 상당한 인원을 자랑하는 클랜이다. 개인적인 원한으로 싸움을 걸 생각이라면 관두라고 말해주고 싶군. 너희보다도 훨씬 커다란 규모를 가진 조직이야. 클랜의 리더인 스칼렛도 스칼렛이지만, 다른 귀족들도 뒤를 봐주고 있다. 장삿속도 좋아서 자금력도 상당하지. 대상인은 물론이고 우리와도 몇 차례 거래를 진행했던 클랜이다."

"녀석들의 방식이 마음에 안 들기는 하지만, 딱히 개인적인 원한 같은 건 없습니다."

"냄새도 그 여성분과 일치했었어요. 틀림없어요."

미나가 말했다. 결정적이군.

"……알겠다. 실은 우리도 예전에 스칼렛의 뒷조사를 한 적이 있다. 스칼렛이 던전 4층의 클리어 보수인 예티의 마석을 부정으로 입수했다는 신고를 받았거든. 참고로 당시에도 스칼렛이 속한 선더로드는 B랭크 클랜이었다."

"조사 결과는 어떻게 되었죠?"

"수확은 없었다. 확실한 증거를 잡지 못했지. 모험가 길드장에게 '선더로드'의 A랭크 승격은 엄격하게 심사하라고 전달했지만 그뿐이다."

증거가 없으면 아무 소용 없다는 뜻인가.

"알렉, 스칼렛을 조사해 봐라. 너희라면 무언가 알아낼 수 있을지도 몰라."

"보수는?"

"10만 골드. 대신이 두 눈을 부릅뜨고 있어서 말이야. 낭비할 여유가 없다."

"무기한 계약이라면 맡도록 하죠."

"그러지. 역시 거래는 정직한 상대와 하는 게 좋군. 경력을 속이는 녀석이 왕성에 드나들면 안 된다고 경비 담당자가 시끄럽거든. 그리고 긴급 미션 말이다만, 아직 완료한 모험가가 나타나지 않았다. 기대하고 있으마."

제5화
더블 조사

"좋아. 오늘은 파티를 둘로 나눠서 조사를 진행하겠어."

이번만큼은 나도 진지하게 임하기로 했다. 딱히 국왕의 부탁 때문만은 아니었다.

스칼렛의 경력 사기 의혹과 선더로드의 방식이 마음에 들지 않았기 때문이다.

어느 정도 예상은 하고 있었지만 긴급 미션은 종료된 것이 아니었다. 누군가가 전속 의뢰를 맡지도 않았다.

의뢰주인 국왕이 나에게 직접 기대한다고 말했다. 설령 길드에서 접수를 받아주지 않더라도 그 국왕이라면 보수를 제대로 지불해 줄 것이다.

"확실히 그게 좋겠어. 지하 수로는 꽤나 넓은 데다가 거미줄처럼 복잡하거든. 수로에 잠입한 몬스터를 찾아내기가 쉽지는 않을 거야."

세리나가 말했다. 하지만 조사할 대상은 지하 수로 외에도 또 있었다.

"선더로드와 스칼렛에 대해서도 철저하게 조사하겠어. 랭크 사칭과 학력 위조까지 낱낱이."

"앗! 알렉, 나를 믿어줬구나?!"

딱히 레티의 발언만 가지고 내린 판단은 아니지만 일단은 고개를 끄덕여 주기로 했다.

"맞아. 스칼렛한테는 수상한 점이 꽤 많거든."

국왕이 조사를 의뢰할 정도인 여자다.

"믿어줘서 고마워. 으헝헝!"

"윽. 됐으니까 콧물 흘리면서 달라붙지 마."

나는 레티의 머리를 밀어내 위험물을 처리했다.

"그러면 내가 선더로드와 스칼렛에 대해서 조사해 올게."

사키가 손을 들며 말했다. 적임자라고 할 수 있을 것이다. 사키는 상인들과 교류가 있는지 정보 수집이 뛰어났다.

"그래, 부탁해. 세리나도 사키와 함께 움직여 줘."

"응. 알았어."

"남은 멤버는 어제처럼 지하 수로로 간다. 단, 이번에는 팀을 나눠서 탐색을 진행하겠어."

""알았어!""

""알았어요!""

지하 수로에 다른 몬스터나 위험한 함정은 존재하지 않았다. 게다가 모험가들도 잔뜩 몰려든 상태이기 때문에 굳이 한데 뭉쳐서 이동할 필요는 없었다. 사람이 많은 곳에서 살인을 저지를 바보는 없으니 PK를 걱정할 필요도 없었다.

"좋아. 출발하자."

방에서 나와 줄줄이 계단을 내려가는 파티 멤버들. 하지만 밖으로 나가려던 그때, 카운터의 여주인이 내게 말을 걸었다.

"알렉, 너한테 편지가 왔어."

"편지?"

국왕에서 온 편지일까? 편지를 받아 내용물을 확인하니 이렇게 적혀있었다.

'선더로드의 스칼렛 님은 오스틴 마법 학교를 수석으로 졸업했음.'

"응? 이게 도대체 뭐야."

나는 황당함을 느끼며 편지를 이리저리 확인해 보았다. 하지만 겉봉투에 '길드장 버닝'이라는 서명만 적혀있을 뿐이었다. 한 줄 짜리 편지라……

"에이다. 이 편지는 길드장이 가져온 거야?"

내가 여주인에게 물었다.

"아니. 가죽 갑옷을 입은 모험가였어. 지명 퀘스트라도 받은 거야?"

"그런 편지가 아냐. 이걸 봐봐."

나는 에이다에게 편지를 넘겨 내용을 보여주었다.

"응? 이게 뭐야? 어째서 알렉한테 이런 편지를? 뭐, 대충 짐작 은 가네. 이건 '선더로드' 녀석들이 보낸 편지일 거야. 너희도 조심 하도록 해. 헐값에 전속 의뢰를 대행시키는 쪼잔한 녀석들이야."

"녀석들의 수법은 이미 알고 있어. 걱정하지 마."

"도대체 무슨 속셈일까? 견제? 협박?"

세리나가 말했다. 하지만 그건 편지를 보낸 녀석한테 물어볼 수밖에 없었다. 나와 국왕의 거래가 녀석들한테 알려진 것 같기 는 하지만, 이 편지의 내용만으로 전부 추측하기는 힘들었다. 그 러니 적당히 무시하기로 하자.

"글쎄다. 어쨌든 우리가 이 정도로 겁먹을 거라고 생각했다면 큰 오산이야."

나는 사악한 미소를 지어 보이며 여관을 나섰다.

"참. 포션을 보충해 둬야지."

문득 포션이 떨어져 간다는 것을 떠올린 나는 도구점에 들렀다가기로 했다.

"여기서 잠깐만 기다려."

"알았어."

"어이쿠, 알렉이잖아. 마침 잘 왔다."

가게로 들어가자 도구점의 주인이 씨익 웃으며 말했다.

"응?"

이 도구점에서 포션을 산 적은 있어도 이름을 댄 기억은 없었다. 세리나 다른 일행이 내 이름을 부르는 것을 들은 모양이다.

"선더로드에 대해서 조사하고 있지? 흥미로운 사실을 하나 가르쳐 주지. 선더로드의 스칼렛 님은 그 유명한 오스틴 마법 학교를 수석으로 졸업하셨대."

"뭐야. 그 이야기인가."

"유력한 귀족에게 거스르는 건 멍청한 짓이야. 현명하게 굴도록 해, 알렉."

"흥. 쓸데없는 참견이다."

나는 카운터에 포션의 대금을 내려놓고 도구점을 나왔다.

"얘, 알고 있어? 선더로드의 스칼렛이라는 사람 말인데, A랭크는 이미 따놓은 당상이라나 봐. 길드에도 연줄이 있어서 B랭크로 승격시켜 준 모험가가 한둘이 아니래. 대단하지 않니?"

"멋지다! 나, 팬이 되어버릴 것 같아! 어쩌면 이미 되어버린 걸지도!"

이번에는 2인조의 젊은 여성이 노점 앞에서 떠들어댔다.

"하……. 저 사람들도 선더로드의 멤버인 걸까?"

세리나가 길가의 쓰레기라도 쳐다보는 듯한 얼굴로 말했다.

"아닐걸. 선더로드는 부자나 고레벨의 모험가가 아니면 멤버로 받아주지 않아. 아마도 돈을 뿌려서 알바생을 고용한 거겠지. 소문을 퍼트리려고."

사키가 대답했다.

"우와, 바보 같아. 그럴 돈이 있으면 과자라도 하나 더 사먹겠다."

리리가 말했다. 그 말대로 과자나 사먹는 편이 낫겠다는 생각이 들었다. 돈으로 얻은 평판은 금세 탄로가 나버리는 법이다.

"우리는 이만 가볼게, 달링. 지하 수로, 열심히 해."

"그래."

두 사람과 헤어져 지하 수로로 내려간 우리들. 아니나 다를까, 오늘도 수많은 모험가들이 지하 수로를 배회하고 있었다.

"후, 많구나. 이러다 선수를 빼앗기겠어."

쥬가가 한숨을 내쉬며 말했다. 하지만 그건 그것대로 환영이었다. 누군가가 몬스터를 쓰러트리면 마을은 도로 안전해질 테니까. 조사의 보수라고 해봤자 1만 골드에 불과했다.

"물고기를 발견하는 즉시 퇴치해서 모험가 길드에 보고하도록 해. 굳이 나한테 확인받을 필요는 없어. 대응하기 힘든 일이 발생하면 나를 부르고. 알겠지?"

""알았어.""

""알았어요.""

내가 입구에서 대기하는 것이 가장 확실한 방법이지만, 아무것도 하지 않고 보고만 기다리면 굉장히 지루할 것 같았다. 그래서 나도 직접 돌아다녀 보기로 했다.

멤버들 중 몇 명에게 횃불을 들려준 뒤, 적당히 흩어져 지하 수로의 탐색을 개시했다.

제6화
지하 수로의 어둠

나는 [엿보기] 스킬에 의지해 어두컴컴한 통로를 나아갔다. 시야가 좁기는 했지만 직선으로 구성된 통로라서 이동하는 데 큰 문제는 없었다. 꺾어진 길도 가까이 가면 파악이 가능했다.

"하지만 이 상태로는 물고기가 접근해도 모르겠지……."

애석하게도 횃불이 없다 보니 물 안쪽의 상황까지는 파악할 방법이 없었다. 계산 착오다. 이렇게 된 이상 몬스터 퇴치는 동료들에게 맡기고 무작정 돌아다녀 보기로 했다.

"흐억! 뭐야, 사람인가. 놀라게 하지 마."

내가 횃불을 들지 않았기 때문에 뒤늦게 알아챈 모험가들이 화들짝 놀라곤 했다.

"미안."

나쁜 의도는 없었다. 나는 사과하고 가던 길을 갔다.

"헉! 휴우, 사람이구나."

"미안."

이거 은근히 재밌는걸. 나는 일부러 발소리를 죽이고 있다가 모험가가 다가오자 양팔을 펼치며 외쳤다.

"와악!"

"꺄악! 변태다!"

눈앞의 모험가 소녀가 비명을 질렀다. 겁먹은 소녀의 표정과 목소리는 참 좋구나.

"기다려. 난 수상한 사람이 아냐."

"다가오지 마!"

뒷걸음질을 치는 소녀. 마침 그때 익숙한 얼굴의 모험가가 달려왔다.

"알렉! 여기서 뭘 하는 거야."

"오오, 세리나인가. 이 애한테 내가 멀쩡한 사람이라는 걸 설명해 줘."

"불빛도 없이, 와악! 하고 외치는 사람을 멀쩡하다고 말하긴 힘들 것 같은데."

"가벼운 장난일 뿐이야. 아, 도망갔다. 내 얼굴을 보고도 도망치다니."

세리나가 횃불을 들고 있었음에도 소녀는 나를 보고 도망가 버렸다. 모험가 실격이군. 미소녀로서는 꽤나 고득점이지만.

"네 얼굴을 봤으니까 도망친 거겠지."

"잠깐, 세리나. 그게 무슨 뜻이지?"

"글쎄? 후후."

"흥. 그래서? 조사는 어떻게 됐어?"

세리나는 심약해 보이는 모험가를 한 명 데리고 있었다.

"선더로드에게 공적을 빼앗긴 모험가를 찾아냈어. 이 사람이야."

"호오. 어떤 수법이었길래?"

"자, 당신이 직접 설명해 주세요."

"아, 알겠습니다. 저희 파티는 4층에서 고생 끝에 예티를 쓰러트리고 귀환하던 도중 스칼렛 씨 일행과 마주쳤습니다. 스칼렛 씨는 자신의 말 한마디면 랭크 상승에 도움이 될 거라고 하시더군요."

"그래서 승격의 증거인 예티의 마석을 넘겨준 거야?"

나는 황당함을 느끼며 물었다.

"네. 스칼렛 씨가 국왕 폐하께 직접 말씀을 드린다고 하셨거든요. 하지만 막상 길드로 가보니 금시초문이라는 소리만 돌아왔죠……. 스칼렛 씨에게 물었더니 국왕 폐하가 바쁘신 탓이라고 하더군요. 그렇게 3개월 동안이나 아무런 소식이 없었습니다."

"속은 거야. 스칼렛한테."

내가 분명하게 말해주었다.

"역시 그랬군요……."

심약해 보이는 모험가가 어깨를 떨구며 말했다. 국왕한테 직접 물어보기라도 하던가.

"그래도 이번 일만 잘 풀리면 승격할 수 있을 테니 너무 걱정하지 마. 당신들이 세운 공적은 당신들 거니까."

세리나가 말했다. 그 말대로였다.

"그리고 길드에 보관된 의뢰 보수 기록과 왕성의 납세 기록을 대조해 봤거든? 그런데 금액 차이가 꽤 크더라고. 선더로드 클랜 녀석들, 상당한 규모의 탈세를 저지르고 있는 것 같아."

탈세라고?

"호오. 뭐, 본성은 바뀌지 않는 법이지. 사람들의 돈을 빼돌리는 녀석들이니 세금도 빼돌리는 게 당연해. 너답지 않게 제대로 조사했는걸."

"너답지 않게는 빼도 되잖아. 뭐, 대부분은 사키가 떠올린 방법이지만."

"뭐야, 그랬군. 하긴, 돈에 관해서는 까다로운 녀석이니까. 유능한 인재야."

"맞아. 나도 그렇게 생각해. 그런데 클랜에 가입한 멤버 중에 징수 담당자가 포함되어 있더라고. 아무래도 일이 커질 것 같아."

"뭐? 국가의 관리직도 클랜에 가입할 수 있는 거야?"

"응. 그런 것 같아."

"하지만 그러면 중립을 지키기 어려울 텐데."

"나한테 따진다고 뭐가 달라지나. 국왕한테 보고하는 게 어때?"

"음. 계속해서 철저하게 조사해 줘. 필요하다면 국왕에게 도움을 요청해도 좋아. 단, 국왕 본인한테 직접 보고하도록 해. 주변의 대신이나 기사 중에 선더로드의 일원이 섞여 있을지도 모르니까."

"알았어. 그 부분은 충분히 숙지하고 있으니까 안심하고. 그러면 사키한테도 그렇게 전할게."

"그래."

세리나와 헤어진 나는 이번 사안을 어떻게 처리할지 고민하며 지하 수로를 걸어갔다. 뭐, 조사 결과만 왕에게 직접 보고하면 되겠지. 상대는 기사를 우르르 몰고 다니는 귀족이다. 정면 대결은 삼가는 편이 좋았다.

　"우와. 좀비인 줄 알았더니 변태 아저씨였네!"

　횃불을 든 분홍 머리의 꼬맹이가 화들짝 놀라서 외쳤다.

　"리리. 나를 변태 아저씨라고 부르는 것 좀 그만둬라."

　"하지만 변태 아저씨가 맞는걸."

　"흥. 말하는 걸 보아하니 아무것도 발견하지 못한 모양이네."

　"아니. 발견했는데?"

　"발견했다고? 뭐를?"

　"가만히 앉아서 수로를 쳐다보고 있었는데, 안쪽에서 검은 그림자가 스윽 지나갔어."

　"호오. 물고기였어?"

　"아니. 훨씬 더 커다랬어!"

　"오호라."

　그렇다면 몬스터라고 봐도 무방할 것이다.

　"잘했어, 리리. 다른 녀석들한테도 전해줘."

　"응. 그리고 내 슬링샷 말인데. 횃불을 든 채로 싸울 수가 없어서 불안해."

　"횃불을 잠시 내려두고 싸우면…… 아니다. 이참에 새로운 무기를 하나 장만하러 가자. 던전에서도 통할 만한 걸로."

　"응! 갈래!"

나는 리리를 잠시 데리고 나와 무기점으로 향했다.

"주인장, 이 녀석이 한 손으로 사용할 만한 원거리 무기가 있을까?"

"으윽. 이 꼬맹이가 사용할 만한 한 손 무기라고? 심지어 원거리로?"

무기점의 우락부락한 대머리 주인장이 리리를 보더니 얼굴을 찌푸렸다. 하긴, 어려울 만도 했다. 장창같이 리치가 긴 무기는 상당히 무겁다고 들었다.

"맞다. 신 녀석이 사용하던 보우건은 어때?"

"뭔가 복잡해 보여서 싫어."

까다로운 녀석 같으니.

"오! 그러면 이건 어떨까? 창관에서 발주가 들어와서 양산해 본 건데."

주인장이 안쪽에서 새까만 채찍을 들고 왔다.

리리는 주인장에게 건네받은 채찍을 내게 휘둘렀다. 찰싹!

"아얏!"

"아하하! 이거 재밌다! 이걸로 할래~."

"그래? 그러면 사줄 테니까 파티원한테는 휘두르지 마라."

나는 분노 가득한 미소를 지으며 말했다.

"뭐어? 시시해."

도대체 무기를 뭐라고 생각하는 거람.

제7화
어둠 속에서

리리는 그 이후로도 나한테 채찍을 휘두르며 장난을 쳤다. 결국 "채찍을 함부로 휘두르는 못된 아이는 필요 없어"라고 파티 제명까지 암시하고 나서야 리리는 채찍질을 멈추었다.

지하 수로로 돌아오니 쥬가가 입구에 앉아 기다리고 있었다.

"오! 형님! 발견했어! 검은 그림자야. 얼른 와!"

리리뿐만 아니라 쥬가도 그림자를 목격한 모양이었다.

"잘했다. 안내해 줘."

"알았어. 이쪽이야!"

이윽고 쥬가가 그림자를 목격한 장소에 도착했지만 그곳에는 아무것도 없었다. 심지어는 수로의 물조차도.

"젠장, 도망친 건가. 미안해, 형님."

"아니. 신경 쓰지 마."

"오오, 그래도 물이 없어져서 수로 바닥이 훤히 보여! 꺄하핫!"

리리가 재밌다는 듯이 말했다. 하지만 이곳은 왕도의 배수로다. 사라진 물은 도대체 어디로 간 걸까?

만약 수로 어딘가에 구멍이 뚫려있고, 그 구멍이 '돌아올 수 없는 미궁'과 연결되어 있다면…… 말 그대로 대사건이었다. 어째서인지 던전의 몬스터가 지상에 출몰하는 일은 없지만, 지하 수로도 그렇다고 단정할 수는 없었다. 그리고 세리나와 피아나의 이야기에 따르면 수십 년에 한 번씩 '대공황'이라고 불리는 사건이 발생해 던전의 몬스터가 지상으로 범람한다고 한다. 던전 입구에 상시 네 명의 병사가 배치되어 있는 것은 안으로 들어가는 모험가들을 체크하려는 목적도 있지만, 동시에 몬스터가 밖으로 나오는 것을 감시하기 위함이기도 했다.

"좋아. 리리, 넌 다른 멤버들을 찾아서 이 사실을 알려줘."

"알았어!"

"쥬가. 우리는 상류로 가자."

"그래, 가보자고!"

나는 횃불을 든 쥬가와 함께 상류 방향으로 달려갔다. 솔직히 어느 쪽이 하류고 어느 쪽이 상류인지는 나도 모르지만, 확률은 반반이다. 우선은 진행 방향부터 확인하기로 했다.

"쥬가. 너무 무리하진 마."

내가 옆에서 달려가는 쥬가에게 말했다. 쥬가의 의족이 신경 쓰였기 때문이다.

"헷. 나를 뭘로 보는 거야. 의족이라면 공방 아저씨가 완벽하게 개조해 줬다구! 그러니 걱정할 거 없어!"

씩씩한 녀석이다. 나중에 피아나한테 힐이나 한번 받으면 충분할 것이다.

"알렉!"

"알렉 씨!"

도중에 횃불을 든 루카와 피아나가 합류했다. 두 사람도 수로를 따라서 상류로 향하는 중이었던 모양이다. 시선을 교환하며 고개를 끄덕인 우리는 계속해서 달려나갔다.

"주인님!"

미나도 합류.

"뭐야? 뭐야?"

"헹, 저렇게 뛰어다니면 금방 지쳐 쓰러질걸."

달리는 도중에 몇 명의 모험가와 스쳐 지나갔다. 저 녀석들은 너무 태평했다. 단 한 명만이 승리하는 게임에서 찬스가 찾아왔다면 모든 것을 걸고 전력으로 임해야 했다. 그래야만 이길 수 있으니까. 라이벌이라면 발에 치일 정도로 많았다. 우리보다 먼저 흔적을 발견하고 추적 중인 녀석들도 있을 게 분명했다.

"여어, 알렉. 바쁘게 어딜 가시나. 아하, 뭔가 발견한 모양이군?"

머리에 파란색 반다나를 두른 모험가가 나를 보더니 씨익 웃었다. 견인족인 랄프였다.

"전혀. 아무것도 못 찾아냈어."

일단 얼버무리긴 했지만 랄프도 이미 수로의 변화를 눈치챘을 것이다. 그리고 예상대로 우리의 뒤를 쫓아오기 시작했다.

"핫, 거짓말 마, 알렉. 아무것도 못 찾았으면 달릴 이유가 없잖아. 이중에는 탐색을 하느라 밤을 샌 녀석들도 있다고. 너희는 돈도 많잖나. 1만 골드짜리 의뢰에 죽기살기로 달려들면 쓰나. 우리도 먹고살아야지."

"흥. 내가 알 바 아니야. 돈이 많든 적든 그딴 건 관계없어. 나는 선더로드 녀석들한테 한 방 먹여주고 싶을 뿐이다."

"헤에. 그건 좀 멋진걸. 나도 그 녀석들이 마음에 안 들거든. 알고 있어? 이번 긴급 미션의 의뢰주는 국왕이지만 왕성에 정보를 제공한 건 선더로드라는 거. 피해자 소년의 가족들보다도 빠르게 보고를 올렸단 말이지. 뭔가 이상하지 않아?"

"윽, 그렇군. 물고기 몬스터를 직접 방류한 다음, 발견한 공로까지 어필하기 위해 긴급 미션이라는 자작극을 펼친 건가……."

스칼렛이 어째서 몬스터를 방류했는지 의아했었는데 다 이유가 있었던 모양이다.

"뭐라고? 스스로 몬스터를 방류한 건가. 그 자식들…… 너무하네. 응? 킁킁…… 이거 위험한데. 알렉, 협력해 줄까 했지만 나는 이쯤에서 물러나겠어. 조심해라."

의욕을 보이던 랄프가 무슨 냄새를 맡더니 급하게 멈춰 섰다. 그 이유는 같은 견인족인 미나가 가르쳐 주었다.

"주인님, 앞쪽에서 인간의 피 냄새가 나요. 그것도 여러 명."

"이런. 강력한 몬스터가 있는 건가? 다들 경계해 둬."

""네.""

"알았어!"

랄프는 나보다도 신중한 성격이라 미션을 포기해 버렸지만, 우리에게는 [감정] 스킬이 있다. 포기는 상황을 확인한 다음에 해도 늦지 않았다.

"형님, 저기 사람이 있어! 젠장. 선수를 빼앗긴 건가!"

수로 반대편에서 2인조 모험가를 발견한 쥬가 분하다는 듯이 말했다.

"아니, 저건 이오네와 네네다."

"오오! 이봐, 너희들!"

"앗, 알렉 씨!"

"아으아."

"꾸엑!"

두 사람과 한 마리의 짐승은 통로에 서서 무언가를 경계하고 있었다. 우리도 그들과 합류해 전방을 바라보았다.

그러자 앞길을 가로막은 새까만 그림자가 보였다.

"저게 뭐야? 어두워서 잘 안 보여!"

"리리. 랜턴을 더 높이 들어봐."

"그럴 필요 없어."

""레티!""

옆쪽 통로에서 나타난 레티가 보석이 박힌 로드를 천천히 휘둘렀다.

"데네브, 오리온, 카시오페아, 케페우스……. 짙은 어둠을 걷어내고 샛별처럼 찬란한 빛으로 우리가 나아갈 길을 비추어라. 스타라이트!"

영창이 끝나자 몇 개의 불빛이 천장을 수놓으며 새까만 그림자의 정체를 폭로했다.

"저건!"

제8화
괴생명체

지하 수로에서 꿈틀거리는 검은 그림자. 그것은 여러 마리로 이루어진 피라니아 무리였다.

개체수가 어찌나 많은지 통로를 가득 메워버릴 정도였다. 더는 움직일 공간도 없어서 파닥파닥 날뛰고 있었다.

'야호, 맛있는 냄새! 인간이다!'

네네의 공감력 스킬이 발동했다. 좁아서 움직이지도 못하는 주제에 기뻐하는 꼴이라니. 태평한 물고기들이다.

⟨이름⟩ 블랙 피라니아 ⟨레벨⟩ 24
⟨HP⟩ 692/820   ⟨상태⟩ 산소 결핍
[해설]
별명, 식인 물고기.
백만 배로 희석한 피 냄새도 맡을 수 있으며, 미약한 전류를 감지해 심해에서도 사냥감을 찾아내는 우수한 사냥꾼.
동족상잔을 통해서 증식한다.
매우 사나운 성격으로 무엇이든 먹어치움.
굉장히 공격적.

증식하는 물고기라니. 선더로드 놈들도 귀찮은 몬스터를 풀어 놨구나.

"레벨은 24다! HP가 높으니 조심해."

""알겠어!""

""알겠어요!""

날카로운 이빨을 지니고 있으니 기본적으로는 좀비처럼 상대

하기 까다로운 몬스터일 것이다. 레벨도 우리들과 크게 차이가
나지 않았다.

하지만.

이곳에는 물이 없었다.

뭍에 올라온 물고기 따위. 두려워할 대상이 아니었다.

심지어 서로 부대껴서 움직이지도 못하고 있었다. 그렇다면 허
수아비나 다름없었다.

"받아라!"

"하압!"

"으랴아!"

"수조검, 생선 가르기!"

"주종의 맹약 아래 고하노라. 분노의 마신 이프리트여, 날카로
운 업화가 되어 적을 멸하라! 플레임 스피어!"

일행들이 공격이 차례차례 명중했다.

순조롭다. 이대로 밀어붙인다면 이길 수 있다.

내가 그렇게 판단한 순간이었다.

피라니아 한 마리가 소멸하는가 싶더니, 그곳에서 대량의 물이
뿜어져 나왔다.

"앗, 물이!"

그랬다. 수로를 틀어막고 있던 피라니아를 쓰러트리면 무슨 일
이 일어나는가.

결론은 하나밖에 없었다.

"위험해. 놈들이 물속에 들어가면……!"

피라니아들이 활개를 칠 건 뻔할 뻔자였다. 하지만 동료들에게 어떤 지시를 내려야 할지 아직 판단이 서질 않았다.

"으엇! 젠장, 이 자식!"

아니나 다를까, 급류에 휩쓸린 쥬가 한순간 비틀거렸다. 그리고 피라니아는 기다렸다는 듯이 물속에서 튀어올라 쥬가를 습격했다.

"쥬가! 그렇게는 안 되지! 하앗!"

옆에 있던 루카가 바스타드 소드를 휘둘러 피라니아를 두 동강 냈다.

"오오. 덕분에 살았어, 루카. 고마워."

"됐어. 그보다 조심해! 이 녀석들, 물에 들어가자마자 엄청 민첩해졌어!"

그야말로 물 만난 물고기였다. 수로의 물은 이미 우리의 허리까지 차올랐고, 활개를 치기 시작한 피라니아들과 달리 우리는 움직이기도 버거워졌다. 이 와중에도 수위는 계속해서 높아지고 있었다.

"다들 수로에서 나와!"

나는 빠르게 결단을 내렸다. 아직 전위조가 안에서 싸우고 있었지만, 물이 머리까지 올라오기 시작하면 호흡 때문에 제대로 싸우지도 못할 것이다.

""알았어!""

먼저 물 밖으로 나온 멤버가 손을 뻗어서 다른 동료들을 끌어올렸다.

마지막 멤버가 수로를 빠져나온 순간, 허공에 '따닥!' 하고 피라니아의 이빨 부딪치는 소리가 울려 퍼졌다.

"좋아. 다들 올라온 거지? 그러면 비장의 주문을 선보여 줄게!"

"레티. 무슨 마법을 사용하려고?"

내가 만약을 위해서 물었다.

"뻔한 걸 왜 물어. 물속의 적을 쓰러트리려면 당연히 전기 공격이지!"

"오호라. 알겠어, 해치워 버려."

레티가 지팡이로 룬을 그리자 푸르스름한 마력이 그녀의 주변으로 모여들기 시작했다.

"질투에 눈이 먼 번개여, 그대의 적이 코앞에 있노라! 푸른 번개로 추악한 본능을 꿰뚫어라! 다차 아크 테슬라!"

레티의 로드에서 푸른색의 굵은 번개가 뿜어져 나와 물속으로 파고들었다. 그러자 블랙 피아니아들은 견디지 못하고 하나둘씩 연기가 되어 소멸했다.

남은 것이라고는 피라니아에게서 드롭된 아이템뿐.

훌륭하다. 이제 수로의 몬스터는 전멸했을 것이다.

"클리어!"

"좋아. 이제 길드에 보고하는 것만 남았군."

우리가 달성감을 느끼며 기쁨을 나누려던 그때였다.

"후후. 아뇨, 낫싱. 그럴 필요는 없어요."

뒤쪽에서 즐거움에 찬 목소리와 함께 선더로드 클랜의 멤버들이 모습을 드러냈다.

스칼렛인가. 기사에게 둘러싸인 잔머리 여왕님의 등장이다.

"뭐? 그게 무슨 뜻이야!"

레티가 스칼렛을 보자마자 따지고 들었다.

"진정해요. 그렇게 흥분, 익사이트할 거 없어요. 보수는 저희 선더로드가 지불하죠. 여러분도 귀찮은 절차는 생략하고 싶잖아요? 컨비니언트, 스피디, 그리고 윈윈이 저희들의 모토랍니다."

스칼렛의 달콤한 제안에 나는 씨익 웃으며 대꾸했다.

"그렇게 보수를 빼돌리려고?"

"이 자식!"

"스칼렛 님을 모욕할 생각이냐!"

호위 기사들이 분개해서 외쳤다. 하지만 이번 의뢰를 해결한 건 우리들이다. 이 공적을 양보할 생각도 없거니와, 겁을 먹을 필요도 없었다. 이 녀석들한테는 탈세 용의까지 있으니까.

"자자, 진정들 해요. 국왕이 제안한 보수는 금화 한 닢, 1만 골드였죠. 길드에 확인해 봐도 좋아요. 그러니 이 자리에서 1만 골드를 지불하도록 할게요."

흠, 스칼렛도 이번만큼은 보수를 후려칠 생각이 없는 모양이었다. 국왕이 내건 의뢰니 돈보다는 평판과 인맥이 중요하다는 뜻인가.

하지만 우리에게는 아무런 메리트가 없었다. 모험가 길드에 들르는 수고쯤 대단한 것도 아니었다.

그러니 내 대답도 정해져 있었다.

"거절하지."

"뭐, 뭐라고요?!"

스칼렛을 포함한 선더로드의 멤버들이 놀란 표정을 지었다. 거절할 것이라고는 생각하지 못했던 모양이다. 나를 너무 얕봤군.

"잘 생각해서 대답하세요. 저희는 국왕과도 친분이 있는 대형 클랜이에요. 저희한테 빚을 만들어 두면 당신들한테도 이득이 돌아올지 몰라요."

"구미가 안 당기는걸."

"뭐라고!"

"이 자식!"

"너희가 국왕 폐하와 사이좋게 지내고 싶으면 그렇게 해. 대신에 우리도 우리들 마음대로 하겠어. 이 거래는 결렬이다."

"흥. 그러시군요. 후회하실 거예요. 저희는 곧 A랭크로 승격할 예정인……."

"후후."

나는 무심코 코웃음을 치고 말았다. 스칼렛의 몰락은 이미 예정된 사실이기 때문이다.

"이 자식, 뭐가 웃기냐!"

"이제 곧 B랭크 자격도 반납할 녀석이 당당하게 떠들길래 그만. A랭크 승격도 이번 긴급 미션을 자력으로 해결했을 때의 얘기잖아."

도중에 [감정] 스킬도 사용해 봤지만 이러한 결과가 나왔다.

〈이름〉 스칼렛 〈연령〉 27
〈레벨〉 22   〈클래스〉 귀족
〈종족〉 인간 〈성별〉 여자
〈HP〉 211/211 〈상태〉 건강
[해설]
그랑소드의 귀족.
선더로드 클랜의 리더.
C랭크
오스틴 마법 학교를 평범한 성적으로 중퇴.
그랑소드의 지하 수로에 어류 몬스터를 방류한 전과가 있음.
우아한 성격. 활동적.

"뭐라고?!"
"아무런 근거도 없는 소리를!"
"근거라면 있어!"
뒤쪽에서 사키의 목소리가 울려 퍼졌다.

제9화
결집

모습을 드러낸 사키는 수많은 모험가들을 데리고 있었다.
"뭐죠, 당신들은……."
"이봐, 스칼렛. 내 얼굴을 잊어버린 건 아니겠지! 얼른 예티의 마석을 돌려줘!"

모험가 중 한 명이 말했다. 세리나가 데려왔던 녀석과는 다른 인물이었다. 피해자가 한둘이 아닌가 보군.

"어흠. 그건 이미 국왕 폐하께 넘겨드렸어요. 지금 저한테는 없답니다."

"호오, 국왕한테? 그건 거짓말이 확실하군. 나는 예티의 마석 같은 걸 받은 적이 없거든."

한 남성이 앞으로 걸어 나와 말했다. 모험가로 변장 중이던 국왕이었다.

"폐, 폐하……!"

스칼렛도 국왕의 얼굴을 알아본 모양이었다.

"스칼렛. 너희들이 저지른 부정한 행각들은 이 귀로 확실히 들었다. 이렇게 많은 증인들이 있으니 틀림없겠지. 부정 승격과 탈세, 그리고 무엇보다 모험가의 공적을 가로채는 천인공노할 짓을 저지르다니. 심지어 마을에 몬스터까지 반입한 너는 귀족을 칭할 자격이 없다. 따라서 네 작위와 영지를 몰수하도록 하겠다! 알겠나?"

"자, 잠시만요. 무언가 착각하신 겁니다!"

"흥. 증거가 모든 것을 말하고 있다. 볼썽사납구나. 그리고 피해자들은 왕성의 병사 대기실로 오도록. 그곳에서 랭크를 인정해 주도록 하겠다."

국왕은 그렇게 말한 뒤 물러났다.

"이럴 수가. 길드와 국왕 폐하의 비호를 받는다는 말이 전부 거짓말이었다니……! 스칼렛 님. 저는 오늘부로 클랜에서 탈퇴하겠습니다."

"저도. 설마 이런 클랜이었을 줄이야. 내 명예도 땅에 떨어졌군. 젠장, 속았어!"

스칼렛을 호위하던 기사 중 몇몇이 분노를 표출하며 자리를 이탈했다.

그 모습을 멍하니 바라보던 스칼렛은 이를 바드득 갈더니 나를 매섭게 쏘아보았다.

"당신이 쓸데없는 짓을 하는 바람에……!"

"자업자득이다. 내가 나서지 않았어도 금세 들통났을걸."

"맞아, 맞아."

"입 다물어요! 여러분, 저 남자를 처치하세요! 후후, 이참에 피해자들까지 모조리 없애버리면 선더로드의 앞길은 탄탄대로입니다. 자, 해치워 버리세요!"

"예!"

남아있던 기사들이 내게 달려들기 시작했다.

하지만 랭크를 조작하던 녀석들을 두려워할 필요는 없었다. 게다가 이쪽에는 피해자들을 포함한 많은 조력자가 있었다.

정정당당하게 B랭크로 인정받은 '바람의 검은 고양이' 멤버들이 밀릴 턱이 없었다.

"마음대로 되지는 않을걸요. 수조검, 뻐꾸기 베기!"

"주인님께는 손가락 하나 못 댑니다!"

이오네는 공격해 들어오는 기사들에게 카운터를 작렬시켰고,

미나도 간단하게 기사들의 검을 튕겨냈다.

"으윽!"

"으아악!"

"이, 이럴 수가⋯⋯."

결국 호위 기사들은 허무하게 전멸해 버렸다. 홀로 남겨진 스칼렛은 새파랗게 질린 얼굴로 털썩 주저앉았다.

"어이. 얼른 마석을 내놔!"

모험가들 중 한 명이 스칼렛의 로브를 들추었다.

"꺅! 지금은 없다고 했잖아요. 그, 그만둬요!"

"헤헤. 스칼렛 당신, 생각보다 괜찮은 몸매를 가지고 있는걸."

"무, 무슨 소리를. 저리 가세요!"

모험가들이 하나둘씩 몰려들어 스칼렛의 옷을 벗기려 들었다.

"저리 가라고 했죠!"

"아얏!"

스칼렛도 지팡이를 휘두르며 저항했다.

"아, 알렉. 어떻게 하지?"

세리나가 당황한 얼굴로 내게 물었다.

"내버려 둬. 마석이 없으면 몸으로라도 갚아야지. 잘하면 피해자들도 기분이 풀려서 용서해 주지 않을까. 이게 바로 윈윈이지."

"그, 그런가?"

"너희들. 내가 벗겨줄 테니까 잠깐 비켜봐."

그렇게 말하며 모험가들을 헤치고 나아간 나는 스킬을 발동시켰다.

"갑옷 벗기기!"

"꺄악!"

쉽군. 나는 스칼렛의 로브를 벗겨 속옷 차림으로 만들었다.

"자, 돌아가자."

"그래도 저건 좀……."

"말려야 된다고 생각하면 전부 해치워 버리던가."

"하지만 저 사람들은 피해자인걸. 우와, 벌써 넣었어."

"노우! 빅 사이즈! 넣으면 안 돼애!"

"자, 나는 입으로 해줘."

"안 되겠네. 말리긴 글렀어. 이대로 있다가는 우리까지 피해자
가 되어버릴걸. 얼른 돌아가는 게 좋겠어. 자, 쥬가도 그만 구경
하고 가자."

"아, 알았어."

그렇게 우리는 스칼렛의 신음 소리가 울려 퍼지는 지하 수로를
빠져나왔다.

여관으로 돌아온 나는 미나의 도움을 받아 장비를 벗는 중이었
다. 그런데 그때 노크 소리가 들렸다.

"열려 있어."

"알렉, 나야……."

"나도 왔어."

세리나와 사키가 안으로 들어왔다.

"무슨 용건이야?"

나는 한시라도 빨리 미나와 즐거운 시간을 보내고 싶었다.

"실은, 방금 전의 광경을 봐버렸더니…… 그런 플레이도 나쁘지 않을까 싶어서."

세리나가 얼굴을 붉히며 우물쭈물거렸다.

"뭐? 수많은 남자한테 당하고 싶다는 거야?"

"그, 그게 아니라. 어디까지나 그런 분위기를 맛보고 싶다는 이야기야."

못 말리는 녀석일세.

"후후. 어울려 주는 게 어때, 알렉. 나도 마침 강제 플레이가 하고 싶어졌거든. 우선은 기다리다 지친 세리나부터 시작해 볼까. 미나도 끼도록 해."

"아, 알겠습니다."

"누, 누가 기다리다 지쳤다는 거야."

"거짓말 마, 세리나. 여기를 마구 헤집어 주기를 바라고 있잖아."

내가 세리나의 미니 스커트 밑으로 손을 집어넣으며 말했다. 아니나 다를까 속옷이 흥건하게 젖어 있었다.

"아앙♥"

몸을 움찔하면서 달콤한 신음 소리를 내는 세리나.

"그러면 옷부터 찢어볼까."

"자, 잠깐만, 사키. 이거 마음에 드는 옷이란 말야. 먼저 갈아입고 올게!"

"괜찮아, 괜찮아. 그래서 더 달아오를 테니까."

"어? 그, 그런 거야?"

"물론이지."

"그래도 역시 갈아입는 편이. 아앗, 내 옷!"

나와 사키, 미나는 세리나를 둘러싸고 그녀의 옷을 갈기갈기 찢어나갔다.

"꺄악! 살살해 줘!"

"후후. 괴롭히는 쪽도 의외로 즐거운걸."

"그, 그러게요."

사키와 미나도 금단의 지식에 눈을 뜨기 시작한 모양이었다.

속옷 차림이 된 세리나는 얼굴에 홍조를 띤 채로 자신의 가슴을 가리고 있었다.

"그러면 나는 가슴을 공략할 테니까 달링은 입으로 즐겨봐. 펠라치오 말고 이라마치오 같은 걸로. 그래야 강제로 하는 기분이 나잖아."

스칼렛이 당했던 그 플레인가.

"좋아."

나는 우선 옷을 벗었다. 그런 다음 입을 벌린 채 기다리는 세리나의 머리를 덥석 움켜쥐고 물건을 삽입했다. 다소 강압적인 삽입이었다.

"으읍, 음으으읍!"

"괴로우면 바닥을 쳐."

나는 그렇게 말하며 허리를 움직이기 시작했다.

"그나저나 뭘 먹으면 이렇게 야한 가슴이 달리는 거야?"

"솔직히 좀 부러워요."

세리나는 눈을 질끈 감고 세 사람의 공세를 견뎌냈다. 할 말이 있는지 뭐라고 웅얼거렸지만 전혀 알아들을 수 없었다. 바닥을 치지는 않았기 때문에 이대로 속행하기로 했다.

누군가가 지금의 세리나를 보았다면 세 사람에게 유린당하는 불쌍한 소녀라고 생각했을 것이다. 하지만 그 소녀의 젖꼭지는 양쪽 모두 발딱 서 있었고, 혓바닥은 내 물건을 쉴 새 없이 핥아대고 있었다. 겉모습만 보고 판단하면 안 되는 법이다.

"으읍! 으읍!"

세리나가 큰 소리로 웅얼거렸다. 하고 싶은 말이 있는 모양이다. 나는 일단 세리나의 입에서 물건을 뽑아주었다.

"뭔데, 세리나."

"이, 이거 엄청나게 기분 좋아⋯⋯!"

"우와. 괴로워서 그러는 줄 알았더니."

"기, 기분 좋으셨군요⋯⋯."

"우리도 이따가 해달라고 하자."

"앗, 네."

미나는 불안과 기대가 교차하는 표정을 지었다.

"좋았어. 이참에 페니반을 착용해 볼까."

사키가 말했다. 그러고는 어디서 구해 왔는지 딜도가 부착된 검은색 팬티를 장비했다.

"자, 잠깐만. 그, 그게 뭐야⋯⋯?"

놀라면서도 군침을 꿀꺽 삼키는 세리나.

"사키. 너는 그걸로 뒤쪽에서 세리나를 박아줘."

"오케이!"

그리고 나는 세리나의 입을 맡았다.

당사자가 기분 좋다고 말했으니 나도 더 이상 눈치를 볼 필요가 없었다. 나는 세리나의 목구멍 깊숙이 물건을 박아 넣었다.

"으븝, 알렉! 콜록, 너무 깊…… 아앙! 끄윽!"

얼굴을 새빨갛게 물들인 채로 괴로움과 쾌락의 경계에서 몸부림치는 세리나.

"좋아, 슬슬 가겠어."

나 또한 충분히 달아오른 상태였기에 라스트 스퍼트에 돌입했다.

"으급! 으윽! 흐읍! 안 돼, 이대로, 가다가는, 나, 으브읍!"

"크윽!"

나는 치밀어 오르는 쾌락의 파도를 그대로 분출시켰다.

"응으으으으으으으읍! 으극, 끄윽♥"

세리나의 질식할 것만 같은 비명이 울려 퍼졌다. 두세 차례 경련하며 절정에 달한 세리나는 꼴사납게 입을 벌린 채 행복한 얼굴로 기절해 버렸다.

"우와. 달링, 다음은 내 차례야. 얼른, 얼른."

"서두르지 마."

그리고 잠시 후. 이 플레이에 빠지면 위험하다고 생각하면서도 사키의 옷을 찢기 시작하는 내가 있었다.

에필로그
생선 요리

그로부터 사흘 뒤. 선더로드의 관계자들을 대상으로 대규모 세무 조사가 진행되었다는 보고가 들어왔다. 파티 랭크도 F랭크로 격하되었다고 한다. 당연한 결과였다. 다른 사람의 공적을 가로채도 된다면 랭크를 매기는 의미가 없으니까. 나도 모험가들 중 한 사람으로서 용납할 수 없었다.

"알렉, 사키가 요리를 다 완성했대."

세리나가 방으로 찾아와 나를 불렀다.

"그래. 지금 갈게."

여관의 식당으로 향하자 검은 고양이 군단이 한자리에 모여있었다. 다들 포크와 숟가락을 양손에 쥐고 앞으로 나올 요리를 고대하고 있었다. 보수로 얻은 고급 식재료라고 들었는데, 과연 무슨 요리가 나올까.

"자, 오래 기다렸지."

""우와! 드디어! 밥이다!""

서른 명에 달하는 남정네들이 식당이 떠나가라 소리쳤다. 이 녀석들한테 고급 식재료는 안 어울리는데. 뭐, 그래도 인간이라면 누구나 맛있는 음식을 먹을 권리가 있다. 맛없는 밥을 좋아하는 사람은 없었다.

"알겠지. 형님이 허락하기 전까지는 절대로 먹지 마."

쥬가가 또 괜한 소리를 하기 시작했다. 그래도 좀처럼 구경하기 힘든 식재료니 목소리에 힘이 들어가는 것도 이해가 갔다. 오늘 정도는 기강을 잡게 놔두기로 하자.

"'예!'"

"자, 오늘의 저녁 메뉴는 전부 세 종류야."

사키가 말했다. 나도 그중에 하나는 보자마자 알 수 있었다.

"아, 쌀밥이네."

같은 일본인인 세리나도 곧바로 알아챈 모양이다.

"맞아. 이 요리에는 쌀밥이 가장 어울릴 거라고 생각했거든. 간장도 있어."

"헤에, 기대되는걸."

"간장이 뭐야?"

알고 있는 사람은 싱글벙글 웃었고, 모르는 사람은 아리송한 표정으로 검은색 조미료가 든 병을 바라보았다.

"오늘의 메인 디쉬 1탄은 생선 요리야! 회라고 부르지."

"오오!"

"하지만 이거 날것이잖아?"

"으악, 진짜네."

"먹어도 괜찮아! 원래 그런 음식이야."

"오오, 이게 회구나. 맛있어 보이는데!"

"주릅!"

먹보인 쥬가와 리리는 벌써부터 기뻐했다.

"자자, 얼른들 먹어!"

"좋아. 다들 먹자."

"'예!'"

나도 젓가락으로 회를 한 조각을 집어 입으로 가져갔다.

이 부드러운 식감. 그리고 간장의 감칠맛. 역시 회는 따끈따끈한 밥과 어울렸다.

"음, 맛있다!"

"이거 맛있네."

"맛있어!"

검은 고양이 군단은 날것이고 뭐고 무작정 먹어치우며 "회라는 건 맛있는 거구나."라고 감상평을 늘어놓았다. 연어부터 참치, 방어까지 종류도 다양했다.

"와사비와 마요네즈도 있으니까 필요하면 불러."

그렇게 우리는 소스까지 곁들여 메인 디쉬를 깔끔하게 먹어치웠다. 후우.

"다음은 샥스핀 수프야."

"호오."

눈앞에 놓인 홍차색 수프가 정말로 샥스핀 수프였을 줄이야. 샥스핀이라는 단어에서부터 고급스러운 느낌이 팍팍 느껴졌다. 일본에서는 1킬로에 수만 엔에 달하는 고급 식재료였다.

은은하게 피어오르는 수증기와 식욕을 자극하는 냄새. 수프를 움켜쥔 손에 무심코 힘이 들어갔다. 중앙에는 큼지막한 상어 지느러미가 들어가 있었다. 박력 넘치는 볼륨감이다. 식감도 훌륭해 보였다. 숟가락으로 투명한 상어 지느머리를 건져 올리자 젤리처럼 간단하게 분리되었다. 상당히 공을 들여서 익힌 모양이다. 우선은 한 입 먹어보기로 했다.

"……오오."

담백하고 깔끔한 풍미가 입 안에 퍼져 나가고, 상어 지느러미가 혓바닥 위에서 녹아내렸다. 하지만 수프를 삼키고 나자 목구멍에 농후한 여운이 감돌았다. 실로 인상적인 경험이었다.

나는 자기도 모르는 사이에 숟가락을 움직여 두 번째 상어 지느러미를 건져 올렸다.

다른 사람들도 말수가 부쩍 줄어든 것이 느껴졌다. 다들 숟가락을 움직이느라 바빴다.

"으아아~ 다 먹어버렸다~!"

"더 없나?"

식사가 끝나자 모두가 부족함을 호소했다. 배가 다 찼음에도 아쉬움을 느낀 것이다. 그만큼 맛있었다는 뜻이다.

"미안해. 이게 다였어."

"쳇, 어쩔 수 없지. 그래도 엄청 맛있었어! 사키!"

"'맞아요! 고맙습니다! 사키 누님!'"

"됐어. 이건 보수로 얻은 식재료잖아. 바람의 검은 고양이 클랜의 특권이야."

사키가 씨익 웃으며 말했다. 그 말대로였다. 특별한 보수가 있기에 사람은 분발할 수 있는 것이다.

"'오오!'"

"하아, 맛있었다. 진미라고 하니까 생각났는데, 해삼도 괜찮지."

"오징어도 맛있어."

"나는 연어알이 먹고 싶어~."

"저는 매실 장아찌가 먹고 싶네요."

빵빵해진 배를 어루만지며 화기애애하게 이야기 꽃을 피우는 파티 멤버들.

그렇게 조금 특별하고 행복한 하루가 저물어 가고 있었다.

제9장 공포의 마도구

프롤로그

대마왕

 그랑소드 국왕의 호위 의뢰와 조사 의뢰라는 두 개의 임무를 무사히 완수해 낸 우리들. 그렇게 우리가 얻은 보수는 도합 61만 골드에 달했다.

 멤버 전원에게 고급 요리까지 제공하면서 살짝 부자가 된 기분까지 맛보았다.

 하지만 멤버 수가 늘어난 만큼 개개인에게 떨어지는 돈은 10분의 1에 불과했다. 결국 내 수중에 들어온 금액도 5만 골드밖에 되지 않았다.

 아니, 일주일에 만 단위의 골드를 벌어들이는 모험가는 흔치 않으므로 '밖에'라는 표현을 사용하는 건 사치였다.

 하지만 좋은 장비를 갖추려면 더욱더 큰 돈을 벌어들여야 했다. 그만한 돈을 벌어들이려면…….

 답은 투기장이다.

"제길! 기대받는 신성은 개뿔! 잔뜩 손해만 봤네!"

 나는 반성했다. 나한테 도박의 재능은 없었던 것이다.

 아니, 애초에 도박의 재능이라는 것은 존재하지 않는다. 도박에서 요구되는 능력은 이겼을 때 그만둘 수 있는 사고력 정도다.

그건 그렇고, 투기장에서 1만 골드를 날린 것은 뼈아팠다. 처음에는 100골드부터 신중하게 시작했는데, 놀랍게도 그 금액이 두배로 불어나 200골드가 되었다.

심지어 세 번 연속으로 대박이 나면서 최종적으로는 5천 골드까지 불어났다. 처음 베팅액의 50배에 달하는 금액이었다.

하지만 그 초심자의 행운이 화근이었다.

잘하면 누워서 돈을 벌 수 있겠는데? 라고 생각한 순간 게임은 끝난 것이었다. 베팅액이 커지고, 잃은 돈을 만회하려다가 다시 또 잃고.

어쨌든 두 번 다시 도박에 손대지 않을 생각이다.

그렇게 몇 번째인지 모를 맹세를 마치고 투기장을 뒤로한 나는, 아직 점심을 먹지 않았다는 사실을 깨닫고 평소에 자주 이용하던 음식점으로 향했다.

"앗, 달링. 이쪽이야!"

사키와 네네가 테이블에서 빵을 먹고 있었다. 흑발의 일본인과 갈색 머리의 견인족이지만, 사이좋게 식사를 하는 모습은 자매처럼 보였다.

"그래. 점심 식사 중이야?"

내가 맞은편 자리에 앉으며 물었다.

"아니. 조금 이른 간식이야."

"그러냐. 이 녀석들이 먹는 빵하고 우유로 부탁해. 닭튀김도 한접시 부탁하고."

웨이트리스에게 주문을 한 뒤, 네네가 건네준 빵을 씹기 시작했다.

'나를 먹어 줘. 얼른 먹어 줘.'

"시끄러워. 네네."

"아으, 죄송합니다."

빵한테 마음이 있으면 미안해서 먹겠냐고.

"언니, 이쪽에 치즈 빵 하나 더 추가요!"

사키가 손을 들어 웨이트리스를 불렀다.

"너, 먹는 속도가 빠르구나."

"빨리 먹는 건 자신이 있는 편이거든. 하지만 이 나라에는 빨리 먹기 대회가 없더라. 돈 나올 구석은 없고, 빵도 금세 사라져 버리고. 흑흑."

"돈이라면 충분히 받았잖아."

"그래도 얼른 장비를 갖춰서 레귤러 자리를 꿰차야지. 달링도 강한 여자가 좋잖아?"

"딱히."

"그런가? 하지만 달링이 데리고 있는 노예는 전부 전투 계열이잖아."

"뭐, 여유가 없었을 뿐이야. 돈이 더 모이면 애완동물도 길러볼 생각이다."

"우와, 애완동물이래. 인간을 말하는 거잖아, 그치? 아니면 마리아 루즈의 흰고양이를 말하는 건가?"

"아아, 그 묘인족 여자애도 탐이 나기는 하지만 비매품이라고 들었어. 금액도 모자라고."

아직 빚도 29만 골드나 남아있었다. 수중에 돈이 없으면 리더 노릇에 지장이 생기기 때문에 세리나에게 부탁해 변제를 미루고 있었다.

이전에 마리아 루즈에 가겠다고 했을 때, 세리나는 음흉한 눈으로 쳐다보긴 했어도 딱히 나를 말리지는 않았다. 좋은 여자다.

물론, 가서도 구경만 했을 뿐 노예는 구입하지 않았다.

"미안해. 나한테 장비가 갖춰지면 조금씩 보태 줄게."

"마음은 고맙지만 알아서 갚겠어."

"꺄악! 달링, 엄청 멋있어!"

"리얼충 같으니까 그런 대사는 관둬."

접시를 들고 온 웨이트리스도 이쪽을 보면서 키득거렸다.

"아, 그렇지. 돈 얘기를 하니까 생각났는데, 그거 들었어? 냉장고가 1천 골드에 낙찰되었대."

"그래. 투기장에서 들었어."

"뭐야, 달링도 의외로 소식이 빠르구나. 모처럼 쏠쏠한 정보를 제공해 줬다고 생각했는데."

"이번에도 마음만 받겠어. 정보 수집은 계속해 줘."

"옛설! 그나저나 냉장고가 그렇게 비싸게 팔릴 줄이야. 원래 세계로 돌아가서 냉장고를 들고 올 수 있다면 얼마나 좋을까."

"허무맹랑한 이야기야. 원래 세계를 오가는 게 가능했다면 이곳은 이미 가전 제품으로 범람했을걸."

"그것도 그렇네. 핸드폰, 컴퓨터, 목욕탕이 없으니 솔직히 힘들더라."

"동감이다."

그리고 코타츠도.

뭐, 그래도 이곳에는 난로가 있었다. 애초에 지금은 따뜻한 계절이라 굳이 코타츠가 필요하지도 않았다. 던전 4층은 별개지만.

"근처에 도라ㅇ몽 같은 아이템이라도 떨어져 있으면 좋을 텐데."

사키가 미련 가득한 목소리로 말했다.

"포기해. 그리고 도라ㅇ몽은 아이템이 아니야. ……게다가 인간처럼 말하는 로보트가 실제로 나타나면 기분 나쁠걸."

"그런가? 아니면 스마트폰도 괜찮아."

그러면 스마트폰으로 만족하시지. 도라ㅇ몽처럼 징그러운 건 필요 없으니.

"앗, 알렉 씨. 마침 잘 만났군요."

테이블 옆을 지나가던 남성이 내 이름을 불렀다.

"응? 아, 도구점 주인인가."

"예. 주문하신 로그하우스의 재료가 전부 갖춰져서요."

"바로 조립할 수 있는 상태겠지? 돈은 얼마가 들어도 좋으니 치수에 오차가 없게 해줘."

"제일 중요한 부분이야. 조립하는 사람한테는 목숨이 걸린 일이라구. 시간과의 싸움이야."

중요한 대목이기에 사키도 신신당부를 했다.

"물론 여러분이 원하시는 바는 확실하게 이해하고 있습니다. 목공에게 시험 삼아 조립까지 시켜봤지요. 제가 두 눈으로 직접 확인했으니 문제없습니다."

"그래. 이건 약속한 대금의 절반이다. 완성되면 나머지를 지불하겠어."

"네, 기대해 주십시오."

"잘 가, 아저씨."

소지금이 또 줄어들고 말았군.

3층을 공략할 당시에는 안전지대에 간이 침대를 설치해 사용했다. 하지만 문제가 있었는데, 우리뿐만 아니라 다른 모험가들까지 멋대로 침대를 이용하기 시작한 것이다.

그래서 아예 자물쇠가 달린 오두막을 4층에 설치하기로 했다. 로그하우스 내부에 침대를 설치하면 다른 사람이 이용할 염려도 없었다.

스펙터가 안으로 침입하면 무용지물이 되겠지만 이 부분도 대비책을 세워놨다. 신전 관계자와 상의해서 마물 퇴치용 호부를 준비한 것이다.

던전 4층은 [오토 매핑] 스킬을 배우지 않은 이상 헤매기 쉬운 곳이었다. 심지어 특정 구간은 눈보라로 인해 시야가 차단되기도 했다. 따라서 이 로그하우스 계획은 상당히 쓸만하다는 것이 내 의견이었다.

장기적으로는 4층에서 여관을 운영하게 될지도 몰랐다.

"웨이트리스 언니, 빵 추가요."

"죄송합니다. 치즈빵은 이제 매진됐어요."

"엑?! 그럴 수가……."

사키가 원망스러운 표정으로 내 오른손을 쳐다보았다. 나는 할수 없이 빵을 반으로 갈라 사키에게 나눠주었다.

"꺄악, 달링 최고! 평생 달링만 따라갈게!"

"빵 반쪽으로? 값싼 여자일세."

"마음대로 말하셔. 내 안목대로라면 달링은 세계의 절반을 손에 넣을 거야."

"세계의 전부가 아닌 거냐."

"마음만 먹으면 가능은 하겠지만, 세상에는 성미에 안 맞는 일이란 게 있잖아? 적당히 하는 게 제일이야. 이 세계는 지구보다 훨씬 넓은 것 같더라고. 이렇게 넓은 세계를 정복해 버리면 내가 달링과 만나는 시간이 일 년에 한 번 정도로 뜸해져 버리잖아. 주변에 여자투성이라서."

"일리가 있는걸. 뭐, 그렇게까지 대단해질 생각은 없으니 안심해."

"글쎄. 모르는 거야. 내가 눈여겨본 남자를 얕보면 큰코다칠걸. 아하하."

"대마왕, 대마왕."

대마왕이 아니라 용사겠지, 네네. 아무래도 상관없지만.

제1화
운반

로그하우스용 목재를 4층까지 옮겨야 했다.

듣기에는 단순하지만 몬스터가 득실거리는 미궁 안에서 이 작업을 진행하는 건 결코 쉽지 않았다.

"좋아, 다음 블록까지 이동!"

""예!""

일단 3층까지는 검은 고양이 군단을 부려서 운반이 가능했다. 물론, 1군 파티가 호위를 맡는다는 전제하의 이야기였다. 그리고 4층부터는 용병을 고용할 예정이었다. 레벨이 낮은 검은 고양이 군단을 4층까지 데려갈 수는 없었다.

현재는 2층까지 운반한 목재를 4층 코앞까지 옮기는 작업을 진행하고 있었다.

목재가 보관된 2층에는 감시를 세워놓았다. 통나무가 있으면 베어보고 싶어지는 것이 인간의 심리이기 때문이다. 상인 길드와 국왕의 허가를 받았으니 문제의 소지도 없었다.

"주인님, 우측에서 거미들이 와요!"

"좋아. 이오네 조, 대응해 줘!"

""네!""

"알았어!"

이오네, 네네, 리리로 구성된 삼인조가 거미를 처리하러 나섰다. 다른 멤버들은 운반하는 인원들을 호위하기 위해 여기저기 흩어져 있었다.

목재의 길이를 조정하고, 리어카까지 동원했지만 복잡한 미궁에서 운반 작업을 한다는 건 역시 어려운 일이었다.

"클리어!"

무사히 전투가 종료되어 가슴을 쓸어내리기도 잠시, 이번에는 반대쪽 통로에서 거미가 나타났다.

"알렉 조가 대응하겠다! 나머지는 움직이지 말고 대기!"

""예!""

나와 미나, 세리나가 대응에 나섰다. 우리 파티에 마법사는 네네와 레티뿐이기 때문에 조를 셋으로 나누면 한 조에서는 마법사가 빠지게 된다.

그래서 마법을 사용할 수 있는 나와 세리나를 함께 배치해 균형을 맞추었다.

"우와, 여덟 마리야."

"뭐라고?"

재수 없게도 개체 수가 많은 무리와 맞닥뜨리고 말았다.

마나를 아끼지 않는 편이 좋겠군.

"나한테 맡겨. 4대 정령 샐러맨더의 이름으로 고하니, 내 마나를 바쳐 화염의 벽을 세우노라! 파이어 월!"

내가 주문을 외우자 통로 한가득 불길이 치솟았다. 스킬 레벨 MAX인 화려한 마법이다.

"몇 마리가 도망치긴 했는데, 괜찮겠지 뭐."

"그래. 지금은 침입을 막는 게 중요해. 좋아, 클리어! 계속 움직여도 돼, 사키."

"알았어. 렛츠 고!"

사키가 호령하자 운반이 재개되었다.

""두목님을 위해서라면, 영치기 영차♪ 얼씨구, 절씨구♪ 자라

나라 머리머리 ♪""

"그게 무슨 노래야. 그만둬."

나를 괴롭히려는 수작인가.

"아, 미안. 기뻐할 줄 알았지."

네가 범인이었냐, 사키.

"두목님이라는 호칭하고 머리머리는 빼도록 해."

"아, 머리머리는 내가 안 넣었어."

"뭐라고? 누가 넣었지? 빨리 말해."

"리, 리리 씨입니다. 알렉 형님."

운반 중이던 남자가 긴장한 얼굴로 대답했다.

"쳇. 돌아가서 얘기하자, 리리."

"아, 알았어……."

그래도 잘못했다는 자각은 있는 모양이니 설교는 다음으로 미루기로 했다. 지금은 집중력을 흐트러트릴 때가 아니었다.

물론 나중에 혼쭐을 내줄 거지만.

"달링, 도착했어!"

"좋아. 그럼 이번에는 포인트까지 옮기겠어. 이것만 끝나면 전원 휴식이다. 분발들 해."

""예!""

31명의 굵직한 대답을 신호로 목재를 실은 리어카가 돌바닥 위를 나아갔다.

"최종 포인트 도착! 다들 수고했어!"

""우와아! 해냈다!""

검은 고양이 군단이 우렁찬 소리로 환호했다. 특별 보너스에 위험수당까지 붙여줬으니 기뻐하는 것도 이해가 되었다.

3층에 진입하려면 파티 랭크가 E에 도달해야 했다. 아무나 들어올 수 있는 장소가 아닌 것이다.

물론, 호위를 받아 이루어진 작업이므로 개개인의 랭크가 올라가는 것은 아니었다.

그럼에도 불구하고 검은 고양이 군단은 오늘의 임무를 훌륭하게 수행해 내었다.

던전으로 이만한 재료들을 운반한 것은 여태껏 아무도 해낸 적 없는 큰 업적이었다.

"다들 잘해 주었다. 완벽한 일처리였다. 이걸로 우리의 로그하우스 계획은 큰 진적을 이뤘다. 이 계획이 성공하면 던전 안에서도 침대에서 숙면을 취할 수 있게 된다. 심지어 이건 '바람의 검은 고양이' 클랜에게만 주어진 특별한 권리다. 너희들! 침대에서 자고 싶겠지!"

""와아아!""

"침대를 만들자!"

""와아아!""

"우리들의 침대다!"

""와아아!""

"우리는 푹 잘 것이다!"

""와아아!""

"이상이다. 편히 쉬도록."

""알겠습니다!""

나도 왠지 모르게 감동스러웠다.

프로젝트 L(로그하우스)이라고 명명하면 되겠군.

"있잖아, 알렉. 정말로 저 녀석들한테도 침대를 사용하게 해 주려고?"

리리가 물었다.

"당연하지. 우리 1군 멤버는 앞으로 더욱 깊은 곳에 도전할 거야. 2군, 3군도 우리를 백업해 주기 위해서 어느 정도 깊은 층에 도전할 필요가 있어. 무엇보다 내 계획은 던전 공략을 체계화시키는 거다. 최종적으로는 모든 인원이 마지막 층까지 드나들 수 있게 만들 생각이야."

"아무리 그래도 그건 힘들지 않을까. 맨 아래층까지 내려간 사람은 아직 한 명도 없잖아."

"그렇긴 하지. 하지만 지금까지 누구도 떠올리지 못했던 방법으로 개척해 나갈 예정이니까 지켜보고 있어."

"응! 그래도 쟤네들이 사용한 침대에서 자고 싶지는 않네."

"한동안은 우리가 전용으로 쓸 거니까 걱정하지 마. 저 녀석들의 레벨과 장비가 갖춰지기 전까지는 아직 먼 이야기다."

"오, 그럼 됐어."

"알렉 씨."

그때 군단의 멤버들 중 한 명이 웃으며 말을 걸어왔다. 5반의 리더였다.

"뭐지, 지드."

"부탁을 드리고 싶은 게 있어서요. 4층을 조금만, 아주 조금만 구경시켜 줄 수 없을까요? 저희는 아직 가본 적이 없거든요."

"미안하다. 여관에서도 말했지만 4층에는 스펙터 같은 위험한 몬스터가 출몰하거든. 지금의 2군 녀석들을 내려보낼 수는 없어."

"그래도 어떻게 안 될까요."

"끈질긴 놈일세. 안 되는 건 안 돼. 가보고 싶으면 레벨을 28까지 올리고 장비도 청동제 이상으로 갖춰 입고 와라."

"저희한테는 너무 벅찬 조건이에요. 레벨은 둘째 치더라도 청동제 장비라니."

도저히 무리라는 듯이 지드가 어깨를 으쓱였다.

"아니. 우리의 평균 수입도 점차 올라가는 중이야. 우리가 아래 층을 공략하면 고가의 보물을 입수하게 되겠지. 우리는 아직 구경하지 못했지만, 이 던전에서는 320만 골드짜리 갑옷이 나오기도 한다더군."

"하지만 그 수입은 알렉 씨를 비롯한 정예 멤버한테만 돌아가는 거 아닌가요?"

"당장은 그렇지. 하지만 너희가 레벨을 올리면 상황은 달라진다. 예를 들어, 네 레벨이 우리보다 높다면 당연히 너한테 최강의 장비를 건네줄 거야."

"정말이려나."

"지금까지 내가 너희한테 거짓말을 한 적이 있었나?"

"없었죠."

"그러면 지금은 네가 할 수 있는 일을 하면서 차근차근 준비해 뒤. 그때 가서도 마음에 들지 않는다면 은퇴해도 좋아. 물론 1만 골드를 벌어서 노예 신분을 벗어난 뒤의 이야기지만."

"네, 알겠습니다. 기대하고 있을게요."

지드는 씨익 웃으며 동료들이 있는 곳으로 되돌아갔다. 지드가 내 말을 믿기 어려워하는 것도 이해는 갔다. 쓸만한 장비품은 대부분 1군에게 돌아가니까.

무엇보다 1군을 포함해서 레벨 1위는 따로 있었다. 그 사실을 잊고 있었다.

"어디 보자…… 마테우스! 잠깐 이쪽으로 와."

"뭐지?"

이윽고 흰 수염의 드워프가 다가왔다.

"네가 우리 군단의 레벨 1위다. 우리보다도 레벨이 높지. 2군을 총괄할 인물이 필요하다고 생각해서 2군에 남겨두기는 했지만, 레벨에 걸맞은 대우를 해 줄 필요가 있다고 느꼈다. 이 미스릴 숏 소드를 네게 주마. 제일 좋은 검이다."

"흐음. 고맙긴 하지만 드워프의 주무기는 도끼다. 다른 녀석한테 주게."

"그렇군. 레벨 2위는 누구였지?"

"나야, 나! 30레벨이야!"

"사키인가. 그러면 마테우스가 거절했으니 너한테 이 검을 주지."

"앗싸! 고마워, 달링. 마테우스 아저씨도 고마워요. 팔아도 돼?"

"으음. 현재로서는 우리 파티의 최강을 상징하는 검이잖아. 국왕에게 포상으로 받기도 했고. 새로운 무기를 손에 넣기 전까지는 팔지 말아줘."

"알았어. 너희들! 이 검을 갖고 싶으면 레벨을 31로 올려 봐!"

"공짜로 최강의 장비를 받을 수 있는 건가. 나도 한번 분발해
볼까."

"관둬. 네 실력으로는 무리야."

"혹시 모르잖아?"

"경험치가 제일 잘 오르는 곳이 어디더라?"

"아무래도 3층이겠지."

"거미는 상대하기 껄끄러운데……."

레벨 업에 대한 화제로 주변이 떠들썩해졌다. 좋은 현상이다.
어떻게 레벨을 올릴지는 자신의 머리로 고민하는 게 제일이다.

제2화
난항

퀘스트 No.27612U2

[모집 개시 일정]
왕국력 527년 6월 12일.
1차 마감은 임무 개시로부터 1개월 뒤.

[임무 분류]
운반 (★전투지역)

[보수]

3천 골드

[임무 기간]

2일 또는 3일

[대상자]

E랭크 모험가 이상

25레벨 이상

던전 4층 경험자

체력 기본 능력치 10 이상

……위의 모든 조건을 만족한 자

[목적]

　로그하우스용 목재를 '돌아올 수 없는 미궁' 4층의 8km지점까지 운반할 예정입니다.

　목재는 4층 입구에 안치된 상태입니다.

　목재의 무게는 최대 120kg, 길이는 최대 4미터.

　4인 1조로 운반할 계획이므로 1인당 부담하는 무게는 최대 30kg입니다.

　호위는 마법 공격과 회복이 가능한 5인 파티 2개 조가 담당합니다.

무기와 전투는 필요하지 않습니다.

만에 하나 전투에 휘말릴 경우에는 전투당 천 골드의 사례금을 지급합니다.

출발 지점은 지상. 출발 직후부터 귀환이 끝날 때까지 호위를 받습니다.

음식과 식수는 호위 파티에서 전부 준비할 예정입니다.

휴식은 시간당 15분.

목표 지점까지의 이동은 왕복으로 하루 소요. 운반 기간은 하루 예정.

[위약금]

당일에 취소할 경우. 500골드 벌금, 보수 없음

도중에 포기할 경우. 1000골드 벌금, 보수 없음

(단, 귀환 시까지 호위는 계속됩니다)

[기타 조건, 참고 사항]

응모자와 상담하여 의뢰 개시일을 조정할 예정입니다.

일주일 전에 미리 통지할 것.

귀여운 여자아이의 응원이 함께합니다!

[의뢰주]

바람의 검은 고양이 리더 알렉 (레벨 28)

모험가 길드에 의뢰서를 제출하고 일주일이 지났다. 하지만 응모자는 한 명도 없었다.

"……어째서지?"

당연히 몇 명은 응모할 것이라고 생각했기 때문에 오히려 궁금할 지경이었다.

"그러게. 많이 어려워 보이는 걸까?"

세리나가 말했다. 하지만 운반 의뢰를 보면 이보다 무거운 물건도 많았고, 위험한 내용도 많았다.

이러한 의뢰들을 참고해서 의뢰서를 작성한 것이기도 했다.

"보수가 부족한 게 아닐까?"

레티가 말했다.

"역시 그건가. 어쩔 수 없지. 천 골드 더 추가해 보자. 응모자가 몰리면 곤란하니 선착순 20명으로."

나는 모험가 길드로 가서 의뢰서의 수정을 요청했다.

접수대에서 일처리가 완료되기를 기다리는데, 뒤쪽에서 누군가가 말을 걸었다.

"여어, 알렉. 재밌는 의뢰를 내걸었던데."

고개를 돌리자 흰색 털의 견인족이 나를 보면서 히죽히죽 웃고 있었다.

이전에도 본 적 있는 파란색 반다나. C랭크 파티의 모험가 랄프였다.

"맞아. 응모하려고?"

"설마. 우리가 3층에서 활동하고 있다는 건 너도 알잖아."

"그랬지. 4층이 그렇게 위험한 곳이야?"

"위험하지. 전멸한 파티도 여럿 있으니까. 4층부터 목숨을 잃는 녀석이 부쩍 늘어나거든. 죽음의 층이야."

"흐음."

위험도가 크게 올라간다고는 생각하지만 내가 느끼기에 그 정도는 아니었다.

아마도 오토 매핑 스킬을 익혔기 때문일 것이다. 참고 사항에 이것도 기재해 두는 편이 좋으려나.

"그래서 응모자는 좀 모였어? 보나 마나 한 명도 없었겠지. 안 그래?"

"어떻게 알았어?"

"역시나. 아는 사이니까 가르쳐 주지. 파티 랭크와 모험가 랭크를 우습게 보지 않는 게 좋아, 알렉."

"랭크? 아하."

그러고 보니 내 모험가 랭크와 파티 랭크를 기입하지 않았었다.

"우리 업계에서 랭크는 얼굴과 이름 다음으로 중요한 거야. 이 녀석이 얼마나 신용할 만한 녀석인지 랭크를 보면 알 수 있거든."

"그렇군. 다음에 술이라도 한턱낼게."

"됐어. 이 정도로 뭘. 너는 견인족도 대등하게 대하잖아. 나는 그게 기쁘더라고. 내가 가르친 햇병아리 모험가가 유명해진 것도 흐뭇하고 말이지."

"대등하게 대하고는 있지만 너한테 가르침을 받은 기억은 없어."

"하하, 맞는 말이야. 사람이 정 안 모이면 나한테 말해. 거들어

줄 테니까."

"그래. 그때는 잘 부탁하지."

길드에서 접수를 마친 나는 여관으로 돌아가 멤버들에게 방금 있었던 일을 이야기했다.

"그렇구나. 최근에는 의뢰를 받은 적이 없어서 거기까진 신경을 못 썼네."

세리나가 웃으며 어깨를 으쓱였다.

"알렉, 필요하면 내 이름을 빌려도 좋아. B랭크 모험가라면 사람이 모일 거야."

루카가 말했다.

"그래, 고맙다. 하지만 이참에 파티 랭크도 B랭크로 만들어 두려고. 예정을 잠시 미뤄두고 4층부터 클리어하는 게 좋겠어."

4층의 보스는 로그하우스를 지은 다음에 쓰러트릴 생각이었지만, 예정 변경이다.

B랭크 파티의 인정 조건은 5층 도달이다. 이번 기회에 보스를 쓰러트려 버리는 편이 여러모로 편했다.

"알았어. 뭐, 이 파티라면 어렵지 않을 거야."

보스에 대한 정보는 이미 입수한 상태였다.

4층의 보스는 예티.

대형 유인원 몬스터로, 전신이 새하얀 털로 뒤덮여 있다. 강력한 파워가 특징이며 눈보라를 부르는 능력을 보유했다.

예티의 레벨은 42로 추정된다.

25레벨 이상의 모험가 파티라면 사망자 없이 쓰러트릴 수 있다고 한다.

예티를 쓰러트려 본 적 있는 루카가 가르쳐 준 사실이니 틀림없을 것이다.

이번 보스 토벌에는 1군 전원을 데리고 가기로 했다.

나, 미나, 세리나, 리리, 이오네, 네네, 쥬가, 피아나, 레티, 루카, 사키까지 11명이다.

네네와 쥬가의 레벨은 다른 멤버들보다 낮은 편이었지만 그래도 크게 차이가 나지는 않았다.

레티는 화염 속성 인챈트 마법을 사용할 수 있었다. 따라서 다른 멤버들도 예티의 약점을 찌르는 게 가능했다.

공격만 제대로 회피한다면 어렵잖게 쓰러트릴 수 있을 것이다.

"좋아. 오늘은 보스방까지 단숨에 돌파하자."

""알겠어!""

""알겠어요!""

우리는 오토 매핑을 활용해 보스방이 있는 곳으로 나아갔다.

중간에 눈보라가 불기 시작했다. 보스방 주변은 늘 이랬다.

이곳 외에도 항상 눈보라가 치는 장소가 한 군데 더 존재했는데, 바로 그 근처에 로그하우스를 설치할 예정이었다.

문이 없는 통로로 진입한 우리는 몸과 머리에 묻은 눈을 털어냈다.

"들어가자."

통로 끄트머리에 도착한 우리는 최후에 문 앞에서 멈춰 섰다.

"좋아. 피아나, 레티. 강화 마법을 걸어줘."

"네. 여신 에일이시여, 저희에게 축복을 내려주소서. 전사 튜르여, 저희에게 용기와 승리를 주소서. 에그저테이션!"

피아나가 기도를 올렸다.

"알았어. 화염의 무기를 원하는 자, 영겁의 불길을 얻을지니. 서쪽에서 떠오르는 태양처럼 모순된 시련을 뛰어넘어 종언의 때를 맞이하리라. 바스켓 슈타인 데스!"

레티가 주문을 외우자 무기가 푸르스름하게 빛나기 시작했다. 강화 마법이 적용된 것이다.

위이잉, 하는 소리는 왠지 모르게 라이트○이버를 연상시켰다. 괜찮은 걸까, 이거. 너무 강력해도 곤란한데.

"레티 너, 대단한걸."

루카도 감탄한 모양이었다. 정말로 실력만 놓고 보면 A랭크일지도 몰랐다.

"훗. 이제 후회는 없다. 뒤는…… 너희에게 맡길게."

레티가 멋진 웃음을 지으며 바닥에 쓰러졌다. 나는 그런 레티를 발로 차서 일으켜 세웠다.

"아얏! 무슨 짓이야, 알렉!"

"벌써 쓰러지면 곤란해. MP도 많이 남아있잖아."

"에휴. 맞아. 반 정도 소비했지만 절반이나 있으면 어떻게든 되겠지. 알렉이 돈을 준다면 매직 포션을 사용해 줄 수도 있고~."

"필요해지면 사용해. 비용은 내가 지불할 테니까."

"오, 오오……. 아, 알았어. 필요해지면 말이지?"

낭비가 심하면 안 되지만 지나치게 절약하는 것도 좋지 않았다. 다음에 제대로 대화를 나눠보는 게 좋겠군.

"자, 그럼 연다."

내가 멤버들을 돌아보며 확인했다.

모두들 고개를 끄덕였다.

이 문 너머에 보스가 있었다.

제3화
바람의 검은 고양이 파티의 실력

커다란 방 안에는 정보대로 몬스터가 있었다.

새하얀 털로 뒤덮인 원숭이가 한 마리. 이 녀석이 4층의 보스인가.

신장은 4미터 정도로, 우리보다 두 배는 거대했다. 뚱뚱한 편이라 덩치도 상당했다.

"GHOoOOOOO……!"

예티는 벽이 흔들릴 정도로 거대한 포효를 터트렸다. 이윽고 예티는 양쪽 가슴을 마구 두드렸고, 그것이 전투 개시의 신호가 되었다.

"스타라이트 어택!"

"수조검 오의! 스완 리브즈!"

전투가 시작되자 마자 필살기를 구사하는 세리나와 이오네.

처음부터 전력을 다하라고 지시하긴 했지만…… 저렇게 빈틈이 큰 공격을 사용하길 바란 건 아니었다.

"가자! 으랴아!"

"방금 건 제대로 먹혔어!"

쥬가와 루카도 적극적으로 공격을 펼쳤다.

"열려라, 지옥의 문이여. 모든 것을 불태우는 혼돈의 화염이여……."

레티가 강력한 주문을 영창하기 시작했다. 대규모 마법보다는 작은 마법을 연발하는 편이 전투에 유리할 텐데.

이것도 미리 말해둘 걸 그랬다. 일단은 눈을 뜨고 있으니 적의 공격을 맞는 불상사는 없을 것이다.

"적이 움직이면 회피를 우선해! 목숨을 제일로 생각하라! 우선은 적의 패턴부터 익혀!"

내가 파티원들에게 주의를 주었다.

그 순간이었다. 펑! 하는 소리와 함께 예티 주변에서 흰 연기가 뿜어져 나왔다.

"제길! 눈보라인가?!"

"아무 데도 없어! 어디지?"

이윽고 하얀 연기가 걷혔지만 예티의 모습은 어디에도 없었다.

"응? 서치 스킬로 적을 찾아봐!"

"틀렸어. 안 잡혀."

"젠장. 어디야! 이 자식! 어서 안 나와!"

"루카."

나는 루카를 바라보며 상황을 확인했다. 이 몬스터와 싸워본 루카라면 뭔가 아는 게 있을지도 몰랐다.

"글쎄. 도중에 사라지는 패턴은 없었는데……. 혹시 말야."

"뭐지? 말해 봐."

"벌써 쓰러트린 거 아닐까?"

"뭐?"

전투가 시작된 지 얼마나 됐다고. 심지어 상대는 보스다.

"어, 정말이네. 아이템이 떨어져 있어. 마석도."

"뭐라고?"

세리나가 흰색의 탁한 구슬을 주워서 내게 보여주었다. 마석 인가?

감정해 보자.

〈명칭〉 예티의 마석 〈종류〉 마석

〈재질〉 마력 결정 〈무게〉 1

[해설]

예티의 체내에서 생성된 구체 형태의 마석.

일반적인 마석과 달리 흰색이다.

희소 아이템.

단, 사이즈는 레벨에 비해 작은 편.

반드시 드롭되기 때문에 예티를 쓰러트린 증표로 이용된다.

"흠. 정말이네."

"괜히 허둥댔네."

"사람 놀라게 만들기는."

보스 토벌은 의외로 허무하게 끝나버렸다.

다른 하나의 드롭 아이템은 망토였다.

〈명칭〉예티의 망토   〈종류〉방어구

〈재질〉모피   〈방어력〉30

〈방어 범위〉20%   〈마법 내성〉20

〈마법 효과〉화염 경감 〈무효화〉초급 화염, 초급 냉기

〈무게〉1

[해설]

예티의 모피를 가공한 물건.

화염과 냉기에 대한 저항력을 지녔다.

하얗고 푹신푹신해서 인기.

갖고 싶기는 하지만 가위바위보로 공평하게 정하는 게 좋겠지.

"그러면 망토를 분배하겠어. 가위, 바위, 보!"

인원수가 많아서 토너먼트 형식으로 할까도 생각했지만, 놀랍게도 첫판에 결과가 나와버렸다.

나는 가위를 냈고, 다른 멤버들은 모두 보를 냈다.

"에엑?"

"말도 안 돼!"

"아악! 가위를 낼걸!"

"사기! 이건 무조건 사기야!"

"레티, 사기라니. 그러면 네가 일부러 나한테 졌다는 뜻이 되는데?"

"그건 아니지만, 틀림없이 뭔가 수작을 부렸을 거야."

"안 부렸어! 어쨌든 이건 내 거다."

불만스러워 보이는 멤버가 약 3명 있었지만 가위바위보를 다시 할 생각은 없었다. 분쟁의 우려가 있으니까.

"자, 5층이 어떤 곳인지 구경한 다음 귀환하자고."

B랭크 파티로 인정받는 조건은 5층에 도달하는 것이다. 보스를 쓰러트렸답시고 이대로 돌아가 버리면 곤란했다.

"오케이!"

사키가 씩씩하게 대답해 준 덕분에 다른 멤버들도 기분을 환기할 수 있었다.

우리는 정면에 보이는 문을 열고 안으로 나아갔다.

"응? 여기도 넓은 방이네⋯⋯."

문을 열면 곧바로 계단이 있을 것이라 생각했는데. 예상이 빗나가고 말았다.

"계단은 저 안쪽에 있어."

우리는 루카가 가리킨 방향으로 이동했다.

무언가가 튀어나올 것 같은 [예감]이 들었다.

"뭔가 불길한 느낌이 들어!"

세리나도 외쳤다. 내 예감이 적중한 모양이다.

"전투태세!"

모두가 무기를 뽑고 전투 준비에 돌입했다.

이윽고 천장에 갈색과 분홍색, 파란색이 복잡하게 뒤섞인 소용돌이가 나타났다. 그리고 그 안에서 거대한 나방이 모습을 드러냈다.

"이럴 수가! 여기는 안전지대인데!"

루카가 믿을 수 없다는 표정으로 외쳤다. 하지만 나는 알 수 있었다.

"이쪽이 진짜 보스다! 해치우겠어!"

"알겠어! 하아아아압!"

"좋았어! 나한테 맡기라고!"

세리나와 쥬가가 좌우에서 적을 공격해 들어갔다.

두꺼운 몸통에 검이 박히자 나방은 고통스러워하며 날개를 펄럭였다.

공격은 통하는군.

움직임도 느리다.

이대로라면 이길 수 있을 것이다. 하지만 그렇게 생각한 순간, 현기증이 느껴졌다.

"뭐지?"

공간이 일그러지고 기분이 거북해졌다.

어느샌가 분신으로 보이는 새끼 나방들이 주변을 날아다니고 있었다. 증식하는 타입인가?

이 보스는 곤충 타입의 몬스터다. 화염이나 얼음이 약점일 가능성이 높았다.

"레티, 냉기 마법을…… 어?"

지시를 내리려고 옆을 돌아보니 레티의 모습이 없었다.

뭐지?!

아니, 레티뿐만 아니라 다른 파티원들도 없었다.

나 혼자 텔레포트당한 건가?

……아니. 그랬다면 보스도 이곳에 없어야 했다. 벽과 바닥이 일그러져 보이기는 했지만 장소도 방금 전 그대로였다.

이번에는 오토 매핑 스킬로 지도를 확인해 보았다. 역시 내 위치에는 변함이 없었다.

그렇다면…… 생각할 수 있는 가능성은 하나뿐.

"전원! 공격 중지!"

대답이 없었다. 치직치직, 바스스스, 하고 불쾌한 소리가 들려올 뿐이었다. 젠장. 목소리도 들리지 않는 건가.

돌파구는 스킬이다.

[혼란 내성 LV5] New!

4500 포인트를 지불해서 새로운 스킬을 습득했다.

내성계 스킬은 [정신 내성]을 마지막으로 졸업했다고 생각했는데 계산 착오였다.

뒤집어 말하면 지금 내가 겪는 현상은 화학적인 착란 상태라는 뜻이다.

어쨌든 지금은 자잘한 고민이나 할 때가 아니었다. 실제로 적의 혼란이 먹혀들고 있는 것이다.

스킬을 배우자 시야가 개이고 기분도 좋아졌다.

효과 만점이군.

"으다다닷! 제기랄! 얼른 쓰러져!"

"으윽! 어딜! 이얏!"

세리나와 쥬가는 서로를 공격하는 중이었다.

들리지도, 보이지도 않을 텐데도 용케 검을 맞부딪치고 있었다. 운이 좋은 건지, 감이 좋은 건지.

그나저나 큰일이다.

파티원에게 공격을 받으면 제정신으로 돌아오는 게임도 있지만, 그것도 정신 계통의 혼란에만 해당하는 이야기다.

"으으, 주인님!"

어느새 미나가 나한테 다가왔다. 공격당하는 건 아닐까 싶었지만 미나는 등을 돌리고 서서 나를 엄호해 주었다.

"미나, 넌 괜찮은 거야?"

"주인님……. 하지만 이 냄새는 분명 주인님의 냄새예요."

소리는 여전히 들리지 않는 모양이다. 내가 나방으로 보일 텐데도 지키려 하다니. 기특할 따름이다.

"알렉."

이오네가 눈을 감은 채로 다가와 내게 등을 기댔다.

[심안] 스킬의 효과일 것이다. 역시 믿음직한 녀석이다.

그리고 또 멀쩡해 보이는 멤버는…….

"네네. 이쪽으로 와."

"아으으. '서로 죽고 죽여라.'"

누구한테 공감하는 거야, 넌.

그래도 다행히 네네는 이쪽으로 다가와 등 뒤에 몸을 숨겼다.

다음.

피아나는 신에게 기도를 올리고 있었는지 공격해 오지 않았다.

"이오네, 미나, 나를 엄호해."

들리지는 않겠지만 일단 그렇게 말하며 이동을 개시했다. 윽!
세리나, 위험하잖아!

세리나의 검을 회피한 나는 피아나를 잡아당겨 벽 쪽으로 이동
시켰다.

이제 남아있는 것은 공격적인 멤버들뿐이었다. 어쩔 수 없지.

[귀갑 묶기 LV5]

나는 혼란에 빠진 멤버들을 차례차례 포박하기 시작했다.

세리나가 로프를 끊어 탈출하려 했기에 미나를 보내 저지시
켰다.

쓸데없이 유능한 녀석들은 이래서 문제다.

"이제 남은 건 너뿐이야."

나는 방 안쪽에서 날개를 퍼덕이고 있는 나방을 공격해 들어
갔다.

동시에 옆에서 불꽃이 날아드는 것이 보였다. 아마도 레티가
주문을 사용한 모양이다. 레티도 당황했는지 규모가 작은 마법
위주로 공격을 시도했다. 불행 중 다행이었다.

레티의 대규모 마법에 휘말리면 통구이 신세가 되어버릴 것
이다.

사키도 포박을 풀고 덤벼들었지만 이쪽은 방어만 할 뿐 공격은 하지 않았다.

그나저나 이 녀석, 이도류 실력이 상당한걸.

빨리 정신을 차리란 말이다.

어쨌든 나는 여유가 생길 때마다 보스에게 검을 휘둘렀다.

"어라? 이거 혹시 달링인가?"

드디어 눈치를 챈 모양이다. 그 와중에도 나는 보스를 공격해 나갔다.

그러자 사키도 공격 목표를 보스로 변경했다.

"이 녀석들, 어째서 동료를…… 앗!"

세리나도 마침내 상황을 파악한 듯했다. 너는 나중에 설교받을 각오나 해.

루카도 가세해 보스를 집중 공격했다.

잠시 후, 펑! 하고 복잡한 색의 연기가 피어오르며 결판이 났다.

하지만 그럼에도 혼란 상태는 아직 이어지고 있었다. 아무래도 환기를 하는 게 좋겠군.

[윈드 LV1] New!

"4대 정령 실피여, 세찬 날갯짓으로 돌풍을 일으켜라! 윈드!"

인분을 걷어낸 나는 각성 포션을 꺼내 동료들에게 뿌렸다. 강력한 술 냄새가 코끝을 찔렀다.

"어라?"

"엥?"

이제야 다들 정신을 차린 모양이었다.

"너희들. 여관에 돌아가면 전부 설교다."

나는 분노를 삭히며 씨익 웃어 보였다.

제4화
B랭크 파티를 목표로

4층의 보스.

사전 정보와는 전혀 다른 보스가 출몰하는 바람에 상당히 고전하고 말았다.

하지만 예측했어야 했다.

이곳 '돌아올 수 없는 미궁'은 우리들 이세계 용사에게 특별 대우를 해주고 있었다. 전혀 고맙지는 않지만.

앞날이 걱정이다.

여관으로 돌아온 나는 방에 멤버들을 모아놓고 반성회를 가졌다.

자칫하면 전멸할 뻔했으니.

"인분으로 머리가 혼란스러워져서 판단이 늦어지는 건 어쩔 수 없어. 하지만 이상함을 느꼈으면 자신의 머리로 생각을 해. 동료가 옆에 없으면 무언가 잘못됐다는 걸 알아챘어야지."

"정말로 면목이 없어. 형님."

아군을 공격했다는 이유로 침울한 표정을 짓고 있는 쥬가. 태도는 합격이었다.

바보인 이 녀석한테 현명한 대처까지는 기대하지도 않지만, 그래도 반성은 필요한 법이다.

"아하하. 미안해."

사키는 그다지 반성하지 않는 것처럼 보였다. 뭐, 늦기는 했어도 도중에 알아챘으니 용서해 줄까.

"미안. 다음부터는 나도 잘 생각해서 행동할게."

그랬다. 루카는 스스로 생각해 줄 필요가 있었다. 원래 B랭크 모험가였으니 다른 이들보다 이런 상황도 많이 겪어봤을 것이다.

"알렉은 좋겠네. 스킬 포인트로 내성 스킬을 배우면 되니까."

레티는 반성하는 기미조차 없었다.

"시끄러워. 나도 그때는 아직 혼란 스킬을 배우지 않았어. 그럼에도 알아차렸지. 하지만 마법사는 파티의 지혜 보따리, 두뇌 역할이잖아. 네가 알아채지 못하는 건 문제가 있어."

"으으. 그런데 그 말은……."

"그래. 너를 정식 멤버로 받아들이겠다는 뜻이다."

"오, 오오. 반성하겠습니다! 알렉 폐하!"

큰절까지 하니 도리어 의심스러웠지만, 내 스킬 포인트에 매력을 느끼는 동안에는 믿어도 괜찮을 것이다.

다음.

나는 붉은 머리의 소녀를 바라보았다. 기분 탓인지 세리나의 하얀 망토도 쪼그라든 것처럼 보였다.

"……미안해."

세리나도 반성은 하고 있는 모양이었다.

"너는 좀 더 의지가 되는 녀석이라고 생각했는데."

"네. 반성할게요……."

웬일로 얌전한걸. 반론하면 철저하게 논파해 주려고 했는데. 뭐, 됐다.

"좋아, 다들. 언젠가 비슷한 상황에 처하면 그때는 조금은 더 나은 행동을 취하길 기대하고 있겠어."

"“네!”"

이번에 보스를 마주쳤을 때 [감정] 스킬을 사용하지 않았기 때문에 보스의 이름은 미스테리로 남았다. 뭐, 나방이면 충분하겠지.

녀석은 [인분 LV5] 스킬을 보유하고 있었다. 스킬 카피가 이번에도 한 건 올린 것이다.

강력한 스킬이라고는 생각하지만 생리적인 거부감이 느껴졌기 때문에 곧바로 삭제해 버렸다.

환원된 포인트는 3만 포인트.

다음에도 혼란에 빠져서 아군을 공격하면 곤란하므로, 팀원들에게 포인트를 배분해 [정신 내성]과 [혼란 내성] 스킬을 LV1까지 습득하게 만들었다.

1군에 해당하는 11명이 스킬을 배우는 데 6050포인트가 소비되었다. 가능하면 MAX 레벨까지 올려주고 싶지만 현재로서는 포인트가 부족했다.

나방 보스는 다른 아이템도 드롭했다. 바로 커다란 무지개색 오팔이었다. 팔리기는 하겠지만 불길한 느낌 때문에 비싼 값을 받기는 어려워 보였다.

갖고 싶어 하는 파티원이 없어서 빠르게 뮤이에게 넘겨버렸다.

지쳤다.

목욕을 마치고 방으로 돌아오자 노크 소리가 들렸다.

"들어와."

""실례합니다.""

안으로 들어온 것은 사샤와 미샤였다. 지금은 메이드복을 입고 있었다.

그 사건 이후로 내가 두 사람을 맡아 책임지고 있었다. 암살자도 그만두게 만들었다.

도망치면 현상금을 걸겠다고 협박해 두었기 때문에 아직까지는 순종적인 편이었다. 참고로 내가 제시한 현상금은 20만 골드였다.

"무슨 용건이지?"

미나도 칼집에 손을 올리고 경계 태세에 돌입했다.

"어깨를 주물러 드리려고요."

"모험을 하느라 지치셨다고 들었어요."

"마음씨는 기특하지만 오늘은 이만 됐어. 정말로 지쳤으니까 다음에 해줘."

"그러지 마시고."

"이것저것 서비스해 드릴게요."

"호오. 어떤 서비스를?"

"후후, 그렇고 그런 짓?"

"여기에서만 할 수 있는 짓?"

개구쟁이처럼 키득키득 웃는 두 사람.

뭐, 어차피 처녀도 아닐 테니까 어울려 볼까.

"좋아. 그러면 둘 다 이쪽으로 와."

""네~. 실례합니다~.""

두 은발의 소녀가 주섬주섬 신발을 벗고 침대 위로 올라왔다.

어느 쪽이 사샤고 어느 쪽이 미샤였더라. 뭐, 아무래도 상관없다. 나는 오른쪽 소녀의 가슴을 주무르기 시작했다.

"아앙."

볼륨이라고는 찾아보기 힘든 가슴이지만 소녀는 기분 좋다는 듯이 눈을 감았다.

"너희들. 이상한 병 옮기면 안 된다."

""병이라뇨! 저희 둘 다 처음이거든요?""

그래도 의심을 떨쳐내지 못한 나는 두 사람의 스테이터스를 확인해 보았다. 두 사람 모두 건강한 상태였다.

"그런 것치고는 아는 게 많아 보이는걸."

"그야 뭐."

"에헤헤."

쌍둥이가 어깨를 으쓱였다.

"벗어."

내가 두 사람에게 명령했다.

"주인님, 저는 어떻게 할까요?"

미나가 내게 물었다.

"미안하지만 거기에서 호위를 부탁해."

"알겠습니다."

""딱히 해칠 생각은 없는데요.""

"아직 그 말을 곧이곧대로 믿기는 어렵거든. 만약을 위해서야."

지금은 둘 다 빈손이지만, 그래도 전직 암살자다. 방심은 금물이었다.

쌍둥이는 퉁명스러운 표정을 지었지만, 마음을 다잡았는지 곧 메이드복을 벗어 내렸다.

흰색과 갈색의 상반된 피부를 가진 두 소녀가 자신의 몸매를 자랑스럽게 과시해 보였다.

본인들의 가치를 잘 알고 있다는 뜻이었다.

아니면 자신감 과잉이거나.

"저번처럼 거기를 활짝 벌려줄 수 있을까."

""알았어요. 짜잔.""

쌍둥이는 침대에 개구리처럼 드러누워 자신의 그곳을 활짝 벌려 보였다.

"호오."

조명에 비친 그 성스러운 부위는 이미 축축하게 젖어 번들거리고 있었다.

"음란한 녀석들이군."

나는 양손을 뻗어 두 사람의 그곳을 애무하기 시작했다.

""아앙♪""

기분 좋다는 듯이 눈을 감고 미소 짓는 쌍둥이.

하지만 자그만 돌기의 껍질을 벗기자 그 여유도 금세 사라져 버렸다.

"앗, 히윽! 미샤보다 능숙해!"

"흐윽! 사샤보다 능숙할 줄이야!"

처녀인 주제에 가랑이에서 침을 질질 흘리다니. 평소에 서로를 위로하며 놀았던 모양이다.

"못된 아이들이네."

"아앙! 그, 그만!"

"끄윽! 괴, 굉장해!"

절정할 때까지 괴롭혀 주자, 두 소녀는 움찔움찔 경련하며 황홀한 표정을 지었다.

"하, 하아, 더 해줘요."

"이거 좋아. 더 해주세요."

"먼저 나한테 봉사해 주면 생각해 볼게. 자, 빨아봐."

""아, 알겠어요.""

나는 바지를 벗어 두 사람 앞에 물건을 내밀었다.

""크, 크다…….""

침을 꿀꺽 삼킨 쌍둥이는 내 물건에 조심스럽게 입맞춤을 했다. 그리고 어설프게 혀를 움직여 내 물건을 핥기 시작했다.

"맛있는 아이스크림이라고 생각하고 핥아 봐."

"이렇게?"

"이렇게 하라는 거구나."

밑에서부터 천천히 핥아 올리는 쌍둥이. 조금은 감을 잡은 모양이었다.

"사샤, 앞부분을 입에 물어봐. 깊숙히."

"네. 아흡."

앞부분을 물고 주븝주븝 소리를 내면서 봉사하는 사샤.

미샤는 군침을 삼키며 그 모습을 쳐다보고 있었다.

"으읍?! 꺅!"

예상보다 일찍 가버리고 말았다. 얼굴에 흰 액체가 쏟아지자 사샤가 당황했다.

"다음은 미샤 차례다. 핥아서 깨끗이 해봐."

"아, 알겠습니다."

처음에는 긴장하며 대답하던 미사도 금세 능숙해진 동작으로 핥기 시작했다.

"으으. 이거 맛없어."

흐음. 이 녀석들도 즐기려면 포상이 있어야겠지.

[연유 생성 LV5] New!

"이러면 어때?"

"응? 으음! 앗, 달다!"

"어? 정말? 우와, 이거 딸기에 뿌리는 거였는데. 뭐였더라?"

"연유야. 자, 깨끗하게 핥아먹어."

""네!""

이때부터는 두 사람 모두 적극적으로 내 물건을 핥기 시작했다.

번갈아 가면서 혀를 놀리는 등, 숙련자 못지않은 펠라치오를 구사해 왔다.

"스킬을 배운 거야?"

""맞아요!""

"그 이상 에로한 스킬을 배우지 않아도 괜찮아."

""알았어요. 그러면 전투 계열 스킬을 배울까요?""

"맞아. 자, 포상이다. 우선 사샤부터."

"앗싸!"

"너무해!"

갈색 피부의 소녀가 기뻐하며 내 위에 걸터앉았다. 처음부터 기승위로 하면 힘들 텐데. 뭐, 어떻게든 되겠지.

부드러운 허리를 두 손으로 붙잡고 천천히 삽입했다.

"끄, 끄윽! 아흑, 이거……."

통각 내성을 보유하고 있는 건지 생각보다는 멀쩡해 보였다. 그렇다면 마음껏 움직여도 괜찮겠지.

"꺄악, 흐앙, 우와, 굉장해, 아윽, 아앙! 좋아! 좋아요!"

나는 허리를 거칠게 쳐올려 사샤의 배 속 깊숙한 곳을 두드렸다.

허리를 젖힌 채로 교성을 지르던 사샤는 금세 절정에 달해 기절해 버렸다. 상관없다. 한 명 더 있으니까.

"좋아. 교대다."

"네."

흰 피부의 미샤도 마찬가지로 내 몸에 걸터앉았다. 빡빡하고 미성숙한 몸이지만, 놀랍게도 나를 받아들이기가 무섭게 쾌락을 호소하기 시작했다.

"하앙, 이거, 엄청, 좋아! 기분 좋아요!"

정말이지. 음란한 소녀들이다.

"좋아, 미샤. 가게 해주마."

나는 허리를 더욱 거칠게 쳐올리기 시작했다.

"아앗, 그, 그렇게 박아대면, 안 돼애! 미샤 이러다, 망가져 버려요, 응아앗!"

미샤의 얼굴에 초조함과 불안이 묻어났지만 문제될 건 없었다. 아래쪽 입은 솔직하게 기뻐하고 있으니까.

"자, 가라."

"아, 아아아아…… 간다아앗!"

그렇게 미샤도 절정에 달했다. 나는 기절한 미샤를 옆에다 눕혀 주었다.

"저, 주인님……."

"그래. 이쪽으로 와, 미나."

미나도 기승위가 하고 싶었는지 내게 걸터앉았다.

이미 흥건하게 젖은 상태였기에 쌍둥이보다 움직임이 훨씬 격렬했다. 심지어 두 손으로 나를 붙잡고는 내 허리에 골반을 강하게 부딪쳐 왔다.

"흐윽, 앙, 앙, 아앙!"

녹아내린 목소리로 신음하는 미나. 이미 나는 미나의 민감한 부분들을 완벽하게 파악하고 있었다. 초장부터 전력을 다해 그 부분들을 자극해 주었다.

미나는 눈을 질끈 감은 채로 나와의 정사를 기뻐했다.

"아앗, 앗♥ 앗♥ 아앙! 주, 주인님, 좋아요. 좋아해요♥"

슬슬 쾌락의 파도가 최고조를 맞이하려 하고 있었다. 이제 얼마 남지 않았다.

"좋아. 그러면 간다, 미나."

"아, 알겠습니다. 언제든지 와주세요, 주인님, 아앙♥ 저도, 하, 읏, 이제, 갈 것 같아요♥ 아앗, 아아아아앗!"

마지막으로 미나의 몸이 활처럼 젖혀졌다. 그리고 미나는 전신을 부들부들 경련하며 황홀한 표정으로 절정을 맞이했다.

제5화
미션

'돌아올 수 없는 미궁' 4층을 클리어하고 당당하게 B랭크 파티로 인정받은 우리들.

운반 의뢰도 다수의 응모자가 모였다.

로그하우스 계획의 실현까지 앞으로 한 걸음이었다.

"그 외에 질문이 있는 사람?"

나는 여관에서 사전 설명회를 열어 용병들의 의견을 물었다. 놓친 부분이 있다면 조정하기 위해서였다.

"눈보라로 인해서 길을 잃으면 어떻게 하지?"

우락부락한 체구의 전사가 커다란 목소리로 따지듯이 물었다. 하긴, 본인의 목숨이 걸린 문제니 진지한 것도 납득이 갔다.

"우리한테는 [오 투 매핑] 스킬이 있다. 눈보라가 불어도 문제

없어."

"하지만 호위 파티와 떨어지게 되면?"

"내가 [파티 서치]를 익혔으니 멀리 떨어지지 않은 이상 찾아낼 수 있어."

세리나가 질문에 대답했다.

"그럼 멀리 떨어지면 어떻게 하지?"

"그 자리에서 대기하면 돼. 곧바로 수색을 보내겠다. 단독 행동이 가능한 상태라면 4층의 입구로 귀환해 줘. 전투에 휘말려서 어쩔 수 없이 떨어진 거라면 임무를 포기한 것으로 취급하지는 않겠어."

"만약 그런 상황이 생기면 운반물은 포기해도 되겠지?"

"맞아. 로그하우스의 완성이 이 퀘스트의 목적이지만, 우선도 상으로는 사망자를 내지 않는 것이 더 중요하다. 한 번이라도 사망자가 나오면 내 신용이 추락하니까. 다음 의뢰에 영향이 생기는 것만큼은 피하고 싶거든. 무엇보다 나는 안전이 제일이라고 생각하는 인간이다."

"좋아. 무슨 말인지 잘 이해했다."

"달리 질문이 있는 사람. ……좋아! 없는 모양이군. 작전 개시는 3일 뒤다. 장갑을 잊어먹는 일은 없도록 해. 해산!"

3일 뒤. 우리는 모집에 응한 모험가들을 데리고 4층으로 향했다.

우리는 평소대로 던전을 공략했을 뿐이건만, 모험가들은 감탄하며 한두 마디씩 감상을 말했다.

"안정적이군."

"맞아. 노련한 파티야. 진행 속도가 빨라."

"휴식을 충분히 취했는데도 페이스가 순조로워."

"무엇보다 색적이 뛰어나. 우리 파티에도 견인족이 있으면 좋겠는걸."

"그러게. 기습에도 대응하기 쉽고, 운이 좋으면 선제 공격도 가능하니까."

"적도 눈 깜짝할 사이에 해치우던걸. 실력이 상당해."

"전투 외적인 부분에서도 망설임이 없어. 오토 매핑을 보유한 게 확실한 모양이야."

"역시 B랭크 파티야. 소문대로군. 참고가 되겠어."

뒤쪽의 대화를 듣고 있던 세리나가 어깨를 으쓱였다.

"처음에는 바보 취급을 당했었는데."

"당시에는 던전 파악과 레벨 업에 집중하던 때니까. 하지만 오늘은 최단 루트로 이동 중이지. 목적이 다르면 싸우는 법도 달라지는 법이야."

"그렇네."

우리는 사전에 검은 고양이 군단을 데리고 예행 연습을 치렀다.

그러니 이탈하는 멤버가 발생하는 것도 상정 내였다.

"거기. 혼자 튀어나왔어. 대열로 돌아가."

"아아, 미안. 저쪽 맵을 확인해 보고 싶어서."

"다른 사람한테 민폐니까 관둬. 지도라면 나중에 따로 보여줄 테니."

"오오, 고마워."

그렇게 우리는 4층으로 이어지는 계단 앞에 당도했다.

이 너머에 새하얀 설원이 펼쳐져 있다. 여기까지는 순조로웠다.

"현재 시간은 오전 11시. 지금부터 점심 식사를 하겠어. 식사가 끝나면 12시부터 작업을 개시하겠다. 그리고 오후 5시가 되면 작업을 마치고 다시 이 자리로 돌아올 예정이다. 몸 상태가 나쁘거나 포기를 원하는 사람이 있나?"

"문제없어."

"좋아. 미나, 음식을 나눠줘."

"네, 주인님."

점심은 빵과 육포, 술 한 잔이었다. 작업이 끝나고 저녁이 되면 전골을 먹을 예정이었다. 눈 속에서 작업을 하고 나면 몸이 식을 테니까.

그렇지만 3층인 이곳은 아직 춥지 않았다.

"오, 술인가. 괜찮은걸."

"이야, 이건 맥주잖아. 에일이 아니라니 통이 크군."

"혹시 몰라서 먹을 걸 가져왔는데 괜한 걱정이었나."

"하지만 짐이 적어 보이는데, 저녁 식사는 괜찮겠어?"

"걱정하지 마. 운반 의뢰를 내서 짐꾼을 따로 고용했으니까."

"준비성이 철저하군."

식사를 하면서 용병들과 두런두런 잡담을 나누었다. 분위기는 썩 나쁘지 않았다.

"일할 시간이다. 다들 장갑을 착용해."

방한용 의상을 제대로 착용했는지 확인한 뒤, 장갑을 잊어버린 자들에게는 예비용 장갑을 건네주었다.

"목재는 이거다."

목재는 통로 가장자리에 예쁘게 쌓여있었다.

"좋아. 시작해 보자고."

""오오!""

호위 A팀인 나와 미나는 계단을 내려가 던전 4층에 진입했다.

"알렉."

흰색 갑옷을 입은 엘리사가 본인의 파티를 데리고 맞은편에서 걸어왔다.

"문제는?"

"없다. 보이는 범위 내의 적들은 전부 해치워 뒀다. 뭐, 금세 다시 솟아나겠지만."

"그래. 계속해서 부탁해."

"알겠다."

"어이, 알렉. 쟤네들이 호위 팀이야? 자기들끼리 가버리는데?"

"걱정 마. 저건 예비 소탕 팀이다. 다른 호위 팀은 저쪽에 있어."

"우리가 호위 B팀이야!"

입구 근처에서 대기 중이던 세리나가 손을 들고 외쳤다.

"대단한 작전인걸. 서너 개나 되는 파티를 혼자서 지휘하는 건가? 엄청나네."

"뭐, 협력해 주는 녀석들 덕분이지. 너도 그중에 한 명이다.

랄프."

"우리 사이에 무슨. 한 명도 모이지 않으면 어쩌나 싶었는데 쓸데없는 걱정이었나 보구만."

"그래. 네 조언이 도움이 됐어. 고맙다."

"대단한 조언도 아니었어. 그나저나 4층의 보스까지 쓰러트려 버릴 줄이야."

"예티 정도면 너도 여유롭게 쓰러트릴 수 있을걸."

"뭐, 예티라면 그렇지."

랄프는 이미 예티를 쓰러트린 모양이었다. 아직 C랭크인 것은 길드에 승격을 신청하지 않았기 때문일 것이다.

그것도 하나의 방법이지만 나는 더욱 위로 갈 생각이다. 아니, 밑인가.

"좋아. 이동을 개시한다!"

바람이 강하기 때문에 목청껏 외치지 않으면 들리지 않을 우려가 있었다.

무전기가 절실해지는 대목이지만, 없는 걸 찾아봤자 소용없었다.

꼭 전해야 될 말이 있다면 전령을 보내면 된다. 그만한 여유는 확보해 두었다.

"알렉 님, 오른쪽에서 적이 와요."

네네가 스펙터의 접근을 감지하고 보고했다.

"우측이다! 작업자들은 그대로 전진! 우리를 믿어라!"

이오네가 앞으로 달려나가 스펙터 한 마리를 쓰러트렸다.

나는 자리에 대기한 채 파이어 볼을 날렸다.

"클리어!"

"휘유. 순식간에 처리해 버렸네."

"아깝다. 전투에 휘말리면 천 골드를 공짜로 버는 건데."

"그나저나 저 여검사의 움직임 봤어? 눈밭에서 어떻게 저렇게 빨리 움직이지?"

"평범하게 달려나간 것처럼 보였는데."

"스킬 포인트에 여유가 있는 녀석은 이 기회에 이동 스킬을 배워둬."

"남는 포인트가 없어."

하긴, 그렇겠지.

아무리 그래도 용병들의 스킬까지 챙겨주기는 어려웠기에 그대로 나아가기로 했다.

"좋아, 여기서 휴식이다. 목재는 내려놓고 오두막 안으로 들어가."

드디어 휴게소에 도착했다. 일단 첫 번째 관문은 돌파다.

"이대로 간다면 문제없겠는걸."

"아직 모르지."

"눈보라가 치면 그때부터가 승부야."

모험가들 중 한 명이 말했다. 그 말대로였다. 시야가 좁아지면 그때부터가 진짜 승부였다.

작업자는 24명으로 6개 조로 구성되어 있었다. 그리고 목재는 전부 480개. 한 번에 옮기기는 무리이기 때문에 1차 작업에서는 140개 운반을 목표로 삼고 있었다.

그럼에도 몇 번에 걸쳐 왕복해야 했다.

"좋아. 휴식은 끝이다. 밖으로 나가자."

도중에 스쳐 지나가던 모험가들이 무슨 일인가 하고 우리를 바라보았다. 그래도 이쪽을 손가락질하며 웃는 자들은 없었다. 여기까지 목재를 옮긴다는 것이 결코 쉽지 않다는 사실을 알기 때문이리라.

"눈보라다."

작업자 중 한 명이 중얼거렸다. 이윽고 시야가 눈보라로 차단되며 작업자들 사이에 긴장감이 맴돌았다.

"걱정하지 마. 우리한테 서치 스킬이 있다. 적은 없지, 네네?"

"없어요."

"우측으로 조금 우회하겠어. 그래. 저쪽으로 가면 되겠군."

오토 매핑을 활용하여 무사히 눈보라를 빠져나왔다.

"좋아, 여기가 좋겠군. 목재를 내려줘."

목재를 차곡차곡 쌓아놓은 뒤, 우리는 다시 입구로 되돌아갔다.

작업자들도 돌아가는 길에는 발걸음이 가벼웠다. 양손이 자유로우면 전투가 벌어져도 대응할 수 있기 때문이다. 여차할 때는 목재를 포기해도 된다는 계약 조항이 있기는 하지만, 타인에게 자신의 목숨을 맡긴다는 사실만으로도 상당한 중압감을 느낄 것이다.

"이렇게 네 번만 왕복하면 4천 골드라고? 괜찮은 의뢰인걸."

"처음에는 걱정했는데 말이야."

"사실 나는 전투 수당을 노렸거든. 예상이 보기 좋게 빗나갔네."

세 번째 왕복을 마쳤을 무렵, 미나가 외쳤다.

"주인님! 예티가 접근하고 있어요."

"뭐라고? 쳇, 전투태세!"

"예, 예티라고? 4층의 보스잖아!"

"나, 나는 도망갈래!"

"나도!"

작업자들이 동요하기 시작했다.

"돌아가고 싶은 자들은 목재를 포기해도 좋아. 단, 입구에서 대기해 줘."

우리의 작업이 마음에 들지 않았는지 예티 무리가 훼방을 놓았다.

젠장, 예티 놈들.

안 하던 짓을 벌이다니. 이날을 위해서 예행연습까지 했단 말이다.

보스는 보스방에서 얌전히 기다리는 게 룰이건만.

하긴, 이 녀석들은 진짜 보스도 아니었지. 4층의 진정한 보스는 나방이었다.

"레티. 인챈트 마법을 부탁해. 단숨에 해치우겠어."

"응. 알았어."

나는 라이트O이버처럼 강화된 검을 들고 예티를 공격해 들어갔다.

이놈들을 놓치면 작업자들에게 추가 수당을 지불해야 하니 우리도 필사적이었다.

"좋아, 클리어!"

"이쪽도 클리어다!"

"주인님! 한 마리가 빠져나갔어요!"

"제길, 늦겠는데. 레티! 마법으로 처리해!"

"에휴. 사람 부려먹는 데는 뭐 있다니까!"

예티 한 마리가 작업자들을 습격할 뻔했지만 레티의 분투로 어찌저찌 수습됐다.

"좋아. 작업을 재개하겠어."

"".......""

"왜들 그래. 전투는 없었잖아? 예상하지 못한 상황이었던 건 인정하지만, 공격을 받은 사람은 아무도 없었어. 적도 우리가 처치했고."

나는 [화술] 스킬을 사용해 타협의 여지를 차단했다.

"그, 그게 아니라. 저 녀석들, 4층의 보스잖아."

"뭐, 그렇지."

겁을 먹었나? 미안하지만 그것까지 책임져 주기는 힘들었다.

"몇 마리나 되는 예티를 순식간에 해치우다니. 도대체 정체가 뭐야?"

"우리 파티는 두 시간을 내리 싸웠어. 보스방 앞에서 기다리던 파티한테 불평을 들었다고."

"헛웃음이 나오네."

"'뭐, 그렇지'라고 말하는 거 들었어? 기가 막혀서!"

흥분하며 대화를 나눈 작업자들은 다시금 목재를 집어 들었다.

"좋아. 갈 데까지 가보자고, 알렉."

"끝까지 어울려 주지."

"드롭 아이템이나 챙겨 둬. 아깝잖아. 그 정도는 기다려 줄 수 있어."

흠. 계속해서 운반 작업을 진행해도 괜찮을 것 같다.

제6화
로드하우스를 지으려 했을 뿐이건만

1차 작업은 완벽하게 마무리되었다. 예정 시간보다 일찍 끝나는 바람에 작업을 연장해 달라고 교섭하는 사람까지 나타날 정도였다.

하지만 과한 욕심은 화를 부르는 법이므로 계획을 엄수하기로 했다.

이곳이 '돌아올 수 없는 미궁'이라는 사실을 잊으면 곤란했다.

2차 작업에서는 문제가 발생했다. 여러 마리의 스펙터들이 운반 중이던 작업자들을 포위한 것이다. 그래도 엘리사 일행의 협력을 받아서 무사히 토벌할 수 있었다.

당시의 상황을 떠올리면 지금도 간담이 서늘해졌다.

3차 작업은 하우스의 조립이 주를 이루었다.

'돌아올 수 없는 미궁'은 내 로그하우스 계획이 어지간히도 마음에 들지 않았는지 스펙터와 예티를 총동원해 훼방을 놓았다. 하지만 내게도 비장의 수가 있었다. 무려 A랭크의 파티를 고용해서 배치해 놓은 것이다.

"앗하하! 이게 뭐야? 별일이 다 있네! 앗하하하!"

배꼽을 드러낸 금발의 미소녀가 바닥에 쌓인 예티 망토 위에서 빙글빙글 춤을 추고 있었다.

"세라! 웃을 일이 아니야! 이 의뢰는 수지에 안 맞아. 이쯤에서 그만두자."

그레이트 소드를 움켜쥔 거구의 여전사가 주변을 경계하며 호통쳤다.

"관두고 싶으면 마음대로 해~. 먼저 돌아가도 돼, 제이미. 바이바이."

"파티원을 두고 갈 리가 없잖아."

"그러면 남아있던가~."

"흥! 알렉! 이건 위약금 감이다!"

"추가 보너스를 지불할 의향은 있다. 하지만 조금만 시간을 줘. 나도 지금은 지갑 사정이 빠듯하거든. 그리고 말했을 텐데. 무슨 일이 일어날지 모른다고. 이상한 일이 일어날 거라고."

"아니. 너는 이 상황을 확실하게 예측하고 있었어. 그렇지 않으면 4층에 A랭크 파티를 배치할 리가 없지. 처음부터 이상하다고 생각했어."

"뭐, 어쩌면 필요할지도 모르겠다고 생각한 건 사실이야. 나는 신중한 편이거든."

"흥. 국왕의 소개가 아니었으면 너같이 수상한 녀석의 의뢰는 받지도 않았을 텐데."

"지, 진정해요, 제이미. 이미 수락해 버렸으니 어쩔 수 없잖아요."

"맞아. 게다가 저 망토만 팔아도 돈이 꽤 나올걸."

승려와 마법사가 여전사를 달랬다.

"금액의 문제가 아니야. 신용의 문제지. 우리를 부려먹으려고 한 거라면 각오해 둬."

"그럴 의도는 없었어. 좋아, 인정하지. 이번 의뢰가 네 예상과 달랐던 건 내 설명이 부족했던 탓이다. 그러니 너희가 제시하는 만큼의 위약금을 지불하겠어. 그리고 다음번에 너희가 의뢰를 요청하면 무조건적으로 받아들이도록 하지. 이거면 되겠어?"

"헤에? 드래곤을 쓰러트리라고 말해도 받아들일 거야?"

"받아들일 생각이다. 시간은 좀 걸리겠지만."

"그러면 추가로 1만. 이 금액이면 의뢰를 끝까지 완수할게."

"좋아. 정해졌군."

바가지를 씌울 줄 알았는데. 생각보다 저렴한 금액이었다.

"그렇게 해~. 내가 제이미한테 1만 골드를 낼 테니까 알렉은 지불하지 않아도 돼."

"세라. 네가 돈을 내면 의미가 없잖아."

"복잡해라. 그러면 알렉, 다음에 나하고 같이 모험하자. 내가 힘을 빌려줄게."

"알겠어."

"세라, 저 B랭크 녀석의 어디가 그렇게 마음에 든 거야?"

"응? 질투하는 거구나, 제이미."

"아니거든!"

"아하하."

"잡담은 거기까지. 적이야."

세라의 동료 마법사가 말했다.

"왔구나. 지루하지 않아서 좋네."

"정말이지. 귀찮은 의뢰를 떠맡아 버렸어. 이번에는 몇 마리야?"

"글쎄요. 당장 눈에 보이는 건 한 마리뿐이네요……."

한 마리의 스펙터가 천천히 날아오고 있었다. 설마 스펙터의 씨가 말랐을 리는 없고.

상당히 위험한 녀석일 가능성이 높았다.

"전투태세! 작업을 중단하고 전부 피난 준비!"

나는 그렇게 외치며 [감정]을 사용했다.

〈이름〉 스펙터 오버로드 〈레벨〉 86

〈HP〉 100086/100086 〈MP〉 열람을 방해받았습니다

〈상태〉 불사

[해설]

불사자를 지배하는 어둠의 왕.

무자비한 성격. 접근하는 자에게 적대적.

신에 가까운 지혜를 지녔으며, 마왕에 필적하는 마력을 보유함.

강력한 레어 아이템을 장비하고 있어 대부분의 신성 마법을 무

효화함.

"하. 제기랄. 레벨 86! 전부 중단하고 도망치는 수밖에 없겠는걸."

내가 체념하며 말했다.

로그하우스를 짓지 않는다고 세상이 멸망하는 것은 아니었다.

엄청난 손해를 보게 되겠지만 목숨보다 비싼 건 없었다.

"잠깐! 나 세라 미네르바가 이 정도 상대한테 꼬리를 말고 도망칠 거라고 생각하면 오산이야!"

"뭐, 싸우는 건 네 마음이다만. 이길 수 있겠어?"

"으음. 글쎄. 많이 위험해 보이기는 해."

"그러면 후퇴다. 이 로그하우스는 내 개인적인 취미일 뿐이야. 딱히 국왕도 뭐라고 하지는 않을 거다."

"나도 개인적인 취미 때문에 싸우려는 건데? 이렇게 재밌어 보이는 상황에 꽁무니를 빼다니. 말도 안 되지!"

"그렇다는데, 어떻게 할 셈이지?"

나는 세라의 파티원들에게 확인을 구했다.

"리더가 싸우기로 결정했으니 어쩔 수 없지. 방금 전에 의뢰도 수락했고."

"하아. 이럴 줄 알았으면 과자나 잔뜩 먹어둘 걸 그랬어요."

"너희는 먼저 도망가도록 해. 지켜줄 여유가 있을 것 같지는 않거든."

하긴 그렇겠지.

"철수! 대금은 빠짐없이 지불할 테니 전원 피신해!"

지시를 내릴 필요도 없었다. 작업자들은 살아남기 위해 앞다퉈 줄행랑을 쳤다.

무리도 아니었다. 레벨 86짜리 적을 눈앞에 두고도 태평한 인간이 목재 운반이나 하고 있을 리 없었다.

"알렉, 우리도 도망갈 거야?"

세리나가 물었다.

"당연하지. 너, 저거랑 싸우고도 살아남을 수 있다고 생각해?"

"글쎄. 레벨이 20 정도만 낮았다면 해볼 만했을 텐데. 게다가 우리 의뢰를 받고 와주신 분들이잖아."

"물론 죽게 내버려 둘 생각은 없어. A랭크라면 살아남는 법 정도는 알고 있겠지. 적어도 무력하게 당하지는 않을 거야. 우리가 있으면 오히려 발목을 잡을지도 몰라."

"하긴 그렇네. 그럼 일단 물러나자."

어느새 뒤쪽에는 시커먼 결계가 만들어져 있었다. 결계 안쪽에서는 세라와 그녀의 파티원들이 격렬한 전투를 펼치고 있었다. 아직 살아있는 모양이다.

"나는 먼저 돌아가겠어. 곧장 왕성으로 갈 거야."

나는 스펙터에게서 카피한 [부유 LV2]와 [순간이동 LV2] 덕분에 설원에서 남들보다 빠르게 이동할 수 있었다.

3000포인트를 소비해서 [부유]의 레벨을 3으로 올려봤지만 극적인 변화는 없었다. 결국 이대로 이동하기로 했다.

그리고 [데스 터치]라는 스킬이 추가되어 있었는데, 다음에 확인해 보기로 했다.

3층에 진입하자 전투 중인 파티가 보였다.

"급한 용무다. 지나가겠어."

양해를 구한 나는 공중에 떠서 파티의 머리 위를 통과해 지나
갔다.

"으악! 당신, 언데드야?"

위쪽을 올려다본 전사가 흠칫하며 외쳤다.

"아니. '바람의 검은 고양이' 소속의 B랭크 모험가 알렉이다. 너
희한테 해를 가할 생각은 없어. 지나가려는 것뿐이다."

"마법사인가? 꺼림칙한 녀석일세. 앗, 봤어?! 저 녀석, 지금 순
간이동을…… 으악!"

"잭! 한눈팔지 마! 전투 중이야. 적이 아니라면 내버려 둬."

미안한 짓을 하고 말았군. 다행히 치명상은 아닌 모양이다. 그
래도 모험가라면 전투 중에 한눈을 파는 쪽이 잘못이다.

"어라?"

부유 스킬을 사용해 1층을 가로지르던 나는 천장 부근에서 작
은 통로를 발견했다.

스켈레톤 용사와 싸웠던 장소였다.

밑에서는 절대로 이 통로를 발견하지 못할 것이다. 전사상에
가려져 있기 때문이다.

뭐, 나중에 따로 조사해 보기로 하자. 지금은 지원 요청이 우선
이다.

지상으로 나온 나는 곧장 왕성으로 달려갔다. 여기서까지 사람들의 주목을 받고 싶지는 않았기 때문에 [부유]와 [순간이동]은 사용하지 않았다.

"멈춰라!"

성의 문지기가 창을 내밀었다. 왕성 관계자들에게는 아직 내 얼굴이 낯선 모양이었다.

나는 품속에서 플래티넘 통행증을 꺼내 들었다.

"나는 '바람의 검은 고양이'의 리더 알렉이다. 국왕 폐하께 긴급한 용건이 있어서 왔다. 내 이름을 대면 알아들으실 거다."

"헛! 이 통행증은! 실례했습니다. 안으로 들어가시죠."

통행증 같은 건 딱히 필요 없다고 생각했는데. 이제 와서 보니 필수 아이템이었다. 그랑소드 국왕은 선견지명이 있구나.

살풍경한 응접실에 앉아서 기다리고 있자 곧 국왕이 도착했다. 오늘은 화려한 옷을 입고 있었다.

"긴급한 용건이라고 들었다."

"네. 4층에 상상 이상으로 위험한 몬스터가 출몰했습니다. 레벨은 86."

"뭐라고? 86?"

"그렇습니다. 현재 세라 씨가 파티원들과 함께 교전 중입니다."

"후퇴하지 않았던 건가."

"네. 저도 후퇴를 권했지만 재미있을 것 같다면서 거부하더군요."

"그랬군……. 성격이 그 모양이니. 알겠다. 곧바로 지원 부대를 보내지. 이거면 되나?"

"예. 그리고 최고 레벨의 사제와 면회를 시켜주셨으면 합니다."

"이 근처에서 최고 레벨이라면 파논 대사제겠군. 하지만 대사제를 던전으로 보낼 수는 없어. 나이가 원체 많거든."

"던전에 데려가려는 건 아닙니다. 만나기만 하면 됩니다."

"알겠다. 네 통행증이 있으면 만날 수 있을 거다. 누가 알렉을 신전으로 안내해 줘라."

나는 병사들의 안내를 받아 신전으로 향했다. 그리고 안에서 대사제와 면회를 가졌다.

"호오, 그렇군. 레벨 86의 언데드라. 그렇다면 이 염주를 가지고 가게."

"고맙습니다."

공손하게 염주를 받아 든 나는 겸사겸사 스킬 리스트를 확인해 보았다.

강력한 주문을 카피했다면 대박일 텐데.

하지만 랜덤이라 기대는 하지 않는 편이 좋았다.

[붓질(에로) LV5] New!

젠장, 이 에로 할아범! 왠지 이렇게 될 것 같더라니.

심지어 레벨 MAX였다.

어쨌든 시간이 촉박했다. 나는 사제에게서 받은 염주를 챙겨 미궁으로 돌아갔다.

"앗, 알렉. 어떻게 됐어?"

세리나와 다른 동료들이 던전 입구에서 대기하고 있었다.

"국왕이 지원 부대를 보내주기로 했어. 아이템도 얻었으니 다시 4층으로 돌아가자."

""알았어.""

제7화
7월의 전투

훗날 그랑소드의 역사서에 '죽음의 재앙 전쟁'으로 기록될 전투가 이 던전에서 벌어지려 하고 있었지만, 계단을 내려가고 있는 우리들은 그 사실을 알 방법이 없었다.

"클리어!"

"좋아. 이제 곧 4층이다. 계속해서 가자."

""그래.""

""알겠어요.""

나는 [부유] 스킬을 사용하지 않고 동료들과 함께 이동했다. 혼자서 앞서가 봤자 큰 차이도 없기 때문이다.

세라 녀석. 아직 살아있으면 다행일 텐데.

4층에 도착하니 눈보라가 치고 있었다. 그래서 주변의 풍경도 어두컴컴했다.

이대로 4층에 언데드가 눌러앉는다면 다른 모험가들로부터 무슨 소리를 듣게 될지.

우리는 로그하우스 건설 지점으로 이동했다. 안쪽에서는 아직도 전투가 이어지고 있었다.

불현듯 거대한 화염구가 날아와 우리를 스치고 지나갔다. 그리고 등 뒤쪽에서 대규모 폭발이 일어났다.

"히익. 나 여기서 기다리면 안 될까?"

리리는 겁을 먹은 눈치였다.

"그래. 강요할 생각은 없어. 각오가 된 사람만 따라와."

리리를 데려간다고 큰 도움이 될 것 같지는 않았다.

"우와. 엄청 미묘한 말투네. 가고 싶지는 않지만, 전설급 마법을 마음껏 구경할 수 있는 기회가 눈앞에 있다고 생각하면! 아아!"

레티가 몸을 배배 꼬면서 말했다. 너는 어차피 따라올 거잖아. 마법덕후 자식.

우리는 리리를 남겨둔 채 눈보라가 치는 구역을 빠져나갔다.

시야가 걷혔지만 스펙터의 주변만은 여전히 어두웠다. 전사 한 명이 당했는지 바닥에 쓰러져 있었다.

곧 세라의 모습도 발견할 수 있었다. 다행이다. 아직 살아있었다.

그리고 못 보던 파티가 하나 더 늘어나 있었다. 협력해서 싸우고 있는 모양이었다.

"제길! 원군인 줄 알았는데 레벨이 30도 안 되는 허접들이라니!"

올백 머리의 금발 전사가 우리를 보더니 욕지거리를 내뱉었다. 전사는 털가죽을 덧댄 검은색 갑옷에 칠흑의 검을 장비하고 있다. 세기말스러운 차림이다.

"아무도 오지 않는 것보단 낫잖아. 그리고 알렉, 좋은 소식이 있는 거지?"

세라가 물었다.

"그래. 국왕에게 지원을 요청했어. 부하를 파견해 준다더군."

"오오, 고마워. 아무래도 나 혼자로는 버겁더라고. 그래도! 알렉이 힘써줬으니 나도 조금 더 분발해야지."

"시간을 벌자!"

우리도 전투에 휘말리지 않도록 주의하면서 지원 부대를 기다렸다.

"알렉! 돌아와 있었나."

이윽고 엘리사가 파티원들을 이끌고 도착했다.

그렇잖아도 보이지 않아서 걱정되던 참이었다. 잠시 피신해 있었던 모양이다.

"엘리사. 무사해서 다행이다. 이제 곧 국왕의 지원 부대가 올 거야."

"반가운 소식이기는 하다만, 과연 저걸 쓰러트리는 게 가능할까?"

"글쎄. 쓰러트릴 수 없으면 도망쳐야지, 뭐."

"홋. 그것도 그렇군."

우리는 멀찍이서 세라 일행의 전투를 지켜보았다.

한 전사가 달려들어 검을 휘두르자 불사왕은 순간이동으로 회피해 버렸다.

때때로 불사왕이 악령을 소환하고, 화염구를 날리기는 했지만 패턴은 이 정도가 전부인 모양이었다.

"공격을 명중시키질 못하고 있네."

세리나가 분석을 하며 말했다.

"저렇게 휙휙 움직이니 쉽지 않겠지. 공중에 떠있는 점도 성가시고."

"내 이름은 갈라드! 폐하의 요청을 받아 이곳에 왔다!"

"흑룡 살해자 제이크다. 핫, 기다리게 해서 미안하다."

두 그룹의 파티와 10명의 기사가 전장에 모습을 드러냈다.

인원수는 적은 편이군. 국왕도 소수정예가 아니면 의미가 없다고 판단한 모양이다.

"도와줘서 고마워. 상대는 보다시피 언데드 한 마리야. 중급 이하의 신성 마법은 전부 무효화당하고 있어. 상급 마법도 저항이 높아서 효과가 미미해."

세라의 파티에 소속된 마법사가 간단히 설명했다.

"뭐야, 보기 드문 조합인걸. 세라와 에스클라도스라니. 이 나라의 A급 모험가는 전부 이곳에 모인 거 아닌가?"

"제이크. 아직 '메두사'와 '광왕'이 없잖아."

"아아. 그 녀석들은 있어봤자 방해만 되지. 차라리 없는 편이 나아!"

"그건 그래! 아하하."

다들 면식이 있는 사이인 모양이었다.

"누가 이 아이템을 사용해 줘. 대사제한테 받아온 물건이다."

내가 염주를 내밀며 말했다.

"호오, 속박의 염주군요. 이걸 저 언데드의 목에 걸면 움직임을 멈출 수 있을 겁니다. 다만…… 그걸 누가 하느냐가 문제군요."

주변에 있던 사제 중 한 명이 말했다.

"난 패스! 검도 제대로 못 맞히는데 등 뒤에서 접근하는 건 무리야."

세라가 검을 움켜쥔 채로 말했다.

"정면에서 시도하면 되잖아."

"그러면 네가 할래? 에스."

"흥. 저 언데드에게 접근하는 건 나로서도 무리다. 닿기만 해도 죽어버리니까."

혹시 [데스 터치] 때문인가. HP를 흡수하는 스킬이 아니라 닿은 즉시 즉사시켜 버리는 스킬이라니. 굉장히 성가시군.

"정말이야? 쓰러트릴 수 있기는 한 건가, 저 녀석."

A랭커인 제이크가 놀라서 되물었다. 이 녀석은 예전에 투기장에서 내게 큰 손해를 안겨준 녀석이지만, 지금은 그런 사실을 신경 쓸 때가 아니었다. 불평은 나중에 하자.

"고속 영창 때문에 빈틈은 적지만, 저 녀석은 기본적으로 마법사야. 강력한 마법만 잘 견뎌내면 공략은 가능해."

"옵니다! 화염 속성 범위 마법! 마법진을 주의하세요!"

"이거 너무 넓은데? 우선은 물러나서 상황을 지켜보자."

직경 50미터에 달하는 마법진이 출현하자 그 위에 있던 모험가들이 허둥지둥 산개했다.

그리고 다음 순간. 거대한 불기둥이 솟아올라 마법진 위에 있는 모든 것을 불태워 버렸다.

하얀 눈밭이 소멸하고 까맣게 그을린 맨바닥이 얼굴을 내밀었다.

"장난 아니네. 휘말리면 꼼짝없이 죽겠어."

"누가 대사제의 아이템을……."

내가 다시 한번 말을 꺼냈다.

"알렉, 네가 가져왔잖아. 네가 사용해."

"내 레벨은 28이다. 무리야."

결국 아무도 맡으려고 하지 않는군. 곤란하게 됐다. 물론 아이템을 사용하지 않고 쓰러트릴 수 있다면 그래도 상관없지만.

"으아악!"

"폴! 제기랄!"

아, 한 명 죽었다. A랭크 파티도 죽는구나……. 하지만 남일 구경하듯이 느긋한 생각이나 하고 있을 때가 아니었다.

"주인님, 제가 갈까요?"

미나가 자진해서 나섰지만 이대로 보내봤자 죽으러 가는 것이나 다름없었다.

"아니, 됐어. 세리나. 저 녀석한테 네 필살기를 맞힐 수 있겠어?"

세리나의 [스타라이트 어택]은 HP와 방어력을 무시한 성속성 공격이었다. 그러니 대미지는 확실하게 입힐 수 있을 것이다.

"글쎄. 솔직히 자신은 없어. 누가 3초 정도 시간을 벌어준다면 해볼 만하겠지만."

흐음.

나는 스킬 리스트를 확인해 보았다.

[기척 차단 LV5] New!

이 자리에 있는 누군가의 스킬을 카피한 모양이었다.

"혹시 나를 투명하게 만들거나, 저 언데드의 시각을 차단할 수 있는 사람?"

"어쩔 수 없지. 이걸 빌려주마. 안개의 망토다. 입으면 안개 속에 섞일 수 있다."

도적풍의 남자가 망토를 벗어 내게 내밀었다. 하지만 정작 남자는 망토를 움켜쥔 채로 놔주질 않았다. 다시 망토를 잡아당기자 그가 나를 노려보며 말했다.

"갖고 튀면 용서하지 않을 거다, 알렉. 네 얼굴과 이름은 똑똑히 기억했어."

"알겠어. 제대로 돌려줄 테니 걱정하지 마."

그제야 남자는 망토를 놔주었다. 나는 망토를 착용한 뒤 일행들에게 물었다.

"어때?"

"와, 대단해요."

"하나도 안 보여! 나도 입어볼래."

"네가 이 염주를 저 언데드의 목에 걸고 오겠다면야 얼마든지."

"힘내! 응원하고 있을게, 알렉! 아무래도 그건 선택받은 용사만 착용할 수 있는 망토인가 봐. 크으! 아쉽다, 아쉬워!"

"기대도 안 했다."

언데드는 냄새를 맡지 못하니 [기척 차단]과 이 망토면 어떻게든 될 것이다.

"세리나. 녀석의 움직임이 멈추면 단숨에 뛰어들어."

"알았어. 너도 조심해."

나는 [부유] 스킬로 발소리를 없앤 뒤, [기척 차단]을 사용해 언데드에게 접근했다.

그런데 그때 발밑에 붉은 선이 그어지기 시작했다.

제길, 마법진인가! 위험해!

간신히 마법진에서 벗어난 나는 다시 마음을 다잡고 접근을 시도했다.

하지만 상대가 순간이동으로 이리저리 움직이는 바람에 쉽지 않았다.

나도 [순간이동]을 사용할 수 있지만 이동 거리에서 현격한 차이가 났다.

"꺄악!"

"세라!"

바로 그때, 세라가 번개 마법에 당해서 쓰러지고 말았다.

내 바로 앞이었다.

이윽고 불사왕이 순간이동해 오더니 세라에게 마무리 일격을 가하려 했다.

지금이다! 지금밖에 없다!

나는 서둘러 [순간이동]을 사용해 불사왕에게 더욱 가까이 접근했다. 물론 뒤쪽에서였다.

"어딜!"

동시에 제이미도 옆에서 공격을 가했다.

나는 불사왕의 머리에 염주를 억지로 끼워 넣었다. 그러자 염주는 불사왕의 목에 딱 맞는 사이즈로 변해 휘감겼다.

성공이다.

불사왕은 염주를 벗기려고 손으로 움켜쥐었지만 빠지지 않는 모양이었다.

몸을 부르르 떠는 것으로 봐서 움직임도 제한된 듯 보였다.

"지금이야! 세리나!"

"알았어!"

세리나가 달려왔다.

"내가 먼저다! 다크 카타스트로프!"

흑기사 에스클라도스가 필살기를 날렸다. 저 기술, 아무리 봐도 암속성 마법 같은데.

그래도 의미가 없지는 않았던 모양이다. 불사왕의 배리어가 깨진 것이다.

"비켜요! 스타라이트 어택!"

세리나가 롱 소드를 앞으로 내질렀다. 그러자 검에서 일곱 색상의 별빛이 흘러넘쳤다.

"HYAAAAAAA……!"

불사왕이 귀에 거슬리는 비명을 내질렀다. 소멸하려는 조짐인지 몸도 흐릿하게 변해버렸다.

제대로 먹혔군.

"지금이야! 한 걸음 더!"

'이 가증스러운 용사 놈들! 지금은 물러나지만, 300년 후에 상처가 회복되면 이곳으로 돌아와 너희들을 근절시켜 주마. 그날까

지 목을 씻고 기다리고 있거라.'

머릿속에서 불길한 목소리가 울려 퍼졌다. 그리고 불사왕은 검은 구슬에 휩싸여 어딘가로 자취를 감추었다.

……아무것도 없다.

내 앞에는 동그랗게 파인 눈구덩이만이 있을 뿐이었다.

"사라졌어!"

"찾아!"

"아니. 아무래도 도망친 것 같네. 그리고 알렉, 구해줘서 고마워. 쪽!"

나를 끌어안은 세라가 뺨에다 입을 맞추었다.

놓치고 만 건가…….

뭐, 살아남은 것만으로도 감사히 여겨야겠지.

제8화
5층

스펙터 오버로드.

불사왕은 아쉽게 놓치고 말았지만 레벨 86의 위험한 몬스터를 상대로 살아남은 것만으로도 대단한 일이었다.

이제 걱정 없이 로그하우스를 완성할 수 있게 되었다.

지배자급 존재가 와서 패퇴했으니, 적어도 놈보다 강한 적이 찾아올 일은 없을 것이다. 내게는 그런 확신이 있었다.

다만, 이번 사건이 화제가 되었는지 작업자들이 모이질 않았다.

어쩔 수 없다. 우리끼리 직접 조립하는 수밖에.

탕탕탕, 탕탕탕. 주변에 기분 좋은 망치 소리가 울려 퍼졌다.

이곳은 4층의 북동쪽 구역.

[망치질] 스킬을 배운 덕분에 기술적으로 문제 될 건 없었다.

"좋아. 이 정도면 되겠지."

"와, 나쁘지 않은걸!"

멤버들이 한데 모여 완성된 로그하우스를 바라보았다.

고생한 만큼 자랑스러운 기분이 들었다.

눈이 쌓여도 드나들 수 있도록 지붕 근처에도 예비용 출입구를 설치해 놓았다.

침대는 2단짜리로 6개. 난로는 장작이 없으면 유지가 불가능해서 포기했다.

대신에 10만 골드를 지불해 온기를 발생시키는 마도구를 구입했다.

이전에 나방 보스가 드롭한 보석이 100만이라는 고가에 팔린 덕분에 이만한 금액을 마련할 수 있었다.

우리는 로그하우스의 정문을 열고 안으로 들어섰다.

새것 같은 나무 냄새가 우리를 환영해 주었다.

"헤에. 생각보다 넓구나."

리리가 첫 번째 감상평을 내놓았다.

"앞으로 파티 멤버가 늘어나도 괜찮도록 설계했거든."

미래의 상황까지 고려한 장인(나)의 솜씨였다.

"야한 부분에 관해서는 정말로 철저하네."

"무슨 뜻이야, 세리나."

불평을 하기는 했지만 사실 틀린 말은 아니었다. 내가 여자 노예를 늘리는 건 기정 사실이니까.

우리는 하루 동안 로그하우스에서 머물었지만 아무런 문제도 없었다. 스펙터도 들어오지 않았다.

다른 모험가들은 불안해서 이용하지 않을 테니 사실상 우리들의 전용 시설이었다.

"그나저나 그 숨겨진 통로는 정체가 뭘까."

세리나가 말했다. 내가 던전 1층에서 발견한 통로를 두고 하는 말이었다. 나중에 탐색을 진행해 봤지만 안에는 마법진 하나가 그려져 있을 뿐, 그 외에는 아무것도 없었다.

마법진 위에 올라가 보기도 했지만 아무 일도 일어나지 않았다.

"아마도 아래층으로 워프시켜 주는 장치겠지. 지름길일 거다."

내가 말했다.

"아하. 발동시키려면 특정한 아이템이 필요한 걸까?"

"그럴 거야. 뭐, 사용하지 못해도 크게 상관없어."

"하긴."

"그리고 오늘 중으로 5층에 도전할 거야."

"와. 꽤 공격적이네."

"매번 지상으로 돌아가는 것도 귀찮으니까."

던전 1, 2층 같은 경우에는 최단거리로 주파하더라도 상당한 시간과 체력이 허비되었다. 나오는 몬스터도 조무래기뿐이라 성장에 도움이 되지 않았다. 게다가 던전인 이상 방심할 수도 없는 노릇이었다. 쓸데없는 부담은 최소화하고 싶었다.

"반대 의견 있어?"

"없어."

"괜찮을 것 같아."

"있을 리가 없지!"

"주인님께 거스르는 자는 제가 처리하겠어요!"

미나가 주먹을 불끈 움켜쥐며 기합을 넣었다.

"미나. 나는 독재자가 될 생각이 없어."

"아, 네."

"좋아. 그럼, 너희들. 40초 이내로 준비해."

"무리야! 절대 무리!"

"그건 좀 어렵겠네. 후후."

리액션이 빵점이군. 대사의 출처를 알고 있을 세리나한테는 특히 더 실망했다.

로그하우스에서 장비를 점검한 뒤, 우리는 보스방으로 이동해 계단을 내려갔다.

5층은 투명한 얼음벽으로 둘러싸인 미궁이었다. 4층의 보스를 쓰러뜨렸을 때 한 번 와본 적이 있었다.

그래도 바닥은 돌이라서 미끄러질 걱정은 없었다. 하지만 이런 풍경이 계속 이어진다고 생각하니 상상만 해도 한기가 밀려왔다.

"여기만 오면 팥빙수가 먹고 싶어져."

리리가 말했다. 그러고 보니 이 세계에도 팥빙수의 존재가 알려져 있었지.

"그래. 지상으로 돌아가면 하나 사줄게. 벽은 함부로 만지지 마. 손이 달라붙을지도 몰라."

"와. 알렉이 웬일로 상냥하네. 뭔가 나쁜 일이라도 터지려나 봐."

"리리. 너, 나를 뭐라고 생각하는 거야."

"알렉."

갑자기 분노가 치솟는걸.

"가자."

얼음에 둘러싸인 통로를 신중하게 나아가는 우리들.

새로운 지역이다. 최대한 주의를 기울여야 했다.

한동안 앞으로 나아가자, 등신대 크기의 얼음 조각상이 길을 가로막고 있었다.

"뭘까, 이건."

세리나가 고개를 갸웃했다.

"함정 같아 보이는데."

함부로 움직이면 몬스터가 튀어나올 것만 같았다.

"후후. 밀어 봐, 밀어 봐. 큭큭."

레티가 웃음을 참으며 말했다. 뭔가 있기는 있는 모양이다.

"알겠어. 미나, 가서 밀어 봐."

"네, 주인님."

"앗, 잠깐."

"이놈들은 조각상이 아니라 몬스터야."

루카가 말했다. 역시나.

미나도 내 의도를 파악했는지 미는 시늉만 취하는 데서 그쳤다.

"레티. 동료를 위험에 빠트리다니, 정말 못된 녀석이었구나."

"하지만 정말로 다치게 만들 생각을 없었는걸……. 움직임이 굼뜬 녀석들이기도 하고. 알렉의 놀란 표정을 보고 싶었을 뿐이야."

"파티를 함정에 빠트린 벌이다. 돌아가서 알몸형에 처하겠어."

"네, 알몸형에 처하겠어요!"

"에엑?!"

"전투태세!"

내가 검을 뽑아 들고 외쳤다. 이후 조심스럽게 앞으로 다가가자 얼음 조각상이 천천히 움직이기 시작했다.

"간다. 으랴앗!"

쥬가 힘차게 달려가 검을 내리쳤다.

그러자 까앙! 하는 금속음이 울려 퍼졌다. 상당히 단단해 보이는군. 쥬가는 얼굴을 찌푸리며 소리쳤다.

"우오, 딱딱해! 손이 저릴 정도야."

"넘어트려서 바닥에 충돌시키면 돼."

루카가 그렇게 말하며 발로 걷어찼지만, 조각상도 무거운 편이라 간단히 넘어지지 않았다.

"앗! 그런 거라면 나한테 맡겨줘!"

그렇게 말하며 앞으로 다가간 사키는 업어치기를 구사해 조각상을 넘어트렸다.

얼음 조각상은 쨍그랑 소리와 함께 산산조각이 나버렸고, 그대로 연기가 되어 소멸했다.

"어때? 어때?"

사키가 칭찬해 달라는 듯이 슬금슬금 다가왔다.

"잘했어. 그런데 루카. 이 몬스터는 상대하기 까다로운 편이야?"

나는 이 몬스터가 적으로서 어떤지를 루카에게 물었다.

"딱히. 이 녀석들은 움직임이 느리거든. 둘러싸이면 귀찮아지지만."

"그렇군."

"5층의 적들은 전부 아이스 골렘이야."

얼음 조각상, 아이스 골렘이라.

전위 멤버들은 걱정할 필요 없지만 완력이 약한 네네나 리리는 포위되면 위험할 것이다.

"오옷! 레어 보물상자 발견!"

황금색 보물상자가 드롭되자 사키가 달려들어 잠금을 해제하기 시작했다.

"함정이 있을지도 모르니까 조심해, 사키."

"괜찮아, 괜찮아. [함정 해체] 스킬을 가진 나한테 걸리면 식은 죽 먹기야. 앗, 실패했다."

"어이."

공간이 왜곡되는가 싶더니 눈앞의 얼음벽이 사라졌다. 아니, 다른 곳으로 이동한 건가?

"사키, 괜찮아? 응?"

사키의 모습이 없었다. 아니, 다른 멤버들도 보이지 않았다.

나는 곧바로 상황을 이해했다.

"제길, 텔레포트 함정인가……."

아직 매핑을 시작하지 않은 시점이라 이런 함정은 치명적이었다.

그나마 얼음 속으로 텔레포트되지 않아서 다행이었다. 다른 멤버들이 걱정이다.

장비의 점검을 마친 나는 왼쪽 벽을 따라서 앞으로 나아갔다.

통로 끝에서는 아이스 골렘이 길을 가로막고 있었다.

"쳇. 이 정도라면 나 혼자서도 가능하지만……."

등신대 크기의 골렘은 굼뜨기 때문에 큰 위협은 아니었다.

나는 검도 뽑지 않고 달려들었다. 천천히 움직이기 시작한 조각상의 옆구리를 끌어안은 다음, 몸무게를 실어서 밀어 넘어뜨렸다.

바닥에 충돌한 골렘은 쨍그랑 소리를 내며 산산조각이 났다. 퍼엉!

너무 약한 거 아닌가? 뭐, 일단 넘어가자.

이번에도 보물상자가 드롭되었지만 도저히 해제할 마음이 들지 않았다. 동료들과 합류하는 게 먼저다.

"앗, 알렉."

투명한 벽 너머로 세리나의 모습이 보였다. 블럭과 블럭 사이에 약간의 틈이 있어서 대화도 나눌 수 있었다. 나는 왼쪽을 가리키며 말했다.

"합류하자."

"알았어."

나와 세리나는 똑같이 왼쪽 방향으로 걸어갔다.

하지만 당장은 합류할 수 없는 모양이었다. 세리나는 안쪽으로 꺾어져 들어가 버렸고, 나 역시 세리나와 멀어지기만 했다.

"알렉, 오른쪽으로 가보면 되지 않을까."

"가보자."

반대 방향으로 가봤지만 이번에도 헛수고였다. 아무래도 이 근처에서 합류하기는 어려워 보였다.

"흥. 그러면 [순간이동]이다."

벽 너머가 보이지 않는 미궁에서는 무서워서 차마 사용하지 못하는 기술이지만, 이곳의 벽은 투명했다.

"으윽?! 아얏!"

"괘, 괜찮아, 알렉?"

방금 그건 뭐였지? 엄청난 기세로 튕겨나 버렸다.

"쳇. 아무래도 [순간이동]을 사용할 수 없는 구역인가 보네."

나는 이마를 억누르며 몸을 일으켰다.

"그렇구나……."

"어쩔 수 없지. 세리나, 다른 멤버들을 찾으면서 한 바퀴 돌아보고 와."

"알았어."

이럴 때일수록 평정심을 유지하는 게 중요하다.

나는 느긋한 태도로 통로를 걸어가기 시작했다.

제9화

무한의 성배

제5층, 얼음의 미궁.

이곳에서 텔레포트 함정에 빠져버린 우리는 멤버가 뿔뿔이 흩어지는 위급한 상황에 처하고 말았다.

이제 막 매핑을 시작한 참이라서 지리도 제대로 파악하지 못한 상태다.

다만, 이곳에는 몬스터가 아이스 골렘밖에 없었다. 이 녀석들은 먼저 다가가지 않는 한 공격하지 않으므로 어떻게든 될지도 몰랐다.

"앗, 알렉이다."

"오오, 리리. 네네도 함께인가."

투명한 벽 너머로 두 사람의 모습이 보였다.

가장 걱정스러웠던 멤버들이 무사히 발견되어 나는 안도의 한숨을 내쉬었다.

"얼른 이쪽으로 와."

"너야말로. 하지만 만약 아이스 골렘을 발견하면 다가가지 말고 가만히 대기해."

"응."

통로를 대충 돌아봤지만 두 사람과 합류할 길이 없었다. 멤버가 눈앞에 뻔히 보이는 만큼 괜히 더 초조해졌다.

검으로 얼음 벽을 두드려 보기도 했지만 손만 아팠다. 두꺼운

벽이라서 부수기는 힘들어 보였다.

"어쩔 수 없지. 다른 길로 가라. 다음에 합류하자."

"알았어."

아이스 골렘에게 유도 기술을 걸면서 이동을 계속하자 맵도 어느 정도 채워지기 시작했다.

다만, 아직도 세리나나 리리가 있었던 장소에는 도달하지 못한 상태다.

"뭔가 이상하네."

벽 건너편으로 다가가려 하면 할수록 멀어지기만 할 뿐이었다.

그리고 나의 불길한 예감은 적중했다.

"젠장. 갇혔구나."

오토 매핑을 분석한 결과, 내가 있는 장소가 '닫힌' 공간이라는 것이 판명되었다. 외부로 나가는 길이 없었다.

이게 게임이라면 운영자한테 버그로 신고하고 사과의 보상을 잔뜩 챙겼을 텐데.

"어떡한담……."

완전히 막다른 길이다.

아니, 잠깐만. 무언가 방법이 있을 것이다. 없으면 곤란했다.

"앗, 알렉. 우리는 전원 합류했어. 남은 건 너뿐이야."

얼음벽 너머에 있는 세리나가 태평한 목소리로 말했다.

예상과는 달리 일찍들 합류했구나. 다들 가까운 곳에 전이되었던 모양이다.

하지만 나는 별개였다.

"문제가 발생했어. 이쪽에서 너희가 있는 곳으로 나가는 길이 없어. 여기는 닫힌 구역인 것 같아. [순간이동]도 소용이 없었어."

"뭐?!"

"그거 큰일인데! 갇혔다는 뜻이야, 형님?"

"아하하핫! 하고 웃어주고 싶지만 웃을 상황이 아니네⋯⋯."

레티마저 심각한 표정을 지었다. 그만둬. 그런 표정 짓지 말라고.

"뭔가 방법이 없을까?"

"으음, 이곳에 들어가지 못하는 구역이 있다는 말은 들어본 적이 있어. 당연히 들어간 사람도 못 봤고."

루카가 말했다.

"그러면 내가 마법으로 녹여볼게. 맡겨줘."

"오오, 레티. 웬일로 믿음직한걸."

"웬일이라는 말은 빼."

레티가 무영창으로 화염 주문을 발동했다.

"어때?"

"이상하네. 전혀 녹질 않아."

"그래? 이상한걸. 아무래도 얼음 속성 지역이라서 내 화염 마법도 약해지는 것 같아."

"됐으니까 계속해."

"응."

"아, 저도."

레티와 네네 콤비가 벽에 대고 화염 마법을 난사하기 시작했다.

"틀렸어요⋯⋯."

MP가 고갈된 네네가 기진맥진한 얼굴로 말했다.

"네네, 넌 그만 됐어. 쉬도록 해."

"네⋯⋯."

"레티, 네가 유일한 희망이다. 부탁해."

"아, 알았어. 나만 믿어."

한편, 문득 한 가지 가능성을 떠올린 나는 맵의 중앙으로 이동했다. 만약 아래층으로 이어지는 계단 근처로 전이된 것이라면? 그렇다면 오늘 있었던 일은 전부 해프닝으로 치부할 수 있을 것이다.

하지만 아무것도 없다면⋯⋯.

"고기 된장국이 먹고 싶다."

무심코 입에서 그 한마디가 흘러나왔다.

서양의 영화를 보면 사형수들이 마지막 날 본인이 좋아하는 음식을 주문하곤 했다.

듣고 있지? 안경 여신아.

이런. 아직 마음이 약해지기에는 이르다.

하지만 이제는 더 채울 맵도 없었다. 내가 들어온 곳은 역시 닫힌 구역이었다.

눈앞에는 방금 전에 드롭된 황금색 보물상자가 하나 떨어져 있었다.

일단 레티가 있는 곳으로 돌아가자.

"어떻게 됐어?"

"미안. 쓸만한 마법이 없는지 생각하고 있으니까 조금만 기다려 줘."

"즉, 네 화염 마법으로는 이 벽을 녹일 수 없다는 거지?"

"……응. 현재로서는."

"알았다. 그러면 다시 한번 보물상자를 열어볼게. 다시 텔레포트되면 그쪽으로 건너갈 수 있을지도 모르니까."

"아하, 과연."

"잠깐만, 알렉. 그 보물상자에는 텔레포트 외에도 여러 함정이 있어."

"하지만 루카. 그거 말고는 달리 기댈 것도 없어."

"아……."

"걱정하지 마. 여차할 땐 스킬을 사용할 테니까. 일단 이것부터 열어보고 생각하자."

그랬다. 내게는 아직 스킬이라는 비장의 수가 남아있었다.

다만, 아직은 이렇다 할 스킬이 떠오르지 않았다.

평소에는 궁지에 처하면 쓸만한 스킬이 떠오르곤 했는데.

"후우."

나는 깊은 한숨을 내쉬며 보물상자를 개방했다.

"이럴 수가……."

텔레포트는 아니었다.

하지만 여기까진 예상했기 때문에 놀라지 않았다. 아이스 골렘을 쓰러트려 보물상자를 획득하다 보면 결국 언젠가는 텔레포트 함정을 뽑게 될 테니까.

지금은 그게 문제가 아니었다. 나는 자신의 눈을 의심했다.

보물상자 안에는…… 자그만 뚝배기에 담긴 고기 된장국이 있었다. 수증기가 모락모락 피어오르고 있었다.

그만둬. 이게 무슨 짓이야.

하지만 일단은 먹기로 했다.

젓가락까지 알뜰하게 마련되어 있었다.

"맛있어……."

온몸에 기운이 돌아오는 기분이었다. 우엉과 무, 당근의 부드러운 식감. 돼지고기의 농후한 감칠맛. 그리고 이 모든 것을 아우르는 된장국의 풍미.

눈 깜짝할 사이에 식사가 끝났다.

아쉽다. 한 그릇 더 먹고 싶다.

"오?"

정말로 한 그릇이 더 추가되었다. 꿈을 꾸는 건가 싶었지만, 실제로 고기 된장국이 눈앞에 있었다.

그렇다면 먹을 뿐.

"어라?"

먹고 있는데 또 한 그릇이 추가되었다.

이제는 필요 없는데.

그러는 와중에 한 그릇이 또 추가되었다.

뭐, 일단은 내버려 두기로 하자. 레티가 이미 벽을 녹여놓았을지도 몰랐다. 돌아가서 확인해 보기로 했다.

"레티, 어땠어?"

"떠올랐어! 눈에는 눈! 이에는 이! 즉, 얼음에는 얼음이야!"

"호오."

레티는 무영창으로 아이스 골렘을 소환하더니 벽을 때리라고 명령했다.

콰앙! 하는 시원한 소리와 함께 벽에 금이 갔다.

"너 정말로 천재구나."

아이스 골렘은 한 번의 공격으로 부서지고 말았지만, 이걸 몇 차례 반복하면 벽을 파괴할 수 있을 것이다.

"물론이지. 훗. 더 칭찬해도 괜찮아."

문득 한 가지 사실을 떠올린 나는 뒤를 돌아보았다.

돌아보지 말 걸 그랬다.

뒤쪽에는 통로 한가득 고기 된장국이 만들어져 있었다.

"어이, 안경 여신! 더는 필요 없다고!"

"응? 무슨 소리야, 알렉?"

"아무것도 아냐. 신경 쓰지 마."

실제로 안경 여신의 소행인지 아닌지는 불명이지만, 그 무능한 여신이라면 저지르고도 남았을 것이다. 나를 다른 사람으로 착각해서 이세계로 날려 보낸 녀석이니까.

"앗! 구멍이 뚫렸다!"

"알렉, 서둘러! 내버려 두면 재생할 거야."

"알았어."

나는 벽에 난 구멍으로 몸을 밀어 넣었다.

"자, 형님. 이쪽이야."

쥬가와 루카가 나를 잡아당겨 준 덕분에 수월하게 빠져나올 수 있었다.

"후우, 살았다."

"주인님!"

""다행이다…….""

"레티, 덕분에 살았어. 고맙다. 네가 없었다면 정말로 위험했을 거야."

"으흑, 나 때문에, 구해내지 못하면, 어쩌나 하고, 훌쩍!"

레티가 눈물을 흘리기 시작했다. 미안한 짓을 했군.

"그런데 어디서 맛있는 냄새 안 나?"

리리가 구멍 안을 엿보았다.

"레티, 마지막 임무다. 얼른 이 구멍을 막아. 지금 당장."

엄청나게 불길한 기분이 들었다.

"어? 미, 미안. 지금 마력이 고갈됐어. 조금만 쉬게 해줘."

"어쩔 수 없군. 빨리 쉬어."

"오. 갑자기 음식이 나타났어!"

"어디. 고기 된장국이네. 알렉이 꺼낸 거야?"

"아니. 내가 아니야."

"잘 먹겠습니다!"

"먹지 마, 바보야."

나는 이미 먹어버렸지만, 지금 와서 생각해 보면 참 불가사의한 음식이었다.

이럴 때는 [감정] 스킬로 확인해 보는 게 정석이다.

〈명칭〉 고기 된장국　〈종류〉 음식
〈재질〉 채소와 돼지고기
[해설]
겨울에 먹는 가정식.
몸이 따뜻해진다.
독 없음. 이상 없음.

고기 된장국에는 이상이 없는 모양이었다. 하지만 그릇은 어떻까?

〈명칭〉 뚝배기 〈종류〉 식기
〈재질〉 도기
[해설]
전격 내성 보유.
'무한의 성배'의 한 모습.

무한의 성배라는 게 대체 뭐지?
혹시 보물상자의 내용물과 관련이 있는 건가?
"어떻게 된 거야?"
"나도 잘 모르겠어. 먹어도 문제는 없는 것 같아."
"그러면 먹어볼까. 리리도 벌써 먹어버린 것 같고."
"찬성!"
우리는 다 함께 식사를 시작했다.

"하아. 배부르다."

"나도."

"우와. 계속 나오고 있어. 고기 된장국이랬나? 여기에 오면 얼마든지 먹을 수 있겠는걸!"

쥬가 활짝 웃으며 말했다. 그렇게 속 편한 결과로 이어지지는 않을 것이다.

"다들. 오늘 여기서 일어난 일은 비밀로 해둬. 리더 명령이다."

"어? 다른 사람들한테도 나눠주면 되잖아."

"뭐, 고기 된장국이 나온다는 말은 해도 괜찮지만, 내가 관련됐다는 건 비밀이다. 알겠지?"

"알았어. 좋은 사람이네."

"훌륭하세요, 주인님."

"멋있다! 알았어! 형님 덕분이라는 건 비밀로 할게!"

다들 좋은 쪽으로 해석하고 있지만, '무한'이라는 건 굉장히 위험한 개념이다.

"좋아. 오늘 탐색은 종료다. 지상으로 돌아가자."

없었던 일로 하고 싶다.

나는 모든 것을 잊어버리기로 했다.

제10화
호출

⋯⋯그로부터 일주일 동안은 던전 공략을 진행하지 않았다.

무한의 고기 된장국이 어떻게 됐는지도 마음에 걸렸지만, 별다른 소문이 들려오지 않는 걸 보면 자연히 소멸했을 것이다. 분명 그럴 것이다.

방문을 노크하는 소리가 들렸다.

"알렉, 중요한 이야기가 있어."

레티였다. 이 녀석은 여관 안에서도 보라색 챙모자를 쓰고 다니는 별종이었다.

"알았다."

레티를 들여보낸 나는 다른 사람이 듣지 못하도록 방문을 잠갔다.

"말해 봐."

"응. 그날 이후로 줄곧 생각해 봤거든. 역시 나, 알렉을 좋아하나 봐."

레티가 어깨를 으쓱이며 아무것도 아니라는 듯이 말했다.

"응? 아아, 그렇군. 그쪽 이야기인가."

"무슨 이야기라고 생각했는데?"

"아냐. 신경 쓰지 마. 그리고 네가 좋아하는 건 내가 아니라 스킬 포인트겠지?"

"당연하지! 뭐가 아쉬워서 중년 아저씨를……! 앗, 어흠, 방금 건 실수야. 취소!"

"후우. 알았다. 포인트가 필요하다면 주도록 하지. 단, 네 몸하고 교환이다."

"저기, 여기서 몸이란 건 섹스를 말하는 거지? 설마 영혼을 바치라거나. 연금술의 재료로 삼겠다는 건……."

"필요 없어. 내가 너냐."

"나도 인간을 재료로 사용한 적은 없어."

"그럼 다행이고. 그래서? 어떻게 할래?"

"음…… 음……. 알았어! 이것도 스킬 포인트를 위해, A랭크 마도사라는 칭호를 위해서야. 마음대로 해."

"좋아. 이쪽으로 와."

"으, 응. 저기, 상냥하게 해줘야 한다?"

"물론이지. 그 부분은 안심해."

나는 레티를 끌어안으며 로브를 벗겼다. 로브를 벗기자 그 밑으로 레오타드를 연상시키는 의상이 모습을 드러냈다. 노출도가 상당한 의상이었다.

레오타드를 벗기려고 하자 레티가 뒤로 물러났다.

"자, 잠깐만."

"괜찮으니까 나한테 맡겨."

"그게 아냐. 이런 상황에서 꼭 해보고 싶었던 게 있거든."

"응? 뭔데."

"잠깐 보고 있어봐."

레티는 침대에 올라가더니 지팡이를 꺼내 크게 휘둘렀다. 그러자 지팡이 끝부분에서 별빛을 본뜬 이펙트가 쏟아져 나왔다.

"마기카, 마기카…… 변신!"

레티의 몸이 빛나면서 공중으로 떠오르기 시작했다. 어디선가 BGM이 들려왔다.

"윽, 이건."

이윽고 레티의 레오타드가 밝은 빛과 함께 사라졌다. 무의미한 에로 포즈를 취하며 빙글빙글 회전하는 레티. 회전이 끝난 뒤, 레티는 실오라기 하나 걸치지 않은 모습으로 착지했다.

"누드 변태, 하다카이저! ……어때?"

"뭐라고 답해야 할지 모르겠네."

모에 성분을 단 하나도 찾아볼 수가 없었다. 부끄러움이 없기 때문이리라.

"에엑? 무조건 통할 거라고 생각했는데."

"됐으니까 나한테 맡겨."

"응."

나는 다시금 레티를 끌어당겼다.

"앗……."

긴장하는 레티. 레티의 체구는 작은 편이었고, 가슴도 마찬가지로 아담했지만 오히려 그래서 마음에 들었다.

레티의 봉긋한 가슴을 손가락으로 어루만지자 레티는 견디지 못하고 민감한 반응을 보였다.

"흐앗, 앙!"

계속해서 가슴을 주물러 주었다.

"응, 아앗, 알렉, 흐윽!"

달아나려는 레티의 몸을 단단히 붙잡은 다음, 이번에는 혀를 이용해 애무하기 시작했다.

"아앙!"

가슴의 민감한 돌기를 핥아주자 레티는 눈을 감으며 가냘픈 몸을 파르르 떨었다.

"뭐야. 아저씨는 싫다고 말한 것치고는 반응이 좋은걸, 레티."

"따, 딱히 싫다고 말한 적은 없는걸. 흐윽, 앙, 하앙, 이렇게, 기분 좋을 줄은 몰랐어."

"그러면 더 기분 좋게 만들어 주지."

"앗."

나는 레티의 발목을 들어 올려 침대에 벌러덩 드러눕게 만들었다. 그러고는 레티의 허벅지 사이를 핥아주기 시작했다.

"으앗, 거, 거기는! 히윽, 뭐야 이거! 뭐야 이거! 앗, 가버려!"

"어때. 기분 좋지?"

"으, 응. 혼자서 하는 것보다, 훨씬 좋아. 몰랐어…… 남자랑 하는 게 이렇게 좋을 줄이야. 으으……"

"그럼 더 많이 가르쳐 줘야겠네."

나는 정상위로 삽입을 개시했다.

"윽, 으윽…… 앗, 드, 들어갔다……"

"그래. 지금부터야."

"어? 흐앗, 꺅, 앗, 앗, 아앗! 잠깐, 너무 격렬해, 아아앙!"

나는 계속해서 허리를 움직였다. 레티의 몸이 위아래로 흔들릴 정도로 거칠게 유린해 주었다.

"하으으…… 굉장해……"

레티가 황홀한 표정으로 말했다. 이걸로 나에 대한 태도도 조금은 개선되었을 테지. 스킬 포인트는 1포인트 양도해 주었다. 한

번에 1포인트. 이 녀석한테는 이거면 충분했다.

"알렉! 큰일 났어!"

세리나가 문을 열고 안으로 들어왔다. 멋대로 자물쇠를 풀어 버리다니. 열쇠는 언제 만든 거지?

"너 말야. 노크 정도는 해."

"그럴 때가 아니야. 아앗, 결국 레티한테까지 알렉의 마수가 뻗 쳤구나. 얘도 참. 내가 그렇게나 경고해 줬는데."

"합의 하의 관계다. 그래서? 용건이나 말해."

"국왕의 호출이야. 긴급 사태래."

"쳇, 생각보다 일찍 들켰군."

"들켰는지 아닌지는 모르겠는데, 미궁이 2층까지 온통 고기 된 장국으로 뒤덮였대."

"듣고 보니 웃기네. 아니, 웃을 일이 아닌가."

"맞아. 어쨌든 호출에 응하는 게 좋을 것 같아."

"역시 그래야겠지."

나는 미나와 세리나, 루카를 데리고 왕성을 방문했다.

살풍경한 응접실로 들어가자 국왕과 대신이 심각한 얼굴로 대 화를 나누고 있었다.

그리고 A랭크 파티인 세라 일행도 보였다.

"오, 알렉. 야호!"

세라는 오늘도 천진난만했다. 치유되는군.

"반가워."

"왔나, 알렉."

국왕이 고개를 들었다. 이쪽은 여느 때와 달리 심각한 얼굴이었다. 쳇.

"어떤 용건이시죠?"

"시치미 떼지 마라. 최근 일주일 동안 던전에 들어가지 않았다고 들었다."

"그게 무슨 문제라도 있습니까?"

"따로 조사해 봤다만, 너희들이 던전에 들어간 시점을 경계로 고기 된장국이 목격되기 시작했다. 목격자들은 전부 너희 다음으로 던전에 들어간 자들이었지. 너희는 목격하지 못했나?"

"저희도 발견했습니다. 그래서 먹고 돌아갔죠."

"어째서 문지기한테 보고하지 않았지? 아무것도 없다고 대답했던 모양인데."

"저희가 원하는 건 값비싼 무기와 방어구니까요."

"음식은 예외라 이건가. 처벌하진 않겠다. 무슨 일이 있었는지 전부 솔직하게 말해라."

젠장. 다짜고짜 범죄자 취급인가.

뭐, 내가 저지른 게 맞지만.

"황금색 보물상자를 열었더니 고기 된장국이 나왔다. 이게 전부입니다. 참, 고기 된장국을 먹고 싶다고 안경 여신한테 빌기도 했지만요."

"안경 여신?"

"아무것도 아닙니다."

"아하하! 정말로 알렉이 저지른 짓이었구나. 다들 수상하다고 하던데 사실이었어. 고기 된장국을 그렇게 많이 만들어내다니. 아무나 가능한 일이 아니야. 대단해, 대단해."

"세라. 웃을 일이 아니야."

세라의 동료 여전사가 심각한 얼굴로 화를 냈다. 맞는 말이었다. 대책을 세우지 않으면 던전은 물론이고 이 나라가 고기 된장국에 삼켜져 버릴 테니까.

"미안, 미안. 그래도 보물상자를 열었을 뿐이라면 어쩔 수 없지 않아? 다른 아이템은 나온 거 없어?"

"딱히. 적어도 나는 못 봤어. 다만, 감정 스킬로 된장국의 그릇이 '무한의 성배'라는 사실은 알아냈어."

"그건 우리도 감정을 해봤다. 무한히 늘어나는 특성을 가진 것 같은데. 흠, 보물상자라⋯⋯. 어떻게 생각하나, 제논."

국왕이 옆에 있는 대신에게 물었다.

"뭐라고 말씀드리기가 어렵군요. 과거의 문헌을 조사해 봤습니다만, 비슷한 사례조차 없었습니다. 현재 각국에 전령을 보내서 조사 협력을 의뢰한 상태이기는 합니다만⋯⋯."

"알아낼 가능성이 희박한가 보군. 고기 된장국에 정복당해서 멸망한 나라가 되고 싶지는 않은데 말이야."

"동감입니다. '고된' 나날이 되겠군요."

설마 고기 된장국이라서 고된 나날인가. 다들 무시로 일관했다.

"다 같이 먹어치우는 건 어때요?"

루카가 말했다. 국왕은 미간을 찌푸리며 고개를 가로저었다.

"이미 하는 중이다. 하지만 운반하고 먹어치우는 속도보다 증식하는 속도가 더 빨라. 인원수를 늘리면 늘릴수록 증식하는 속도도 더 빨라지는 것 같더군. 성가신 상대야."

이거 상당한 난제로군.

모두가 침묵을 지키는 가운데, 세라가 웃으면서 손을 살랑살랑 흔들었다.

"그러면 폐하. 저희도 해결 방법을 찾아보고 올게요~."

"그래. 부탁한다, 세라. 알렉도."

"예."

뭔가 해결 방법이 있다면 좋을 텐데. 나는 속으로 이런저런 고민을 하면서 성을 뒤로했다.

제11화
대현자, 강림

다음 날. 나는 약간의 타협을 거쳐 여관 주인이 만들어 준 아침 스프(유료)를 음미하는 중이었다. 그런데 뒤쪽에서 휘릭, 하고 날카로운 소리가 들려왔다. 동시에 머리에서는 격통이 느껴졌다.

"아얏!"

"아하하! 명중!"

뒤를 돌아보니 리리가 검은색 채찍을 들고 있었다. 방금 그건 채찍을 사용한 공격이었나.

"리리, 무슨 짓이야."

"심심해서 채찍으로 놀아보려고. 그런데 마침 눈앞에 몬스터가!"

손가락으로 나를 척 가리키는 망할 꼬맹이.

"후우. 지금 당장 사과하지 않으면 진짜로 파티에서 제명해 버린다, 리리."

내가 진지한 얼굴로 말했다.

"에엑?"

"당연하지. 파티 멤버는 동료야. 동료를 뒤에서 기습하는 녀석이 어딨어."

"알렉의 말이 맞단다, 리리. 아무리 안전한 무기라도 동료한테 함부로 휘두르면 안 돼. 마음에 안 드는 점이 있으면 맨손으로 해결하렴."

에이다의 사고방식에도 조금 이상한 부분이 있는 것 같은데. 어쨌든 리리도 반성했는지 순순히 사과했다.

"미안해."

"그래. 채찍질을 연습하고 싶으면 뒤뜰에 허수아비가 있으니 거기 가서 해."

"그치만 허수아비는 멀뚱멀뚱 서 있는 데다 소리도 안 나서 재미없는걸!"

하여간 제멋대로인 녀석이다. 그래도 무기의 숙련도를 높이기 위해 단련하는 것은 나쁜 일이 아니었다.

"그 방법이 있었군. 리리, 움직이는 과녁을 준비해 줄 테니까 잠깐만 기다려. 마음껏 채찍을 휘두를 수 있게 해줄게."

"정말?!"

반짝이는 눈으로 날 쳐다보는 리리. 물론이고말고. 인생에 채찍이 있다면 당근도 있다는 사실을 알려줄 때다. 스프를 마저 먹어치운 나는 음흉한 미소를 지으며 과녁을 준비하러 갔다.

"알렉. 파티 멤버의 훈련을 도와 달라길래 따라오기는 했는데, 구체적으로 뭘 하면 되는 거야?"

세리나에게 도움을 요청하자 세리나는 아무것도 모르면서 넙죽 내 부탁을 받아들였다.

"훈련은 여기서 할 거야. 너는 알몸이 돼서 침대에 앉아있기만 하면 돼."

일단 필요한 사항만 설명해 두었다.

"뭐? 무슨 말을 하는지 이해가……."

"실은 리리, 채찍 연습을 하고 싶거든! 세리나가 도와줬으면 좋겠어."

리리가 잔뜩 흥분한 얼굴로 말했다.

"그러면 굳이 알몸이 될 필요는 없잖아. 영문을 모르겠네."

"하지만 세리나, 너…… SM에 관심이 있잖아?"

"따, 딱히 관심이라고 할 정도는 아닌데."

"미지의 경험인데도?"

"……살짝 경험해 보는 것도 괜찮을지도."

역시 쉬운 녀석이라니까.

세리나가 알몸이 되어 침대로 올라갔다.

그리고 리리한테는 나비 가면을 착용시킨 뒤 SM플레이…… 아니, 무기 훈련을 시작했다.

"에헷. 그럼 간다!"

"처음부터 너무 세게 하지는 말아줘, 리리."

세리나가 그렇게 말하며 채찍질을 기다렸다.

이윽고 리리가 신나게 채찍을 휘둘렀다. 휘릭!

"아앗! 윽……."

아프긴 아팠는지 비명을 지르며 얼굴을 찡그리는 세리나.

"다시 한번. 에잇!"

"히윽! 아, 아파, 으……!"

"어때, 세리나. 느꼈어?"

"별로 못 느꼈어. 아프기만 하잖아."

그래도 조금은 느낀 모양이다. 역시 변태로군.

"리리. 세리나한테 이렇게 말해줘."

나는 평소에 알고 있던 SM스러운 단어를 리리에게 가르쳐 주었다.

"알았어. 에잇! 세리나, 나를 여왕님이라고 부르세요!"

"흐, 흐윽! 리리한테 무슨 말을 가르치는 거야."

"그래야 몰입감이 있잖아. 그보다 세리나, 얼굴이 빨간데? 설마 지금 플레이로 감도가 올라간 건 아니겠지."

"그, 그치만, 분위기가 그랬는걸. 내 탓이 아니야."

"거짓말 마, 세리나. 네가 다양한 분야에 소질을 지녔다는 걸 나는 알고 있어."

"세리나는 평소에 성실한 척하지만 사실은 엄청난 변태였구나."

"큭. 뭐라고 말하든 무시하면 그만이야. 됐으니까 리리, 계속해 줘."

"알았어. 세리나는 왜 맞는 걸 좋아할까? 리리는 즐거워서 좋지만. 이랴, 이랴."

"아잇, 크윽, 어쩌다 이렇게 된 걸까……."

아랫입술을 깨물며 몸을 떠는 세리나. 채찍질 몇 번으로 개발이 완료될 줄이야. SM 여왕도 놀라고 갈 인재다.

"좋아. 이 정도면 충분하겠지. 이제 평범하게 하자."

두 사람이 본격적으로 SM 플레이에 빠지면 곤란했다. 지금은 파티의 리더로서 중심을 잡아줘야 할 때다.

우선은 불그스름해진 등을 혀로 핥아주었다. 그러다 문득 재밌는 아이디어가 떠오른 나는 [초고속 혀놀림]을 배워 발동시켰다. 낼름낼름낼름!

"자, 잠깐만. 그, 그건 또 뭐야. 아앗!"

"아하하. 재밌어."

채찍처럼 난무하는 혓바닥은 세리나에게도 리리에게도 만족감을 선사해 준 모양이었다.

세리나의 인내심이 한계에 달했을 무렵, 나는 채찍보다 굵직한 무기를 삽입해 주었다.

"으응, 아앗, 이렇게 더럽혀졌는데도, 좋아, 너무 좋아앗."

붉은 머리를 좌우로 흩날리며 환희하는 세리나. 아쉽지만 더는 예전의 모습으로 돌아가지 못할 것이다. 그래도 본인이 기뻐하니 괜찮은 것 아닐까.

"자, SM 플레이 기념으로 확실하게 가는 거다."

"끄읏, 가, 간다앗!"

플레이가 끝난 뒤, 세리나가 울음을 터트렸다.

"우와앙! 이제 시집은 다 갔어! 나 같은 건 아무도 안 받아줄 거야."

안심해, 세리나. 내가 받아줄 테니.

나는 리리와 사악한 웃음을 주고받았다.

잠깐만. 이러고 있을 때가 아니었다.

무한히 증식하는 고기 된장국을 어떻게든 하지 않으면 우리들도 언젠가 비극을 맞이하게 된다.

처음에는 내버려 두면 어떻게 될지도 모른다고 생각했지만, 어제 국왕에게 호출까지 받았으니 더 이상은 외면할 수도 없었다.

무언가 방법이 있을 것이다.

따지고 보면 그 된장국은 내가 소원을 빌어서 만들어진 것이다.

무한의 성배라는 아이템이 보물상자에서 드롭되는 아이템이라면 내가 새로운 소원으로 덮어쓰면 되지 않을까?

아니면 스킬을 활용하는 방법도 있었다.

"가능성은…… 있을지도…….”

"응? 뭐라고 했어, 알렉?"

"아무것도 아냐."

나는 옷을 입은 뒤 스킬 리스트를 확인했다.

보유한 스킬 중에 [클래스 체인지 LV4]가 있었다.

혹시나 하는 생각에 전직 가능한 클래스를 확인해 보았다.

전사
검사
사제
마법사
기사
도적
사기꾼
난봉꾼
노예상
현자 New!

역시나.

섹스한 뒤에 찾아오는 이 명료하고도 차분한 감각.

사람들은 이것을 현자 타임이라고 불렀다. 즉, 지금의 나는 전직 조건을 완벽하게 만족하고 있었다.

그리고 인간의 소망은 무(無)의 경지와 완전히 반대되는 것.

고기 된장국이라는 욕망을 숭고한 무의 경지, 또는 세계를 구하고자 하는 욕구로 덮어쓴다면 무한의 성배를 다른 형태로 바꿀 수 있었다.

진정으로 무(無)를 바란다면 그 성배는 반드시 무(無)의 상태로 되돌아갈 것이다.

방법이 보였다.

"잠깐 나갔다 올게."

"응. 다녀와."

현자로 전직한 나는 '돌아올 수 없는 미궁'으로 향했다.

잘 풀리지 않을지도 몰랐다. 하지만 그렇다고 온 세상이 고기 된장국으로 뒤덮이는 모습을 지켜보고만 있을 수는 없었다.

결국에는 나도 용사니까.

지상에 위치한 '돌아올 수 없는 미궁'의 입구는 현재 전장을 방불케 하는 상황이었다.

"운송반을 먼저 통과시켜! 정체되면 밑에 있는 녀석들이 죽는다!"

"어이! 먹을 수 있는 사람을 찾아! 공복인 녀석은 손을 들어라!"

양손에 뚝배기를 쥐고 뛰어다니는 병사와 모험가들.

다들 필사적이었다.

"제길, 나는 더 이상 무리야…… 우, 우웩!"

"잭! 버텨! 네가 여기서 토하면 어떻게 되는지 잘 알잖아! 그랑소드 왕국, 아니, 세상이 끝장 나 버린다고!"

"그, 그랬지. 미안."

"더는 먹지 않아도 좋아. 그러니 적어도 보이지 않는 곳으로 가서 게워내 줘."

"그래. 먼저 갈게. 미안하다."

"미안해하지 마. 사실 꿈이었거든. 배 터지도록 먹다가 죽는 게. 심지어 공짜라잖아. 평생에 먹을 걸 오늘 다 먹어주겠어."

"토니…… 미안해."

모험가가 입을 틀어막은 채로 내 옆을 달려갔다.

"대장님! 큰일입니다!"

"무슨 일이지?"

"먹자 3반이 구토로 인해 붕괴! 3반은 이미 틀렸습니다!"

"큭, 너무 이르군. 음식을 중앙 대로로 운반해라!"

"하지만 그곳에는 귀족들이……."

"상관없다! 이만한 맛이라면 불평을 하지는 않겠지. 그래도 반항하면 국왕 폐하의 명령이라고 말해라. 여자와 아이라고 봐주지 마! 먹여라!"

"대, 대장……. 알겠습니다."

"잠깐 비켜줘."

나는 운송반에 섞여 미궁의 입구를 통과했다.

"화상을 입은 사람은 이쪽으로! 앗, 알렉 씨."

"아, 피아나로군."

하얀 로브의 사제가 상처를 입은 사람과 복통을 호소하는 사람들을 간호하고 있었다. 피아나였다.

"여기도 위험해요."

"사망자가 나왔어?"

"아뇨. 그건 아니지만 복통을 호소하는 사람들이 속출하고 있어요. 평생 된장국은 쳐다보기도 싫다는 사람도……."

"큰일이군. 걱정하지 마. 금방 끝날 테니까."

"앗, 알렉 씨!"

계속해서 던전을 나아가자 맞은편에서 병사들이 우르르 달려왔다.

"퇴각! 퇴각! 전선을 지상으로 이전한다! 밑으로 내려가지 마. 위로 탈출해라! 이곳은 이미 틀렸어!"

"왔어! 고기 된장국이다!"

"히익!"

병사들 뒤쪽, 대량의 물체가 거대한 파도처럼 넘실거리고 있었다.

뚝배기였다.

된장국이 들어있는 따끈따끈한 뚝배기들이 무서운 기세로 쇄도하고 있었다.

어이가 없군.

한낱 음식물이 주제도 모르고 설치다니.

"어이, 알렉! 어서 도망가! 저게 보이지 않는 거냐?!"

면식이 있는 병사가 옆을 지나가다 외쳤다.

"보이고말고. 먼저 가. 여기는 내가 막을 테니까."

"뭐라고? 무리다!"

"됐으니까 가. 집중력이 흐트러진다."

살아있는 생물체처럼 꿈틀거리는 뚝배기의 파도가 바로 코앞까지 들이닥쳤다.

나는 [정신 통일 LV5]를 새로 습득했다.

그리고 눈을 감았다.

무심(無心).

바라는 것은 단지 그것뿐.

그 외에는 아무것도 바라지 않는다.

"무한의 성배여. 무(無)로 돌아가라!"

나는 손을 뻗으며 외쳤다.

…………아무런 일도 일어나지 않았다.

실패인가?

그런데 그 순간, 뚝배기의 파도가 흐려지기 시작했다. 그리고 안에 들어있는 고기 된장국과 함께 안개처럼 서서히 자취를 감추었다.

"후우. 간신히 해결됐군."

진작에 이랬어야 했다.

나중에 국왕에게 사과하자.

"뭐, 뭐지?"

"사라졌어?"

"이럴 수가."

"고기 된장국이 없다고?"

병사들이 뒤쪽의 상황을 확인하고 벙 찐 표정을 지었다. 하긴, 나라도 고기 된장국이 퇴치되었다는 말을 들으면 어안이 벙벙할 것이다.

"아니. 그 괴물이 이렇게 간단히 사라질 리 없어."

"맞아. 주변에 아직 남아있을지도 몰라."

병사들은 아직도 의심을 거두지 못하고 있었다.

"아니. 내가 전부 정리했다. 놈들은 이제 없……?!"

꼼지락. 시야 맞은편에서 무언가가 움직였다.

설마?

"뭔가가 있어!"

"갈색이다. 고기 된장국이겠지."

"아니, 달라! 저건 고기 된장국 같은 게 아냐! 자세히 봐, 이빨이 있잖아! 도대체 뭐지?!"

눈 깜짝할 사이에 거대해진 그것은 큼지막한 입을 가진 몬스터였다.

그 큼지막한 입에는 날카로운 송곳니가 한가득 박혀 있었다.

"GIYAAAA……!"

엄청난 포효였다. 일단 고기 된장국이 아닌 건 확실하군.

일단 감정을 사용해 보았다.

〈명칭〉 얼티밋 미믹 〈레벨〉 52

〈HP〉 777/777   〈상태〉 보통

[해설]

보물상자로 의태해 모험가를 습격하는 몬스터.

무한의 성배에 의해 탄생했다.

뭐가 어떻게 된 거지.

설마 무한의 성배가 아직도 사라지지 않은 건가?

어쨌든 모험가를 습격하는 몬스터인 이상 여기서 해치우는 수밖에 없었다. 확인은 다음이다.

"레벨 52! 살고 싶은 녀석은 다가오지 마!"

나는 그렇게 외치며 검을 뽑아 들었다.

레벨 차이는 크지만 이쪽에는 힐러인 피아나가 있다.

"나도 힘을 빌려주지."

하얀 갑옷의 기사가 검을 움켜쥐고 내 옆에 섰다.

"오오, 엘리사. 좋은 타이밍에 와줬어."

"그래. 상대는 인간이 아니니 '실수할 일'도 없겠지. 전력으로 임하겠다."

"부탁할게."

굵기가 1미터에 달하는 미믹이 우리를 위협하며 접근해 왔다.

사라져라! 라고 속으로 빌어봤지만 소용없었다.

이 미믹은 무한의 성배가 만들어내기는 했어도 성배 그 자체는 아닌 모양이었다.

"온다!"

엘리사가 외치며 옆으로 몸을 날렸다.

미믹은 커다란 입을 벌려 앞으로 도약했고, 나는 뒤로 물러나 간발의 차이로 미믹의 돌진을 회피했다.

목표물을 잃은 미믹은 방금 전까지 내가 서있던 자리에 곤두박질쳤다가 용수철처럼 튀어올랐다. 아무런 피해도 받지 않은 듯 보였다.

하지만 충돌의 여파는 미궁을 뒤흔들었다. 천장에서는 작은 돌 부스러기가 후두둑 떨어져 내렸다. 정통으로 맞으면 뼈도 못 추릴 것이다.

"GIYAAAA……!"

미믹이 다시 한번 입을 크게 벌리고 포효했다. 거대한 괴물은 단지 살아 움직이는 것만으로도 위압감을 발하는 법이구나.

나는 검을 움켜쥔 채로 무심코 뒷걸음질을 쳤다.

"성스러운 징벌의 빛으로 어둠을 처단하라! 디바인 퍼니시먼트!"

엘리사가 신성 마법을 발동해 미믹의 입 속으로 빛나는 번개를 쏘아 보냈다.

명중!

"KeEEEEE……."

미믹이 몸을 부르르 떨었다. 확실하게 피해를 받은 듯 보였다. 무적은 아닌 모양이다.

"좋아, 통했어. 계속해 줘, 엘리사."

"그래!"

하지만 미믹도 두 번이나 고통을 겪기는 싫었는지 몸을 비틀어 번개를 회피했다.

대신에 나와 엘리사는 그 빈틈을 이용해 미믹에게 검을 휘둘렀다.

"홀리 데스트로이!"

엘리사가 강력한 기술을 사용해 미믹을 두 동강 내버렸다.

"해치웠다!"

"해치웠어!"

"역시 성법국의 기사님이야!"

뒤쪽의 병사들이 박수 갈채를 보냈지만 나와 엘리사는 아직 전투태세를 유지하고 있었다.

당연했다. 몬스터는 연기로 변하기 전까지 죽은 것이 아니다.

"KeEEEEE……."

예상대로 미믹은 둘로 분리된 채 우리를 공격해 왔다.

"큭!"

"젠장! 끈질긴 녀석이네."

몸집이 커서 그런지 [감정]으로 확인한 HP에 비해 터프했다.

아니면 참격으로는 피해를 입히지 못하는 걸지도 몰랐다.

그렇다면 마법을 위주로 싸우는 편이 좋겠군.

제12화
용사, 무한의 재앙을 에로 기술로 쓰러트리다

돌아올 수 없는 미궁 1층.

나는 거대한 몬스터, 얼티밋 미믹과 싸우고 있었다.

높은 레벨을 보유한 적이지만 우리도 혼자가 아니었다. 성법국의 템플 나이트인 엘리사가 함께라면 반드시 쓰러트릴 수 있을 것이다. 힐러인 피아나도 힘을 빌려주고 있었다.

상대는 둘로 나뉘어도 자유롭게 움직이는 몬스터였다. 따라서 검으로 공격해 봤자 유의미한 피해는 주기 힘들 것이다.

그렇다면 마법이 나설 차례다.

마침 현자로 클래스 체인지한 상태니 무언가 쓸만한 주문이 있을 터였다.

"엘리사. 잠깐만 시간을 벌어줘."

"알겠다."

엘리사가 앞으로 나서서 적을 유인해 주었다.

나는 그 사이에 스킬 리스트를 확인했다.

[아이스 자벨린] New!

이거다. 지금까지는 리스트에 없었던 주문이다. 레벨이 오르고 현자로 클래스 체인지를 하면서 새로운 스킬이 해방된 모양이었다.

나는 검을 앞으로 내밀며 주문을 외웠다.

"얼음의 정령이여, 고드름처럼 얼어붙은 창이 되어라! 꿰뚫어라! 아이스 자벨린!"

1미터 길이의 굵직한 고드름이 매서운 기세로 날아갔다.

하지만 한두 발 맞힌다고 52레벨 몬스터를 쓰러트릴 수는 없었다.

그러므로 연속 공격이다.

동시에 [초고속 혀놀림]도 사용해 주었다.

"자벨린, 자벨린, 자벨린, 자벨, 자벨, 자벨, 자벨, 자자자자자자자자자자자자자!"

무영창으로 발동해도 상관없지만 역시 효과음이 있어야 타격감이 살아났다. MP 소모가 극심했기에 [MP 소모 경감 LV5] [MP 회복 속도 상승 LV5] [회복 아이템 효과 상승 LV5]를 배운 뒤, 매직 포션을 아낌없이 사용해 주었다.

초고속 연격.

슈팅 게임처럼 무수한 얼음의 창이 미믹의 입 속으로 쏟아져 들어갔다.

"GIYAAAA……!"

"괴, 굉장해! 저런 기술은 본 적도 없어!"

"도대체 뭐 하는 녀석이지?!"

뒤쪽에 서 있던 병사들과 모험가들이 놀라서 외쳤다. 하긴, 이만한 고속 영창이 가능한 인간은 많지 않을 테지.

에로 목적으로 배운 기술이 어쩌다…… 어흠. 아니다. 처음부터 이게 목적이었다.

"잘했다, 알렉! 적이 얼어붙기 시작했어!"

엘리사가 말했다. 고드름이 더 들어갈 공간이 없어지자 미믹은 입가를 중심으로 얼어붙기 시작했다.

나는 둘로 나뉜 반대쪽 미믹에게도 아이스 자벨린 세례를 퍼부어 주었다.

하지만 하필이면 이때 매직 포션이 떨어지고 말았다. 던전 5층에 갇히는 경험을 한 이후로 나는 항상 대량의 매직 포션을 쟁여두고 다녔다. 그런데 그 매직 포션이 전부 거덜 나버린 것이다.

"아무나 나한테 매직 포션을 줘!"

"이걸 써라, 알렉."

마침 엘리사가 매직 포션을 가지고 있었던 모양이다. 나는 엘리사가 던져 준 포션을 능숙하게 캐치했다. 이것도 [운동 신경]과

[동체 시력]의 레벨을 올린 덕분에 가능한 재주였다. 예전의 나라면 무조건 떨어트렸을 것이다.

"자자자자자자자자자자!"

"잘한다, 알렉!"

"그대로 해치워 버려!"

"고기 된장국을 쓰러트려!"

이놈은 고기 된장국이 아니라 미믹이라니까. 뭐, 지금은 넘어가자.

미믹의 몸이 얼음으로 뒤덮여 나갔다. 미믹의 몸에서 희미한 연기가 피어올랐다.

하지만 아직 미믹 자체가 연기로 변한 것은 아니었다.

끈질긴 녀석이다.

그래도 승리는 이미 코앞이었다.

얼린 물체는 충격에 약해지기 마련이다.

특히 부드러웠던 물체일수록 그 경향이 두드러진다.

"이제 충분해. 엘리사, 강한 충격을 가할 수 있는 기술로 공격해 줘."

"알겠다! 홀리 데스트로이!"

엘리사의 빛의 검이 얼어붙은 미믹에게 작렬했다. 순식간에 산산조각이 나버린 미믹은 다이아몬드 더스트를 연상시키는 눈부신 입자를 남기고 연기로 변해 소멸했다. 펑.

미션, 컴플리트.

"해냈다! 고기 된장국에게 승리해서!"

"사, 살았다······."

"살아있어, 나. 살아있다고!"

뒤쪽에서 환성이 터져 나왔다. 다들 환한 웃음을 짓고 있었다.

검을 집어넣은 엘리사도 미소를 지으며 내 앞으로 다가왔다.

"알렉. 나는 너를 오해하고 있었던 모양이다. 위험하다는 것을 알고도 단신으로 던전에 들어오다니, 아무나 할 수 없는 일이야. 성법국으로 돌아가면 대사제님께 보고를 올려 너를 성자로 추천 하겠다."

엘리사가 두 손을 모아 악수를 요청했다. 하지만 나는 말했다.

"아니. 모험가로서 당연한 일을 했을 뿐이다. 너무 추켜세우지 말아줘."

내가 초래한 소동이기 때문에 추켜세우면 죄책감이 들었다.

"······그렇군. 모험가라면 당연한 일인가. 멋진 직업이구나, 모험가란 건."

"맞아. 이제 충분하잖아, 엘리사. 손을 놔줘."

"앗, 아아. 미안하다, 나도 모르게······."

허둥대는 엘리사. 이성 관계 쪽으로는 생초보인 모양이다.

그렇다면 엘리사를 위해서라도 남자가 무엇인지 가르쳐 주도록 할까.

"나는 일단 왕성으로 돌아가서 이번 사건이 해결되었다고 보고할 생각이야. 엘리사, 혹시 괜찮다면 오늘 밤 화해의 의미로 식사라도 한 끼 괜찮을까. 레이디 타바사에 예약해 둘 테니 혼자서 와줘."

"레이디 타바사로 가면 되는 건가? 알겠다."

흐흐. '화해'라는 키워드가 포인트였다. 매사에 진지한 엘리사는 내가 본인에게 서운한 감정을 가지고 있다고 생각할 게 분명했다.

따라서 엘리사는 죄책감을 느끼고 반드시 혼자서 레스토랑을 찾아올 것이다.

여기까지 오면 다 된 밥이었다. 술로 취하게 만든 다음에 좋아한다, 사랑한다는 둥 달콤한 말로 구슬리면 손쉽게 넘어올 게 뻔했다.

나는 가벼운 발걸음으로 던전을 나섰다.

에필로그
신전 기사와 함께

그랑소드 국왕은 내 보고를 듣더니 웃으면서 "잘했다"라고 칭찬해 주었다. 국왕 본인도 내심 안도한 모양이었다.

포상을 받지는 못했지만, 그 대신 죄를 묻지는 않기로 했다.

오히려 당연했다. 국왕은 모험가가 보물상자를 여는 것을 금지한 적이 없으니까.

보물상자의 내용물인 무한의 성배에 대해서는 고민할 거리가 남았지만, 지금은 엘리사가 먼저였다.

"해냈구나! 알렉. 이야기는 들었어."

여관으로 돌아오자 파티 멤버와 검은 고양이 군단 녀석들이 나를 환영해 주었다.

"나한테 한마디 말도 없이 가다니. 서운해, 형님."

쥬가가 불만을 드러냈다. 내가 혼자서 던전으로 향했던 건 그러는 편이 쉽고 빠르게 해결되겠다고 생각했기 때문이다. 그리고 이건 확실히 내 불찰이었다. 설마 마지막에 가서 그런 몬스터가 등장할 줄이야.

아마도 마지막에 등장했던 미믹은 그 자리에 있던 병사들의 공포심이 만들어낸 존재일 것이다.

병사들은 고기 된장국 재앙이 그토록 간단히 해결될 리 없다고 생각했을 것이다.

결과적으로는 나와 멜리사가 미믹을 쓰러트린 덕분에 병사들도 공포심을 씻어낼 수가 있었다. 병사들이 마지막에 보여줬던 미소에서는 단 한 점의 두려움도 찾아볼 수 없었다.

한동안 상황을 지켜볼 필요가 있겠지만, 개인적으로는 '무한의 성배'가 완전히 소멸했을 것이라 추측하고 있는 중이었다.

게다가 이토록 흉악하고 파괴적인 아이템을 그 안경 여신이 가만히 내버려 둘 리 없었다. 어떤 형태로든 수정을 가하고 있을 것이다.

운영 미스를 저지르면 사과의 보상은 기본인 거 알지?

나는 천장을 올려다보았지만 아무것도 드롭되지 않았다.

뭐, 원체 굼뜬 여신이니까. 조만간 좋은 소식이 있을지도 몰랐다.

낮에는 나를 만나고 싶다는 귀족의 심부름꾼들을 쫓아내고, 사인을 요구하는 처녀들에게 사인을 해주면서 최대한 태연하게 밤을 기다렸다.

세리나나 몇몇 멤버들은 감이 좋은 편이다. 내가 초조한 모습을 보이면 눈치를 채고 방해할 게 분명했다.

'아아. 언제 밤이 되려나. 빨리 하고 싶다.'

"조용해. 네네."

"아으, 죄송합니다. 알렉 님."

"주인님, 혹시 약속이 있으신가요?"

"맞아. 세리나한테는 아무 말 마."

"네. 필요하다면 제가 시간을 끌어볼게요."

"그래."

마침내 저녁이 되었다. 아직 이르기는 했지만 움직이기로 했다. 나는 고급스러운 옷으로 갈아입은 뒤 여관의 뒷문으로 몰래 빠져나왔다.

다행히 세리나에게 들키지는 않았다.

"알렉 님."

"윽."

대로로 나오자 등 뒤에서 누군가가 말을 걸었다. 조금 식겁했다.

뒤를 돌아보니 익숙한 얼굴의 상인이 있었다. 유미였다.

"뭐야, 유미구나. 놀라게 하지 마."

"죄송합니다. 지금부터 저녁을 드실 건가요? 마물 퇴치 기념으로 제가 한턱 낼까 하는데."

"아니. 오늘은 다른 녀석과 선약이 있어. 다음에 같이하자."

"그러시군요. 그럼 다음 기회에."

"그래."

유미와 헤어진 뒤, 나는 레스토랑 레이디 타바사로 들어섰다. 벽에 조각이 새겨진 고급 식당이다.

오붓한 둘만의 시간을 갖기에는 안성맞춤인 장소였다.

"어서 오십시오, 알렉 님."

점원이 내 얼굴을 기억하고 있었기에 아무 말을 하지 않아도 안으로 안내해 주었다.

"일행분이 안에서 기다리고 계십니다."

"그래, 알았어."

생각보다 일찍 왔는걸.

하긴, 성격상 약속에 늦을 인물은 아니었다.

"지금 바로 요리를 내올까요?"

"그렇게 해 줘."

"알겠습니다. 편하게 있다가 가시길."

점원은 나를 룸으로 안내했다. 하지만 문이 열린 순간 나는 신음하고 말았다.

"으윽…… 젠장. 세리나, 너……."

"후후. 표정이 볼만한걸, 알렉."

설마 이 녀석이 냄새를 맡았을 줄이야. 아니, 예상 가능했던 일이다. 아마도 낮에 엘리사와 만나 대화를 나누었을 것이다. 엘리사에게 입막음을 해뒀어야 하는 건데. 내 실수다.

다행히 엘리사는 가게에 와 있었지만, 오늘은 소득 없이 돌아가야 할지도 모르겠다.

"안심해. 딱히 정실 행세를 하려고 온 건 아니니까. 나는 이만 가볼게."

"응? 벌써?"

"그래. 오늘은 그저 주의를 주려고 온 거야. 설득에는 실패했지만."

"역시 방해하러 왔구만, 뭘."

"아무것도 모르는 여자애가 변태 아저씨의 마수에 넘어가는 걸 두고 볼 수 없었을 뿐이야. 그리고 알렉, 초장부터 엄청난 스킬을 사용하거나 하면 안 된다?"

"응? 나는 너하고 달리 차근차근 시작하는 편이거든."

"흥, 그러셔. 왠지 열 받지만 됐어. 그럼, 엘리사. 힘내."

"아, 알겠다……."

뻣뻣하게 긴장한 엘리사에게 손을 흔들어 준 세리나는 쓴웃음을 지으며 가게를 나섰다.

"뭐, 일단 식사부터 할까."

"그, 그게 좋겠군."

엘리사도 이번만큼은 갑옷이 아닌 흰색의 모험용 의상을 입고 있었다. 남성복인 것 같지만 엘리사에게는 드레스보다 이쪽이 어울릴지도 모르겠다.

"세리나가 하는 말은 적당히 걸러 듣는 게 좋아. 저 녀석은 나한테 쌓인 게 많아서 평가가 박하거든."

"아니. 경고를 받기는 했지만 너를 그렇게 싫어하는 것 같지는 않더군. 오히려 칭찬까지 하던걸."

"세리나가? 뭐, 됐어. 와인, 마실 거지?"

"그래. 나도 직업상 귀족이나 사제들과 대작하는 경우가 많거든. [술고래☆]라는 레어 스킬도 보유하고 있지."

"뭐라고? 흠. 그랬구나."

"이런, 괜한 말을 해버렸군. 조절하며 마실 테니 방금 건 잊어줘."

"알았어."

이런저런 대화를 나누면서 요리와 와인을 음미해 나갔다. 디저트까지 전부 먹어치웠을 무렵에는 엘리사의 얼굴도 불그스름하게 상기되어 있었다. 취기가 돈 모양이었다.

"휴게실로 가자. 조금 쉬다가 돌아가면 괜찮을 거야."

"아, 알겠다."

태도를 보니 무엇을 하려는지 이해하고 있는 모양이었다. 그렇다면 이야기가 빠르지.

묵묵히 휴게실로 들어간 엘리사는 로봇 같은 움직임으로 침대에 걸터앉았다. 진정이 되지 않는 눈치였다.

전투에서는 백전연마의 기사인 엘리사가 이런 모습을 보여주니 웃음이 나올 것만 같았다. 하지만 분위기를 위해 참기로 했다.

"어, 어떻게 하면 되지?"

"엘리사는 아무것도 안 해도 돼. 전부 나한테 맡겨."

나는 그렇게 말하며 엘리사를 끌어당겼다. 예쁜 금발의 촉감은 곱고 부드러웠다. 무심코 쓰다듬어 주고 있자니, 엘리사는 기분 좋다는 듯이 눈을 감았다.

"누군가가 머리를 쓰다듬어 주는 게 몇 년 만인지. 엄청 오래전 일 같군."

"그래? 마음에 들면 계속 이대로 어루만져 줄게."

"아, 알았다. 부탁하지."

"그리고 이쪽도."

나는 두 손으로 엘리사의 가슴을 만졌다.

"앗."

그 훌륭한 형태의 가슴을 주물러 주자 엘리사는 만지지 못하고 작게 헐떡이기 시작했다.

"하앗, 끄윽, 아앙, 끅, 결혼도 하지 않았는데, 이런 짓을 하다니…… 나는 기사 실격이다."

"비밀로 하면 아무도 모를 거야."

"하지만 신께서 보고 계시다."

고지식한 녀석이다.

"그러면 그 신님한테 보여드려 볼까."

나는 엘리사의 가슴께에 있는 단추를 풀었다.

"뭐? 아, 안 된다. 그럴 수는……."

"그런가? 하지만 여기에 왔다는 건 할 생각이라는 뜻이잖아?"

"그건, 응, 아앗, 그, 그건…… 하응!"

브래지어를 벗겨 분홍색의 조그만 돌기를 집자 엘리사가 움찔

하고 몸을 떨었다.

"어이쿠, 미안. 키스하는 걸 깜빡했네."

"그, 그런가. 하지만 네가 원하는 대로 해도 상관없다. 이건 화해의 의식이니까. 어디까지나 화해의 의식일 뿐이다."

"좋아."

그렇다면 처음부터 딥 키스다.

억지로 혀를 밀어 넣자 엘리사는 거부하지 않고 순순히 응해주었다.

하지만 엘리사도 점차 흥분하기 시작한 모양이었다. 숨이 거칠었다.

"알렉……."

"걱정하지 마. 금방 끝나."

천천히 즐길 생각이지만 그렇게 말하며 안심시켰다. 그리고 젖꼭지를 핥기 시작했다.

"앗. 그, 그래봤자 젖은 나오지 않아."

"상관없어."

온몸 구석구석을 어루만져 준 결과, 엘리사도 충분히 달아오른 모양이었다.

"하아, 하아, 기, 기분 좋아……. 몸이 공중에 떠 있는 기분이다."

"그러면 슬슬 해도 되겠군. 침대에 드러누워 봐."

"이, 이렇게? 조금만 기다려라. 몸이 마음대로 움직이지 않아서……."

"싫어."

나는 엘리사의 양쪽 발목을 들어 올려 벌러덩 자빠트렸다.

"꺄악!"

엘리사가 겁먹은 표정을 지었다. 하지만 이 정도로 울거나 할 여자는 아니었다.

하반신을 핥아주는 건 다음에 하기로 했다. 우선은 삽입이다.

"아얏! 끅, 가, 갑자기 무슨……."

"뭐냐니. 섹스다. 세리나한테 들은 거 아니었어?"

"드, 들었지. 하지만 구체적인 설명은, 앗, 기, 기다려라. 움직이지 말아줘."

"안 돼. 조금만 참아. 그래야 내가 만족하니까."

"그, 그런가. 그렇다면 어쩔 수 없지. 참아보겠다."

나도 처음에는 상냥하게 해주려 했지만, 나를 필사적으로 끌어안으며 헐떡이는 엘리사를 보자 저절로 힘이 들어가고 말았다.

"아얏, 알렉, 끄윽, 아앙, 앗! 알렉! 알렉!"

"정신을 단단히 붙들어 매."

"무, 무리다. 이제는 뭐가 뭔지도 모르겠어."

"템플 나이트잖아. 이것도 신의 시련이라 생각하고 분발해 봐."

"아, 알았다. 하지만, 끄윽! 이, 이런 시련은 처음이야."

상당히 난폭하게 움직이고 있는데도 아직 대화가 가능하다니. 대단한 정신력이다.

여기서는…… 그렇지. 아직 회심의 일격이 남았다.

"좋아해, 엘리사."

"뭐?! 나, 나도, 알렉을, 좋아하…… 아아아아앗!"

후우. 무척이나 만족스러운 사정이었다.

전투는 베테랑이지만 연애는 풋내기로군.

"이걸로 끝난 건가?"

엘리사가 내게 물었다.

"어, 어어. 대단한걸. 가버린 직후인데 말할 수 있다니."

이번에는 나도 살짝 놀랐다.

"간다는 게 뭔지는 잘 모르겠다만, 나한테는 [강철의 의지☆]라는 레어 스킬이 있다. 그래서 정신적으로 강한 편이지."

"그랬군. 뭐, 방금 네가 경험한 게 간다는 거다. 좋았지?"

"그, 그런가. 방금 그게⋯⋯. 앗. 그보다 만족한 건가? 줄곧 너하고 화해하고 싶었다."

"맞아. 충분히 가까워졌어. 남녀로서."

"으음. 이게 남녀 관계인가. 아직은 잘 모르겠다만, 대단한 관계로군."

약간의 오해가 있는 모양이다. 뭐, 앞으로 차근차근 배워나가면 된다.

"2차전이다. 엘리사, [강철의 의지]가 있다면 한 번 정도는 더 가능하겠지?"

"자, 잠깐. 만족했다면 여기까지만 해 줘. 이대로 계속하면 내 몸이 남아나질 못해. 아앗!"

"괜찮아, 괜찮아. 몸은 마음보다 튼튼하거든."

"안 된다고 말했, 아앗, 그만, 앗! 안 돼앗!"

결국 기세를 타서 3라운드까지 해버렸다. 그러자 다음 날, "한

동안 섹스는 하고 싶지 않아"라는 엘리사의 대답이 돌아왔다. 망했군.

뭐든지 적당한 게 제일이었다.

프롤로그

달리는 소녀

배가 더부룩하다⋯⋯.

점심에 주점에서 먹었던 돈가스 탓일 것이다. 세리나와 리리는 멀쩡한 것으로 봐서 고기에는 문제가 없는 듯했다. 역시 내 나이쯤 되면 양보다는 맛이다.

"앗, 경단이다. 알렉, 저거 사줘."

앞에서 걸어가던 리리가 노점을 가리키며 말했다.

"또 먹겠다고?"

"응! 더 먹을 거야!"

"그렇게 쳐다볼 거 없잖아, 알렉. 나도 먹고 싶은걸. 리리, 이번에는 내가 사줄게."

"얏호! 고마워, 세리나~."

알아서들 해라. 어차피 내가 먹을 것도 아니니까.

세리나와 리리는 행복한 얼굴로 소스가 쳐진 경단을 먹기 시작했다.

그런데 그때, 쿠웅! 소리가 들리더니 바닥이 흔들렸다.

"우왓!"

"뭐지?!"

"무슨 일이야?"

화들짝 놀란 우리는 원인을 찾고자 주위를 둘러보았다.

"아, 실수했다."

"그러게 조심하라니까⋯⋯."

뒤쪽에 통나무와 짚을 엮어서 만든 거대 로봇이 있었다. 그 목조 로봇은 근처의 건물에 부딪혀 반쯤 박혀 있었다. 높이가 8미터는 되어 보였다. 엄청 크군.

"우와. 저게 뭐야? 되게 크다!"

"알겠지, 서두르지 말고! 천천히 뒤쪽으로 물러나! 오라이, 오라이!"

앞에서 선도하는 남자가 신호하자 거대 로봇이 스스로 몸을 일으켰다.

"우, 움직였어!"

세리나는 놀라서 외쳤지만 주변의 통행자들은 사람들은 당황하지 않았다. 위험한 로봇은 아닌 모양이다.

"좋아, 됐어! 제발 좀 부탁한다, 마법사. 마을을 죄다 부수고 다니면 축제가 문제가 아니라고!"

남자의 말에서 이 목조 로봇이 축제용 인형이라는 사실을 추측할 수 있었다.

"뭣! 나는 대마법사거든! 길가에 굴러다니는 마법사랑 똑같이 취급하지 마시지!"

그 목소리의 주인공은⋯⋯ 레티였다.

"앗, 저건! B랭크 마법사라고 놀리면 발끈하는 레티다! 에헷."

"그만둬, 리리. 뒷감당하기 힘드니까. 레티! 축제 준비를 도와

주고 있는 거야?"

"어라, 세리나! 알렉이랑 리리도 있네. 맞아. 대동화 한 닢짜리 허접한 의뢰지만! 나한테 걸리면 식은 죽 먹기지. 후후."

"그런 것치고는 제대로 망한 것 같은데……."

"쯧쯧쯧. 이 대마법사 크래셔 레티님을 무시하다니. 밤을 낮으로, 낮을 밤으로. 태양과 달의 운행이 영원불변하다면 시간 또한 움직임일지어다. 복원하라! 리턴 워크 포인트!"

레티가 주문을 외우자 부서진 건물이 원래의 모습으로 되돌아갔다. 마치 녹화된 비디오를 역재생으로 보는 것만 같았다. 바닥에 흩어진 파편들이 빨려 들어가듯 건물로 복구되었다.

"호오."

"굉장하다!"

"어라? 근데 벽의 위치가 미묘하게 어긋난 듯한……."

세리나가 지적했다. 확실히 기둥의 위치가 몇 센티미터 정도 어긋나 있었다.

"이 정도는 모르면 넘어가는 수준이야. 미안하지만 난 지금 바쁜 몸이거든! 다음에 보자!"

"으음. 건물에 사는 사람들은 신경 쓰일 텐데……. 잠깐 설명해 주고 올게."

달려가려는 세리나를 내가 말렸다.

"관둬, 세리나. 최악의 경우에는 건물 재건축 비용을 우리 파티가 지불하게 될 수도 있어. 아직은 눈치채지 못할 가능성도 있거니와, 집이 무너졌다는 말을 듣고 기뻐할 사람은 없어."

"그건 부실 공사를 하는 업자들이 주로 하는 멘트잖아. 그런 식으로 어물쩍 넘어가는 건 싫어."

"아니 그것과 이건 달라. 실질적인 위험이 없으니까. 그러니 '건물에 문제가 생기면 바람의 검은 고양이 클랜에 연락해 주세요'라는 메모만 남겨 놔. 그래야 저 건물에 사는 사람도, 우리도 행복하고 평온한 나날을 보낼 수 있으니까."

"그래도 그건⋯⋯."

"잘 생각해, 세리나. 나쁜 짓을 저지른 건 레티야. 그리고 나도 건물을 새로 짓는 비용이 무서워서 이러는 게 아니야. 돈이라면 어느 정도 여유가 있으니까. 하지만 입장을 바꿔서 생각해 봐. 융자까지 빌려서 힘들게 지은 집이 망가졌다거나, 변태가 침입해서 자위를 했다는 이야기를 들으면 마음 편히 지낼 수 있겠어?"

"그러긴 힘들겠지만⋯⋯. 그래도 제대로 사과하는 게 좋겠어. 가서 이야기하고 올게."

"쳇."

고지식한 녀석이다. 10만 골드를 청구 당하면 네가 지불해라.

"세리나는 고지식하네. 알렉 말대로 모르는 게 나을 때도 있는데."

"맞아. 웬일로 어른스러운 말을 하는걸, 리리."

"응. 저번에 알렉한테 경단을 줬을 때도 먹을 만하다면서 넘어갔는걸."

"어이. 경단에 무슨 문제가 있었지? 말해."

"에엑? 듣지 않으면 행복해진다면서."

"됐으니까 말해, 리리. 말하지 않으면 앞으로 경단 안 사줄 거야."

"으으. 리리가 나중에 먹으려고 서랍에 넣어놨다가 잊어버린 경단을 알렉한테 줬을 뿐이야. 배탈만 안 나면 되는 거잖아."

어쩐지 딱딱하고 맛도 별로더라니. 오래된 거였나. 내가 [독 내성] 스킬을 배웠기에 망정이지.

"리리. 다음부터 그런 경단은 버리던가 다른 사람한테 물어보도록 해."

"알았어."

이윽고 세리나가 미묘한 표정으로 되돌아왔다.

"보아하니 바가지를 썼나 보군. 세리나."

"그런 게 아냐. 귀가 어두우신 할머니한테 '집이 조금 무너졌어요'라고 말해줬는데 엄청나게 화를 냈어."

"누군지도 모르는 인간한테 너네 집 허름하다는 소리를 들으면 화내는 게 당연하지."

"그, 그런 식으로 말하지 않았어. 어휴."

"세리나. 다른 사람의 집을 바보 취급하면 못써! 이히히."

"그래, 그래."

이제 여관으로 돌아가 볼까. 그렇게 생각한 순간, 이번에는 반대편 골목에서 새하얀 웨딩드레스를 입은 소녀가 이쪽을 향해 달려왔다. 치마가 바닥에 쓸리기 때문인지 양손으로 치맛자락을 붙들고 필사적으로 달리고 있었다.

도대체 뭐지?

Now Loading……
2권 제9장 (숨겨진 루트) 그랑소드 축제
제1화 창천의 신부

EXTRA

Extra 단편1 노팬티 샤브샤브

나는 여관 '용의 안식처'의 식당에서 진절머리를 내고 있었다.

"또 고기냐. 어제도 고기였잖아. 에이다, 생선을 줘. 생선."

"생선이라면 그저께 나왔어. 손님이 너만 있는 게 아니잖아. 참고 먹어, 알렉."

에이다의 말도 일리는 있었다. 하지만 다른 식당들처럼 주문을 받으면 모두가 만족할 수 있다. 이건 명백하게 여관 측의 태만이다.

"나는 생선 요리를 요구한다."

"그래? 그러면 밖에서 먹고 와."

밖에서 먹고 오라니. 일어나는 것도 귀찮고, 나가서 식당을 찾는 것도 한세월이다.

"뭐 어때. 이 돼지고기가 들어간 감자조림도 꽤 맛있어."

세리나가 말했다. 하지만 그건 어디까지나 세리나의 의견일 뿐인지 내 의견이 아니다.

"그러면 네가 다 먹어라. 이제 고기는 안 먹어."

"어휴. 알렉은 고기를 먹어서 근육을 좀 키우는 편이 좋아. 안 그래?"

세리나가 주변 사람들에게 동의를 구했다. 정당성을 확보하기 위해 자신의 주장이 당연한 사실이라도 되는 것처럼 분위기를 조성하다니. 고식적인 수법이다.

"맞아. 아무래도 근육을 붙이려면 고기를 먹어야지."

근육뇌인 루카도 억지 이론을 내세워 세리나의 주장에 숟가락을 얹었다.

"고기 맛있잖아, 고기."

"고기~."

쥬가와 리리도 육식파인가. 뭐, 젊은이들이 흔히 하는 실수다.

자신에게 맞는 식재료란 오랜 세월에 걸쳐 다양한 음식을 경험했을 때 비로소 발견할 수 있는 것이다. 컨디션이 나쁘더라도 부담 없이 소화되는 식재료의 가치는 다른 무엇과도 바꿀 수 없었다.

즉, 요리의 본질은 유대이자 상냥함이다.

"후후. 저는 생선이 좋아요."

"저도요."

이오네와 피아나는 생선파였다. 역시 차분한 성격을 가진 사람은 생선의 담백하면서도 깔끔한 맛 속에서 진미를 찾아낼 줄 아는구나.

"미나는?"

세리나가 물었다.

"저요? 저는…… 주인님이 드시는 음식이 좋아요."

미나가 부끄러워하며 말했다. 귀여운 녀석 같으니.

"뭐? 그런 게 어딨어. 자신의 기호를 다른 사람한테 맞춰줄 필요는 없어. 미나는 좀 더 자기 자신을 소중히하는 게 좋겠다."

마치 상대가 잘못이라도 한 것처럼 몰아세우는 세리나.

"자자, 너무 뭐라고 하지는 마. 미나도 무리하면서까지 생선을 먹지는 않았을 거야. 하지만 곧 여름이잖아. 기가 허해질 수 있으니 달링도 고기를 맛있게 먹을 방법을 생각해 보는 게 좋겠어."

사키가 제안해 왔다.

"아하. 그거 좋은 생각이네."

"맞아요. 열사병이라도 도지면 큰일이니까요……."

"하으……."

흠. 확실히 열사병이 도지면 큰일이지. 피아나와 네네도 여름에 약한 체질인 모양이었다. 하지만 고기보다는 삼계탕이나 설렁탕 같은 음식이 훨씬 효과가 있지 않을까.

"오오! 좋은 장사 아이템이 떠올랐다! 아무래도 이번에는 우리 일궁 상회가 나설 차례 같네! 이 대륙에 혁명의 바람을 일으켜 주겠어!"

사키가 기합을 넣어 외쳤다. 기본적으로 사키는 장사 수완이 좋은 편이었다. 아이스크림부터 타코야키까지 현지 상인들을 고용해서 다양한 사업을 펼치고 있었다. 기대해 봐도 괜찮을 것 같다.

"좋아. 요리가 완성되는 맛 정도는 보도록 할게."

"아앙~. 역시 달링은 상냥하다니까."

"어?"

완전히 다른 대우에 세리나가 미간을 찌푸렸다.

다음 날 저녁. 사키가 내 방에 마도구를 반입해 전골 요리를 해도 되겠냐고 질문해 왔다.

그제야 나도 감이 왔다.

고기와 전골이라면 샤브샤브밖에 없다.

뜨거운 물에 고기의 지방을 녹여서 먹는 음식이므로 보양식으로도 안성맞춤이었다. 샤브샤브라면 도전해 볼 만했다.

"달링. 이제 들어와도 돼."

"그래."

문을 열고 들어서자, 방 안에는 수상한 장식물들이 설치되어 있었다. 천장의 미러볼로 어두컴컴한 간접 조명이 조성되었고, 바닥에는 거울이 깔려있었다. 상당히 신경을 쓴 모양이었다.

"어, 어서 오세요."

핑크색 미니스커트를 차려입은 여성진들이 다소 뻣뻣한 미소를 지으며 나를 맞아들였다.

"다들 집중해 줘. 점원이 되었다고 생각하고 행동해 줬으면 좋겠어."

"무리야. 이런 차림으로 접객을 하라니……."

세리나가 안절부절못한 얼굴로 자신의 옷을 쳐다보았다. 이상하군. 지금 입은 의상은 세리나의 평소 복장보다 오히려 노출이 적었다. 세리나가 왜 저런 반응을 보이는지 이해가 되지 않았다.

"자자, 그러지 말고. 달링이 여름을 잘 나게 해주려는 거잖아. 잠시 실례할게요, 손님!"

사키가 젓가락으로 고기를 집더니 테이블에 세트된 냄비에 넣고 휘저었다.

"사키. 너무 익히지는 마. 고기가 질겨지니까. 그렇다고 덜 익혀도 곤란하지만."

"걱정 말고 나한테 맡겨. 달링."

사키도 샤브샤브를 먹는 법은 숙지하고 있는 모양이었다. 사키는 고기의 색이 살짝 변하자 곧바로 접시에 옮겨 담았다.

"초간장하고 참깨소스 중에 뭐가 더 좋아?"

"글쎄. 우선은 참깨소스부터 가볼까. 중간부터는 초간장으로 부탁해."

"알았어. 자, 한번 먹어봐. 아앙."

사키가 샤브샤브에 소스를 듬뿍 찍어 내 입에 넣어주었다. 현모양처가 따로없군. 다만, 혼자서만 먹자니 다른 멤버들에게 미안했다.

"세리나. 너희도 앉아서 먹도록 해."

"응. 고마워. 서 있으려니 진정이 안 되더라."

그렇게 말한 세리나는 내 옆으로 의자를 가져와 앉으려 했다.

"안 돼, 세리나. 우리 가게의 점원은 손님 맞은편에 앉아야 해."

"뭐, 뭐어? 싫어."

"세리나. 사키가 모처럼 힘써서 준비해 줬잖아. 오늘 정도는 순순히 따라줘."

"큭. 아, 알았어……."

"정면에 앉는 게 뭐 대수라고."

"뭐? 아무것도 모르는 거야?"

"히히. 알았으면 고개를 숙여서 훔쳐봤을걸! 무조건!"

리리가 말했다. 뭐라고? 아무래도 무언가 특별한 요소가 숨겨져 있는 모양이었다.

나는 곧바로 허리를 숙여보았다. 그러자 맞은편으로 자리를 옮긴 세리나자 본인의 스커트를 슥 내리눌렀다.

오호라.

이해했다. 그런 가게란 말이지.

상황 파악이 끝나자 식욕이 마구 샘솟기 시작했다.

"세리나. 그 손을 치워. 너도 먹어야지."

"크윽."

"자, 손을 치우라는 손님의 요청이 들어왔습니다! 세리나, 핸드 업!"

"대체 뭐 하는 가게람. 최악이야……."

그렇게 말하면서도 세리나는 천천히 손을 들어 올렸다.

스커트 안쪽은…….

"으윽. 생각보다 잘 안 보이네."

아쉽지만 스커트 안쪽은 그림자에 가려져서 잘 보이지 않았다.

하지만 부들부들 떨면서 이 상황을 견디는 여자 점원의 반응을 보는 것은 높게 쳐주고 싶었다.

"어때, 달링? 노팬티 샤브샤브야."

"훌륭해. 뭐, 일단은 식사부터 하자."

즐거움은 마지막으로 미뤄두기로 했다.

"알았어. 다들 이제 마음껏 먹어~."

"얏호!"

"그럼 먹어볼까!"

리리와 루카는 환호하며 고기를 냄비에 집어넣었다.

"바보야. 한 번에 다 넣어버리면 어떡해. 한 장씩 익혀, 한 장씩."

"힝~ 귀찮아."

"생각보다 번거롭네. 우물우물. 오오, 이 소스 괜찮은걸. 맛있어."

"생강이랑 양파도 준비되어 있으니까 곁들일 사람은 말하도록 해."

여성 멤버들이 고기를 먹느라 무방비해진 가운데, 나의 날카로운 눈동자는 부산스럽게 바닥의 거울을 흘끔거렸다. 아무것도 보이지 않았지만 조금만 더 하면 보일 것 같은 감각이 나를 흥분시켰다.

"후아아. 잘 먹었다."

식사를 마친 리리가 침대에 벌렁 드러누웠다. 그 순간, 미니스커트가 살짝 말려 올라가며 분홍색의 속살이 슬쩍 엿보였다.

"리리, 여자아이가 그럼 못써."

세리나가 주의를 주었다. 하지만 저 무방비한 하반신이야말로 노팬티 샤브샤브의 메인 디쉬였다.

나는 맛있는 분홍빛 디저트를 맛보기 위해 자리에서 일어나 침대로 향했다.

"이히히."

그러자 리리도 고혹적인 미소를 지으며 나를 바라보았다. 무엇을 하려는지 예상한 것이리라.

"자, 진정한 고기 축제의 시작이다!"

"오오!"

"고기 축제라니……."

세리나가 질색하며 말했다. 야들야들한 고기를 맛보려는 것이다. 정확한 표현이다.

리리의 옷을 벗기자 가냘픈 다리와 볼록한 배가 모습을 드러냈다.

나는 리리의 몸을 상냥하게 어루만져 주었다.

"으응, 히앗, 아앙!"

리리도 기분이 좋은지 몸을 배배 꼬기 시작했다.

그 모습을 확인한 나는 가슴을 핥기 시작했다.

"에헤헤, 간지러워~."

리리가 까르르 웃음을 터트렸다. 성장 중인 핑크색의 젖꼭지는 아직 크지 않은 편이었다. 나는 젖꼭지 주변을 애무해 이완시켜 주었다.

"하으으……."

리리의 뺨이 붉게 상기되고, 눈빛이 요염해졌다. 나는 리리의 두 다리를 좌우로 벌려 허벅지 살을 맛보기 시작했다.

"아핫, 거기, 좋아아!"

움찔 하고 몸을 떤 리리는 기다렸다는 듯이 환희의 비명을 질렀다.

내가 [초고속 혀놀림]을 사용하자 리리의 하반신이 흥건해졌다.

"알렉. 이제 그만 넣어줘, 빨리이."

"알았어."

고기를 먹어서 정력을 보충한 덕인지 내 물건은 오늘따라 유달리 단단해져 있었다. 나는 그대로 리리의 배 속에 삽입해 주었다.

"흐윽, 하으윽~!"

리리가 눈을 질끈 감고 내 물건의 감촉을 견뎠다.

"움직일게."

"아, 알았어."

나는 허리를 움직이기 시작했다.

그러자 리리의 부드러운 육벽이 위아래로 마찰하며 무시무시한 쾌락을 선사했다.

"크윽!"

"앗, 아앗, 앙, 흐아앙! 꺄윽, 아흑, 윽, 응아앗!"

달콤하게 녹아내린 목소리로 헐떡이는 리리. 그 모습에 흥분한 나는 욕망이 이끄는 대로 움직임에 박차를 가했다.

"앗, 아윽, 알렉, 너무, 격렬해애! 이러다간, 리리, 망가져 버려!"

리리가 불안한 얼굴로 말했다. 하지만 문제없었다. 지금껏 여러 차례 몸을 섞어왔기 때문에 알 수 있었다.

"좋아. 리리, 이걸로 라스트다."

"앗, 앗, 아아아아아아아앗!"

리리가 올몸을 활처럼 젖히며 소리를 질렀다. 절정에 달한 것이다.

나는 리리의 몸 속에 농후한 소스를 듬뿍 주입해 주었다.

"후우."

"저기, 알렉. 이번에는 내가 할래."

세리나가 침대로 올라왔다.

"좋아."

나는 세리나의 스커트를 붙잡아 걷어 올렸다. 작정을 했는지 세리나는 저항조차 하지 않고 본인의 분홍빛 속살을 드러냈다.

"뭐야. 아직 만지지도 않았는데 젖어있네."

"하지만 이런 옷을 입는 건 처음인걸. 부끄러웠단 말야."

부끄러움만으로 이렇게 흥건하게 젖어버리다니. 대단한 여자다. 나는 혀를 이용해 세리나의 그 축축한 부위를 음미했다.

"꺅, 흐읏, 아앙!"

세리나는 견디지 못하고 야릇한 신음 소리를 토해냈다.

혀끝이 민감한 돌기를 파고들자, 세리나는 미친 사람처럼 머리를 마구 흔들었다.

"아앗! 거, 거기, 끄윽! 좋아앗! 가, 가버려!"

세리나의 몸이 움찔움찔 경련했다. 혀만으로 가버리다니, 칠칠치 못한 녀석이다. 나는 리더로서 세리나를 단련시켜 주고자 성검을 박아 넣고 가슴을 주물러 주었다.

"하윽, 알렉, 더 강하게, 두 손으로 움켜쥐고 주물러 줘!"

나는 세리나의 요구에 따라 두 손으로 유방을 움켜잡았다.

"끄흑, 아아앙!"

세리나가 쾌락에 겨워 소리쳤다. 나는 세리나에게 키스를 해주며 라스트 스퍼트에 돌입했다.

"으읍, 하읍, 아앗, 알렉, 굉장해, 너무 굉장해앳!"

능수능란하게 허리를 흔드는 여고생 용사. 나도 지지 않기 위해서 열심히 허리를 흔들었다. 그렇게 나와 세리나는 무아지경으로 절정을 향해 달려나갔다.

그리고 마침내 쾌락의 종착역에 도달한 우리들은 지금껏 경험한 적 없는 감각의 격랑에 몸을 맡겼다.

"아앗! 가버, 가버려어어엇······!"

벌컥, 벌컥! 수차례에 걸친 강렬한 충동이 내 하반신을 강타했다. 그리고 머지않아 황홀한 만족감이 찾아왔다.

"후우."

"후훗. 달링, 이번에는 내 차례야."

"좋아."

근처에서 자신의 차례가 오기만을 기다리는 여자 멤버들. 진정한 고기 축제는 이제 막 시작되었을 뿐이었다.

Extra 단편2 악마의 꼬리

창밖의 새들이 기운차게 지저귀고 있었다.

이곳은 여관 '용의 안식처'의 한 객실. 내가 머물고 있는 방이다.

미나가 건네준 물을 꿀꺽꿀꺽 마시고 한숨을 내쉰 나는 한동안 멍하니 침대에 앉아있었다.

지금처럼 멍하게 보내는 시간은 인간에게 여유를 선사해 준다.

나처럼 의욕이 부족한 사람에게는 필요불가결한 의식이라고 해도 과언이 아니었다. 나는 새들의 노랫소리를 들으면서 아침 공기를 들이마셨다.

이 의식으로부터 오늘 하루가 시작되는 것이다.

"좋아. 미나, 오늘은 산책을 하러 갈 거다."

"네, 주인님. 저도 같이 갈게요."

나는 얌전하고 믿음직한 견인족 소녀를 데리고 마을 한복판을 거닐었다.

왕도에는 오늘따라 유달리 사람이 많았다. 우락부락한 전사, 후드를 깊게 뒤집어쓴 수상한 마법사, 동료들과 활기차게 대화를 나누는 도적풍의 남자. 그 외에도 상인이나 고급스러운 옷을 입은 귀족들이 바쁘게 대로를 오가고 있었다.

"주인님. 저쪽에 샌드위치를 팔고 있어요. 아침으로 어떠세요?"

"흐음. 그럴까."

"네. 그럼 하나씩 사올게요."

노점상 근처에 놓인 나무상자에 앉아 미나가 사온 샌드위치를 먹었다. 얇게 썬 토마토와 양배추 슬라이스가 들어있는 샌드위치였다. 식사를 마치자 적당히 배가 채워졌다.

이후로도 우리는 한가롭게 마을을 거닐었다. 광장에서는 꼬맹이들이 머리에 탈을 쓰고 술래잡기를 하고 있었다. 손에는 나무막대기를 들고 있었는데, 칼 대신일 것이다.

"멈춰라, 대사제! 나는 '바람의 검은 고양이' 클랜의 리더! 방랑 모험가 알렉이다!"

"크크크. B랭크 모험가 따위가 마족인 이 몸에게 이길 것이라 생각하느냐!"

아무래도 예전의 사건이 꼬맹이들 사이에서도 화제가 되었던 모양이다. 사건을 모티브로 한 영웅 놀이가 진행되고 있었다.

"헤에. 저 아이들, 저희에 대해서 꽤 자세히 알고 있네요."

"그러게. 아마도 사키가 음유시인한테 정보를 팔아넘겨서 그럴 거야."

짚이는 구석이 있었기에 내가 말했다. 예전에 사키가 당시의 사건을 공표해도 되냐고 내게 물어본 적이 있었다. 나는 병사에게 보고하려는 것이겠거니 하고 넘어갔지만, 음유시인을 비롯한 여러 계층에 정보를 흘린 모양이었다. 뭐, 영웅담이 퍼지면 클랜의 명성도 올라갈 것이다. 살짝 낯간지럽기는 하지만 나쁘지 않은 수였다.

"으악, 당했다!"

"받아라, 대사제! 필살, 대머리 플래시!"

"잠깐. 그런 기술은 사용한 적 없어."

대놓고 이상한 기술의 등장에 분노한 나는 아이들의 영웅 놀이에 끼어들었다. 지금이야말로 용사로서 멋진 모습을 보여줄 때다. 약간의 연출도 가미할 생각이다.

"아저씨는 누구야?"

"방해하지 마."

"주, 주인님. 애들 장난일 뿐이에요."

"미나는 가만히 있어. 알렉이 대사제를 쓰러트릴 때 사용했던 기술은 이거다. 아이스 자벨린! 자자자자자자자자!"

나는 건물의 벽을 향해서 [아이스 자벨린]을 연발했다. 위력을 조정했기 때문에 얼음의 창은 벽에 닿아서 부서지는 데 그쳤다.

""오오오! 멋있다!""

후훗.

"좋았어! 자자자자자자자자!"

"크아아아악! 당했다아~."

"원래는 세리나 씨의 [스타라이트 어택]으로 마무리를 했지만 말이죠."

미나가 쓴웃음을 지으며 말했다. 하지만 애들 놀이일 뿐이니 딱히 고증에 연연할 필요는 없었다.

우리는 다시 걷기 시작했다. 그런데 그때, 미나가 나를 급히 밀쳐냈다.

"위험해요, 주인님!"

"윽?"

바닥에 무언가가 휙 날아와 꽂혔다. 이건……?

"화살에 편지가 묶여 있어요. 사스케 씨네요. "

미나가 바닥에 꽂힌 화살을 뽑아 편지를 읽었다.

"그 녀석은 리리의 호위잖아. 어째서 나를 노리고…….”

구 발렌시아 왕국의 가신들과는 이미 이야기가 끝난 상태였다. 리리는 한동안 내게 맡기고 본인들은 뒤에서 호위하기로 합의한 것이다.

"제 호위 기술을 단련시켜 주기 위해서일 거예요."

그렇다면 다행이지만, 화살에 맞아서 목숨을 잃으면 훈련이 아니지 않나?

"주인님, 편지에 따르면 이 근처에 수상한 가게가 있다나 봐요."

"뭐라고? 흠…… 사스케가 하는 말이니 한번 조사해 볼까."

"네!"

그리하여 나와 미나는 편지에 기재된 가게를 찾아갔다. 가게는 뒷골목에 있었다. 건물과 건물 사이의 계단을 내려가자 가게로 들어가는 문이 나타났다. 범죄의 냄새가 풀풀 나는 가게였다.

"이상한 함정이 설치되어 있지 않으면 좋으련만…….”

"주인님은 위에서 기다려 주세요. 제가 혼자서 조사해 볼게요."

"아니. 둘이 함께하는 편이 안전해. 들어가자, 미나."

미나를 혼자 들여보내자니 걱정이 되었다. 나는 각오를 다지고 문을 열었다.

안으로 들어가자 왼쪽에 카운터가 있었다. 카운터 너머에는 굵직한 팔을 가진 남자가 앉아있었는데, 칸막이 때문에 얼굴은 보이지 않았다.

"여기는 뭐 하는 가게지?"

"한 명. 100골드다."

남자는 아무런 설명도 없이 다짜고짜 금액을 제시했다. 제대로 된 가게는 아니구만. 돈을 뜯어먹으려는 속셈임에 분명했다.

하지만 거액의 돈은 아니었기에 나는 대동화 두 장을 카운터에 내밀었다.

"안쪽 문으로 들어가라."

우리는 남자가 가리킨 방향으로 이동해 문을 열고 안으로 들어섰다.

그곳은 5미터 정도의 좁은 밀실이었다. 중앙에 놓인 커다란 침대가 공간의 대부분을 점령하고 있었다. 방 안에 있는 것은 이 침대가 전부였다.

"여기는 뭘 하는 장소일까요?"

"일단은 조금만 더 기다려 보자. 어쩌면 여자가 올지도 몰라."

"아하……."

미나도 내 말뜻을 알아들었는지 경계를 조금 늦추었다. 위험이 사라진 건 아니지만 그쪽 계통의 가게라면 검까지 뽑을 필요는 없을 것이다.

"어서 와~."

이윽고 문이 열리며 세 명의 작은 악마가 안으로 들어왔다. 셋 모두 내가 아는 얼굴이었다.

"""어라?"""

"여기서 뭐 하는 거냐. 너희들."

나는 수상한 코스프레 차림으로 들어온 리리와 미샤, 사샤에게 물었다. 세 사람 모두 검은색의 가죽 레오타드를 입고 있었고, 등과 엉덩이에는 각각 악마의 날개와 꼬리를 부착하고 있었다. 귀여운 옷차림이기는 하지만…… 장소가 장소다 보니 안 좋은 쪽으로 해석할 수밖에 없었다.

리리가 내 질문에 대답했다.

"리리는 미샤와 사샤가 간단하게 용돈을 벌 방법이 있대서 따라왔어……."

즉, 저 쌍둥이들이 아무것도 모르는 리리를 어둠의 길로 끌어들였다는 뜻이로군.

""윽.""

장본인인 미샤와 사샤는 천천히 뒷걸음질을 치면서 뒤쪽 문으로 나가려 했다.

"제대로 설명해. 안 그러면 따끔하게 혼나는 정도로는 안 넘어갈 줄 알아."

""우아앙. 나쁜 의도는 없었어요!""

십중팔구 리리 앞에서 급발진을 해버린 것이겠지. 못 말릴 녀석들이다.

"너희들. 여기서 무슨 일을 하는지 알고는 있어?"

"응. 방에 들어온 남자를 채찍으로 찰싹찰싹 때리면 용돈을 준댔어."

"흐음. 섹스는 안 하고?"

""안 해, 안 해. 만지는 것도 금지인걸.""

그런데도 1인당 100골드나 받는다고? 정말이지 몹쓸 가게다. 적어도 알몸 정도는 보여달라고.

"알겠다. 그러면 가벼운 벌만 주고 끝내줄게. 미샤, 사샤. 너희는 침대로 올라가."

""뭐, 뭘 하려고?""

지레 겁을 먹은 두 사람은 몸을 움츠린 채로 순순히 내 말에 따랐다.

"채찍을 줘 봐."

""에엑?!""

"이히힛. 알았어, 알렉. 이걸 써!"

"앗, 리리! 치사해!"

나는 리리에게서 받아 든 채찍으로 쌍둥이의 귀여운 엉덩이를 찰싹찰싹 때려 주었다.

""으아앙! 아파!""

"어때. 자신이 하려던 짓을 역으로 당하는 기분은."

""최악이야!""

하긴 그렇겠지.

"상대는 남자다. 채찍을 들었다면 지금과 비슷한 상황에 처했겠지. 어쩌면 훨씬 더 심한 꼴을 당했을지도 몰라. 알아들었으면 앞으로는 수상한 가게의 아르바이트 같은 건 하지 마. 용돈이 필요하면 내가 줄 테니까."

""잘못했습니다.""

"주인님 말씀이 맞아요. 그러면 들키기 전에 돌아갈까요."

"아니. 기다려, 미나. 모처럼 가게에 왔으니 분위기 정도는 맛보고 돌아가자. 돈도 이미 지불했으니."

"네, 알겠습니다."

미나는 썩 내키지 않는 눈치였지만 세 사람의 코스프레를 볼 기회는 흔치 않았다. 본전은 뽑아야 했다.

"그러면 미샤, 사샤. 서비스 부탁해."

""알았어요. 맡겨만 주세요. 우후훗.""

쌍둥이가 웃으면서 채찍을 움켜쥐었다. 불안해진 나는 황급히 그 채찍을 압수했다.

"이건 사용하지 않아도 좋아."

""뭐어? 제일 재밌는 부분인데.""

"뭔가 더 있을 거 아냐. 포즈를 잡는다거나."

""음……. 앗. 그러면 매도 플레이는 어때? 얼른 채찍을 내놔, 이 대머리!""

"잠깐. 난 대머리가 아니야. 다른 말로 변경해 줘."

""다른 거? 그럼 바보는 어때?""

"그래. 그걸로."

세상에는 사람의 마음에 깊은 상처를 남기는 말들이 존재한다. 욕을 하더라도 단어 선택에는 신중해야 하는 법이다.

"우와, 아저씨. 이런 가게까지 와서 설교라니. 바보 아냐?"

"맞아, 맞아. 어차피 우리랑 하고 싶을 뿐이잖아?"

미샤와 사샤는 이런 분위기의 가게에 빠삭한지 슬금슬금 다가

오며 꽤나 그럴듯한 대사를 내뱉었다.

"어머, 진짠가 봐."

"역시 그랬구나."

"남자들 머릿속에는 그런 생각밖에 안 들었다니까."

"흥. 머리에 피도 안 마른 계집이 뭘 안다고."

"계집이래."

"너무하네."

말은 그렇게 했지만 행동은 달랐다. 갈색 피부의 사샤는 기대하는 눈빛을 보내며 자신의 몸매를 어필해 왔다. 나는 손가락으로 사샤의 몸을 쿡 찔러주었다.

"아앙! 여기서는 만지는 거 금지란 말야."

"만지지 않았어. 찔렀을 뿐이다."

""""우우~. 억지야.""""

세 명의 소악마들은 후훗 웃더니 더 찔러달라는 듯이 내게 다가와 몸을 비벼댔다. 썩 나쁘지 않은 서비스였다. 나는 소녀들에게 포상의 키스를 건넨 다음, 귀엽고 통통한 엉덩이를 쓰다듬어 주었다.

"아앙."

"만지면 못써."

"나쁜 손!"

소녀들은 상기된 표정을 지으면서도 쉽게 함락될 생각은 없는지 나를 도발하거나, 일부러 손에서 벗어나는 등 제멋대로인 새끼 고양이처럼 굴었다.

그래서 나는 꼬리를 하나 붙잡고 잡아당겼다. 미샤였다.

"꺄악! 이거 놔~."

"안 돼. 이리 와."

나는 검은색 브래지어를 벗겨 자그만 젖꼭지를 노출시켰다. 미샤는 싫어하기는커녕 요염하게 웃으며 자신의 가슴을 앞으로 내밀었다. 본인이 누르라고 하는데 누르지 않을 이유는 없었다. 나는 그 핑크색 버튼을 눌러주었다.

"아앙!"

"리리도 해줘."

"그래."

나는 리리의 꼬리를 팬티째로 벗겨버린 뒤, 작은 엉덩이를 움켜잡고 주물러 주었다.

"으응!"

기분이 좋았는지 리리는 스스로 엉덩이를 들이대며 계속 해달라고 졸라댔다.

"이번엔 사샤 차례야! 후훗."

사샤가 스스로 브래지어를 벗어 내렸다. 그러고는 조금도 부풀어 오르지 않은 가슴을 애써 모으면서 색기를 어필해 왔다.

"좋은 가슴이다."

나는 칭찬의 말과 함께 미샤의 빈약한 가슴을 매만져 주었다.

"흐윽, 꺄핫. 간지러워."

하지만 소악마들과의 장난은 여기까지. 이제는 배틀을 할 시간이다.

용사 파워로 충만해진 나는 성스러운 검을 꺼내 들었다.

""""와아.""""

세 명의 소악마가 내 성검을 멍하니 바라보았다.

"누구부터 할래?"

"리리!"

"아냐, 미샤야."

"나부터 할 거야!"

소악마들이 다투기 시작했기 때문에 내가 해결책을 내놓았다. 세 사람을 동시에 상대해 주기로 한 것이다. 오른손으로 사샤를, 왼손으로 미샤를, 그리고 성검으로 리리를 공격했다.

"아앙!"

"하앙!"

"흐아앙!"

달콤한 신음 소리와 함께 세 명의 음마가 몸을 떨었다.

"좋아. 각오들 해."

나는 움직임에 박차를 가해 세 명의 급소를 공격해 나갔다.

"아앗, 간다앗, 알렉!"

"아, 안돼, 가버려, 가버려엇!"

"히, 히아앗!"

귀여운 소악마들이 동시에 절정을 맞이했다. 나도 그녀들과 함께 천국으로 승천하는 기분을 맛볼 수 있었다.

"저, 저기, 주인님, 저도……."

어이쿠야. 그새 또 한 마리의 귀여운 소악마가 탄생해 버린 모양이다.

"얼마든지. 이리 와, 미나. 상대해 주마."

나는 빙그레 웃으며 하얀 머리의 종복을 침대로 이끌었다. 광란의 연회는 이제 막 시작되었을 뿐이다. ……연장 요금을 지불하게 되겠지만 그 정도는 감수해야겠지.

Extra 단편3 멍멍이와 구멍

아침은 지옥이다. 나는 물을 들이켜 갈증으로 타들어가는 목을 축인 뒤, 비틀거리며 계단을 내려갔다.

오늘은 도저히 아침 식사를 할 기분이 아니었다. 적당히 산책이나 할 생각으로 여관의 뒤뜰로 나가자 마침 네네와 레티가 마법 훈련을 하고 있었다.

"알겠어, 네네? 중요한 건 집중력이야. 호흡을 가다듬고 몸으로 마나의 흐름을 느껴봐."

"아, 알겠습니다. 레티 스승님. 해볼게요. 후우, 하아."

보라색과 연두색의 챙모자를 뒤집어쓴 두 소녀는 어느덧 자매처럼 가까운 사이가 되어있었다. 사고뭉치인 레티를 네네의 스승으로 두는 것이 처음에는 불안했지만, 의외로 레티는 좋은 스승이었다.

"어라, 알렉. 너도 내 마법 강의에 참가하고 싶어서 온 거야?"

레티가 내 인기척을 느끼고 말을 걸었다.

"아니. 그냥 지나가던 참이야."

"뭐야, 그랬구나. 앗, 네네. 집중해야지, 집중! 한눈팔면 안 돼."

"아으, 죄송합니다."

"네네는 좀 어때?"

"나쁘지 않아. 마력은 마법사치고 적은 편이지만 배우는 속도가 빠르거든. 요령이 부족한 부분만 메우면 괜찮을 거야."

"그래. 적당히 하도록 해."

이미 레티도 파티에 가입한 상태이기 때문에 네네가 모든 부담을 짊어질 필요는 없어졌다.

"적당히라니! 이 천재 마도사 레티 님께서 스승으로 있는 이상 희대의 대마법사가 되어줘야겠어!"

"흐에에에…… 대마법사라니……."

"너무 부담 주지 말고."

뭐, 레티가 저러는 것이 하루 이틀 일도 아니었다. 나는 대충 흘려들으며 방으로 돌아갔다.

그날 밤. 방문 너머에서 노크 소리가 들렸다.

"열려 있어."

내가 대답하자 네네가 방 안으로 들어왔다.

"저기, 알렉 주인님……."

"무슨 일이야, 네네."

네네는 평소보다도 기운이 없어 보였다. 그래서 나는 상냥하게 말을 걸었다.

"레티 스승님은 요령을 익히라고 말씀하셨지만 진척이 없어서요."

"뭐야, 그런 거였냐. 일일이 낙담할 필요 없어. 레티 녀석도 기분을 내려고 그럴듯한 소리를 내뱉은 걸 테니까."

"그런가요. 그래도 레티 스승님처럼 강해질 기미가 안 보여서……."

그건 그럴 수밖에. 레벨과 마력, 경험의 차이가 있으니까.

걱정하지 말라고 말해줄까 했지만 나는 곧 생각을 고쳐먹었다. 네네는 생각이 많은 성격이라서 말로 해봤자 소용없을 것이다.

그렇다면.

"좋아. 그러면 내가 직접 마력 특훈을 시켜주마."

"와, 정말인가요?"

"정말이고말고. 우선 옷을 벗고 침대로 올라와."

"아, 알겠습니다."

보기 좋게 속아 넘어간 네네는 헐레벌떡 옷을 벗고 침대로 올라왔다.

나는 네네를 네 발로 엎드리게 만든 다음, 귀여운 엉덩이를 낼름낼름 핥아주었다.

"하읏, 이, 이게 마력 특훈인가요?!"

"맞아. 생각하지 마. 느끼는 거야."

"하으으……. 아, 알겠습니다. 흐앗."

귀여운 목소리를 내면서 항문을 꾹 조이는 네네. 꽤나 민감한걸.

호기심이 동한 나는 항문에 손가락을 집어넣어 보았다.

"꺄악?! 저, 저기, 알렉 주인님. 아무래도 착각하신 것 같아요."

"착각은 무슨. 이거면 돼. 느껴라."

"에에……?!"

당황하는 네네의 모습이 귀여운 나머지 뒷구멍을 살살 헤집어주었다.

"하으응, 가, 갑자기, 이상한 기분이 들기 시작했어요…… 아으."

이 정도면 충분히 준비가 되었을 것이다.. 나는 벨트를 풀고 네네의 뒷구멍에 물건을 삽입했다.

"하윽, 아앗……."

네네의 입에서 괴로움인지 쾌락인지 판단하기 어려운 신음 소리가 흘러나왔다.

"힘들어?"

"조, 조금요. 그래도, 왠지……."

"기분이 좋다는 뜻이군. [애O 섹스]라는 스킬이 있을 거다. 배워 봐."

"배웠어요."

"좋아. 움직이겠어."

나도 스킬을 배워 천천히 허리를 움직였다.

"끄윽, 하앗, 아으윽!"

귀여운 목소리가 점차 야릇하게 변해갔다. 조금씩 몸의 긴장이 풀어지기 시작한 모양이었다. 나는 허리를 더욱 깊숙이 밀어 넣었다.

"아아아아앗!"

네네가 견디지 못하고 커다란 교성을 내질렀다.

"어때, 네네. 이게 애O 섹스다."

"그, 그런가요. 무슨 뜻인지는 모르겠지만 굉장해요…… 하으응!"

"마음에 안 들면 평소대로 할게."

"아, 아뇨, 이대로 계속해 주세요."

"뭐야. 애널이 취향인 건가."

"취향은 아니지만, 그래도……."

하긴, 이미 넣어버린 상태다. 중간에 관두면 네네도 개운하지 않을 것이다.

"좋아. 그러면 이대로 가게 해주지."

"고, 고맙습니다. 끄윽!"

"네네. '애ㅇ 섹스가 좋아요.'라고 말해 봐.'"

내가 허리를 움직이며 명령했다.

"아, 알겠습니다. 애ㅇ 섹스가 좋아요!"

"더 크게."

"애, 애ㅇ 섹스가 좋아요! 애ㅇ 섹스가 너좋아요! 애ㅇ 섹스, 흐아앗! 히으으윽!"

중간에 절정을 맞이한 네네는 의식을 잃고 침대 위에 뻗어버렸다.

다음 날. 잠에서 깬 나는 하품을 참으며 뒤뜰로 나가보았다. 그러자 네네와 레티가 어제처럼 마법 훈련을 하고 있었다.

"맞아! 잘하고 있어, 네네! 배에서 힘을 쫙 빼고, 대지의 마나를 파바밧 흡수하면서 감각에 몰두하는 거야! 트랜스!"

레티가 열심히 지도해 주고 있기는 하지만…… 천재는 설명을 못 한다는 이야기가 사실이구나. 무슨 말을 하는지 전혀 알아들을 수 없었다. 네네가 고민할 만도 했다.

"레티. 좀 더 알아듣기 쉽게 설명해 주는 게 어때. 구체적인 예를 든다거나."

"뭐? 생초보 주제에 아는 척하지 마시지! 나는 그 유명한 오스틴 마법 학교를 7위로 졸업한 천재 마법사라고!"

"그 생초보를 가르쳐 주는 거니까 생초보가 알아듣게 설명하라는 거야."

"으윽. 하지만 마법사는 그런 애매한 감각을 스스로 붙잡는 수밖에 없어."

흐음. 생각보다 까다로운 문제였군.

"괜찮아요, 알렉 주인님. 어젯밤의 특훈 덕분에 저도 무언가 붙잡은 기분이 들어요."

네네가 말했다.

"뭐? 어젯밤에는 가르쳐 준 게 없는데? 서, 설마! 알렉, 남의 제자한테 쓸데없는 지식을 불어넣은 건 아니겠지?"

"딱히 네 교육을 방해할 생각은 없어. 네네가 고민하길래 상담에 응해줬을 뿐이다."

"캬악! 스승인 나를 제쳐놓고 생초보한테 가르침을 구하다니! 어떻게 그럴 수 있어, 네네!"

"하윽, 오, 오해예요. 결코 스승님을 무시해서 그런 건······."

"헹! 말뿐만인 위로는 됐어. 내가 싫다면 싫다고 말하면 되잖아. 우와앙!"

레티가 울음을 터트리고 말았다. 정말로 귀찮은 녀석일세. 하지만 네네는 그런 레티의 손을 붙잡고 말했다.

"정말로 아니에요. 저는 진심으로 레티 선생님께 배우고 싶어요. 싫어진 게 아니에요."

"정말?"

"네."

"……으으. 뭐, 그런 거라면야……. 특별히 오늘만 용서해 줄게. 오늘만이야."

"후우. 고맙습니다."

"그런데, 알렉. 대체 뭘 가르친 거야?"

"별거 아냐. 기분을 전환하는 방법이라고나 할까."

여기서 애○ 섹스라고 답하면 레티가 길길이 날뛸 게 분명했다. 진지하게 특훈한 셈 치기로 하자.

"네네, 알렉한테 뭘 배웠어?"

"실은, 그게……."

네네도 부끄러워하며 시선을 회피했다.

"왜 말을 못 해! 나한테만 비밀로 하다니. 너희 둘, 역시 내가 스승이라서 불만인 거지!"

"아앗! 아니에요, 레티 스승님."

"그렇지 않으니까 진정해, 레티. 어젯밤에는 네네한테 애○ 섹스를 가르쳐 줬을 뿐이야."

"애널?"

레티는 애○ 섹스를 모르는 모양이었다.

"모른다면 가르쳐 주지. 내 방으로 와."

"응. 뭐, 제자가 아는 걸 스승인 내가 모르면 모양새가 별로니까. 어차피 대단한 것도 아닐 테지만."

"글쎄다."

침실에 도착한 나는 레티를 알몸으로 만든 뒤, 어제 네네에게 했던 것처럼 뒷구멍에 손가락을 넣었다.

"히익! 자, 잠깐만, 알렉. 거기가 아냐!"

"여기가 맞아. 이런 플레이도 있는 거야."

"에엑……? 그, 그렇지만 더러운…… 아앙!"

"제대로 닦으면 괜찮아. 레티. 말이 나온 김에 네 마법으로 깨끗하게 해봐."

"아, 알았어. ……어딘지 모를 하늘로 이어지는 문이여. 열려라. 그리고 부정한 모든 것을 빨아들여라! 버큠 에어!"

레티가 마법을 영창했다. 어딘지 모를 하늘 밑에 사는 사람들이 걱정되긴 하지만, 뭐, 죽지는 않을 것이다.

마법으로 깨끗해진 레티의 엉덩이를 혀로 핥아주자 레티가 헐떡이기 시작했다.

"아앙, 하, 핥으면 안 돼, 알렉. 끄윽! 기분이 이상해! 느껴버려!"

"뭐야, 레티. 너도 소질이 있구나."

"소, 소질이라니! 앗, 잠깐, 거기다 넣으려고?"

내가 물건을 들이대자 레티가 당황한 표정을 지었다.

"맞아. 뭐든지 도전이지. 이게 바로 애ㅇ 섹스다."

"으으으…… 앗, 잠깐, 힉, 아앗, 끄으윽……!"

"좋아. 레티, 너도 '애ㅇ 섹스가 좋아요'라고 외쳐봐."

"앗! 그게 바로 마력 상승의 비결이었구나?"

"……뭐, 그런 셈이지."

"알겠어. 크윽. 애ㅇ 섹스가 좋아요, 애ㅇ 섹스가 좋아요, 앗!

네네가 없는 곳에서 하면 안 될까?"

"하으으."

"그냥 여기서 해. 네네. 스승님이 어떤 모습으로 가버리는지 지켜봐 드려."

"너, 너무해."

"마력을 상승시켜야지. 얼른 주문을 외워."

"크윽. 애ㅇ 섹스가 좋아요, 하윽, 잠깐, 그렇게 휘저어대면 정말로 애ㅇ 섹스가 좋아져 버린단 말야! 흐아앙, 애ㅇ 섹스가 좋아요, 애ㅇ 섹스가, 아아아아앗……!"

그렇게 레티도 절정을 맞이하고 말았다.

"아, 알렉 주인님. 저도 엉덩이가 근질근질해서……."

"그래. 이쪽으로 와, 네네."

"아, 알겠습니다……."

다음 날, 세리나가 무서운 얼굴로 내 방에 찾아왔다.

"다 들었어, 알렉! 네네한테 터무니없는 짓을 가르쳤더라! 애한테 애ㅇ 섹스를 시키다니. 그렇게 하고 싶으면 차라리 나한테 부탁하던가."

"알았다, 알았어. 오늘부터 너한테도 해줄 테니까 엉덩이나 내밀어."

"으, 응……. 알았어."

세리나는 꿀꺽 침을 삼키면서 커다란 엉덩이를 내 쪽으로 내밀었다.

후기

온천 편은 어떠셨나요?

오랜만에 뵙습니다. 마사난입니다.

다시 한번 독자분들께 인사를 드릴 수 있어 감사하고, 또 영광입니다.

솔직히 말씀드리자면 서적화 제안을 받았을 때는 3권까지 나오리라고 생각하지 못했습니다. 지금 책을 읽어주고 계시는 독자분들, 그리고 웹소설 댓글란과 트위터에서 응원해 주신 분들 덕분입니다. 정말 감사합니다.

3권의 원고를 완성했을 때는 마침 겨울이 시작될 무렵이었습니다. 서점에 진열될 즈음이면 봄이 찾아와 있겠지만요. 어쨌든 겨울은 전골이 무척 맛있는 계절이었습니다. (과거형)

표지에도 공을 많이 들였습니다. 혹시 서적을 모으고 계신 분들 중에서 '표지 때문에 사기 힘들어!'라고 느끼는 분이 계시다면 앙케이트를 통해서 의견을 주시기 바랍니다. 내버려 두면 한없이 야해질 것 같은 느낌이 들거든요.

중요한 것은 책의 내용이겠지요. 이 부분에서 독자분들의 기대에 부응했을지 모르겠군요……. 뭐, 캐릭터의 성격이나 방향성은 1권과 크게 다르지 않다고 생각합니다. 그러니 문제가 있다면 그이외의 부분이 아닐까 싶습니다. 기대에 미치지 못했거나, 3권까지 한꺼번에 구입했다가 실망한 분들께는 죄송하다는 말씀 올리겠습니다.

이번 권에서는 새로운 캐릭터인 갈색 전사 루카와, 쌍둥이 무희, 신전기사 엘리사 등 수많은 캐릭터가 등장했습니다. 엄청납니다. 여러 가지 의미로 말이죠. 일러스트를 담당해 주신 B-은하 선생님도 큰일이겠구나, 라는 생각이 글을 완성하고 나서야 들었습니다. 그래도 하렘물이라면 여자아이가 많은 게 좋지 않겠습니까. 옷을 갈아입히는 재미도 무시할 수 없기 때문에 리리에게 SM 여왕님 코스프레도 시켜봤습니다.

재미있게 읽으셨다면 온라인 서점에 별을 달아주세요.

이번에는 알렉 일행의 모험에 대해서 이야기해 볼까요. '돌아올 수 없는 미궁' 탐색이 진행되면서 던전의 구조와 적들도 조금씩 변화하기 시작했습니다. 게임이라면 등장하지 않았을 최종 보스격 존재까지 등장하게 되면서, 소설에는 게임 밸런스에 얽매이지 않는 자유도가 있다는 걸 느꼈습니다.

장비를 하나하나 갈아치우고, 한 몬스터를 죽어라 잡으면서 앵벌이를 하는 것도 게임의 재미겠지만, 이런 요소들을 소설에서 표현한다는 게 생각보다 어렵더군요. 알렉 일행도 레어 아이템인 보주와 보물상자를 잔뜩 입수해서 더 이상 가난에 허덕이지 않게 되었습니다.

따라서 '돌아올 수 없는 미궁'의 수수께끼와 함정, 다른 모험가와의 교섭, 더욱더 강한 적의 출현을 재미있게 그려나가 볼 생각입니다. 물론, 작품의 제목대로 에로한 스킬도 잊지 않으려 하고 있습니다.

웹소설판을 읽으신 분들이라면 이미 눈치를 채셨겠지만, 숨겨진 루트뿐만 아니라 일반 챕터의 전개에도 변화를 줘봤습니다.

덧붙여 귀여운 히로인들을 매력적으로 그려주신 B-은하 선생님께는 고개를 들 수가 없을 지경입니다. 제 소설에 이렇게 대단한 삽화가 실려도 되는 걸까요.

그리고 만화화를 담당해 주신 아쿠미 베니쇼가 님. 디테일하면서도 볼륨 넘치는 작품을 그려주셔서 감사합니다. 다음 편이 궁금해 죽겠습니다. 만화판도 애독해 주시길 바랍니다.

이외에도 여러 방면에서 지도해 주신 편집자 K 님, 디자인과 영업 등 다양한 부분에서 협력하고 지원해 주신 모든 분들게 깊은 감사의 말씀 드립니다.

새로운 게임기를 정가에 구입하기 위해 되팔이들과 치열한 심리전을 벌이면서…… 이만 물러나도록 하겠습니다.

에로 스킬로
Record of Erotic Warrior
이세계 무쌍

미나

스테이터스

〈레벨〉29　〈클래스〉수조검사/쿠노이치
〈종족〉견인족　〈성별〉여자　〈연령〉18
〈HP〉362/262　〈MP〉56/56
〈TP〉187/187　〈상태〉보통
〈EXP〉91737　〈NEXT〉13763
〈소지금〉321100

기본 능력치

〈근력〉12+20〈민첩〉14〈체력〉10
〈마력〉2〈손재주〉7〈운〉34

스킬_현재 스킬 포인트 : 49

[삼키기 LV1] [애원하기 LV1] [날카로운 후각☆ LV4] [인내 LV4] [시계 LVMAX] [청결
선호 LV4] [헌신적 LV3] [얌전함 LV3] [배짱 LV2] [직감 LV3] [운동신경 LV4]
[동체시력 LV3] [기척 탐지 LV3] [아이템 가방 LV1] [약초 식별 LV1] [약초 채집 LV1]
[음식 제공 LV1] [상황 판단 LV3] [민첩UP LV3] [행운 LV5] [아군 보호 LV3]
[펠라치오 LV3] [파티 스테이터스 열람 LVMAX] [후각 : 함정 LV3] [독침 회피 LV3]
[함정 해체 LV3] [점프 LV1] [수조검술 LV5] [암시 LV1] [악취 내성 LV1] [오토 매핑
LV1] [조이기 LV1] [정신 내성 LV1] [혼란 내성 LV1] [수리검 LV3] [닌자 대쉬 LV1]

H 스테이터스

〈성교 횟수〉57　〈자위 횟수〉32　〈감도〉79　〈음란 지수〉14
〈좋아하는 체위〉정상위
〈플레이 내용〉업소 플레이, 간호사 플레이, 여교사 플레이, 닌자 플레이

알렉

스테이터스

〈레벨〉 29 〈클래스〉 용사/현자
〈종족〉 인간 〈성별〉 남자 〈연령〉 42
〈HP〉 322/322 〈MP〉 165/165
〈TP〉 257/257 〈상태〉 보통
〈EXP〉 91236 〈NEXT〉 17764
〈소지금〉 121000

기본 능력치

〈근력〉 24 〈민첩〉 23 〈체력〉 24
〈마력〉 23 〈손재주〉 23 〈운〉 23

스킬_현재 스킬 포인트 : 17621

(※3페이지)

[설피 LV5] [냉기 내성 LV5] [고소- 내성 LV5] [부유 LV3] [순간이동 LV2] [매수 LV5]
[카리스마 LV4] [윈드 LV1] [혼란 내성 LV1] [연유 생성 LV5] [붓질(에로) LV5] [기척
차단 LV5] [망치질 LV1] [정신 통일 LV5] [초고속 혀놀림 LV5] [MP 소비 경감 LV5]
[MP 회복 속도 상승 LV5] [회복 아이템 효과 상승 LV5] [스킬 경직 완화 LV5] [액티브
스킬 자원 소비 경감 LV5] [스킬 사용 속도 상승 LV5]

파티 공유 스킬

[획득 스킬 포인트 상승 LV5] [획득 경험치 상승 LV5] [레어 아이템 확률 업 LV5]
[선제 공격 찬스 확대 LV5] [백 어택 감소 LV5]

리리

스테이터스

〈레벨〉 27   〈클래스〉 왕족/시프
〈종족〉 인간   〈성별〉 여자 〈연령〉 ??
〈HP〉 123/123 〈MP〉 63/63
〈TP〉 61/61   〈상태〉 보통
〈EXP〉 73258 〈NEXT〉 8285
〈소지금〉 121500

기본 능력치

〈근력〉 6 〈민첩〉 8 〈체력〉 3
〈마력〉 4 〈손재주〉 3 〈운〉 5

스킬_현재 스킬 포인트 : 594

[고귀한 혈족☆ LV5] [자기중심적 LV3] [매너 LV1] [쓰레기 뒤지기 LV2] [소매치기 LV2] [도주 LV2] [슬링 LV3] [아이템 가방 LV1] [회피 LV2] [어그로 감소 LV5] [체력 상승 LV5] [게으름 피우기 LV3] [놀기 LV3] [지켜보기 LV1] [숨바꼭질 LV5] [떠맡기기 LV5] [오토 매핑 LV1] [여왕님 흉내 LV1] [안면 기승위 LV1] [정신 내성 LV1] [혼란 내성 LV1]

H 스테이터스

〈성교 횟수〉 55 〈자위 횟수〉 0 〈감도〉 79 〈음란 지수〉 45
〈좋아하는 체위〉 ???
〈플레이 내용〉 여왕님 플레이, 소악마 플레이

셰리나

스테이터스

〈레벨〉 29   〈클래스〉 용사/검사
〈종족〉 인간   〈성별〉 여자   〈연령〉 18
〈HP〉 392/392 〈MP〉 186/186
〈TP〉 314/314 〈상태〉 보통
〈EXP〉 93256 〈NEXT〉 14754
〈소지금〉 1021500

기본 능력치

〈근력〉 26 〈민첩〉 26 〈체력〉 26
〈마력〉 25 〈손재주〉 25 〈운〉 25

스킬_현재 스킬 포인트 : 249

Caution!

* 스킬에 의해 열람을 방해받았습니다.

H 스테이터스

〈성교 횟수〉 56 〈자위 횟수〉 2798 〈감도〉 99 〈음란 지수〉 99
〈좋아하는 체위〉 후배위
〈플레이 내용〉 3P, SM 플레이, 역하렘 플레이, 긴박 플레이

네네

스테이터스

〈레벨〉 25　　〈클래스〉 마법사
〈종족〉 견인족　〈성별〉 여자　〈연령〉 ??
〈HP〉 142/142　〈MP〉 251/251
〈TP〉 86/86　〈상태〉 보통
〈EXP〉 80584　〈NEXT〉 6516
〈소지금〉 151540

기본 능력치

〈근력〉 5 〈민첩〉 5 〈체력〉 4
〈마력〉 7+1 〈손재주〉 9 〈운〉 19

스킬_현재 스킬 포인트 : 315

[공감력☆ LV4] [상냥함 LV3] [악취 내성 LV1] [파이어 볼 LV2] [어그로 감소 LV1]
[체력 상승 LV5] [화살 방어 LV1] [아이템 가방 LV1] [행운 LV5] [자위 LV1] [고통 경감
LV1] [오토 매핑 LV1] [블라인드 폴 LV1] [승마 LV1] [애널 섹스 LV1] [정신 내성 LV1]
[혼란 내성 LV1] [라이트 LV1]

H 스테이터스

〈성교 횟수〉 45 〈자위 횟수〉 6 〈감도〉 68 〈음란 지수〉 13
〈좋아하는 체위〉 좌위
〈플레이 내용〉 업소 플레이, 펠라치오, 자매 플레이, 엉덩이 플레이

 이오네

스테이터스

〈레벨〉 29　　〈클래스〉 수조검사
〈종족〉 인간　〈성별〉 여자　〈연령〉 20
〈HP〉 292/292　〈MP〉 108/108
〈TP〉 316/316　〈상태〉 보통
〈EXP〉 93256　〈NEXT〉 9754
〈소지금〉 351540

기본 능력치

〈근력〉 17 〈민첩〉 17 〈체력〉 14
〈마력〉 8 〈손재주〉 19 〈운〉 18

스킬_현재 스킬 포인트 : 8

[모서리 자위 LV4] [민첩성UP LV3] [배려 LV4] [상냥함 LV4] [이성 LV2] [정의로운
마음 LV2] [직감 LV3] [반사신경 LV4] [운동신경 LV3] [기척 탐지 LV3] [수조검술
LV5] [음식 제공 LV3] [간파 LV3] [카운터 LV3] [아이템 가방 LV1] [행운 LV5]
[모험가의 마음가짐 LV1] [여자의 매력 LV1] [심안 LV1] [유혹 LV5] [파이즈리 LV1]
[파후파후 LV1] [무릎 베개 LV5] [수조검 오의 스완리브즈 LV5] [수조검 오의
카이츠부리 LV5] [오토 매핑 LV1] [가슴 얹기 LV1] [정신 내성 LV1] [혼란 내성 LV1]

H 스테이터스

〈성교 횟수〉 52 〈자위 횟수〉 63 〈감도〉 74 〈음란 지수〉 23
〈좋아하는 체위〉 정상위
〈플레이 내용〉 파이즈리, 모유 플레이, 파후파후

루카

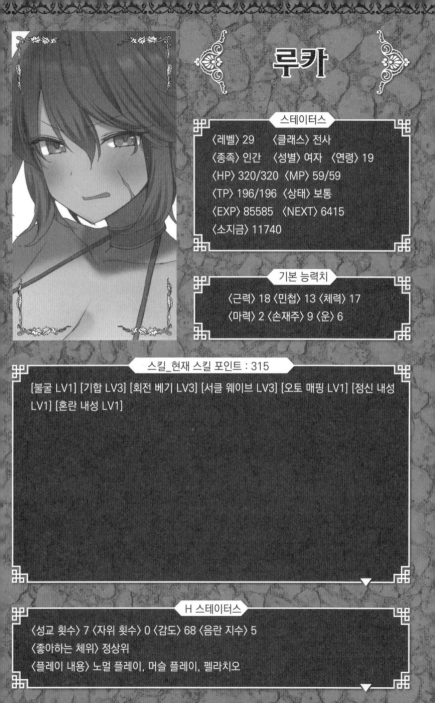

스테이터스

〈레벨〉29　　〈클래스〉전사
〈종족〉인간　〈성별〉여자　〈연령〉19
〈HP〉320/320　〈MP〉59/59
〈TP〉196/196　〈상태〉보통
〈EXP〉85585　〈NEXT〉6415
〈소지금〉11740

기본 능력치

〈근력〉18〈민첩〉13〈체력〉17
〈마력〉2〈손재주〉9〈운〉6

스킬_현재 스킬 포인트 : 315

[불굴 LV1] [기합 LV3] [회전 베기 LV3] [서클 웨이브 LV3] [오토 매핑 LV1] [정신 내성 LV1] [혼란 내성 LV1]

H 스테이터스

〈성교 횟수〉7 〈자위 횟수〉0 〈감도〉68 〈음란 지수〉5
〈좋아하는 체위〉정상위
〈플레이 내용〉노멀 플레이, 머슬 플레이, 펠라치오

 레티

스테이터스

〈레벨〉 28 〈클래스〉 마법사
〈종족〉 인간 〈성별〉 여자 〈연령〉 18
〈HP〉 175/175 〈MP〉 359/359
〈TP〉 96/96 〈상태〉 보통
〈EXP〉 92584 〈NEXT〉 6416
〈소지금〉 101540

기본 능력치

〈근력〉 4 〈민첩〉 4 〈체력〉 6
〈마력〉 20+10 〈손재주〉 8 〈운〉 5-5

스킬_현재 스킬 포인트 : 8

[바닥 자위 LV5] [파이어 볼 LV5] [블라인드 폴 LV5] [플레임 스피어 LV5] [파이어 월 LV5] [마더 슬라임 레볼루션 LV5] [바스켓 슈타인 데스 LV5] [아트 이즈 언 익스플로전 LV5] [다크 파이어 캐슬 LV5] [리턴 워크 포인트 LV5] [오토 매핑 LV1] [정신 내성 LV1] [혼란 내성 LV1] ……

Caution!

* 스킬에 의해 열람을 방해받았습니다.

H 스테이터스

〈성교 횟수〉 5 〈자위 횟수〉 54 〈감도〉 48 〈음란 지수〉 15
〈좋아하는 체위〉 후배위
〈플레이 내용〉 마법소녀 플레이, 방뇨 플레이, 트랜스

에로 스킬로 이세계 무쌍 3

2024년 1월 15일 1판 1쇄 발행

저 자	마사난
일 러 스 트	B-은하
옮 긴 이	마일도
발 행 인	유재옥
이 사	조병권
출판본부장	박광운
담 당 편 집	정영길
편 집 1 팀	박광운 최서영
편 집 2 팀	정영길 조찬희 박치우 정지원
편 집 3 팀	오준영 이해빈 이소의
디자인랩팀	김보라 박민솔
디지털사업팀	박상섭 김지연 윤희진
라이츠사업팀	김정미 맹미영 이윤서
영업마케팅팀	최원석 박수진
물 류 팀	허석용 백철기
경영지원팀	최정연
인쇄제작처	㈜코리아피엔피
발 행 처	㈜소미미디어
등 록	제2015-000008호
주 소	서울시 마포구 토정로222, 403호 (신수동, 한국출판콘텐츠센터)
판매 및 마케팅	(070) 8822-2301

ISBN 979-11-384-2409-7 (04830)
ISBN 979-11-384-1759-4 (세트)